國家古籍整理出版專項資助項目

況周頤全集

二

況周頤 著
鄧子勉 編輯校點

人民文學出版社

香海棠館詠泉詩百篇

十卷

《香海棠館詠泉詩百篇》，連載於民國出版的刊物《青鶴》第一卷第十二、十四、十六、十八、二十、二十二、二十四期和第二卷第二、四、六期，凡十期，始於一九三三年五月，止於一九三四年二月。每月一期，其中第一卷第二十四期載詩九首、第二卷第六期載詩十二首，另第二卷第四期末載『宣德通寶』一詩重見於第二卷第六期的開頭，其餘各期均載詩十首。錄入本編時，每期作一卷，釐爲十卷。

原文中有加著重號，茲不復加。

香海棠館詠泉詩百篇

識語〔一〕

臨桂況夔笙先生周頤，舉人，官太守，先後居張文襄端忠愍幕。工倚聲，著有《蕙風叢書》若干卷。頃得其《香海棠館詠泉詩百篇》，亦饒有趣味之作也。編者識。

【校記】

〔一〕題目，底本無，編者所擬。下『前記』同。

前記

陳運彰

先師遺著，鍥行而外，晚歲述作猶待整比。曩侍几席，均獲寓目。辛亥歲，先師由皖避地來滬，書籍稿本多散失，此藁向所未見，蓋亦劫灰之餘也。董丈伯駿得於書估之手，出以相示，得錄副本〔一〕，惜先師不及見矣。甘簃先生以先師未刊藁見詢，因以付之，敬識顛末，深感董丈之大惠也〔二〕。壬申嘉平陳運彰記。

【校記】

〔一〕副：底本作『福』，據文意改。

〔二〕丈：底本作『文』，據文意改。

香海棠館詠泉詩百篇卷一

虞一金化方足布

舜贅也。《泉匯》：化，貨省。《書》『楙遷有無化居』，凡刀布化字倣此。

荒遠誰稽太皡初，品泉端合例刪書。化居文省分明證，禹鼎湯盤闕不如。

案：《路史》於古泉贅，遡至太皡、尊盧列國，小布往往屬之三皇五帝。洪志多因之，又有天品、神品之目，未免失之荒邈。

乘正尚金尚爰方足布

虞贖金也。贖金，《釋文》：乘四也。尚同上，上等金也。尚，當省，敵也。爰，鍰省。合言之，直四正書，上等之金可敵贖罪之鍰也。《路史》以爲舜策乘馬贅，訓乘爲策或讀爲止水。正爲馬，諸譜多從其說。

參詳馬贅與鍰金，妙解居然古遜今。悟到字通文省處，譜家疏繆好披尋。

乘充化金金尚爰背充陰文　方足布

虞贖金也。《泉匯》：乘充化金，言可充當直四之化金也。背復有『充』字者，恐愚民誤用，故重言以申明之也。《古今泉略》云：第一二字，近人或釋梁邑，讀爲梁邑斤金，金當鋝。又『充』字，舊云倒子，近或釋作『兗』，或釋流省，見《觀古閣泉說》。

小異規橅紀乘充，申明不惜偕文同。先民立瀍饒精意，梁邑何勞附會工。

安邑化金方足布

夏禹贄也。《漢志》：『禹自平陽遷安邑。』張台讀山下安中兩口相重，金邊安爪，非。

山下安中兩口重，金邊安爪訓難從。說釿近出才人筆，領異標新雅興濃。

《觀古閣泉說》：『安邑、蒲坂諸布，曰一斤金，二斤金，或讀金化。其斤、金二字，無不平列者。』青園云：『當讀作釿。』王廉生亦著《說釿》一篇，頗有援據。

甫反化一金方足布

甫反，蒲坂省。《泉匯》云：《詩地理考》：舜都蒲坂，疑是虞布。然形模與京泉布同，似一時之制。且《漢志》有蒲坂縣地名，經久未改，或後世所鑄，未可知也。《吉金録》釋涞城，引《左傳》『伐我涞川』，屬晉地，亦通。

蒲坂名從漢志搜，笵金疑屬後諸侯。涞城更欲參新解，京泉形模問異不。

山陽方足布

《泉匯》云：《貨布文字攷》引《史記》嫪毐封爲長信侯，與之山陽地，遂斷爲秦帑。然形與列國布不類，方首肙肩，頗類古金。《詩》『在南山之陽』，山陽，山南之通稱，未必定秦地也。

方首肙肩類古金，斷爲秦帑信難深。誰稽漢志陽山地，異解紛綸劇快心。

《古泉臆説》：山陽布，自左讀，然《漢志》桂陽郡有陽山；平陽布，自左讀，然《漢志》陽平屬東郡。是二種布自右讀，亦屬地名矣。

殊布當十化背十貨方足布

《泉匯》言此迥異諸布，乃殊尤之品，一枚可直十化金也。布字象邢，字畫從横，如織布文，説見《古泉彙攷》。《通志》讀爲商貨，莊布目爲商貨。《古今泉略》云：近江秋史、孫淵如皆讀爲扶，比當十斤，謂四指爲扶，一方爲比，比布比之，可當十斤也，形與莽布相類。

商化名留訓未優，文參扶比是還不。濫觴新莽紛紜制，此布當年號殊尤。

四布　四布背當十化　當十化方足布〔一〕

布之未翦斷者，名連贅，見《緯略》。

連贅名從《緯略》徵，雙珠雙璧賈同增。譜中贏得新圖樣，僥倖前人剖未曾。

【校記】

〔一〕方：底本作『力』，參照前後文改。

屯留方足布

晉贅也，屯，純省。《春秋》『襄十八年』：晉人『執孫蒯於純留』。《古今泉略》引高士奇曰：『潞子國，赤狄種也。』

潞子遺封試攷求，純留從省作屯留。赤金近訓共純字，此布參觀說較優。

案：周泉共屯赤金第二字，有屯、純二訓，屯取屯聚之義，純謂純赤之金。觀此布，『純』字從省，則純訓較優矣。

同是方足布

晉贅也，同是銅鞮省。《春秋》『成九年』：『鄭伯如晉』，『執諸銅鞮』。《路史》云：『羊舌邑。』

羊舌賢聲恍可聽，鎔金記昔上虒亭。生紅活翠憑清賞，歌儛襄陽漫解酲。

案：銅鞮伯華，晉之賢大夫也。《漢志》：銅鞮屬上黨郡，有上虒亭。《樂府解題》「都邑二十四曲」有《白銅鞮歌》，亦曰《襄陽白銅鞮》。太白詩：「襄陽行樂處，歌舞《白銅鞮》。」

香海棠館詠泉詩百篇卷二

安陽方足布

秦贅也。《史記·秦本紀》〔一〕：『拔晉寧新中，更名安陽。』此布今世多見。

多多益善安陽布，小篆銀鍼秀絕倫。珍重地應同拱璧，肯教淪落在風塵。

【校記】

〔一〕史：底本作『吏』，據書名改。

平原方足布

趙贅也。賈誼《過秦論》：『趙有平原』〔一〕，係戰國平原君所封地。

平原自昔擅風流，遺製欣從祕笈收。欲繡翩翩佳公子，貿絲還許買絲不。

【校記】

〔一〕趙：底本作『秦』，據《過秦論》改。

女陽方足布

越贊也。《古今泉略》云：「漢縣，屬汝南郡。」

故事遙徵《越絶書》，誰將女布佩羅裙。男泉儻與同珍閟，璋瓦連占慶有餘。

《越絶書》：「女陽亭者，句踐入官於吴，夫人從道產女此亭，養於李鄉。句踐勝吴，更名女陽。」

案：莽布泉，世稱男泉，殆不可解。女陽亭，因女而得名，如以此布爲女布，較有明徵也。

処如方足布

咎如贊也。処，咎省。《春秋》「成三年」：「晉郤克伐廧咎如。」

処如小布具規模，文教欣看下國敷。二隗當年歌迨吉，香奩曾實媵錢無。

平陽方足布

《古今泉略》云： 案《春秋》，平陽有四：宣八年，城平陽，魯地也。昭二十八年，趙朔爲平陽大夫，晉地也。哀十六年，衛侯飲孔悝酒於平陽，衛地也。《史記》秦寧公二年，徙居平陽，是爲魯隱公九年，此秦之平陽也。近人獨指爲衛地，爲詳疏之。此布今世多覯，字畫各殊，斷非一國之制明矣。

春秋地志四平陽，秦晉還兼魯衛詳。遺物祇今紛幾許，參差文字競奇光。

武安尖足布

趙贅也。《史記・蘇秦傳》：趙肅侯封爲武安君。

趙地分明紀武安，當年季子快蜚翰。劇憐履屩歸來日，裘敝囊羞抱布難。

魯易背十二朱員足布

楚贅也。《史記・魏世家》：武侯『十六年伐楚，取魯陽』。背十二朱，《泉滙》云：朱，銖省，銖兩計較，起於秦古刀布。計銖者，未見有之，自此布始。

魯陽迷畔妙盧垂，幕紀斤權制可追。麾日御龍懷往事，良金渾欲載神奇。

《一統志》〔一〕：水沈洞，在慈利縣西，酉水發源於此。經流魯陽谷，俗謂之魯陽迷。《淮南子》：『魯陽公與韓遘難，戰酣方莫，援戈而麾之，日爲之反三舍。』《漢志》：『南陽郡縣，魯陽有魯山，古魯縣，御龍氏所遷。』

【校記】

〔一〕志：底本作『念』，據書名改。

齊巛化金 空首布

齊贅也。《泉匯》云：巛字向無定論，攷漢碑《司隸校尉楊孟文頌》：『巛靈定位。』『坤』作『巛』，坤，卽地也，猶云齊地化金也。《觀古閣泉說》引金壽卿云：『巛乃濟之水旁，移之齊下耳。』則讀爲濟化金矣。《古今泉略》或曰卽濟、陰二字，離合成文。

攷古閒將石證金，因坤訓地妙推尋。水旁移下參新解，離合成文又濟陰。

案：齊都臨淄，淄一作甾。《前漢·地理志》：『惟甾其道。』巛或甾省，未可知也。

美 空首布

《泉匯》云：『此字頗似羔羊之羔，然義無可取，今釋爲美，取美富之義。』

得鼎曾聞自美陽，岐周舊地《漢書》詳。千金一字嬋嫣甚，取義因文也不妨。

案：《漢書·郊祀志》：『宣帝時美陽得鼎，獻之。』又《地理志》：右扶風縣美陽。《禹貢》：岐山，在西北中水鄉。周太王所邑，則美故屬地名矣。

齊珐化齊刀

《觀古閣泉説》：第二字，或釋作杏化作九，或釋太公，自屬瞽説。舊譜釋作吉。青園以背文吉字者證其誤，因釋法省。或又以古『灋』字無作『法』者爲疑。程易疇、馮晏海皆釋作寶石，查著説亦謂訓寶較長。案：寶字，或又訓去，謂用去之化也。近人姚覲元作《泉略後敘》，亦从寶省之説。

寶貨當年並省文，諸家聚訟漫紛紛。太公杏九尤荒繆，攷古何庸泥舊聞。

香海棠館詠泉詩百篇卷三

齊建邦始瑶化齊刀

《泉匯》云：此類刀，皆出齊地，三字者多，四字少，六字更少。

斑斕銅質太公刀，文最周詳品最高。檀匣錦囊珍六字，恍疑一字一龍韜。

節墨巴之瑶化背開邦齊刀

《泉匯》引《金石志》：節即古字，通節。墨即卽墨。《史記·田太公世家》：齊威王九年，卽墨大夫云云。巴，邑省。

墨山墨水劇清雄，帶厲名城表海東。霸業祇今成往事，風流文采映青銅。

《泉略》云：卽墨，漢膠東國，以墨水得名。案：墨山，在卽墨東北，墨水發源於此。

安昜之㪍化背化齊刀　或曰莒刀

《泉匯》引《金石录》：安陽布屬秦、晉，此刀亦曰安陽，規制與齊刀同，似齊别有安陽矣。《春秋》『成二年』『戰于鞌』注：齊地。古字多省偏旁，鞌，亦可作安也。加陽字者，猶布中之陶曰陶陽，亓曰亓陽耳。又引劉燕庭云：《後漢書·趙彦傳》：莒，有五陽之地。齊莒謂之刀，安陽刀、莒刀也。齊莒相近，故規制相同。

珠聯璧合古香濃，節墨安昜恍繼蹤。地志細參齊與莒，良規是否昉鄰封。

明刀圜泉

《觀古閣泉説》：『舊釋明月。』《泉匯》釋明刀，有傳形者。廉生竝有小如榆莢者，云與榆莢半兩同時出土，疑爲秦、漢之際，改明刀之制，而作圜泉，故文尚仍之。

文尚非泉式已泉，古今器象漸推遷。挈刀他日還無秉，新莽聊將往制沿。

寶化周泉

景王二十一年鑄。《漢書》：『景王患泉輕，更鑄大泉，文曰寶化。』唐固曰：『重十二銖，又曰大泉五十。』

鄭眾曰：『唐固所謂大泉，乃王莽時泉，非景王泉也。』

古豔奇香彤撫擫，參觀莽製遜多多。大泉誤釋由唐固，怪底元人尚襲譌。

《泉志新編》云：顧烜《泉譜》、《金光襲泉琁彔》等書，以大泉、寶化兩存之。至董逌《泉譜》始去大泉五十，只存寶化一品。

《泉略》云：《秋澗文集·周景王大泉說》曰：陶簿晉卿好古泉，得大泉五十，亦誤以莽泉爲景王泉也。

寶三化 周泉

景王鑄。《泉匯》云：三化六，化以次迭、大迭增其直，正有合於患輕更鑄，俾子母相權之說，後世當十、當百、當千所由昉也。

患輕更鑄直還增，往制閒憑故物徵。一自斯泉備倫郭，孔方千古衍雲仍。

《觀古閣泉說》：輪郭始於寶，二化乃孔方兄之祖。

東周 周泉

《泉匯》云：平王遷洛，謂之東周，此當係東遷以後之物。

東洛衣冠緬盛時，奇珍徑寸豔留貽。收藏近日推劉鮑，觀古閣中雅供宜。

《觀古閣泉說》：『東周泉，惟劉青園與余有之。』

共屯赤金周泉

案：《詩》『侵阮徂共』注：『阮國之地，在河内共城』，『今汲郡共縣』。又《路史》注：『厲王後有共伯和。』屯，純省，或即釋作屯，説見前。

侵阮曾聞詠徂共，屯純異解問誰從。赤金自足超三品，渾古精神妙冶鎔。

垣周泉

案：《一統志》：垣，即周召分陝處。

分陝當年地未湮，泉稱瓅子太無因。如何舊譜尤荒繆，瞥屬神農字訓神。

《泉志新編》引李孝美曰：此泉銅色，純赤，俗稱爲鎖子泉。《泉略》引江秋史曰：宋人側看，以爲『神』字，謂神農瞥，非。重一兩十二珠周泉，《泉志新編》：此泉銅質，純赤，面隆幕平，内作環眼，重字珠字筆法奇古，其爲周制無疑。荀悦《漢紀》曰周泉皆有文，顧烜曰重十二銖，殆即此耶？重一兩十二珠者，雖名一兩，實重十二銖也。銖字於珠上加一畫，蓋用叚借。

迴環六字秀天然，仿佛盤匜款識鐫。紀重漸開秦漢制，魯昜金後見斯泉。

香海棠館詠泉詩百篇卷四

半兩 秦泉

《史記》：『秦至關中，鑄泉，文曰半兩。』顧烜曰：『重十二銖。』

罷行刀布自嬴秦，孰簡刪繁制一新。怪底當年銅不惜，宮門還見置金人。

半両 漢泉

《漢書·高后紀》：『二年行八銖泉。』顧烜曰：『高后既患莢泉輕，又苦秦泉重，更鑄八銖泉，文亦曰半両。』

渾樸猶存太古風，莢輕秦重妙通融。它年寶竟誇身毒，巧與斯泉大小同。

《西京雜記》：『身毒國寶鏡，大如八銖泉。』

㒳半 漢泉

半㒳傳形。

錦字回文好竝參，土花斑駁古香含。紅閨未按諸家譜，笑問斯泉可當三。

三銖 漢泉

《武帝紀》曰：『建元元年二月行三銖泉，重如其文。』《觀古閣泉説》：『三銖金，旁从金，其有作金者，皆五銖所改者也。』

半兩居然榆莢泉，循名覈實太相縣。三銖改鑄文如重，傳世無多譜誤詮。

《泉略》引封演曰：半㒳泉，有重三銖，『㒳』字中惟作『十』字，不爲兩『人』。而穿下有三竪文之泉，豈以三畫爲三銖之記耶？又引洪志曰：史氏以爲銷半㒳，更鑄三銖泉，重如其文，則三銖之文明矣，封氏蓋偶未見三銖泉耳。《泉志新編》按：三銖泉無輪郭，似半㒳，但傳世稀少，故當時諸譜未曾載入。

五銖 漢泉

《武帝紀》：『狩五年，罷半㒳，行五銖泉。』

苕遙六代守成規，漢武真能軌範垂。廣拾我今同二李，上清童子儻追隨。

《泉略》云：自漢武帝元狩五年，始行五銖泉。中歷七百三十九年，至唐高祖武德四年始廢。又云：宋王十朋子孟甲聞詩、孟乙聞禮，好蓄古泉。十朋示以詩：『廣拾漢五銖，遠及周九府』云云。《博異志》：貞觀初，岑文本於山頂避暑，有叩門者云：『上清童子。』岑問曰：『衣服皆輕細，何土所出？』答云：『此上清五銖服。』又問曰：『比聞六銖者，天人衣，何五銖之異？』答云：『尤細者，則五銖也。』出門，忽不見，惟見古泉一枚。

五銖穿下平倒書

案：諸譜以爲卽漢代所鑄，平當五銖也。

倒縣平字書穿下，呼作平當是與不。怕似三銖誤封演，還將舊譜細研求。

栔刀五百 新莽刀

《漢書·食貨志》：契刀，其環如大泉，身形如刀，長二寸，文曰契刀五百。

長橢槼員製最工，篆文不與漢書同。漫云从木非从大，是否當年栔契通。

《泉略》云：漢志作契刀。《說文解字》曰：『栔，刻也。』『契，大約也。』二字不同義。案：栔，訓爲刻，於泉刀義無可取，不如从大訓約，謂此刀約直五百也。栔、契，古本相通，《爾雅·釋詁》：『契，滅殄絕也。』注：今江東呼刻斷物爲契斷。又《呂覽》『契舟求劍』，契字亦作刻解，契可訓刻，栔何不可訓約乎？《詩》『契契寤嘆』，箋：『契契，憂苦也。』《博雅》：『絜絜，憂也。』亦二字義可相通之一證也。

一刀平五刃 新莽刀

『一刀』二字，以黄金錯如文，所謂金錯刀也。

往事方憐聚鐵差，多情贈我謝如花。天涯漫惜囊徒罄，僥倖松醪賤可賒。

方岳詩：『鑄錯空糜六州鐵。』合六州四十三縣鐵，不能鑄此錯也，羅紹威語。張平子《四愁詩》：『美人贈我金錯刀。』杜詩：『金錯囊徒罄。』韓詩：『聞道松醪賤，何須恡錯刀。』

太泉五十 新莽泉

莽代金刀布與泉，品分卉四此開先。公龜壯貝他年鑄，大衍占來好竝牋。

《泉略》云：莽變漢法，前後泉品凡三十有四，而大泉五十，爲初鑄。案《漢志》：『莽又鑄公龜壯貝。』兩貝爲朋，朋直五十，十朋直伍伯。

太泉十五 蕎泉

大泉五十傳形。

傳形渾似紙傳模〔一〕，十五翻疑紀直殊。更有面文兼四出，新奇欲補吉金圖。

案：大泉十五，有面文兼四出者，又有面文大泉五十，背傳形者，竝於成都友人處見之，諸譜所未載也。

【校記】

〔一〕形：底本作『邢』，據文意及案語改。

香海棠館詠泉詩百篇卷五

壯泉三十 莽泉

蒲城訪古劇清娱，失去翻憐落掌珠。一事至今輸瘦沈，壯泉簃裏鏤雲腴。

曩寓成都，有售壯泉三十者，往購稍遲，爲沈瘦槑所得。字文秀渾，薄似開通，似爲贋品。沈精鐵筆，有《壯泉簃印存》，名忠澤，泉唐人。

中泉三十 莽泉

稀如星鳳杳難尋，小築何人愜素心。前輩風流慨投贈，鱗鴻付託意深深。

案：中、壯二泉，稀如星鳳，又昔人有得中泉，名其齋曰中泉小築者，見鮑臆園手札。臆園各有二枚，曾以分贈友人也。

幼泉二十莽泉

直佸幺泉紀幼泉，冰斯字體秀娟娟。焚香試啓犀匳看，風度依稀美少年。

幺泉一十莽泉

幺形宛肖子初生，子母相權耤定名。更有異文標直十，唐人譜錄載分明。

《説文》：『幺，小也，象子初生之形。』《漢書》：『莽變漢制，以周泉子母相權，乃更造大泉。』洪志曰：『封演曰幺泉，別種曰幺泉直下。』

小泉直一莽泉

小泉相輔大泉行，建國初元製絕精。序齒宛然居末座，孔方曾否孶諸兄。

荀悦《漢紀》：『王莽建國元年春，更作小泉，徑六分，文曰小泉直一，與大泉五十竝行。』

大布黄千 莽布

案：此布，洪志至今皆作大黄布刀，以新莽自謂皇帝後裔，大黄如大漢、大唐等稱，誤矣。黄卽横字，古横、衡二字通，詳《禮記》鄭注、《毛詩箋》等書。衡者，平也。大布之平一千，亦有錯刀之平五千也。此是布，非刀。而誤讀千字爲刀，篆文刀字，豈有中多一點者乎？但觀幺布等形製，研究自明，説見《兩漢金石記》。

千誤爲刀點漫增，黄横通叚攷何曾。景嚴舊説支離甚，十布文留未互徵。

貨布 莽布

《漢志》：『莽卽真，以爲書「劉」字，有「金」、「刀」，乃罷錯刀、栔刀。』天鳳元年，又『罷大小泉，改作貨布』，『鑄作泉布，皆用銅，殽以連錫』。

金刀罷後罷諸泉，變制遙稽天鳳年。連錫殽銅成貨布，劉歆斛赤賴流傳。

《泉略》云：諸泉布惟此一品尺寸最詳，今以建初尺度之，無不與志所云纖豪悉應者，足徵建初尺，卽劉歆銅斛尺，無疑也。

貨泉莽泉

天心默許漢中興，白水真人瑞早徵。忌甚轉教成讖語〔一〕，泉王終是德難勝。

《漢官儀》曰：『莽鑄貨泉，其文爲白水真人，光武居白水鄉，乃應其瑞。』

【校記】

〔一〕讖：底本作『纖』，據詩意改。

泉貨莽泉

貨泉傳形。

貨泉泉貨迭迴環，仿佛東流去復還。左右逢源常不竭，底須銅禁幾回頒。

《漢書》：『王莽居攝，防民盜鑄，禁不得挾銅炭。』

布泉莽泉

舊譜曰：徑寸懸鍼文者，謂之男泉，言佩之則生男。《泉匯》云：重好郭穿上半星，此品泉志謂之男泉，張耑木曰：唐人詩『私戴男泉壓鬢低』，即此泉也。

小篆縣鍼按譜同，半星重好樣偏工。玉閨差說宜男兆，佩向蘭襟笑靨紅。

香海棠館詠泉詩百篇卷六

直百五銖蜀漢泉

洪志引顧烜曰：『徑寸一分，重八銖，文曰五銖，直百。』又曰：『此泉封氏列，不知年代品。』

直百聊充府庫虛，五銖猶昉漢京初。鎦巴舊策垂青史，封氏緣何攷證疏。

《蜀志》曰：『先帝初拔成都，軍用不足，劉巴曰：「但當鑄直百泉，平諸賈。」從之。』

直百蜀漢泉

舊譜：徑七分，重四銖，右曰直，左曰百。

錦江戎馬尚倥傯，開刱君臣濟變工。直百泉輕同直一，當年取徹帳鏻銅。

《南齊書·崔祖思傳》：『劉備取帳鉤銅鑄泉，以充國用。』

銖五蜀漢泉

五銖傳形。

虎鬥龍爭尚魏吴，匆匆草創漢規模。如何兩字分明識，大業終難復五銖。

鐘官赤側五銖漢泉

《泉匯》云：武帝令京師鑄鐘官赤側泉。如淳曰：以赤銅爲其郭。但今未識鑄法何如。竊疑半用鑄就，皆不磨礱。今五銖因民磨取鋊，故加以周郭。復磨礱之，磨後郭色新赤，因名赤側，非别有制作也。劉青園曰：在陝曾見五銖泉，近五字薄，近銖字厚，三泉疊置，作馬蹏狀。《漢書》作赤仄。《説文》：仄訓側。傾赤仄者，赤而且仄，非獨赤其郭也。説亦可參。《漢書音義》曰：俗所謂紫紺泉也。

鐘官舊制孜應難，紫紺名留義未安。近日譜家參妙解，三泉疊作馬蹏看。此首應鈔在五銖漢泉之下。

大泉當千三國吴泉

《吴志》：『孫權赤烏元年，鑄當千大泉。』

十萬爭傳賜予優，阿蒙百計下荊州。誰知但有空名在，只合先生挂杖頭。

《晉書·食貨志》曰：『孫權鑄當千泉，故呂蒙定荊州，賜泉一億，泉既大貴，但有空名。』

沈郎泉晉泉

孔方顛頷絕堪憐，名字風流竟可傳。贏得玉谿詩句好，謝家輕絮沈郎泉。

《晉志》：『吳興沈充鑄小泉，謂之沈郎泉。』

義山詩：『今日春光太漂蕩，謝家輕絮沈郎泉。』

孝建背四銖宋武帝泉

泉標年號未前聞，孝建新題薤葉文。漢製更誰誇五鳳，空勞鴈鼎辨紛紛。

《宋書》：『孝建元年正月，更鑄四銖泉。』舊譜：『徑八分，重四銖，孝建二字薤葉，四銖二字大篆。』

案：《觀古閣泉說》云：『謂園有五鳳泉，字在穿左右，甚工。余曾得拓本，似好事者所爲。』《泉匯》亦謂五鳳無鑄泉之文，泉紀年號，始於孝建。如五鳳有泉，則在孝建之先矣。

女泉文曰五銖　梁武帝泉

顧烜曰：天監元年，鑄公式女泉。張台曰：『背有好郭，謂之公式女泉；背無好郭，單謂之女泉。』

雌劍曾聞鍊牝銅，女泉梁代製偏工。背摹好郭惟公式，鑄自民間未許同。

《金簡記》云：『取牡銅以爲雄劍，取牝銅以爲雌劍。』

《升菴外集》云：『鍊銅時與一童女俱，以水灌銅，銅當自分爲兩段。凸起者，牡銅也；凹陷者，牝銅也。』

稚泉小五銖也

洪志曰：《隋書·食貨志》曰：『梁初古泉有五銖稚泉。』顧烜曰：『徑八分半，重四銖。東鏡謂爲稚泉，三吴皆用之。少者至徑六分，重二銖。半世有射雉戲，用此泉也。』

稚泉稱謂劇新奇，曾逐三吴射雉嬉。行用儻同公式女，相權子母恰相宜。

永安五銖背土北魏宣帝泉

《貨泉備考》云：《通典》：延昌二年，徐州啓奏求行土泉。是魏時本有土泉之名，以其非由官鑄，故以土字別之耳。《癖談》：北人謂土爲拓，后爲跋，魏之先出於黄帝，以土德王永安之，有土字表，其以土德王也。《泉匯》云：『其説特剏，存以備考。《春草堂泉譜》云：魏本拓跋氏，拓，開也；跋，土也。拓跋者，開劈土地之謂也。背有土字，不忘本也。』

延昌舊制土泉行，拓土開彊訓亦精。土德更稽黄帝裔，生花妙筆快縱横。

香海棠館詠泉詩百篇卷七

永安五銖背四出東魏泉

張崇木曰：背文四出者，名令公百鑪泉。丘悦《三國典略》曰：西魏大統七年正月，東魏有雀銜永安泉，置渤陽王高歡前。歡世子澄乃令百鑪別鑄此泉鄴中，號令公百鑪泉。封氏曰背文四出。

青綺文襦記《洞冥》，銜泉又見雀通靈。令公鑪裏昭玄貺，巧鑄玲瓏四出形。

《洞冥記》：帝升望月臺，有三青鴨化爲三小童，皆著青綺文襦，合握鮫文之大泉三枚，以置帝几前，身止而影動，因名輕影泉。

布泉北周泉

洪志曰：《後周書·武帝紀》曰：保定元年七月，更鑄泉，文曰布泉，以一當五，與五銖竝行。舊譜曰：徑寸皆玉筯篆，非男泉也。

玉筯文留璀璨輝，宜男須記此泉非。晴窗試與縣鍼較，環燕依稀異瘦肥。

五行大布北周泉

大布因何號五行，水源木本兆資生。范金合土誇新製，總恃洪鑪鍛鍊成。

《周書·武帝紀》：「建德三年，鑄五行大布泉，以一當十，與布泉竝行。」

永通萬國北周泉

文因細密妙縈紆，大象元年紀設鑪。萬國永通參雋解，癖談當日劇清娛。

《周書·宣帝紀》：「大象元年鑄永通萬國泉，以一當十，與五行大布竝行。」《癖譚》云：「『永通萬國』，宜讀『萬國永通』。」

漢興成李壽泉

分書豈是漢京泉，注史何人管見偏〔一〕。也有篆文穿左右，錦官城裏近流傳。

《古今泉略》：按：李特姪李壽，於晉成帝咸康四年，改國號漢，改元漢興。洪志以此泉爲漢莢泉，蓋沿顧烜、李孝美之誤。《史記索隱》注漢莢泉，亦引《泉譜》云文爲漢興也。

案：漢興泉，文在穿上下者八分書，在穿左右者篆書。篆書泉，曾於成都見之。

【校記】

〔一〕偏：底本作『徧』，據詩意改。

豐貨 後趙石勒泉

洪志曰：『《晉書・石勒載記》曰：「鑄豐貨泉。」舊譜曰：「世人謂之富泉，言收此泉，令人豐富。」』

礧落當年大丈夫，皎然日月耀雄圖。遺泉且喜含英氣，漫問真能致富無。

《石勒載記》：『勒曰：「大丈夫行事，當礧礧落落，如日月皎然，終不能如曹孟德、司馬仲達父子，欺他孤兒寡婦，狐媚以取天下也。」』

五銖 隋泉

《隋書・高祖紀》：『開皇元年九月，初行五銖泉。』舊譜曰：『肉郭平闊，右邊旁似有一畫，餘三面無。郭用鑞和鑄，故泉色白，俗謂之白鑞泉。』

異彩爭看白鑞泉，永安舊製遜精妍。政和大定遙相昉，銀冶休誇萬曆年。

案：永泉五銖，亦有用鑞和鑄者，泉色近白。政和真書泉及大定，均有白泉。《泉匯》有萬曆礦銀泉。

開通元寶唐高祖泉

《唐書·食貨志》：『武德四年七月鑄，徑八分，重二銖四絫〔一〕，積十泉重一兩。歐陽詢制詞，其文以八分兼篆隸二體。』

三體歐書妙絕倫，十泉一兩制平均。開通元寶迴環讀，誤讀開元自宋人。

《泉略》引周祈《名義攷》偁：『通寶自宋人誤讀開通泉文始。按《通考》云：「自上及右，迴環讀之。」呂東萊曰：『唐至五代，惟開通之法不可易。』《龍川略志》：『蘇轍至京師，王介甫問鐵泉，對曰：「唐開通泉最善。」』此皆可證。予家藏《通典》皆作開通，今刻本作開元，妄竄易也。』

【校記】

〔一〕絫：底本作『參』，據《舊唐書》改。

開通元寶背掐文

開通掐印辨紛然，按譜曾符莽貨泉。更有刀文惟半月，可知花樣久流傳。

洪志曰：鄭虔《會粹》曰：『初進蠟樣，文德皇后掐一甲跡，故背有掐文。』《泉略》云：或謂竇后，或謂楊妃。姚寬《西溪叢語》、王觀國《學林》、吳曾《能改齋漫錄》、張舜民《畫墁录》、葉大慶《攷古質疑》、王楙《野客叢書》、周必大《二老堂雜識》皆嘗辨之。　《泉匯》云：貨泉有背作半月形者，開元泉有此，以爲文德后掐痕。觀此，有不始於開元矣。　案：列國刀，有一品面作半月文。《泉匯》云：一畫曲如半規。疑貨字之最減也。然又有作三星形者，曲折相連，如後世大泉五十等背文，不可作半月文之例證乎？

香海棠館詠泉詩百篇卷八

乾元重寶唐肅宗泉

泉果通神禱不妨，閒將異事話三唐。景龍廄裏鐘成日，面幕分嵌讖吉羊。

《舊唐書》：『李輔國鑄飛龍廄鐘不成，急投乾元新泉二文於鑪，而祈曰：「如聖躬萬福，國祚無疆，兇孽殄除，四方寧謐，則願不消不爍，一陰一陽。」竝見於外，鑄成，一如所祈。』

大曆元寶唐代宗泉

青苗泉與地頭泉，制度紛更大曆年。我愛騷壇十才子，買花沽酒興清顛。

《唐書·食貨志》：『大曆元年，天下苗一畝，稅泉十五，號青苗泉。又有地頭泉，畝二十。』

得壹元寶史思明泉

宇文方重似清臣，渾古堪爲埜客珍。引證但憑錢氏譜，唐書未攷惜前人。

王楙《野客叢書》云：『龐元英《文昌雜錄》：「得一元寶，順天元寶，始疑史傳無此泉；得錢氏《泉譜》，乃知史思明鑄。」僕謂此見《唐書》甚明，元英其未攷耶？僕家舊有得一元寶泉，字文方重，如顔體。倫郭甚古，後爲好事者取去。今此二泉，人家往往有之。』

周通元寶周世宗泉〔一〕

底事金身竟捨身，忘身利世論翻新。句麗儻有銅堪市，毀佛微嫌損至仁。

《五代史·周紀贊》：『世宗毀天下銅佛鑄泉，嘗曰：「吾聞佛説以身世爲妄，而以利人爲急，使其真身尚在，苟利於世，猶欲割截，況此銅像，豈有所惜哉？」由是羣臣皆不敢言。』又《四夷坿錄》：『高麗地產銅銀，世宗遣韓彥卿以帛數千匹，市銅於高麗以鑄泉。』

【校記】

〔一〕周通元寶：蓋逆時鋮讀序，當直讀作『周元通寶』。周世宗：底本作『周宗世』，據史實改。

開通元寶南唐後主泉

《綱鑑彙編》：『後主四年三月，行鐵泉，大小一如開元，文亦如之，徐鉉篆文。』

貴胄遙遙衍建王，泉文猶自倣三唐。工書臣子詞天子，阿堵常留翰墨香。

乾德元寶前蜀後主王衍泉

遺泉今日尚流傳，宋代翻疑鏡背鐫。攷古未詳公祏號，竇儀淵雅重當年。

袁了凡曰：宋祖改元乾德，以爲前代無此年號矣。後得蜀宮人鏡，其背識『乾德四年鑄』者，帝怪以問竇儀，對曰：『蜀少帝時有此號。』今按《宋朝類苑》：『江南保大中，浚秦淮，得石誌，按其刻，有「大宋乾德四年」，凡六字，他皆磨滅不可識。令諸儒參驗，乃輔公祏，反江南時年號也。此不惟年號同，併其國號亦同。』

廣政通寶後蜀後主孟昶泉

穿同鳳籥豔當年，故事還從麗句牋。濯錦江邊新鑄就，月頭支給買花錢。

案：《升菴外集》：『漢有厭勝泉、藕心泉，狀如干盾，長且方，而不員。蓋古刀布之變也，與近世花蕊夫人封綬及穿鑰錢相似，見封演及李孝美《泉譜》〔一〕。』《泉略》又引《白茅堂集》曰：『古刀泉，左文曰刀，右曰泉，用修在滇得花蕊夫人所佩，正此。』二説相岐，未知就是廣政泉，花蕊時鑄，或曾穿鑰，未可知也。　花蕊《宫詞》：『月頭支給買花錢，滿殿宫娥近數千。遇著唱名多不語，含羞走過御牀前。』

【校記】

〔一〕李孝美：　底本脱『孝』字，據《太史升庵文集》卷六十六補。

宋通元寳宋太祖泉

《宋史・食貨志》：『太祖初鑄泉，文曰宋通元寳，凡諸州輕小惡泉及鐵泉、鑞泉，悉禁之。』

宋泉精微此權輿，不讓開通信本書。鐵鐫禁嚴私鑄絶，陋他五代製麤疏。

淳化元寳草書　宋太宗泉〔一〕

鸞飛鳳翥様翻新，御筆親題賜近臣。贏得元之誇趙壹，琴書臥擁未全貧。

徐文靖《管城碩記》：『前世泉文未有草書者，淳化中，太宗始以宸翰爲之〔二〕，既成，以賜近臣。王元之有詩云：「謫官無俸突無烟，唯擁琴書盡日眠。還有一般勝趙壹，囊中猶有御書泉。」』

【校記】

〔一〕宗：　底本作『宋』，據史實改。下一條『哲宗』之『宗』二處同此，不出校。

〔二〕爲：底本作『無』，據宋曾慥《類説》卷十五『草書錢文』條改。

元祐通寶行書　宋哲宗泉

摩挲故物幾欷歔，蔓本難圖莠未耡。可惜哲宗初政孅，泉文渾是長公書。

案：元祐泉，舊譜謂司馬溫公、蘇文忠所書，今玩此泉，酷肖蘇書也。

香海棠館詠泉詩百篇卷九

崇寧通寶平泉　宋徽宗御書泉

瘦金書勢小逾姸，四監遙供歲額泉。可惜三年罷行用，匆匆換納罕流傳。

《書史會要》：『徽宗書，自號瘦金體，今徽宗各泉，皆瘦金書也。』《玉海》：『崇寧元年八月，戶部言：江、池、饒、建四監歲額，上供新泉一百三十餘萬貫。』《宋史·食貨志》：『三年罷鑄小平泉。』《春草堂泉譜》：『崇寧泉小者最少，蓋當時換納改鑄，故不多見。』

大觀通寶宋徽宗御書泉

銀鑄鐵畫秀堪餐，自是泉中絕大觀。更有杏花詞句好，官家才藻得來難。

案：徽宗有《燕山亭》見杏花作詞。

重和通寶篆書　宋徽宗泉

重和工緻似宣和，書格無分易倣摩〔一〕。狡獪怕逢張鳳眼，精泉近日改鐫多。

秦中有張氏，精於刻泉，號鳳眼張，見《觀古閣泉説》。

【校記】

〔一〕倣：底本作「傚」，據詩意改。

宣和通寶篆書　宋徽宗御書泉

譜成書畫豔宣和，翰墨風流賞會多。留得泉文供雅玩，金垂玉屈秀如何。

慶元通寶背上敕下五十料右慶元元年夏左改鑄

此號錢南宋寧宗泉

《泉匯》云：鮑子年所藏，背文多至十四字，泉中廑見之品也。

紛紛紀監復書年，南宋編多大小泉。獨有慶元標鉅製，背文十四豔摹傳。

端平通寶當五　南宋理宗泉〔一〕

宋泉今日易蒐羅，底事斯泉重撫摩。置監當年惟一月，人間流播本無多。

張端義《貴耳集》〔二〕：端平鑄泉，一當五，輦下置監泉，不及千緡，費用萬緡，不一月罷。

【校記】

〔一〕端平：底本作『瑞平』，據年號改。

〔二〕貴：底本作『買』，據書名改。

大定通寶金世宗泉

代州明詔命郎官，泉制當年鄭重看。留得銀光璨千古，懷英妙蹟仿尤難。

《續通考》：金世宗大定十八年，代州立監鑄泉。初鑄，班駁不可用，更命工部郎中張大節、吏部員外郎麻桂監鑄，字文肉好，其料微用銀云。案：大定泉，世傳党懷英書。〔一〕

【校記】

〔一〕党懷英：底本作『黨懷英』，據姓氏改。

至元通寶元世祖泉

乾德曾滋宋代疑，至元留識事尤奇。函中缾底深臧久，預識興衰果阿誰。

蔣一葵《長安客話》：『妙應寺，在阜城門內，有白塔一座，元至元八年，世祖發祖石，函銅缾，缾底獲一銅錢，上鑄「至元通寶」四字。』

至元戊寅背香殿

元代通行楮幣多〔一〕，紅鈐緣字久銷磨。遺泉賸有香花供，訪古何人芃宇過。

見《泉匯》。

【校記】

〔一〕楮幣：底本作『諸幣』，據史實改。

洪武通寶明太祖泉

鑄鈔當年紀異聞，精華乞取秀才文。遺泉儻與同鑪冶，慧業靈心幾許分。

祝允明《枝山野記》：『洪武初造鈔不就，一夕夢神告，用秀才心爲之，寤思曰：「豈得殺士爲之耶？」高后曰：「士子苦心程業，文課卽心也。」因命取大學積課簿鑄造，果成〔一〕。』

【校記】

〔一〕按：此期末原有『宣德通寶』一詩，無注；又見於卷十（卽原刊下一期）第一首，有注，故刪此存彼。

香海棠館詠泉詩百篇卷十

宣德通寶明宣宗泉

香裊金鑪豔說宣，宣窯款式更瓌妍〔一〕。書生近有銅香癖，十樣花榆只詠泉。

《泉略》云：《如服軒泉譜》十三卷，陳萊孝撰。萊孝，海寧人，曾刻《古泉七絕句》，序云：『余少負泉癖，搜羅計一千餘品，桑弢甫題余居曰銅香，以寓嗜痂之意。山陰王湘洲爲圖小冊，率賦七絕句於其後。』其第六章云：『顧張封李董金洪，正僞譸張太不同。差喜童烏能弄筆，頻年排纘學而翁。』小注云：『余著《泉譜》，大兒敬禮采泉居多。』

【校記】

〔一〕瓌妍：底本作『壞妍』，據詩意改。

萬曆通寶背礦銀明神宗泉

阿誰偶鑄礦銀泉，故事還徵《野獲編》。賞賜宮娃同豆葉，御前八局典司專。

《泉匯》云：舊譜未載。劉燕庭曰：『是當時開礦之處，偶爾鑄此。』

沈德符《萬曆野獲編》：『御前八局中，有銀作局，專司製造金銀豆葉，及金銀泉，輕重不等，累朝以供宮娃及內侍賞賜。』

海東重寶 高麗國泉

正朔遙遵貢職虔，海東藩服夙偁賢。遺規也足垂千古，漫比尋常外國泉。

辟兵莫當 背 除凶去央 漢厭勝辟兵泉

善積凶央自不生，銷兵況值世昇平。兩言厭勝渾無當，聊與尊彝共品評。

龜鶴齊壽 吉語厭勝泉

品題曾入太鴻詩，蒼雅居然漢晉遺。何只錦囊供祕玩，好將吉語祝蘐闈。

《樊榭山房集》云：『吳中有書賈來廣陵，出古泉三百餘見示，刀布正僞諸品皆備。汪君祓江拓其文凡四，以遺予：一曰「千秋萬歲」，面龍鳳形；一曰「長生保命」，面有北斗及男女對立狀；一曰「斬妖伏邪」，面有立神，一蹲虎，一符篆；一曰「龜鶴齊壽」，面無文。蓋古厭勝錢也。暇日裝潢成冊，爲詩題後，並邀祓江同作詩，有云：「其三志語擅蒼雅，自精神力通殷勤。」』

永昌富貴背壽星雲物之文厭勝吉語泉

永昌富貴吉祥辭，秀逸文摹北魏碑。南極老人介糜壽，繪同雲物絶精奇。

五男二女背七子圖吉語撒帳泉

男泉女布瑞同稽，七子團欒祝翠閨。撒向芙蓉新帳裏，鴛鴦妍煖獲雙栖。

趙將廉頗背人乘馬形馬格泉

《春草堂泉譜》云：易安居士所鑄也。易安作《打馬圖》，圖四角爲太僕寺、騏驥院、玉門關、沙苑監等名，四正面爲天駟監、飛龍苑、隴西監、汧陽監等名，中曰函谷關、赤岸驛、尚乘局。其馬飛黄、緑餌、赤兔、千里等名。用三骰子擲色，爲滿盆星、小孃子、銚鏈兒等名。其例，每人馬二十疋，鑄銅爲之，如泉式，刻其文爲馬，各以名馬別之，以爲勝負云。《通考·藝文略》有謝景初《打馬格》。宋迪《打馬格》、鄭寅《打馬圖》。陳振孫《書録解題》有無名氏《打馬格局》一卷。

歸來堂裏智句留，金獸香消局未收。喜得廉頗爲上將，漫憂同輩占頭籌。

歸來堂，易安所居，見《金石錄後序》。易安詞：『薄霧濃雲愁永晝，瑞腦消金獸。』《漢書·馮唐傳》：『上既聞廉頗、李牧爲人，良說，迺拊髀曰：「嗟乎！吾獨不得廉頗、李牧爲將，豈憂匈奴哉？」』

渥洼之馬背馬形

雅戲連鑣女伴娛，渥洼龍種快馳驅。漢皇昔日歌天馬，漱玉仙才昉得無。

魏徵文：『渥洼龍種，丹穴鳳雛。』《漢書·武帝紀》：『元鼎四年秋，馬生渥洼水中，作《天馬之歌》。』

紫燕背馬形

紫騮輕俊真如燕，馳騁瓊閨玉局中。簾捲西風倩消遣，漫勞心事寄征鴻。

易安詞：『簾捲西風，人比黃花瘦。』又：『征鴻過盡，萬千心事難寄。』

杜陽方足布

《泉略》云：江秋史訓爲杜陽。《漢志》屬右扶風。注：『杜水避入渭。』師古曰：『《大雅·緜之詩》：

「人之初生，自土漆沮。」齊《詩》作杜，言公劉避狄而來，居杜與漆沮之陽。』公劉，太王之誤。又《後漢志》注引《詩譜》曰：『周原者，岐山陽，地屬杜陽。』

杜陽文省證詩篇，大雅緜詩漢志牋。踐土食毛容取義，還憑《路史》攷毛泉。此首應在平陽布之下。

案：《泉滙》釋作土毛，謂取踐土食毛之義。又引方小東據《路史》云：『毛伯爵，河南籍，水旁有毛泉，近上邽。』

太平百錢

梁武帝時百姓用古泉，有此。

誰將大太字傳譌，幻出龜紋與水波。僥倖臨平存兩甕，真泉流播至今多。此首應在五銖稚泉之下。

《古泉叢話》案：此泉必鑄於泉法極壞之時，故一幺泉可當百蚨。平卽平五千之平，謂其大可平百泉，人識爲太平，誤也。此泉本絕少，齊時所得太平百歲泉，疑卽此泉。世不易得，故誤識其文以爲瑞，世傳水波龜紋之類，皆不見真泉，而僞鑄爲厭勝耳。故大小在不類，而『大』字竟改爲『太』字。乾隆時臨平岸塌出兩甕，此泉遂徧東南。

編者按：況夔笙先生此作，計詩百篇，已陸續刊畢矣。

集外詩輯錄

一卷

本輯自況周頤作品集及報刊中輯録而來，每篇均注明輯録出處。以詩體排序，附斷句、聯句、楹聯、挽聯等。末附《瑶島詩批稿》。

集外詩輯録

五古

自君之出矣

自君之出矣，不復畫長眉。眉長似遠山，山遠君歸遲。

（《蕙風簃二筆》卷二「桂屑」「先雨人」條「偶憶幼時作」，又一九二五年四月八日《申報》載《餐櫻廡漫筆》「余十三四歲即已癖詞，詩猶偶一爲之」云云）

韶音洞

桂林多古洞，每以形得名。此洞在城北，不以形以聲。泠泠清音發，足以怡性情。恍如奏舜樂，鳥獸皆鏘鳴。令我獨坐久，神氣爲之清。

（《蕙風簃二筆》卷二「桂屑」「余十二歲時」條）

七古

遯盦秦漢印選題詞

集印爲譜古未有，自宋宣和開其端。王子弁趙文敏而還吾丘子行繼，餘子數十各編刊。大氐沿襲務增益，孰昭心畢勤討刪。延年羅氏昚印統，推助顧汝修項子京之波瀾。秦朱漢白數千紐，庶幾印林無抗顔。獨惜競勝騁賅博，未免砆碱淆璆玕。譜印之難在選印，唯有選者知其難。延陵王孫遯盦叟，所居六橋三竺間。耆古金石尤耆印，八體四法夙研鑽。日積月絫溢篋衍，節衣縮食搜市闤。多多益善迺麕集，纍纍相映而螭蟠。字源遙遙泝蝌蚪，篆勢一一騫鳳鸞。鴛鍼欲度譜迺作，猩泥自拓囊其殫。遯盦慎之而又慎，謂寧以嚴毋以寬。瑕不揜瑜世或諒，美未盡善吾何安？豪氂差繆闕勿濫，再四斟酌更爲闌。糟粕盡去得真賞，精華廑存亦壯觀。吁嗟樵印詎末枝，斯籀高矩從追攀。休寧金氏光先作印選，箸錄一卷何其慳。君家貞孟栖鴻館，流播未廣求之囏古歙吳貞孟《栖鴻館印選》未見。斯譜晚出以選重，印燈從此滋膏蘭。金符高齋見伯仲吳縣吳大澂《十六金符齋印存》，飛鴻舊帙塹彬班歙縣汪啓淑《飛鴻堂印譜》。在昔西泠結印社，要與逋老爭孤山。兩峯蒼翠到几案，兩湖烟水浮闌干。一春清課種楊柳，十年成蹟誅茆菅。觥觥同社十數子，各擅鑒別工雕刓。似聞選印賴商榷，尤有題句茱詞壇。我亦妮古有奇癖，孤冷不避俗人訕。懸肘無分如斗大，鍊骨差喜逾石頑。竭來海上賣文字，漸與銅玉同摧殘。百思無計遣歲月，八口有時愁飢寒。遯盦出示此祕笈，暫時對翫成清歡。蓬萊回首杳如夢，八龍雲篆朝霞殷。

（吴隱《遯盦秦漢印選》，民國鈐印本）

七絶

二絶句爲玉芙作

羣玉山頭琢玉郎，曉風楊柳共平章。兩行紅粉無顔色，不是當筵不敢狂。
清漣濯出玉精神，心是靈犀解辟塵。消得凭闌唯遠目，石家金谷豈無春。皆有本事。

（《秀道人修梅清課》，光緒庚申活字印本）

書自題《繪芳詞·高陽臺》後

送春春去仍風雨，聞説清和絶惘然。如此新亭更無淚，且攜濁酒撥湘絃。
一肌一容妍復妍，一字一珠圓復圓。一聲一淚濺復濺，美人勸我金觥船。
傾城傾國談何易，爲雨爲雲事可哀。切莫相逢訴淪落，眼中樓閣即蓬萊。

（原附録於《二雲詞·高陽臺·自題〈繪芳詞〉》，撰綠古今詠美人詞，自髮迄影，得百數十闋》後，詩題爲編者所擬）

贈徐介玉四絶

試燈風裏舞衣輕，一瞥驚鴻百轉鶯。金粉南朝誰得似，羊車人合讓芳名郎名玠。

本來傅粉屬何郎，更占瑶臺第一香。萬紫千紅驕不得，珠聲玉價擅當場是夕演花報瑶臺。

悄將新詠細敲推，欲爲卿家續《玉臺》。絶世丰神難繪出，愧無題翠品香才。

蒹葭笑倚我何堪，腸斷誰憐酒半酣。别有閒情等孤負，芳菲時節怨江南。

（詩載於一八八八年三月一五日《申報》，原文云：『戊子上元前二夕聽劇丹桂園，初識徐郎介玉，即贈四絶，幽恨盈懷，不暇計工拙也，録塵高昌寒食生政云云，真梅道人于第一生修梅花館拜稿。』）

集句奉題景亮先生玉照，應喆嗣詞蔚仁兄有道雅令

龍馬精神海鶴姿，風流儒雅亦吾師。文章舊價留鸞掖，山斗於今説退之。

（葛詞蔚輯《平湖葛毓珊先生小影題詠》，民國影印本）

彙刻傳劇題辭

楚園先生屬序《彙刻傳劇》，擬《百宋一廛賦》體，序成，意有未盡，再題三截句，呈就教正。

瑯瑯《百宋一廛賦》，我媿當年顧虎頭。得似蕘翁學山海，家珍何必借黃州。蕘圃先生藏詞曲處曰學山海居。明臧晉叔刻《元曲選》，嘗從黃州劉延伯借元人雜劇二百五十種，見《靜志居詩話》。

㾐鳳簫樓重回首，暖紅蘭室兩同心。詞場僂指《陽春曲》，幾見知音在瑟琴。先生刻書，多與夫人合校。德配江寧傅偶蕙夫人春孅，字小鳳；繼配江寧儷蕙春珊，字小紅。㾐鳳樓、暖紅室所由名。

取次瑯璈記拍來，尋常絃管莫相催。挑燈笑問雙紅袖，參昴星邊大小雷。先生兩姬人，以大雷、小雷呼之，收掌圖史，有水繪園雙畫史風。安吉吳俊卿爲作『雙忽雷閣內史書記童嬛柳嬿掌記小印』。先生辟地海上，自號枕雷道士。

（劉世珩《彙刻傳劇》，民國八年貴池劉氏暖紅室刊）

絕句

慘燄搖燈夢不成，倏如雨密倏雷驚。令人回首承平日，除夕千門爆竹聲。

（鄭煒明《況周頤佚詩考論》錄自《天春樓漫筆》，載齊魯書社二〇一一年版《況周頤研究論集》）

五律

遯盦秦漢古銅印譜題詞

上下二千載，摲抄徑寸珍。印燈今續燄，鐵筆此傳薪。奇字人爭問，古懷孰與倫。斷無斯籀蹟，淪落在風塵。

（鄭煒明《況周頤佚詩考論》錄自《天春樓漫筆》，載齊魯書社二〇一一年版《況周頤研究論集》）

賦得八桂山川臨鳥道，得川字五言八韻

八桂登臨處，名山並巨川。蟾宮和月折，鳥道帶雲穿。涼蔭辰峯外，香浮癸水邊。蕭蕭驚叱馭，跕跕墮飛鳶。翠聳千盤路，青餘一髮天。郵程迷瘴雨，關塞入蠻烟。鴈影三湘隔，羊腸九折連。高枝欣可惜，蓬島接班聯。

本房加批：返虚入渾，積健爲雄，清新俊逸，猶其餘事。

（輯自王娟《況周頤詞學文獻研究》據衡鑒堂刻《廣西鄉試朱卷》卷七，廣西師範大學出版社二〇一五年版）

七律

題繆筱山醫室

點檢同書費審詳，教人錯認藝風堂。筱珊先生著有《藝風堂文集》。杏林未必留雲在，藥籠何因拾藕香。先生刻《雲自在龕叢書》、《藕香零拾》。緗素家珍標難素，先生富藏書，多宋元本。顧黄學派衍岐黄。先生校勘專家，顧千里、黄蕘圃後，一人而已。還疑史筆餘清暇，先生近膺清史館總纂之聘，於前月北上。得似宣公錄祕方。《談月》：陸宣公晚年家居，尤留心於醫，聞有祕方，必手自鈔錄，曰此亦活人之一術也。

（《東方雜志》第十二卷五號之《眉盧叢話》）

元旦

陽生一九叶龍躔距長至九日，寶籙欣開泰運先。吉語桃符春駿發，清輝桂魄昨蟾圓值舊曆十六日。衣冠萬國同佳節，歌管千門勝昔年。晴日茜窗揮綵筆，歲華多麗入新編。

（《東方雜志》第十二卷六號之《眉盧叢話》）

三言詩

三言詩

花嬋娟，影自憐。竹嬋娟，媚疏烟。雪嬋娟，姑射仙。月嬋娟，月赏圓。

（《四民報》一九一二年十二月六日第十五版，又見《東方雜志》第十二卷六號之《眉廬叢話》）

雜言

詠榕樹

俯蓮蕩一灣，楊柳蕭疏湖上曲，坐榕陰半畝，枌榆歌舞鏡中人。

（一九二五年四月八日《申報》之《餐櫻廡漫筆》『余幼時喜誦之』云云，編者擬題）

登疊綵山放歌

洞旁得小亭，可以安尊鼎。此時凭闌一望遠，忽覺樂事都可哀。

（一九二五年四月二十四日《申報》之《餐櫻廡漫筆》，編者擬題）

斷句

落花詞句

擁被不聽雨，算作一宵晴。

（趙尊嶽《蕙風詞史》『早歲落花詞』云云，載於《詞學季刊》第一卷第四號）

登中岳句

舉頭天外烟雲低，俯見大千無一物。

（步章五《蕙風遺事》『僅十一歲』云云，載於民國乙亥刊《林屋山人集》卷十三）

詠海棠句

妙氣清微別有香。

（一九二五年十一月十九日《申報》載《餐櫻廡漫筆》，『蕙風未癖詞時，詠海棠句』云云，詩題爲編者擬）

詠蘭花句

偶來應是有緣香。
一夜西風暗轉廊。

詠海棠句

綠肥紅瘦李清照，鬢亂釵横楊太真。

（以上二題，見一九二五年十一月二十七日《申報》載《餐櫻廡漫筆》，『蕙風十三歲已前尚未癖詞，學作近體詩』云云，詩題爲編者擬）

悼桐娟絕句斷句

殯宮風雨如年夜，腸斷蕭郎尚校書。

（趙尊嶽《蕙風詞史》，載於《詞學季刊》第一卷第四號）

聯句詩

淮舫同夔笙二首

玉籠鸚鵡學愁言，大限言字，夔句。簟卷帷飄正斷魂。大限魂字，夔句。釧響依稀來曲榭，大限榭字，夔句。簾波搖漾隔斜門。夔限門字，大句。分飛勞燕春無主，夔限主字，大句。莫話杯蛇事有痕。夔限痕字，大句。已慣天涯輕賦別，夔限別字，大句。晚香猶替敗蘭蓀。大限蓀字，夔句。

玳梁雙燕舊巢營，夔限營字，大句。鴛牒何憑記甲庚。夔限庚字，大句。櫂外蓮歌兼月盪，大限盪字，夔句。簷前蛛網惜塵攖。夔限攖字，大句。每從鄰里窺臣玉，大限玉字，夔句。何福仙都偶智瓊。夔限瓊字，大句。解惜檀郎工慰藉，夔限藉字，大句。幾宵風雨怨芳蘅。大限蘅字，夔句。

（清程頌萬《石巢詩集》卷十二『江風集連句詩下』，《續修四庫全書》影印民國十二年刊《十髮居士全集》本）

附

楹聯

集六朝人句爲楹言

生平一顧重，夙昔千金賤謝朓；

爭先萬里塗，各事百年身鮑照。

（一九二五年十二月七日《申報》載《餐櫻廡漫筆》，題爲編者擬）

吳閶闕園楹言

山光照檻，塔影黏雲，永日足清娛，繞膝觴稱金谷酒；

紅蕚詞新白石道人《一蕚紅》詞『古城陰、有官梅幾樹』云云，墨華誌古，遙琴託高詠，題襟人試老萊衣。

（一九二六年三月三十一日《申報》載《餐櫻廡漫筆》，題爲編者擬）

綴玉軒楹言集《玉臺新詠》

北方有佳人張華《情詩》，淑貌曜皎日陸機《豔歌行》。
西城善雅舞陸雲《爲顧彦先贈婦》，芳氣入紫霞楊芳《合歡詩》。
蘭釭當夜明王融《詠幔》，新聲惜廣宴劉孝威《怨詩》。
芳袖幸時拂王融《詠琵琶》，春風扇微和陶潛《擬古》。

（録自《趙鳳昌藏札》，國家圖書館出版社二〇〇九年版）

集楹聯

余唯利是視見《左傳》「晉侯使吕相絶秦」，民以食爲天見《通鑑》賈閏甫謂李密語下句「而有司曾無愛惜屑越」。

（《餐櫻廡隨筆》卷五）

挽聯

癸亥自作挽聯

半生沈頓書中，落得詞人二字；
十年窮居海上，未用民國一文。

（步章五《蕙風遺事》，載於民國乙亥刊《林屋山人集》卷十三，題目爲編者所擬）

附

琺島詩批稿

雲母集羣仙，霓裳簇簇鮮。恰逢柄實熟，將近菊秋天。戲舞鵷班綵，徵歌燕莬篇。古稀稱此日，内助想當年。書筆門庭舊，淮淝族望傳。青齊屯細柳，紅燭撤金蓮。大將星方曜，深閨月正圓。端因烏鳥愛，請挽鹿車旋。蘋藻娱堂上，芝蘭繞膝前。艱辛操旁批：勤井臼，征戍盼幽燕。騎省輿迎奉，蘁台闔獨專。同仇賡板屋，犒士拔釵鈿。牙帳重符綰，頭銜極品遷。太平旁改：乾坤銷劍戟，畿輔忽烽烟。詔旨盈廷誤，兵戎八國連。櫜鞬旁批：沙場拚裹革，羣盜旁改：寇焰益張拳。四路狼□哭，全家虎吻懸。慰親□告變，避地遠移邊。游子雲還舍，中原海易田。上書趨相府，乞粮蕩歸船。賜謚幽旁改：潛光顯，褒忠厚澤延。幾株都挺秀旁改：雙株分耀采，一鶚特高騫。求學東飛渡，籌防北撚纏。輶軒經歷歷，濁世固翩翩。自沸周京旁改：神州鼎，猶投祖逖鞭。福山初鎮守，皖水又旬宣。坟舊分河潤，流亡散俸錢。承歡恆側愊，入境即聞絃。綜計平生事，從知郝教旁改：母氏賢。允宜臻茀菜，用以抧迍邅。姊妹荊花茂，孫曾瓜瓞綿。清芬誇坦腹，白髮燦華顛。琁策交曾訂，枌榆誼復聯。津沽頻聚首，昆季每隨肩。介壽觴爭晉，揖聖旁批：摳衣禮庭虔。願添籌七十，愧列客三千。桴鼓安京□，笙簧□綺筵。不才陪座末，有句觸抵先。欲寫文如錦，深慚筆似椽。聊將嵩祝意，薰沐奉鸞箋。

（錄自孔夫子舊書網，標作『近代著名文人況周頤行書文稿』，拍品編號：五三〇六二五三』。原詩末有題云：『仲□三兄□□，尊稿墨刪□之，不知合用否？望眎之。弟頤頓首。』又鈐印：『況周儀印』，陰文）

附

澹如軒詩

一卷

《澹如軒詩》一卷，爲況氏祖母朱鎮撰，收入《蕙風叢書》中，本編據以錄入，作爲附錄。

澹如軒詩附

臨桂女史　朱鎮　靜媛

粵女襍歌

采桑桑葉稠，執筐來陌頭。春蠶資汝食，化作繭絲柔。桑葉稀，桑葚熟。桑葚離離，食之明目。
采蓮蓮塘側，亭亭舒秀色。不羨楊妃容，但慕君子德。蓮有實，先有華。其華如玉，其實可嘉。
采茶茶生圃，春社初經雨。品多不知名，誰能問陸羽。茶品多，人不知。聊以解渴，作譜何癡。
采菱菱池旁，風吹翠袖香。質自紅衣露，心如白璧藏。菱刺多，菱實好。菱實雖好，采之宜早。
采藥藥滿畦，弓鞵溼香泥。青青女貞子，茸茸慈姑荑。藥氣香，藥味苦。味苦療人，氣香憐汝。
采花花滿林，折取插瑤簪。羨煞雙蝴蝶，翩翩度花陰。花欲言，又若笑。笑儂容顏，與花相肖。

春日憶從妹

縟綠冒林樾，紛紅散庭隅。巢成燕新乳，園寂鳩相嘑。花氣入窗來，和風與之俱。韶華豈不貴，所悵人事殊。昔別今幾春，雁飛各分途。南北阻音問，悠悠馳白駒。懷人望天末，日莫空踟躕。

送春宇弟之任恭城

蓬壺志未成，一官乃振鐸。相送江之湄，江平晚潮落。憶昔少小時，詞章共研索。自從巴蜀還，青雲瞻薦鶚。五度戰春闈，魚腸歛鋒鍔。歸來坐荒廬，種梅兼養鶴。澹哉此癯僊，遐心忘好爵。琴書信足娛，苜蓿聊可嚼。樂州路匪遙，惜別深情託。三年重相見，讀詩感棣蕚。離懷結莫雲，愁緒滯烟郭。儻有西飛鴻，魚函寄深閣。邊隅風教疏，下帷鮮攻錯。育才藉師資，傳薪紹濂洛。

愛花

素癖惟愛花，花氣芳且烈。爲語閨中人，好花莫輕折。花是天之華，亦猶人之傑。不見池中蓮，亭亭表修潔。不見籬邊菊，幽香標晚節。寒梅嶺上開，老幹欺冰雪。餘葩發奇姿，爛如錦繡纈。紅密金鈴護，綠稠綵幡列。裛甕晨氣清，編籬曉露綴。春秋多良辰，對此足怡悅。

春仲

昔年春仲時，穠華燦高枝。今茲邁良會，舒英曷獨遲。條風豈無信，吾將問封姨。

獨秀峯歌

桂林之山甲天下，玉笥瑶篸羅四野。一山突起榕城中，此山更是巋然者。上有古廟淩烟赧，下有深潭自吞瀉。前朝藩邸今荒榛，誰問金尊與翠斝。旁有顏公讀書巖，萬古藤蘿尚風雅。石壁奇崛不可攀，攜壺著屐游人寡。生平未登千仞岡，坐對崚嶒已心寫。聞説登山宛登僊，一柱擎天如在把。橫看雉堞環江城，俯眂魚鱗紛屋瓦。青雲梯遠孰追隨，碧落碑高恣搗灑。羣峯羅列似兒孫，衆壑趨承皆犬馬。有時峭立何森嚴，有時如糍殊澹冶。冥冥半空香雨來，飄飄雙袂天風惹。我觀此山真奇特，我聞斯言良非叚。我意不在雲漢間，在虖山水之間也。

讀《晉書》二首

山中草木皆晉兵，此亦勍敵毋易眂。風聲鶴唳何迢遙，秦兵猶疑晉兵至。謝玄桓沖皆憂危，惟有謝安如無事。已別有旨旨寂然，圍棊賭墅憑嬉戲。奏凱忽傳得驛書，書來牀上聊一置。小兒破賊本無奇，過戶鏗然聞折屐。聞折屐，果何意？精鋭休誇北府兵，指撝稍慰中原志。投鞭足斷大江流，苻堅斯語何能遂。當年江表有偉人，桂石功高佐平治。

長星勸汝一杯酒，萬年天子古何有。當時淝水平苻堅，江南正朔尊乾九。昊天偶示以災殃，修德行仁斯悠久。如何舉爵華林園，只怨蒼穹不自咎。君言在耳猶未忘，可憐命斷宫娥手。

讀《唐書》二首

雷海清，何忠義。長安已取宴羣臣，凝碧池前衆樂備。慟哭獨悲御輦西，憤將樂器擲諸地。粉身碎骨死如歸，樂工有此真奇異。當時梨園子弟多，泫然每憶舊恩波。白刃示威豈無畏，寸心傷慘將如何。君不見羣臣盡是漢臣子，社稷顛危轉忻喜。歌舞風流醉綺筵，箾韶雲散忘丹几。不若梨園尚愴悽，感激天良不自已。嗟爾衣冠蹌濟人，若對海清真媿死。

安金藏，何忠烈。孰云皇嗣有異謀，剖心明之肝膽裂。銅匭方收羅織經，九重神器憑闚竊。周興元禮何殘忍，瞬間酷吏身俱滅。吁嗟虖太常工人真不朽，密奏徒勞陳左右。睿宗繼統賴斯人，不然皇嗣歸烏有。當時臣節盡如斯，武氏何能偁母后。

刺繡詩

靜悄緑窗閒刺繡，金鍼度處輕挑就。一幅裁綃襲異香，五紋添線宜長晝。排成錦翼盡雙飛，製作璇圖皆百壽。竝蒂西湖肖碧蓮，相思南國拈紅豆。紅豆碧蓮未足奇，巧機欲向天孫授。於今花樣更翻新，不取繁華取韶秀。

過石期溪

地漸吾鄉近，關心節序催。遠山微露塔，枯樹半生菭。帆影隨雲落，灘聲挾雨來。湘江今夜月，歸思更裵裒。

春莫

景過流觴節，春深詠絮家。微風鶯坐柳，細雨蜨藏花。泉昏湄清沼，窗虛籠碧紗。相期邀女伴，幾日玩芳華。

東鄉

地僻近僊源，餘風太古存。綠天蕉葉寺，紅雨杏花邨。尋藥曉登隴，浴蠶春閉門。不知城市事，清課度晨昏。

花橋

石橋東郭外，近市轉清幽。樹影分樵路，山光壓酒樓。幾郵臨岸見，一水裹城流。花事今消歇，春波汎白鷗。

聽雨

一夜雨瀟瀟，隨風幾度飄。秋聲喧薜荔，餘滴響芭蕉。窗迴鐙花黯，香寒烟篆銷。壁間蟲語寂，清夢亦迢遥。

中秋

天迴白雲開，冰輪入座來。香風送巖桂，清露落庭槐。女拜窗前月，兒分席上杯。鑠閫今夜策，誰是謫僊才？

家有老嫗年近八旬，服役不衰，詩以贈之

八十身猶健，精神此老彊。言多述往事，飯必盡餘糧。聚米晨敲杵，分鐙夜補裳。女孫歡不寐，時索棗梨嘗。

幽居

寂寂揜柴扉，虛窗落翠微。游蜂經雨散，放鶴帶雲歸。樹老枝仍茂，園荒筍自肥。落花啼鳥意，應共惜芳菲。

雪意

白晝渾如夜，泥爐慘不紅。凍雲低曠野，枯樹響高風。鶴語石橋下，漁歸郵市中。此時須對酒，微醉已春融。

送三妹之寶豐

家居吾妹近，時節每相親。忽送江干別，何堪病裏身。篷窗話秋月，湘水汎青蘋。明日分紅袖，烟波遠問津。

有女嬌如玉，登舟别淚盈。可憐值髫歲，也解動離情。澤國三湘路，征車七日程。伊州如對月，還憶綠榕城。

日用詩十二首

一粟來非易，三升食已豐。飯抄雲子潔，匙捲雪花融。秷秷看秋穫，穰穰驗歲功。素餐天下是，不獨繡閨中。米

於水誠何取，功先六府修。朝常沿井汲，夜或敂門求。涼飲消炎夏，微波入早秋。一瓢貧至此，樂趣獨優游。水

一日能無火，休云突不黔。析薪嚴父業，跨竈後賢心。蠟代誰爭富，桐焦有賞音。書多梨棗貴，榾柮且如金。火

種菜誠良策，披吟旨蓄詩。咬根憐爾輩，學圃得良師。生意饒三月，嘉蔬備四時。蒼氓多此色，灌

溉莫遲遲。菜

庖有如坻肉，莫嗟南阮貧。肥甘堪養老，烹炙足留賓。此味忘三月，其功總八珍。休云食者鄙，分胙得賢臣。肉

細把茶經讀，題評竟若何。有符堪調水，沸鼎亦翻波。夢醒纔烹罷，詩清爲歡多。春風閒啜茗，日莫發長歌。茶

酒國真寥廓，其中別有天。劉伶狂作頌，太白醉偁僊。恰有錢三百，誰誇斗十千。兒童遇佳節，歡飲亦陶然。酒

食用兼資汝，酥油各有名。焚膏能繼晷，入饌可調羹。瓶想凝脂潔，鐙看下炷明。佳人朝掠鬢，風送桂香清。油

宛爾形如虎，人資煮海功。熬波方出素，拂竈亦凝紅。膠鬲賢曾舉，桓寬論自工。憑渠石學士，售向市廛中。鹽

名記醵酪異，誰將芥醬儲。清香含芍藥，妙製倣葫蘆。調菜功尤遍，和鹽味自如。八珍期是主，凡品特其餘。醫

食品每求新，於茲獨貴陳。含香和以橘，沽直乞諸鄰。妒婦餘風在，寒儒得味真。醯酸知蚋慕，《勸學》昔傳荀。醋

斯是如蘭味，生平不可無。禦寒邊地重，逐熱世人趨。蓋露名尤擅，吞雲氣自殊。慕廬夙有癖，偏耆澹巴菰。烟

春去

春去天涯盡綠蕪，倩誰描出送春圖。落花無力迎蝴蝶，芳樹多情戀鷓鴣。對酒窗前添別思，登樓雲外認歸途。青年此景應須惜，莫負香閨翰墨娛。

春莫

庭院陰陰晝漸長，留春無計惜韶光。鶯爭暖樹啼芳徑，燕趁微風過短牆。幽夢已隨飛絮散，靜機時觀落花香。捲簾閒把瑤琴弄，頓覺塵心澹欲忘。

伏波山懷古

伏波山下水潺湲，銅柱功高鎮百蠻。晚節可憐疑薏苡，邊城依舊繞林巒。摩挲石上曾鳴劍，山有試劍石。顧盼軍中獨據鞍。蓋世功名猶藁葬，臨風懷古起悲嘆。

家園

小小家園萃衆芳，百般紅紫鬬春光。池蘋漾緑迷新漲，鄰樹分青過短牆。閒裏偶忙因學畫，静中多悟每焚香。堂前燕子歸何晚，似爲幽人駐夕陽。

積陰

積陰連日黯香閨，畫意詩情任取攜。静院無風花自落，空林欲雨鳥先嘶。竹分野徑千竿秀，山壓茆櫊一帶齊。田媍春深蠶事少，料應饁餉到芳畦。

水東街

浮梁如帶跨東關，屋瓦魚鱗處處環。諸子衣冠三代上，幾家貧富十年間。春晴客爲看桃過，晚市人多賣菜還。最好花橋橋上望，烟中樓閣月牙山。

澄兒入翰林，詩以勉之

詞臣從古占清華，五載君恩屢拜嘉。薄質也教錢入選，真修須勉玉無瑕。春風函丈詩詩草，仙籍同人說榜花。年少登瀛容易事，可能涓滴報天家。

偶得

偶得新詩喜自鈔，重將舊句細推敲。日侵雕檻移花影，風過鄰牆動竹梢。吞餌愛看魚撥刺，銜泥時有燕歸巢。榆錢已老荷錢嫩，天氣陰晴初夏交。

挽從父亭午公

依依廿載對門居，意趣逢人總晏如。郭璞神僊蹤已杳，向平婚嫁事無餘。周貧慷慨常分粟，教子殷勤只讀書。何以慰公泉壤下，蘭枝待錫進賢車。

鄉鄰耆舊老成風，寄迹魚鹽大隱同。尊酒好賓追北海，瓣香課子祝南豐。澄懷磊落千秋上，世事紛紜一咲中。今日望衡人不見，白楊荒草郭門東。

示澍、澄，時澍入翰林

泥金又報一番春，伯仲登瀛氣象新。未必高才追二宋，能將夙望慰雙親。年來目疾渾無恙，老去心懷也足伸。諸子承歡孫繞膝，好憑樂事敘天倫。

鄉里年豐寄汝知，燠涼天氣總相宜。市廛米賤人情樂，菽水家貧老志怡。夜靜機聲留月色，秋期蔬味入風詩。倚閭懷遠書應到，正是瀟湘雁度時。

曉起

清氣入秋多，曉起坐粧閣。簾影捲霜寒，簫聲吹月落。

雨後

蕭齋一雨後，蒼翠生莓菭。小鳥入窗慣，闚人時去來。

晚涼

風聲捲雨來，雨勢隨風散。晚涼天氣清，數星耿河漢。

春詞

春來草成茵，春去花如雨。去來人易衰，東風自千古。

春晚

青草芳池烟景，綠槐深巷人家。又是一年春晚，空庭落盡梨花。

漫興

如此春日秋日，幾許分陰寸陰。那堪賞月無酒，常愛對花撫琴。

秋晚回文

盈盈夕覺香清甚，桂放新枝幾簇花。明月夜涼風入座，急聲蛩譄小窗紗。

冬夜回文

琤瑽細聽漏聲寒，醒夢幽窗夜月殘。横幅一枝梅影瘦，生春忽憶畫來看。

古才女詩

女誡篇成重石渠，六宫師事信非虚。史才應是當時少，特詔班姬續漢書。班惠班

周官音義費研窮，典午傳經壽母功。百二十人齊受業，絳紗帷裏坐春風。宣文君

攜豪愛學簪花格，漬墨還成筆陣圖。底事夫人名籍甚，右軍當日是高徒。衛夫人

臣妹才思亞左芬，芳名遠向九重聞。至今香茗留遺集，薦入騷壇亦冠軍。鮑令暉

酒旗詩社投詩百餘卷，得尤雅者二十卷，其第五卷，秦氏女子詩也，贈以二絶

豔説吾家蓮社開，蛾眉誰爲送詩來。綠楊紅杏饒佳句，不減當年詠絮才。
拔幟騷壇二十篇，斯篇豐致特妍然。若教紅袖能簪筆，五鳳齊偁上界僊。

舊書中得先慈詩楄感賦

字擬花容句擬僊，清詞讀罷一潸然。於今手澤歸藷落，珍重紗籠五色牋。

城東

城東山市隔紅橋，歌吹聲聲送玉簫。花縣月明風澹蕩，萬家鐙火近元宵。

家居賦景

幽居偏喜近棲霞，路轉峯迴一徑斜。此去僊源知不遠，隔溪紅雨落桃花。
飛巖繞屋落空青，爲訪僊巖號七星。平野蒼茫烟樹外，有人斜日倚山亭。
月牙山下水溶溶，排闥嵐光點染工。鳥語花香憑領取，不知身入畫圖中。
鐘聲鄰廟藹朝暉，六月香烟護錦幃。九子母前齊獻拜，兒童歡説轉花歸。

清明

紙灰飛作蝶衣輕，山郭桃花釀午晴。兒女英雄成往事，年年惆悵度清明。

雨後

雨後春光點染工，更無雲影礙晴空。東風吹暝灕江水，碧樹紅橋入鏡中。

紅玉墓

聽月亭前葬阿紅，香魂消盡夙緣空。人間不少飛瓊墓，都在荒烟蔓草中。

初夏

黄梅時節牘流鶯，羅袂新裁白雪輕。數里便知天氣異，半空雲雨半空晴。

題畫

青山如繡水如烟，松裛危亭午蔭圓。寂寞柴扉人不到，雙雙飛鳥落平田。

哭淑

懨懨久病入膏肓，難向秦和問祕方。阿姊十年成死別，而今哭汝更神傷。
六月紗窗暑氣侵，那堪病體已深沈。日遲彊進桃花粥，猶進歡言慰母心。

骨如柴立腕如藤，藥味甘平也不勝。忽減忽增憐病勢，悶人渾似欲殘鐙。
蘭摧玉折損芳年，幽恨冥冥欲問天。明月不知人已杳，團圞依舊照窗前。
匳鏡生塵香散鑪，顛風吹落掌中珠。何堪更遇消寒會，不忍重披覽勝圖。
綠窗清課賸殘篇，筆勢垂垂曉露妍。紅線碧綃裁對偶，許多才思付雲烟。
鏡臺粧閣已全非，捲箔猶疑是汝歸。記得昔年長夏日，玉釵撝扇侍萲幃。
心已成灰鬢漸霜，重泉莫更念高堂。一抔葬汝依兄姊，寒食年年總斷腸。

柳枝

東風吹綠染新條，春色迎人上畫橋。十里曉烟雙岸雨，未曾離別已魂銷。

跋

況周頤

右《澹如軒詩》一卷，先大母朱夫人殘稾也。夫人之先，故靖藩之苗裔。父諱一玠，皇文林郎進士，四川榮昌知縣。道、咸間御史諱琦，以文章氣節名天下，夫人從弟也。夫人笄歲，嫺吟詠，于歸後，婷壹内政，輟不復作。晚年稍復從事，自寫定若干首，名曰《澹如軒詩》，取司空表聖《詩品》『人澹如菊』句意，自明微尚所寄云。周儀晚出，不逮事大母，詩稾經亂散佚。是卷屬先父、世父輩記憶鈔撮而成，吉光片羽，彌足珍惜，謹編付手民，而識其緣起於此。

光緒己亥孟冬月幾望，第十五孫周儀跋於武昌杏花天寓廬。

萬邑西南山石刻記

二卷坿錄一卷

《萬邑西南山石刻記》二卷坿錄一卷，有《蕙風叢書》本，上卷卷頭下題『蕙風簃所箸書第拾柒』，本編據以錄入。上卷末尾署『受業陳天沛、譚瑰斠字』；下卷末尾署『受業向會昌、易昌炳斠字』；坿錄末尾署『受業楊炳森、□際飛斠字』。

原錄碑刻照原刊行數，茲接排，於換行處用斜線標示。

萬邑西南山石刻記上卷

西山磨崖二十種

絕塵龕石刻

按：今工部營造尺，「絕」字徑二尺盡五分，「塵」字徑二尺二寸，「龕」字徑二尺。正兼行書。平列。在太白巖山半石壁上。

絕／塵／龕

按：宋王象之《輿地紀勝》：絕塵龕在西山石壁之間，父老相傳云昔人卓庵修道於此，蛻跡而去，有巨人鎖子骨在焉，幽人勝士之所遊觀，有唐人題記。又『絕塵龕』三字在西山石壁，字體清勁，類晉宋間人書。

魯有開題名

拓本，高七尺，寬六尺，字徑一尺，正書。在青羊宮門外田間石壁上。

萬守魯有開元翰／修西山池亭，種蓮／栽荔支雜果凡三／百本。繕完封植，有／望來者。至和二年／春正月，趙惲題石。

桉《輿地紀勝》：魯有開，青州壽光人。《宋史·循吏》有傳，不言其知萬州。可據題名，補史傳之闕。《四川通志》：『有開知萬州，政寬民和，人懷其惠。暇日，敞西山池亭，萃泉石之勝，一時名賢相過，游詠其中。後人名其地魯園，池爲魯池云。』右題名及郡守梁□題名、陳損之《七賢堂記》、西山六言詩，在魯池西南石壁上。池址今淤爲田，各刻沈薶泥淖中，字出水僅尺許，經冬不涸。辛丑臘月，余命工往拓，每拓一種，先數日掘泥，周圍逾丈許。先一日挽水令盡，翌日犁明而往，則水仍浸入，及碑太半矣。又挽令盡，候石半乾，可上紙，則已逾亭午矣。水仍浸入，不數刻又將逾尺，旋挽旋拓，趕故拮据，間不容髮，稍一不慎，則紙被泥污。魯公題名元翰二字之間有石罅，水涓涓出，以布及絮塞之，不能止。拓本元字末筆、翰字右偏字□未有不漫者，約計每日用拓工二人，挽水三人，肩輿者猶不時助之，窮日之力，勉就一紙，尚不能甚精，下半幅尤甚。緣氈椎綆汲，埶難併營，拓稍遲，則水入，而晷刻又限之，竣事卽屬不易，遑論熨帖周詳。余監拓磨崖諸蹟夥矣，未有若是其難者也。聞土人云，田間再深丈許，尚有石橋石碑，四旁題刻不少，則非大興工役，不可得而見矣。

劉公儀西亭記

拓本，高二尺八寸五分，寬三尺蓋五分。二十六行，行二十四字，字徑一寸弱，正書。在青羊宮東北石壁上，黄魯直題名左方。

萬州西亭記

亭據郡西，地藏靈勝，以是名章章焉聞於峽中。嘉祐捌年冬，上命駕部外郎東平東公守南浦郡，郡瀕江蹲山，土瘠而民嗇，居室多草茨，井閭之間，櫛比皆是。公下車，席未皇煖，火災屢作。公患之，乃籍郡之羨緡，市材具，構廣廈于西肆，屋通衢而瓦之，亡慮二十有二楹。築水防，表火道，其害始息。居民便之，商賈貿易，亡曝濕之苦。未數月，事舉政平，時和訟簡，公命僚屬醼於所謂西亭者。公周覽而駭曰：『此三峽之絶致也，形勝之美，出於自然，非人力所能爲爾。一面層崖，列屏障也；數畝方池，藻蓮芡也。水石之幽雅，魚鳥之游泳，天其以此遺余，非余成之而誰也？』池之西北，舊有浮圖之宮四，至和元年，魯公虞曹剖符此地，始建三亭焉，曰高亭，曰鑑亭，曰集勝。集勝之前列射堋，殖花木焉。歷數政不葺，公乃度池之南岸，創亭曰碧照，取池水之淨淥也。步亭之東，構土地之祠，所以妥安神靈也。直祠之北建亭，曰綠陰，取柳陰之翳茂也。循亭而西，有石方丈如席，公命鑿之，引泉環注其間，爲流杯之所，命亭曰玉泉。亭之南有石突起，公命方之以爲碁局，結茅爲小亭而覆之，繇是池之周回皆有亭榭。大抵公所興創多矣，如市之佛宮、西津之大仙祠。重修公府之前蘭皋亭，舊名濟川亭，蜀人張俞賢良作記。率務約而完，固不爲夸麗。弗耗於官，弗勞於民，每良辰佳節，與賓寮張席于是，極游觀之樂。公曰：『是景也，非獨以適己而娱賓，抑將以遺後來之好事者。』公以治平三年春受代還臺，臨行，命駕於此，憐是佳山水之勝，顧謂公儀曰：『爾爲我誌其事。』謹按：公之政所宜書者二，夫興利除害，仁也；起廢修圮，智也。公之心平仁且智，其幾於道者耶？時二月初吉，南浦令劉公儀記。將仕郎守南浦縣尉孫鑑上石。『將』字與第二十五行第十二字竝。

桉：記云『至和元年，魯公虞曹剖符此地』，《輿地紀勝》亦云『皇祐年，虞部員外郎魯有開爲守』，《宋史》本傳敘有開歷官，用宗道蔭知韋城縣、確山縣，富弼薦之，知金州南康軍，代還。熙寧行新法，忤王安石，出通判杭州，知衛州，徙冀州，增隄有功，召爲膳部郎中。元祐中，知信陽軍、洺、滑州，復守冀，不言其官虞部，則記載之疏矣。《輿地紀勝》云：治平元年知金州，在守萬後十年，當是富弼薦之之時，召爲虞部外郎，出知萬州，移金州。中間當更歷它郡，弗可攷。縣志：濟川亭，亦名南浦樓，在縣治前，今圮。張俞《記》云：『北環梁山，南帶長川，拕東巴楚，有舟車之會。』見《輿地紀勝》。劉公儀，合州人，嘉祐中進士，見《通志》。

黄魯直題名

拓本，高三尺，寬七尺八寸，字徑三寸五分，行書。在青羊宮東北數十步石壁上，今作亭覆之。

庭堅蒙恩東歸，／道出南浦，太守高仲／本置酒西山，實與其從／事譚處道俱來。西山／者，蓋郡西渡大壑，稍／陡，山半竹栢薈翳之／間，水泉豬爲大湖，亭／榭環之。有僧舍五區，其／都名名曰勒封院。樓觀／重複，出沒烟霏之間，而／光影在水。此邦之人歲／修禊事於此，凡夔州一／道，東望巫峽，西盡郁／鄢，林泉之勝，莫與南／浦爭長者也。寺僧文照／喜事，作東西二堂於茂／林脩竹之間，仲本以／爲不奢不陋，冬燠而夏／涼，宜於游觀也。建中靖／國元年二月辛酉，江西／黄魯直題。

桉：黄庭堅，《宋史·文苑》有傳：紹聖初知鄂州，論《實録》首問，貶涪州别駕，黔州安置，移戎州。徽宗卽位，起監鄂州稅。《山谷年譜》：公以元符三年十一月自青神復還戎州，十二月發戎州，建中靖國元年解舟江安。集中有《萬州太守高仲本約遊岑公洞而夜雨連明戲作》七絶二首，又有《和高仲本喜相見》詩。明曹學佺《蜀中名勝記》：黄魯直《香山寺行記》略云：太守高仲本率南昌黄魯直、墊江譚處道，建中靖國元年二月庚申微雨中來，庭堅書。寺在奉節，題名反先一日，意者涪翁當日悤悤東下，高、譚兩君相送至夔，西山題名係在夔補書，屬兩君攜歸入石者乎？《臥龍山行記》略云：天水張茂先世京、南昌黄庭堅魯直、弟叔向嗣直，建中靖國元年三月丁卯同來。則後是題六日矣。

胡壬等題名

拓本，高二尺藎五分，寬二尺四寸，字徑二寸。正書。在青羊宫門外池南石壁上何㮙等題名右方。

政和三年八月，余／被檄過南浦，權郡／事。林□張彥忠邀／余至西山，徧歷諸／寺，徘徊終日。鄭圃／劉持正、安陸張德／孚、廣安何直道、涪／陵冉欽叔同游。十／一日，汝海胡壬文／叔題。

後十日，仙井／謝聖鄰自恭／南還司，同彥／忠、德孚、文叔／來游。

常德鄰等題名

拓本，高二尺七寸五分，寬二尺藎五分，字徑三寸彊，正書。在何渠等題名左方。

知武寧縣事常德／鄰趨府稟議，士曹／楊杲、兵曹李安道、／南浦縣尉謝大□／同游西山蓮池。宣／和四年六月六日。

李裁等題名

拓本，高三尺，寬三尺二寸，字徑三寸，行書。在青羊宮門外盡石磴池南石壁上。

二月二日，知萬州軍州事／李裁以□富節來□□／參從者□□□□□四、／楊杲、孔汝翼、李安道、安／遘、南浦縣令黃熙、縣丞□／東、巡監楊宗、檢稅□□□／監□□□縣尉□□□□／職事□□□，宣和□□□。

桉《輿地紀勝》：大雲寺有唐僧圓澤傳及宣和間萬州守李裁所書碑，縣志碑碣引之，誤『宣和』作『中和』，遂竝職官、題名而亦誤列唐人矣。

李延昌西山二大字

二字徑各二尺六寸，平列，右方書人姓名字徑二寸彊，左方入石人姓名字徑二寸五分，竝正書。在山谷題名亭後田間石壁上。

樊南李延昌紹隆書：西／山。／崇慶扈拱德中入石。

桉《蜀中名勝記》：劉均國《臥龍行記》略云：『潁川劉均國邀古雍李紹隆遊臥龍山咸平院，建炎四年十月晦日。』國朝劉喜海《三巴金石苑》：巴州南北西龕題名第三種『李脩仲弟紹隆陪趙工若來游，建炎庚戌。』第四種略云：『紹興壬子歲端午後二日，陳楫濟川、張仲通彦中、李延嗣脩仲游南龕光福寺。』跋云：李延昌，字紹隆，樊南人，見《綦江縣志》。又中江縣宋李大正書三大士號，竝李延智贊，延智揭銜銅山尉，或亦延昌昪弟行歟？謹桉：《欽定古今圖書集成》『氏族典』扈姓部彙攷：宋朝有扈蒙，爲尚書，元豐登科。扈垣，大名人。政和，扈瑜，河南人。宣和有扈拱。宋李心傳《建炎以來朝野雜記》：謝用先所薦費思甫士戣，廣都人，知重慶府，扈叔誼仲榮，江原人。崇慶州，漢置江原縣，屬蜀郡。僉書大安軍判官廳公事思甫，乃參政介甫之族，叔誼與介甫連姻。思甫以嫌除直祕閣，叔誼召察焉。《成都文類》題名一葉，首郎迪功郎監永康軍崇德廟扈仲榮。則扈氏亦崇慶邵族。玆刻當在南北宋之間矣，兩大字中間稍上石壁有方空若龕，高尺許，闊深不及尺，打碑人寘拓具殊便。此地當屬亭榭故址，而鑿此石龕，不知何用也。

何俔等題名

拓本，高三尺四寸，寬二尺三寸，字徑三寸，正書，右行。在劉公儀《西亭記》左方。

有五年春□月庚寅，／待月以歸紹興二十／寺之間，步至二詠亭，／自石橋訪古於諸山，／何俔喻伯、劉璹壽玉。

桉《通志》：何俔，廣安軍人，皇祐中進士。青羊宫坿近各處今未見有石橋，或即土人所云魯池故址再深數丈之石橋歟？《輿地紀勝》：二詠亭，舊以張、范得名。山中張白雲、范蜀公倡酬，趙侯希湎正亭名，以屬二公，遂爲此山重。郡守王騊記白雲張俞詩作於至和間，范蜀公詩作於熙寧。白雲詩曰：『池光復涵澈，萬象皆鏡入。』蜀公詩曰：『西山瞰大江，迆邐龍鱗溼。』

何㮚等題名

拓本，高三尺，寬四尺八寸，字徑三寸，正書。在胡壬等題名左方。

陵陽何㮚文度領郡／之初，勸農西山，既已，／勉勞父老，使敦率其／婦子服勤田畯，期於／

有秋宴。與僚屬汝海/馮忱端誠、漢嘉荀□/卿子醇、潁川陳沖裴/仲，尋幽訪古，款留終/日。

紹興二十九年二/月己亥，時宿雨初霽。

桉《通志》：何棐，仁壽人，建炎二年戊申科李易榜進士。《涪州志·歷代秩官》：馮愉，字端和，慶元二年郡守，或卽馮忱晜弟行歟？

郡守梁□等題名

拓本，高五尺二寸，寬一尺四寸。五行，行二十一字，字徑一寸彊，正書。在魯有開題名左方。

後□百十二年乾道丙戌，會慶節日，郡守梁□、僉事□□楊虞仲、兵官張貴、監稅趙公□、□□王伯虎、□□臣〔一〕、司理令狐普、□法安□自弥勒院禱□□□□□□聖壽道場□□□憩點檢添蒔竹木，皆有生意。無□□□□記也。□□栽種，僧正□□□孝，住持智深同來。

桉《朝野雜記》：孝宗生於建炎元年十月二十二日，以其日爲會慶節。《續資治通鑑》：乾道元年十月丁酉，金遣王衎等來賀會慶節，以後每歲如之。淳熙五年有因歷官妄推會慶節差一日事。《通志》：楊虞仲，青神人，紹興二十七年丁丑科王十朋榜進士。《人物志》采《鶴山集》：虞仲，字少逸，晚號老圃，居官以不欺名堂，又號不欺子。盛年射策甲第，直聲勁氣，響撼當時，有蘇文忠遺風。觀風作牧，丰裁清峻，屢詔不入，老不待年，徜徉泉石幾二十載。有《老圃遺文》若干卷。《輿地紀勝》校勘記：『勒封院』張氏鑑云：勒封，疑『彌勒』之誤。此云彌勒院，可爲左證。唯是勒封院之名，山谷題名已有之矣。『點檢』字，後人誤作『檢點』，宋人不誤，此亦一證。《西山勝蹟》：自唐太白以還，迄宋皇祐初，得馬公元穎始顯。至和初，魯公元翰始大章之。繼之者，嘉祐、治平間束公莊，乾道初梁公，慶元中趙公端卿善贛，自後風流頓歇矣。高仲本、李裁、何棐、侯賓數公則遊跡時至焉而已。梁公之名不傳，惜哉！

【校記】

〔一〕據下一文，『王伯虎』前二字，當作『玉牒』，後二字當作『趙心』。

侯賓等題名

拓本，高三尺五寸，寬八尺五寸，字徑二寸彊，分書。在李裁等題名折而西石壁上。

莒國侯賓彥家權萬州，適／荔子告熟，六月丙戌，置酒／賞于西山。己丑之大雲寺，／癸巳之壽寧觀，皆如西山／之集。預者開封劉玢國器、／天水趙伯昌慶遠、臨邛費／鎰南金、浚儀耿吉甫王佐、／遂寧謝祖信希文、恭南侯／三捷邦佐、寧川令狐普德／博、豹林种彥端直孺、玉牒／趙公忕心臣、䕍林栤仁、古／渝苟深資衜、眉山楊子茂／仲由、溫陵蔡億仲萬、固陵／廖之奇孚玉、武仙宋鼎𡆯／器、郡秀鄭邦基公立、劉大／受顯度，蓋乾道龍集己丑／之年也。書丁石刻之，爲南／浦故事。

桉《輿地紀勝》：桂華樓在州宅，初名纖月。太守侯賓以郡士二人同年登科，改今名。《縣志》

『古蹟・桂華樓』下云：慶元中，張賓知萬州，以州士二人同年登科，故名。《職官志・政績》張賓下引舊郡志云：慶元中，知萬州，加意造士，郡士二人同年登第，立桂花坊表之。『張賓』卽『侯賓』之誤，桂花坊卽桂華樓矣。賓權萬州，當乾道己丑，下距慶元初元二十六年。《縣志》云慶元中知萬州，卽沿舊郡志之譌，而舊郡志不知何本。《紀勝》作於嘉定寶慶間，時代切近，又得題名爲左證，當必可從。又大雲寺在州江之南武龍山北，壽寧觀在西南三里，開寶六年，移開元觀唐太宗、明皇銅像於此。《宋史・宗室世系表》：伯昌名凡五見，四燕王德昭六世孫，一秦王德芳六世孫，未知孰是。《續資治通鑑》：淳熙八年冬，淮東提舉趙伯昌奏通、泰、楚州捍海堰失修，望專委鹽司隨壞隨葺，務要堅固。從之。伯昌疑卽題名者，淳熙八年上距乾道己丑十二年，伯昌或初官郡寮，後積階提舉鹽司耳。公忕，廣陵郡王德雍五世孫；善林，漢王元佐六世孫。《通志》：謝祖信，遂寧人，紹興十二年壬戌科陳誠之榜進士。楊子茂，眉州人，乾道中進士。《蜀中名勝志》：淳熙十五年楊輔古書巖留題，同來者有雲安大夫鄭邦基、涪州白鶴梁有种彥琦、彥瑞紹興庚申二月丙午題名，或卽彥端昺弟行歟？宋种放隱終南豹林谷，自後凡种姓偁豹林矣。

侯賓題名

拓本，高寬均四尺，字徑三寸五分，分書。在青羊宮門外盡磴道稍南石壁上。

□谷侯賓□家□守萬〔一〕，/周斿西山，道蕃劇所，/清飲春春，壺天勝絕，/徜徉竟日，猶恨夕暉。客/少駐也，因掾崖石，用幽/踐。乾道五年冬十月夾。

右題名字句多殘缺，意者當時或書丹，或書紙入石，偶被刻工擦損，或值人事遷易，後遂不復補鐫，轉眴數百年，真無異雪泥鴻爪矣。

【校記】

〔一〕據上一文，『家』前一字當作『彦』，後一字當作『權』。

蔡仲玉等題名

拓本，高三尺六寸，寬五尺，字徑三寸，分書。在西山二大字左方。

蔡仲玉、蔡季卿、盧正中、/薛叔尚避暑西山，山腹/有清湖峻壁，萬點夫容，/五院回環，真秭、夔、忠、萬/之勝地也。太守鮮于/公沂仲欲剏堂奥上，名/湖山偉觀，正中喜爲之/書。淳熙辛丑六月初秋/後四日。

閻才元題名

拓本，高一尺六寸，寬二尺七寸。字徑二寸彊，正兼行書。在侯賓等題名下方稍右。

閻才元得請西/歸，子伯敏捧檄/來迎，遂爲魯池/岑洞之游。太守/鮮于沂仲新作/飛雲樓，據江山/勝會，皆夔中偉/觀也。淳熙九年/四月五日書。

按：閻蒼舒，字才元，元名安中，字惠夫。《夔州府志》：蒼舒，紹興中王十朋榜進士第二人。《通志·進士題名》：閻安中廷試第二人，晉原人，紹興二十七年丁丑科王十朋榜。《續資治通鑑》：安中策略言：『太子，天下根本，陛下嘗修祖宗故事，而儲位未正，深恐有誤宗社大計，願蚤正儲位，以係中外之望。』時帝臨御久，主器未定，大臣無敢啓其端者。安中對策，獨以儲貳爲請，帝感其言，遂擢爲第二。隆興元年，金人求通和，欲得四州，羣臣多欲從所請，監察御史閻安中上疏力爭，以爲不可。淳熙三年吏部郎閻蒼舒言馬政之弊，請嚴人蕃茶之禁。《金史·交聘表》：淳熙中，以試吏部尚書閻蒼舒使金賀正旦。《蜀中名勝志》：侍郎閻公、運使張公同遊。《臥龍紀行》略云：『余初自宣威幕府送季長奏事北闕，入道山，爲學士。後三年，余始被命造朝，遂玷論思之列。今丐祠，得請而歸，會季長護漕夔門，相與握手道故，辱燕款浹辰，最後遊臥龍山，晚趨躍馬城，至大醉而去。淳熙九年三月癸巳，唐安閻蒼舒才元書。』據《續通鑑》月日推之，三月癸巳，約在二十一二日，由夔抵萬，凡十數日乃達，當日遂初甫賦，流連故舊，跌宕湖山，不覺遲遲吾行耳。《續通鑑》云：淳熙八年八月庚戌，右丞相趙雄罷。初，雄在相位，有言其多私里鄗者，雄不自安，故乞外。雄既罷蜀，士在朝者皆有去志，閻公丐祠，或即當是時歟？明陶宗儀《書史會要》：閻蒼舒正書，雄健而有楷則，扁榜尤工，迹其進身伊始，能言人所不敢言，而又不坿和議，洞悉時弊，奚翅翰墨爲可寶耶？明楊慎《全蜀藝文志》：閻蒼舒有《將相堂記》、《登制勝樓次李燾均》七律，閻伯敏有《十二峯七絕》十二首。

趙善贛題名

拓本，高七尺，寬六尺，字徑一尺弱，正兼行書。在青羊宫門外盡石磴稍南石壁上。

西山池亭，自魯公／始閲百四十三年，／趙善贛廣其封植／之意，增海棠、桃李、／荔支、梅竹、花木五／百本。宇文元之書。

右題名，大書深刻，頫瞰包泉。桉《輿地紀勝》：包泉在西山，元符間，太守方澤爲銘。以其品與無錫惠山泉相上下，今汲飲者亡慮千數百家。《宋史·宗室世系表》：善贛，周王元儼六世孫。《通志·經籍志》：《南浦志》無卷數，《通義志》三十五卷，竝趙善贛譔。趙公兹刻有意步武魯公磨崖，高廣、行數、字數、字徑大小，竝與魯公題名同。趙惲書以凝重勝，宇文元之書以清勁勝，亦各擅所長。而兹刻較爲得所，故能完整如新。余和趙樾邨觀察藩西山題壁句云：『龕雲臥冷塵真絶，碑字蘚殘數亦奇。』爲魯公題名惜也。魯、趙二公皆言種荔支甚夥，侯賓題名亦有荔子告熟之文，其爲土地所宜可知。今萬邑絶無荔支，意者傾城風骨，近亦不合時宜耶？

陳損之七賢堂記

拓本，高八尺，寬五尺。二十二行，行約三十八九字，今可見者，衹三十四字，字徑二寸弱，正書。在青羊宫門外田間魯有開題名池南石壁上。

萬州七賢堂記

□□□萬州□□□□□□□□□中□□□□其效若此速者，同其俗，簡其政，殆如昔，就今可見者，每行三十四字，分行。□□□□□□□□□□□□□□□□是以□□□之言，吾州雖小，前後所□□人□□□□□□□□□□□□□□老泉三父子、白雲張先生、山谷黃太史嘗以□□亦□□之□□□□□□□□□□□□曰□茲七人者，非必久於此土，其相去已人□必援引相當，語其尊尚□□□□□□□□□久而知夫理□是固可與爲善，吾毋治也□令□教一切與之爲仁厚，而□之以□□□□□□□□毋得違犯，其不□□□始□□□曰此於七賢，尚謂可其□□□□□自□咎誓毋敢復爾，以□□□□□息□□□洽和瑞異呈露□□□□□因□□□敬□順□□又欲益堅其□□之心引而君子之□乃爲堂□七賢人□□□存□心□□□□損之紀其事，損之□□□□□□□荊蜀水陸□□衣冠東西□□必□□□□□□□□□□□□□□□□□□□□□洞□□□□□□□□□□　才　□□□□□□□□□□□□□□□□□□□□□□□□　明　□□□□□□□□□□□能以事業見於世，乃□□□爲賢□□□□□□□□□□□□□□而□於□□□□以□堂之所□作□□風俗之易移□□□□□□□□□□□□□豈復以丹青□□□□□□□□人□□□□事舉其往將以勉乎？　□□古人□□□，凡登斯堂，益求七賢人之所嘗行與其所嘗言，退而以治其身，以理其家，以行於□□，則又曰吾之爲人，眎此果奚若？　去其所不如，勉其所可能，馴而致之，何遽不爲七賢之□，悅其□美，話其□似泛泛然來，茫茫然去，則斯堂乃徙倚之地，酣適之區，侯爲此漫無□之始願乎。膳部名有開，青州人，見《東都事略》。白雲名俞，郫人。侯名善贛，字端卿，云慶□□既望，籍谿陳損之記。

右連率延閣公之文，轉運使者□澤王公隸古碑之堂左矣。明年春，徇邦人之□魯池，而此石特異，其理橫亙，如吉雲五色，君子謂文字之祥，殆非偶然。李謙□□。

右記，慶元間郡守趙善贛修七賢堂成，陳損之爲之記也。善贛守萬，在慶元四五年間，記末年月慶字下當是元字。今淪沒蘆田泥淖中，田不可耕，不能種稻，祇種茭蘆之屬，歲穫無幾。拓時掘泥竭水及石底，猶每行不盡，數字壓於石底之下，知刻字時尚未有石底矣。石大不可啓，下復有水，時時汎溢，兼溝道甚淺，字多曼漶，拓尤難精。桉《輿地紀勝》：七賢堂，太守魯有開、白雲先生張俞、蜀公范鎮、三蘇、山谷先後經行，取其詩章翰墨刻置堂上，仍繪七賢像，右司陳損之記。張俞，字少愚，自晉徙蜀，今爲成都郫人，應茂材異等科，退居岷山白雲谿，六辭召命。爲詩曰：『前身應是陶洪景，不用人間萬戶侯。』又云：『欲作外臣誰是友，白雲孤鶴在岩扉。』田況贈詩曰：『丹鳳詔不起，白雲藏更深。』呂汲公大防賦白雲詞以美之。其妻蒲氏，名芝，有《白雲先生誄》，見《全蜀藝文志》。亦隱居玉清館，自號隱夫人。《永康續志》云：白雲溪在清都觀前，文潞公鎮蜀，出俸金市此溪贈張俞，號白雲。《隱居通志》：陳損之，井研人，乾道中進士。《朝野雜記》：陳子長右司損之，籍縣人，國朝李兆洛《歷代地理志韻編今釋》：籍，宋縣，成都府路仙井監，今四川資州仁壽縣西北。爲華陽宰，紹熙末提舉淮東常平，以淮田多沮洳，因築隄數百里捍之，得良田數萬頃。事聞，賜名紹熙堰。子長除直祕閣、淮東轉運判官。《蜀中名勝志》：淳熙己亥八月，呂商隱《三峽堂行記》：同來者有郡僚陳子長損之，蓋初仕夔郡，後移淮東，仍還仕蜀者也。又慶元己未七月十四日，黃人傑《臥龍紀行》：『帥帳跨鼇，陳損之《通志》：跨鼇，山名，在仁壽縣東一里，其狀如鼇。繡衣；具茨王璆聯轡登臥龍』云云。記末跋語所稱轉運使者□澤王公，以其時攷之，或即王璆歟？

丁黼等題名

凡題名姓名在前者，不可辨識，即用在後者標題下卷。趙崇謪等題名亦此例也。

拓本，高一尺六寸五分，寬二尺二寸，字徑一寸五分，行書。在胡壬等題名右方。

□□□□文子持節／□□□偕池陽丁黼／□□□西上。時吴曦／□□□妖氛既清，夏／□□□□秋色澄鮮／□□□四□昏暮，迺／□□□□□年九月。

右題名字多殘缺，細宷之，首行缺名疑是安丙，年月亦泐，唯云『吴曦□□二字當屬平定之意，妖氛既清』，則在開禧三年逆曦授首後矣。然據《宋史》列傳：丙，字子文，題名作文子，異。而持節西上云云，於傳亦無碻證，究難決爲丙題耳。丁黼，《宋史·忠義》有傳。舊《通志》：黼，石埭人，紹定中真德秀薦於朝，授夔路安撫。上急務十事，力修備禦，爲政寬大。崔菊坡與之友，嘉其操，尚寄詩，有『同志晨星少，孤愁暑雨多』之句。校：文子姓錢，即箸《補漢兵志》者，補記。

西山六言詩

拓本，高五尺八尺，寬四尺一寸，行數不可計，字徑二寸彊，分書。在陳損之《七賢堂記》右方。

丘壑龍蛇起陸，外護涪翁墨池。坐倚北嵓/高躅，心隨南浦雲飛。爽合烟雲無迹，史君印心清風。何處蜚來/鷗鷺，舊盟猶識梁鴻。涪萬□□□□，青山夢裏三川。卻笑詩翁/□興，直□□□南天。右太□/□部□□□□□□西山六言詩□/□□太□剝之□□用增湖山之□/□□涪翁□□別共□□窮下俚輒。

右西山六言詩，第十行已後字蹟不復可辨，行數亦不可計。第七行『太』字下當是『守』字，第二首末句云『舊盟猶識梁鴻』，或即郡守梁公之作歟？乾道丙戌題名，見前。惜別無左證，難以臆斷。使君，宋人通用作史君，劉繳《蒙川遺稿》有《喜雨呈趙史君崇粟》、《投趙玉堂史君》詩。

觀德亭三大字

字徑一尺四寸，平列，正書。在太白巖山半石壁上。

觀/德/亭

右三大字，書埶樸茂，決爲宋人之筆。太白巖自山足至山腰，石徑稍曲而坦夷，已上較陡峻，歷石梯三重，重約二百級，西上折而北，又折而南，始達道觀。三大字在第二重石梯之半左手石壁上，『亭』字距石磴尺許，『觀』字及『德』字下半則薶沒土石中，頃掘出之，迺完整如新矣。其左方稍上有磨崖，方空凹入寸許，高二尺許，闊尺許。從前當有字蹟，今磨滅無復存者。此地昔爲亭，今爲路，可知昔日之路必不與今同，卽如絕塵龕，昔爲名流觴詠之地，今竟無路可通，祇能遙遙瞻眺而已。由觀德亭北上，盡第二重石梯，遙望『絕塵龕』三字在池北石壁上矣。

萬邑西南山石刻記下卷

南山碑三種

岑公洞碑

拓本，高五尺八寸，寬三尺八寸，『岑』字徑一尺九寸五分，『公』字徑一尺五寸，『洞』字徑一尺四寸，左方小字徑二寸彊，竝正書。在岑公洞外左手路旁。

岑公洞

紹興辛巳三月旦日，郡守何㮚書。

桉《縣志》：南山在縣南隔江三里，下瞰大江，卽縣之對山，疊翠如屏，亦名南屏山。下有岑公洞，洞中二石如纍碁，屹立撑拄，是鐘乳所成。其下有石臺洞門，瀑布十餘丈，自懸巖飛下，淙潺不絕，下注溪澗。《方輿勝覽》：在大江之南，廣六十餘丈，深四十餘丈，石巖盤結如華，蓋左爲方池，泉湧出巖際，盛夏注水如簾。松篁藤蘿〔一〕，鬱葱蒼翠，真神仙窟宅。舊《省志》：在大江南岸，唐岑公隱於此，有石狀如芝，名曰石芝，有泉曰灌芝泉。《輿地紀勝》：《圖經》云岑公名道愿。又唐嚴挺之碑云：

本江陵人，隋末避地隱此巖下，百餘歲，肌膚若冰雪，積二十年，忽於巖中尸解，至今號岑公巖。何槼，見上卷。桉《渠縣志》：縣南沖相寺有宋隆興二年何槼題名，揭銜『右朝請大夫、知渠州軍務、主管學事、兼管内勸農事、借紫金魚袋』，又有紹興辛亥槼子令脩題名，亦知渠州軍州。

【校記】

〔一〕藤：底本作『滕』，據文意改。

清境二大字

『清』字徑二尺三寸五分，『境』字徑二尺四寸，兩旁小字，上三字徑五寸弱，餘徑二寸彊，竝正書，在岑公洞碑陰。

宋卿名，嘉定丁丑重陽後三日。

清境

公原作，住山潼川何梧真立石。

曹齊之題名

拓本，寬四寸，字徑二寸，分書。在岑公洞碑右側。

澄城曹齊之公餘數能訪古，嘉定己亥重陽日書。

桉：嘉定無己亥紀年，當是乙亥之誤。

磨崖二十一種

劉忠順殘題名

拓本，高九寸五分，寬一尺六寸，字徑二寸彊，正書。在岑公洞内右手石壁上。

轉運使劉，／提點刑獄／常，博士／靈仙至。／六日忠順。

桉：涪州白鶴梁有轉運使、尚書主客郎中劉忠順石魚詩磨崖，皇祐元年正月十二日。右題名第四行，『至』字下當是『和』字，至和距皇祐數年，忠順或移官東下，或因公道出萬州，舉未可知。其下半磨刻慶元己未趙善贛等題名，善贛雅流，不應爲此焚琴鬻鶴之事。意者當日官事倥偬，必正書紙入石，付諸丞徒僕隸之手，其磨崖處所，非善贛自定耳。

朱師道題名

拓本，高二尺三寸，寬三尺，字徑五寸至三寸弱不等，正書。在岑公洞内右手石壁慶元己未趙善贛等題名右方。

清明日，侍／親遊于／岑仙洞。職方外／郎、知軍州事／朱師道，嘉祐／六年辛丑歲題。

鮮于端夫題名

拓本，高一尺六寸，寬八寸五分，字徑一寸五分，正書，右行。在岑公洞内左手石壁上。

己未八月二十日，／挈家遊此，元豐／固陵守鮮于端夫。

桉《通志》：鮮于端夫咸平三年庚子科陳堯咨榜進士。

李裁等題名

拓本，高三尺，寬三尺一寸，字徑三寸，正書。在岑公洞内右手石壁鮮于次明題名左方。

知萬州軍州事李裁／率□□□春卿士戶／□□□□官楊杲、孔／汝翼、李安道、安溝南『汝』、

『翼』、『李』三字據上卷李裁題名釋。浦縣令黄熙、主簿宋/師民，焚香/洞下。宣和四年正月/七日。

鮑耀卿等題名

拓本，高二尺三寸五分，寬三尺八寸，字徑五寸弱，正書。在慶元己未趙善贛等題名上方。

提舉常平/鮑耀卿同/知州軍事/李裁瞻謁/虚鑒真人。/宣和四年壬/寅端午日識。

校：宋岑像求《虚鑒真人贊》，熙寧十年夏五月大旱，守臣諸公懇禱，卽日大雨如霔，一境霑足，部刺史表其事，天子嘉之，贈公虚鑒真人。《虚鑒真人贊》，李鷹書，《三巴金石苑》箸録，今佚。

開國公王□等題名

拓本，高二尺，寬一尺七寸，字徑二寸五分，正書。在岑公洞右手石壁陳邕等題名上方。

□原郡開國公王/□男復直龍圖□/□□事郎旦望□/□□訪/岑公洞。建炎戊申/仲秋二十二日。

鮮于次明等題名

拓本，高二尺三寸，寬一尺六寸五分，字徑二寸，正書。在慶元己未趙善贛等題名下方。

紹興□丑季冬十四日，／鮮于次明赴守秭歸，／維舟岸下，爲半日留。／同來者四人，鼂公旦、王／兊、僧□□、了遷、知白。

桉：《輿地紀勝·潼川府路·懷安軍·官吏》：鮮于噩，字次明，留意郡庠，市書籍數千卷，士類賴之。又《荊湖北路》：歸州，領縣三，治秭歸。乾德元年，高氏納土，詔直隸京師。咸平二年，仍隸荊湖。建炎四年，割隸夔州。紹興五年，復隸湖北。二十一年，夔州諸司請復隸夔。淳熙十四年，復歸湖北。《次明道萬赴守》當在歸州隸夔時。題名首行『丑』上一字泐，當是丁丑，紹興二十七年也。

劉國器題名

拓本，高二尺七寸，寬一尺，字徑二寸五分，正書。在朱師道題名上方。

劉國器挈家來，岳嵒密侍。／紹興□□□白露後五日。

李臯等題名

拓本，高二尺七寸五分，寬一尺六寸五分，字徑二寸彊，正書。在岑公洞内前面石壁上。

眉山李臯、侯仲震西／歸，漢嘉張子震攝郡／于此，載酒偕來。紹熙／庚戌十一月廿四日。

桉：《通志》：李臯，丹稜人，紹熙元年庚戌科余復榜進士，即題名之年也。又引《宋詩紀事》：臯，字季永。《蜀中名勝記》：李臯，《臥龍行紀》作季允。燾幼子，有《悦齋集》。舊《通志》：慶元中知夔州。《臥龍行紀》末題慶元六年五日，則知夔州當在慶元末年。愛民誨士。明邵經邦《弘簡錄·李燾傳》：子壁與臯，皆以文學知名，蜀人比之三蘇。臯，紹定四年授煥章閣直學士、四川制置使、知成都府，嘉熙元年升同知樞密院事、四川宣撫使，代桂如淵奏蜀漸次收復，然創殘之餘，綏撫爲急。二年四月改同僉書院事，督視京湖軍馬。是年六月卒，贈資政殿大學士。《蜀中名勝記》：單夔州學留題以紹熙元年六月初吉祇謁先師，因延肄業之士，別駕漢嘉張子震云云。子震，蓋本任別駕，是年冬乃攝郡萬州耳。宋周密《齊東野語》：丹稜李壁、李臯，文名一時，而律賦非其長。鄉人侯某者，以能賦稱，因資之以潤筆。庚戌科，二李得主司，暗號所書卷，不以示侯，侯疑必有謂，將出門，侯故留，李先出，侯至納卷處，扣吏以二李卷子，欲借一觀，以小金牌與之，吏取以示，則詩頭聯皆曰『日射紅鸞肩，風清白獸樽』，侯即於己卷改用之。既而皆中選，二李謝主師，主師問此二語惟以授舅仲，何爲又以語人，李恍然不知所以。它日微有所聞，終身與侯不恊。竊嘗疑此二李文名藉甚，何至夤緣主師。季允題名適同侯姓，或即所指鄉人侯某歟？若然，則結伴西歸，詎有終身不恊之事？晉是科進士題名，蜀人亦無侯姓，公謹雖博聞彊識，或亦不免傳聞之誤耶？

季圭等題名

拓本，高一尺八寸五分，寬一尺三寸，字徑二寸弱，正書。在岑公洞內前面石壁上。

郡守栝蒼季圭因／少城王焞之官粱山，／同炷香嵓下。紹熙／辛亥中元前二日。

趙善贛等題名

拓本，高一尺七寸，寬三尺七寸，字徑二寸彊，正書。在岑公洞內右手石壁楊鼎年詩刻上方。

慶元四年人日，萬州郡守／趙善贛率郡文學汪必進、／從事黎楠南、浦令趙汝辛、／漁陽塩官王仲文，客師宿，／以故事謁薌岑巖，男汝著／侍。後五十日來禱雨，其應／如響。同僚有不與前時之／集者，兵官巨時良、湯執中、／戶掾趙善詩、巡檢李思忠、／征官張思恭、趙汝使、武寧／令韓漳、南浦簿尉胡靈運。

桉：趙善贛游岑公洞有詩真人渺何之，恍惚不可見。洞居獨嵌空，壁溜明珠濺。藤蘿含溟濛，竹柏鬬蔥倩。至幽合人心，遠翠落江面。野老乘籃輿，使君肆清燕。日影砌下倒，雲容座間變。大小巖欲傾，邃壑路微轉。崢嶸施屏風，點綴成綵絢。雖云急亦樂，勝賞殆未遍。欲歸重盤旋，拂石看古篆。見《縣志·藝文志》。《宋史·宗室世系表》：善詩，商王元份六世孫；汝辛、汝使，竝元份七世孫。善贛子汝著失載。

趙善贛等題名

拓本，高一尺九寸，寬四尺，字徑二寸，正書。在鮑耀卿等題名下方。

慶元己未人日，萬／守趙公率其屬李／□之、宋永弼、王充、／馮機、趙必正、胡靈／運、趙師倓、李森、王／仲文，薦香虛鑒，修／踏磧故事也。此邦／舊踏蛾眉磧，磧居／江之南。是歲三白呈祥，九農有慶，民／物和洽，懽聲特盛，／必正繆叨撫字，獲／陪勝遊，其可不書？／公名善贛，字端卿。

桉：《宋史·宗室世系表》：必正，名凡兩見，一漢王元佐九世孫，一鎮王元偓九世孫，未知孰是？師倓，秦王德芳七世孫。《縣志》：蛾眉磧在縣南，對江岸側，水落石出，磧形如眉，多細石色斑，可以游戲。《萬州圖經》云：正月七日鄉市士女渡江南蛾眉磧上，作雞子卜，擊小鼓，唱《竹枝歌》。《方輿勝覽》：郡守趙公有詩序，列蛾眉磧爲萬州八景。

楊鼎年七言律詩

拓本，高二尺九寸，寬三尺，字徑二寸五分，正書。在慶元四年趙善贛等題名下方。

懸崖成寶鎖蒼苔，官事叢／中得幾來。湖外傳香雖寂／寞，人間化鶴尚徘徊。江橫／眾水流無盡，石近三生跡／已埃。短褐相逢緣未斷，夢／回從此賦歸哉。

眉山楊鼎年假守二年，／蒙恩易闕，參晝制臺，敬／謁虛鑒之洞，留題五十／六言。開禧二年上巳識。

校：《朝野雜記》：『武興之變，知萬州楊鼎年避僞去官。』

瀘川毛名未刻次涪翁均七絶二首

拓本，高二尺四寸，寬二尺，字徑一寸五分彊，正書。在鮑耀卿題名右方。

開禧二年四月中澣，攝守／瀘川毛□絶江謁／岑仙祠，追次涪翁二詩韻：

古□陰陰曲徑平，泥行尚可況／沙行。箇中清境何曾閟，想見／僊翁眼豁明。

仙凡何止別淄澠，怪底維揚□／寄聲。但使芳襟襲蘭芷，不須□／火已心傾。

陳邕等題名

拓本，高二尺九寸，寬三尺二寸，字徑三寸，正書。在楊鼎年詩刻稍左下方。

南岳陳邕約／古渝陳仲酉、／同郡李師中／及弟芑叠來。／開禧丙寅／十月三日。

校：陳邕游岑公洞有詩武陵種桃人，商山茹芝老。世變百戰酣，仙境一蹴到。煬虐浮於秦，海寓爭飛拋。真人避世翁，知機一何早。萬里恣遠遊，一麾供卻埽。人間別有天，海上應無島。我行經南浦，奇蹟事幽討。出門霜落木，呼渡江空潦。莫言不能飲，笑起同醉倒。何以侑我觴，泉音玉琴操。見《縣志·蓺文志》。《全蜀藝文志》，陳邕有《三月晦遊東屯拜少陵像》七古、《泮林釋奠奉呈僚友》七律。羅辰《桂林名山圖詩序》：『興安陽海山磨崖有淳熙丁未陳邕《敘山神侯爵記》』，則邕曾遊吾粵矣。

趙崇諦等題名

拓本，高二尺七寸，寬四尺八寸，字徑三寸彊，正書。在岑公洞內前面石壁上。

嘉定丙子人日，郡／□□栝王□□□／屬來謁／岑公洞，循故事也。／涪陵□泰來、武林／王汝□、巫山趙崇／諦、星□劉滌、昌元／汝華然、□陽盧海、／瀘南張□□、□□／趙師譯□□□□／偕來。

桉《通志》：汝華然，榮昌人，乾道中進士。《宋史·宗室世系表》：師譯，燕王德昭七世孫。

胡西仲等題名

拓本，高一尺七寸，寬二尺八寸，字徑二寸彊，正書。在岑公洞內前面石壁上。

宕渠胡西仲子文，／嘉定甲申理舟東／下，道過南浦，郡太守／王公輔相□□達守／王君訪

□□洞，置／酒論文，攬□□勝，／抵□而□。／屬□□□□□姪／坤載、□坤□、□元□／侍行。十月三日書。《通志》及《渠縣志》「酉仲」竝誤「西仲」。

桉《通志》：胡酉仲，渠縣人，慶元二年丙辰科鄒應龍榜進士。《經籍志》：《靖蜀編》，胡酉仲譔，記吳曦武興之亂。

淳祐呂□殘題名

拓本，高四尺五寸，寬二尺八寸，字徑二寸五分，正書。在岑公洞右手近洞門石壁上。

□□□□□□□□□□／□□□□□□□斯土福斯民□／□□□□□□□期有禱輒□□／□□□□□□□□□／晦□苦雨□□□□□□□／不作□豊□□□□□□□□□□□／老僊□默相聖□刻石以記□□□／淳祐壬子季秋□臣安豊呂□□□

楊一鳴五言古詩

拓本，高二尺，寬四尺八寸，題字徑二寸，詩字徑三寸彊，行書。在洞門外正中懸崖上。

丙辰秋日同段／府命五、季有道／衆先，合藥岑洞／中，漫書口號於／石壁：／『寂寂人境外，／搆洞儼搆屋。／淙淙石澗泉，／灌芝如灌竹。／石芝堅以潤，／清泉引而洑。／仙子乘白雲，／冉冉下林麓。／鍊骨欲如羽，／飛翻不以肉。／我來乞靈藥，／華簪易野服。／瑶草與瓊漿，／沁心兼奪目。／笑彼商山皓，／採芝不盈掬。』／巴陵楊一鳴。

岑公洞五言絕句

拓本，高二尺七寸，寬一尺七寸五分，字徑三寸，正書。在開國公王□等題名左方。

仙洞訪岑公，清／都積翠中。仰瞻／虚鑒象，知是到／崆峒。

右詩無年月及譔書人姓名，而句法渾成，書藝樸厚，決爲宋人之筆。

□晞顔等殘題名

拓本，高一尺二寸，寬一尺，字徑三寸，正書。在鮮于端夫題名右方。

□晞顔，／吕元德。

萬邑西南山石刻記坿錄

南浦郡報善寺兩唐碑釋文

兩碑出萬邑東八十里濱江，地名佘家嘴。《覺公碑》，辛丑春出。《曜公碑》，壬寅冬出。水落沙徙，碑不能與俱徙，故出。土人淘金者云：此地碑甚多，常旋出旋失，沙來則又壅之，人亦不甚惜也。《曜公碑》先《覺公碑》一年，標題《南浦郡報善寺覺公碑》，稱萬州，茲標題南浦郡，從其朔也。光緒壬寅立冬後二日況周儀記。

唐報善寺曜公道行碑

碑額圓式，桉：今工部營造尺正中高五尺三寸八分，兩旁各高四尺九寸，寬二尺四寸。二十四行，行四十七字，字徑七分，正書。額中刻花紋，兩旁刻雲物陰文。

南浦郡報善寺主曜公道行碑銘并序　從子太白山人鏾述距標題八字，試太子通事舍人王□書距譔人名七字，李自昌鐫距書人名三字。

粤我調御，爲天人師。誕跡降于周年，分形表於漢夢。摠三千之世界，開億世之化門。凝乎法身，朗其鏡智。漾慈航於障海，揮惠劍於魔軍。電掃祓祥，山隨定力。降伏九十五種之外道，攸臻三十二相之上乘。等浩浩之羣邪，湛如如之一性。得心住而非住，同水流而不流。來既本無所從，去亦當無所至。恆泯其跡，杳若雲飛。或隱其容，則渙然冰釋。全其真，而無其相；契其道，而滅其心。非妙覺靈機，其孰能造極者矣？則斯綱首而獨紹其旨也。法名德曜，俗姓宇文。前史所彰，□周之裔。貴族本乎塞北，甲第列于遼東。造皇極而是登，乃鮮卑之元系。伯祖介巨，唐初封異姓王。叔祖化及，□授于中書令。今所粗舉，餘可徵焉。和尚父之食菜，莅職荊巫，不意旋喪所天，胤嗣□歿于賓矣。和尚兄琬及琰，弟璠兼璵，掩骼鴒原，斷行阮巷。有猶子三十八人，矗南鷹之翼翼。孟曰玎，仲曰玧，季曰璲，並□堂構，攝齋孔門。並玄菟青襟，請益無倦，問一以知二，繼之昔賢矣。餘各孝義忠貞，豪據酋黨。和尚幼根靈辯，歡暢□□□。□□樹庭，芳萱映牖。一窮蠹簡，三絶韋編。視枕問安，招賢解榻。琴碁嘯詠，醪醴章程。賞翫烟花，徘徊風月。觀爝火之罔駐，傷泛□□莫旋。□于跕鳶之谿，覺乎沖虚之性。以至德元載，落鬟空門，依年進具毗尼師，止于南京，圓通和尚達淨名之演教，□之以禪修，□□人之遊畋，濫之於草繫。至若降龍解虎，投錫吞鍼，慕誘變之神規，謂靈蹤之可蹈也。迺乎宣之於口，銘之於誠。覽□□□提初□□□五種□妄語□□□等罪，俱以面門所犯結正，則過而有差，惕乎如履虎尾，若蹈春冰。遂滌慮恭虔，精持能忍。苞六□之行，見五蘊皆空。内□□詮，外律文雅。混古今於一貫，廓身世之兩忘。冥契乎恬惔之源，陶然乎生滅之理。有乎離有，玄之又玄。既□以減以增，□乎非遠非近。而日法無來去，當不住教。寂乎杳杳，顯乎巍巍。標其大也，塞乎太虚；示其眇也，微乎么麼。雷霆作解，靡纂其□用之功；覆載發生，罕儔其弘益之利。諭蓮花之出淤，敷貝葉以居心。悲濟眾迷，堅持五綴。蕩香飆之颸颸，振金築之泠泠。□悟蓋纏，挺除病惱。樂奏鐃鈸，天降雨花。以心傳心，普其沖照。遐芬寶藥，淨拂楊枝。騰邁九霄，倏忽萬里。至於葺修梵刹，塞薙蕭稂。艶丹檻以干雲，黯青松而蔽日。六時鍾梵，一食齋莊。設雨浴之衣，潔意蘂之性。歌唄佛德，懺洗塵勞。而以往聖之□，僉崇妙極之體。顯以爲有，隱而爲無。以癸巳歲黃鐘月降婁日，端超于空寂。時乃六虛晦景，孤猿自啼，淚染緇衣，悲縈綠□。世齡七十有八，佛戒五十六秋。鐬等翹想慈顏，不任哀愴，雖文字性離，姑以聊紀會緣，式表因起之由。重爲詞曰：邈空生之了性，纘大雄兮釋迦。等紅霞而啓日，方皓月而垂珂。證覺路之無取，契般若之蜜多。誤教儀於梵網，摧煩惱於智戈。亮法海以澄濟，聳惠嶽以峯峩。弘誓躅其夢幻，悲願結其檀那。厭色相而非相，乃泯跡於娑羅。悟大圓之鏡智，得菩提薩婆訶。元和十一年二月一日，建鄉貢明經文林郎、試襄州宜城縣尉宇文玎。

唐報善寺覺公紀德碑

碑額圓式，正中高四尺八寸六分，兩旁各高四尺三寸三分，寬二尺二寸七分，厚四寸一分半。二十五行，行四十四字，字徑七分，正書。額中刻佛象，兩旁刻雲物陰文。

萬州報善寺主覺公紀德碑并序　姪亮書距標題十六字，攝萬州文學將仕郎、試左內率府兵曹參軍宇文鐬述『攝』字與第三行第十二字竝，匠李昌鐫距譔人揭銜八字。

夫萬類之所宗，莫先之於正法；一行之崇本，恭守乎至心。故般若離於名聞，菩提蔑於知見。內苟無作，外豈有緣？洎乎像教之興，是非交競。或曰捨定趣惠，則衆禮鰥生；捨惠趣定，則諸暗峯起。非名難以纂其運，非數何以制其權。而定惠固同，幽明則異。又曰犧嚥忍草，乳曰醍醐。名數斯張，生累以之繁夥矣。輒竅詮旨，希濟真源。以空空空乎色空，以有有有乎妙有。然後非損非益，匪存匪亡。不爲而爲，可道非道。玄邈如是，則覺公契之者焉。寺主高祖袁氏，遺諱日宏，當西漢盛朝，寵授東陽太守，友朋贈之于一扇，曰可以奉揚仁風，兼表離情，用敷良牧之德也。及乎辭吳下任，涉楚上游，支派流年，寓居江甸。雲裔蕃昌于瓜瓞，天倫齊肅于鴈行。或獻榮以匡秦，或揮戈以破蜀。安以觀書于雪戶，跱以辯識於人文。迨此明時，而又問生乎相國，擅詞林之俊拔，芳名曰滋持。詔卹乎鑾茬，分憂綏于岻楚。鎮五湖而底定，控三蜀而晏清。今之上人，列其從子矣，法號正覺，長自于荊，誕靈秀異，嶽立褎然，迥出羣材。盈虛一致，輕賤甘祿，耽玩琴書，甲第重扉，嬉娛九族。陰陰桃李，藹藹池亭，頫瞰山川，高韻絃管。招賓下榻，剋信炊梨。廣筵邀博弈之儔，酣飲萃弓裘之侶。夜留明月，書引清風。歲聿其除，感良時之不再，遂乃登山臨水，翹想寂寥。嗟幻影之若汔，嘆逝波之靡駐。以皇唐大曆八年，遇慈悲之詔命，習金言之數部，擬玉殿以三歸。屆于九年正月二十有一日，對五官而剃髮，持一心於釋門。尋詣荊州壇塲，具迦葉之大戒。勤苦律藏，等珂月之澄秋；寶愛浮囊，騰障海而清淨。增葺耶舍，和合緇徒。奏鐘梵於六時，廓身田於三業。豐敞松院，弘演勝因。勸喻塵勞，跳踉火宅。於是競側金以布地，爭求果而獻珠。或隨喜於最上宮，皆發念于小彈拍；盡以品類而授記，願速臻於摠持林。豈謂禪密登地，行滿超乘。寂樂沖神，同于遷化。以元和景申載十月三日報齡于斯寺也，春秋當耳順之數，僧臘積不惑之年。高謝諠曬，攸歸淨土。曠掩說三之義，淪胥不二之門。嗚呼！法梁摧構，靈寶沈輝。旭日黲以垂輪，寒花低而泣露。悲纏庶莬，哀疚人天。傷悼五情，感愴羣動。瞻禮慈範，永乎罔追。仲父諸孫，昆弟眾戚，共之血淚，僉仰教緣，空切襟懷，痛慕難已。既同生滅，蓋示輪迴。知江河奔注而不流，飆嵐鼓嶽而常在。將慮人非郭是，桑變谷遷。剋貞石于去時，傳芳躅於來者。直書匪備，再述詞云：『桑門上士，褏然道崇。六度萬行，三明六通。離堅合異，染淨惟同。見色非色，悟空非空。虔貞其行，靡言其功。虛明一相，化誘羣蒙。廣宣悲願，遐演慈風。精勤志固，解脫煩籠。澄神黃裏，息影玄中。永臻頓悟，真妙難窮。』姪亮、季良、季寧，元和拾貳年漆月漆日建立。

跋

陳天沛

右《萬邑西南山石刻記》二卷坿錄一卷，光緒壬寅，吾師阮盦舍人主講白巖課餘之所作也。是時朝廷勵精圖治，變法自彊，四方鴻生鉅儒，置身皋比。有裁成後進責者莫不寔事求是，以經世有用之學相砥礪切礱。吾師教習荊湖，彊學有年，其於中西教術，宏綱細目，尤能兼通一貫，無遺纖悉，所以誘掖激勵。沛等者唯日孜孜，常若不足，而猶以其餘暇摩挲石墨，獺祭羣書，研奇搜祕，逾丙夜不息。間或秉爥達旦，蓋用力若是其勤也。嘗進沛等而詔之曰：『余爲是書，非急，所當緩也。夫金石攷訂之學，足與史傳相發明，而補其闕略，糾繩志乘之舛謬，夫人知之矣，而猶有深意存焉者。吾中國不患自彊之難，而患無人；不患無人，而患人之不古若矣。嘗攷兩宋題名諸君子，若黃山谷之行誼文章，《宋史》本傳：蘇軾爲侍從，時舉堅自代，其詞有『瓌偉之文，妙絶當世；孝友之行，追配古人』之語，其重之也如此。魯元翰、東莊、陳子長之惠政在民，侯賓之加意造士，楊少逸之清峻不欺，閻才元之不附和議、能言人所不敢言，丁黼之忠義殉國，李臯之愛民誨士，楊康年之避焉去官，類皆翹然，有以自拔於流俗。自餘若劉忠順、李裁、趙善贑輩，亦必非尋常俗吏，其循良之績容有記載，所弗詳矣。矧宋自南渡已還，河山半壁，時事日非，士大夫遯跡烟霞，盟心泉石，歔歌慷慨，容或有忠憤激發、萬不得已之至情寄託於其間，而非徒一觴一詠，極視聽之娱已也。後之人誠能流連陳迹，抗心希古，求諸君子於語言文字之外，而以其翹然拔俗者自繩，責以興起其忠愛悱惻之至情。安在今人不古，若而國之不能自彊也，豈第名蹟流傳遠或近千年、近亦數百年爲難得而可貴哉？』講院舊有亭，無名，吾師客臘，訪獲《宋七賢堂記》磨崖於魯池故址，因以景賢名之。《詩》曰：『高山仰止，景行行止。』《魯論》曰：『見賢思齊焉。』其蘄望沛等之意深矣。若夫是書寀釋之精，攷證之博，竝世金石家能言之，無庸贅述云。

是歲嘉平月朔，白巖學堂學長、受業陳天沛謹跋。

集外文輯錄

四卷

本輯所收況周頤諸文，一般爲見載於他人著述中者，每篇文末標注輯錄出處。釐爲八股文、序跋記傳銘（以寫作先後排序）、尺牘、雜纂四卷。況周頤於文中有意用一些古字形，一般不改動。

集外文輯錄卷一　八股文

八股文三篇

子曰：『孝哉閔子騫，人不間於其父母昆弟之言。』南容三復白圭，孔子以其兄之子妻之。

盡所難於孝與言，聖人兩契之焉。夫人言不閑，白圭三復，行與言各謹矣。乃竟於閔子、南容得之，一稱其孝，一妻以兄子，非以其能盡所難哉！且自恆情騖聲譽，庭闈之扞格終多；華胄習誇張，榮辱之樞機悉昧。庸行疏而庸言易失，安見播當途令聞？宜爾室以徽音也。乃若行乎內外，好德攸同，訓懔風詩，刑於可卜。師若弟契合一堂，而衆論之符，著爲定論，亦相士之識，通於相攸已。

今夫豫順者，天倫之樂事，入孝所以爲《大學》之基也；謹嚴者，身世之常經，慎言所以爲寡尤之道也。聖門諸賢，孰不致力於此？而子獨於閔子、南容有深契者，何哉？

家庭之際，人所難言，委曲求全，苦衷只堪自喻耳。遭家多不造，承歡色笑，尚難默顧於高堂，途人何論也。議吾孝而責備難寬，稱吾孝而衷懷增愧，蓋遠近交孚，非易事矣。

世祿之家，鮮克由禮，譃浪成風，觀型久不堪問矣。矢口易招尤，保身明哲，尚難見信於師承，室家無論也。習放言則宗祊莫保，知謹言則身世無愆，蓋修齊有要，未易能矣。

然則閔予固難乎？其爲孝也，而子乃欣然信矣。遠驗諸人，非等同聲之附和；近徵諸父母昆弟，不同親愛之阿私。贊以孝哉，菽水皆真，而鄉鄰悉冷，斯何如嘉予也。

然則南容固難乎？其謹言也，而子乃殷然慰矣。白圭示戒，少年守耄耋之箴；三復銘心，世胄得溫恭之士。妻以兄之，三緘志謹，而五世卜昌，斯何如作合也。

且夫倫常與學問，不判兩途矣。達孺慕之忱，稱道弗衰於里巷；泯囂張之氣，和平允叶夫家人。志可養，舌可捫，德詣固，皆罕覯耳，子何能□然也？真摯者無虛聲，几杖之肫誠不隔；斂抑者有深識，葛藟之寄屬非輕。賞識在師門，即閔子與南容亦不自覺，其若何婉愉、若何銘佩也，而慰藉不兩深哉！

且夫事親與守身，未容矯飾矣。表揚乎衆論，戶庭皆和悅之聲；矜躁矯時流，鐘鼓悉雍愉之樂。蠱之幹，鳳之鏘，稱許要，皆各當耳，子不更怡然乎？聲聞何加於性分，而一庭之感格非虛；瑕疵不掩其德輝，而百兩之光儀有耀。品題歸函丈，在閔子與南容猶且自慮，其子職之或虧、前型之易忽也，而持循不益密哉！

蓋聖門重言行，若二子尤爲盡所難盡也，宜夫子兩契之哉！

本房加批：　規矩從心，爐錘在手，修短合度，鍛煉精純。

官盛任使，所以勸大臣也。

使有分任，大臣之勸以此焉。蓋使出於大臣，官不盛則勝任無人也。盛焉以任其使，非以敬之者勸之哉！今以草茅之士，忽躋卿貳之榮，則雖庶事躬親，未足報國恩於萬一也，而有不黽勉圖功乎？顧靖共塵隱，念劬勞，自矢非敢望陳殷置輔之隆，而優渥被殊，施煩劇紛擾，何以收贊化調元之績，責令分焉，斯養望重焉。蓋以逸其體者勵其心，而勳業由是懋焉。

親親之勸既有所以已，今夫同心一德者，水源木本之思也；而論道經邦者，公輔台衡之責也。曾是大臣，而可不有以勸之哉？

抱禹皋伊傅之謨猷，應運而襄郅治。煥經綸於雷雨，昭法度於日星，可大受不可小知，固足統夫百職庶司，靜以奏陰陽之燮理。

負天民大人之學問，乘時而翊隆平，鼎鐘勒其勳名，梁棟資其倚藉，有大用斯有大效，原不屑與末僚下吏漫而爭瑣屑之功能。

然則大臣者，固勝大任，而任大事者也，獨是事不一事，君使大臣，大臣將誰使乎？蓋使不可以無官，官不可以不盛。

奔走先後之列，曾何補於鴻猷？而分於彼者，此乃專有司，各奏爾能，斯碩輔有獨隆之經濟。簿書期會之微，亦何傷於偉略，而圖其鉅者，細易忽。百爾交修其職，斯元老無泛用之精神。

大臣之勸，勸以此，夫是非故示優崇也。課以斗筲之末，而報最難期。居以鼎鼐之尊，而調和盡善，投艱遺大利，賴自在朝廷耳。而臣志不且奮然乎？念一日萬几，人主之仔肩，惟我有贊襄之責。而竟得優遊暇豫，特合庶績，而總其成。而綸綍所頒，猶屢恤夫匪躬之況瘁，湛恩未艾，感激誠靡涯矣。

故以實心行實政，而功在河山。亦以殊烈報殊恩，而勳崇柱石。是非好爲，要結也，撫刑名錢穀之繁。神明擾則紀綱易紊，膺舟楫鹽梅之寄。倚畀專則寅亮彌宏，允升大猷，裨益亦在邦基耳，而臣心不且翕然乎？念宣猷布政，國家之庶務。在我無旁貸之權，夫何得涵泳從容。第居高位而隆其望，而事功既集，且歸美於當軸之措施，德意有加。獻納惟恐後矣，故推行出於安貞，而中外蒙其福，亦治理根於鎮靜，而朝野煥其隆。

勸大臣者以此，公其念之。

本房加批：端莊雜流麗，剛健含婀娜。篇中無一浮意，無一平筆，尤徵才識深厚。

傅說舉於版築之間。

舉不異發，而王臣可首溯焉。夫傅說，殷相也，非舜例矣。而跡其所由舉，則在版築之間，非所舉不異所發乎？且以商之中興也，固在有恭默思道之君，亦在有朝夕納悔之臣。論者謂：勳隆輔弼，必非起自寒微也，抑知遭逢無定局。泥塗忽膺軒冕之榮，而道德在當躬，巖阿能動廊廟之慕，由晦而顯，由困而亨，與古帝同出一轍焉。夫乃知用作霖雨者，良由會慶風雲已。

豈僅舜發於畎畝已哉？吾且因帝世而溯王朝，遐想夫若屈若伸之際遇；吾且由聖主而思賢佐，緬懷夫欽承欽若之遺風，商有傅說可繼舜而觀矣。

阿衡專美而後，莘野久乏嗣音。木也，誰勵以從繩；金也，誰堪以作礪。同心以匡，乃辟論世者，第誇其運會之隆。

甘盤教學以來，良弼斯占帝賚。川之濟，誰爲舟楫；躬之省，誰懍干戈。作相而康，兆民懷古者，第仰其勳猷之盛。

夫不考其所由舉乎，蓋在版築之間，云且也，說之在版築。非心羨乎賢豪之奇遇，而鳴其高於泉石也；非隱冀乎君上之旁求，而託其跡於側微也。

蓋求陾築登之地，自覺優遊，必擇儔類以棲遲，則畛域之情未化，知握瑜懷瑾，卽儕之胥靡而何傷。而言揚行舉之殷，不拘資格，必課謨猷於輔相，則象形之肖非虛，而升進登庸，卽列之公，孤而不愧。

且夫遭際之難期，時出人意計外矣。由沈而升，如說者，不知凡幾，第卽說而盱衡焉。養晦者遵時，貧賤亦祇行其素；求志者達道，操作未可盡其才。其出處爲何如乎？手足胼胝，忽然而辱；股肱心膂，忽然而榮。迄今過虞虢之區，猶令人感喟無窮爾。

且夫行藏之靡定，未可以勢位測矣。由鬱而舒，如說者，特其尤著，第卽說而考證焉。沈淪在岩壑，經營罔懈其勤劬；拔擢在朝廷，左右時資其明保。其閱歷爲何如乎？赴功趨事，已裕經綸；佐命中興，聿彰敷布。迄今讀《說命》一篇，猶令人抗懷不置爾。

合觀膠鬲諸人，而知相臣奇遇之局，說特創乎其先也，彼天心亦從可識矣。

本房加批： 筆歌墨舞，機暢神流，孟藝得此，可稱後勁。

（輯自王娟《況周頤詞學文獻研究》據衡鑒堂刻《廣西鄉試朱卷》卷七，廣西師範大學出版社二〇一五年版）

陽春集校記

桉：《古今詞語》『詞品』下卷引馮延巳詞『卍字迴闌旋看月』，今此詞全闋未見。又『詞辨』上卷引陳氏《樂書》曰《後庭華破子》，李後主、馮延巳相率爲之，『玉樹後庭蒔，瑤艸妝鏡邊。去年䔲不老，今年月又圓。莫教偏，和月和䔲，天教長少年。』此詞李作、馮作惜未載，明各本選録李詞亦無此闋。

東山寓聲樂府校記

謹案：《四庫全書提要》『淮海詞』下云：《長相思慢》『銕瓮城高』一闋乃用賀鑄韻，楊无咎亦有此調，與觀同賦註云用方回韻。又李之儀《姑溪詞・怨三三》云：『登姑熟堂寄舊游，用賀方回韻。』玫二詞集皆失載，知東山佚詞尚夥也。又案：卓人月《詞統》誤以黄山谷《千秋歲》『世間好事』闋爲方回作，非是。

梅溪詞校記

桉：梅溪此集，歷㪺宋以來選本，別無補遺，惟《詞統》載《喜遷鶯・暮春》一闋，元注一刻『蔣捷』，《古今詞話》引作史詞，兹坿卷末：『游絲纖弱。謾著意絆春，春難憑託。水煐成紋，雲殀生影，芳艸漸侵幃幄。露添牡丹新豔，風擺秋千閒索。對此景，動高歌一曲，何妨行樂。行樂。春聽取，鶯囀綠牕，也似來相約。粉壁題詩，香街走馬，爭奈鬢絲輸卻。寱回晝長無事，聊倚闌干斜角。翠深處，看悠悠幾點，楊華飛落。』『芳艸』句一作『雙燕又窺簾幙』，『行樂』下一作『春正好，無奈綠牕，孤負敲棊約。錦瑟調弦，銀瓶索酒，年少也，曾迷著。自從髮凋心倦，長倚鉤闌斜角。』

斷腸詞跋

右校補汲古閣未刻本宋朱淑真《斷腸詞》一卷，詞學莫盛於宋，易安、淑真尤爲閨閣雋才，而皆受奇謗。國朝盧抱孫、俞理初、金偉軍三先生竝爲易安辨誣。吾鄉王幼遐前輩鵬運刻《漱玉詞》，即以理初先生《易安事輯》坿焉，顯微闡幽，庶幾無憾。淑真《生查子》詞，欽定《四庫全書提要》辨之綦詳，宋曾慥《樂府雅詞》、明陳耀文《花草粹編》竝作永叔。慥錄歐詞特慎，《雅詞》序云：『當時或作豔曲，謬爲公詞，今悉刪除。』此闋適在選中，其爲歐詞明甚。毛刻《斷腸詞》校讎不精，跋尾又襲升菴臆說，青蠅玷璧，不足以傳賢媛。此本得自吳縣許鶴巢前輩玉瑑，與《雜俎》本互有異同，訂誤補遺，得詞三十一闋，鈔付手民。書成，與四印齋《漱玉詞》合爲一集，亦詞林快事云。

光緒己丑端陽，臨桂況周儀夔笙識於都門寓齋。

斷腸詞《生查子》『年年玉鏡臺』校識

謹按：《御選歷代詩餘》作『李清照』，四印本《漱玉詞》從之。《花草粹編》、《詞林萬選》竝作『朱敦儒』，《樵歌拾遺》亦載此闋，可見淑真詞竄入他人作不少，不僅《元夕》一闋也。《詩詞雜俎》注『世傳大曲十首，朱淑真《生查子》居第八，調入大石』，此曲是也，集中不載，今收入此。

斷腸詞校記

《彗艸粹編》朱秋娘櫽句《采桑子》，《詞律拾遺》作淑真詞，《賭棋山莊詞語》作淑真櫽句，竝非，惟『王孫去後無芳艸』，《粹編》注淑真句，全闋已佚，知佚詞尚復不少存者，又間有羼襍，安㝵魏端禮元輯及稽瑞樓注本，重付校讎也。

蟻術詞選跋

右元雲間邵亨貞復孺《蟻術詞選》四卷，知不足齋影鈔本。庚寅孟冬，余客羊城，從方柳橋觀察借鈔，覆校付梓。按：亨貞詞世不多見，國朝儀徵阮氏《揅經室外集》始著録，《御選歷代詩餘》載十二闋，明以來諸選本竝僅載《沁園春》眉、目二闋，《古今詞話》載《凭闌人》一闋，今此本多至百四十三闋，每卷首題『新都汪稷校』，末題『長洲吴曜書，袁宸刻』，蓋卽阮氏《提要》所云上海陸郯授稷刊行之本也。元鈔有隆慶壬申四明沈明臣後序，稱復孺元末人，入明初，通博敏贍，雖陰陽醫卜佛老書，靡弗精覈。元時訓導松江府學，以子詿誤，戍潁上，久乃赦還，卒年九十三。所著《野處集》、《蟻術詩選》、《詞選》三種，而《詞選》實通宋詞三昧云。

光緒十七年辛卯正月丙子，臨桂況周儀夔笙識於夫容舊廬。

（以上七篇，光緒十四年刊《四印齋所刻詞》）

逍遥詞跋

《古今詞話》：潘逍遥自製《憶餘杭》詞三首，其詞曰『長憶西湖湖水上』，又『長憶孤山山影獨』，又『長憶西湖添碧溜』云云，舊刻或云《虞美人》，或云《酒泉子》，皆誤。更有失去『山影獨』、『添碧溜』

字者，不成詞矣。按《詞話》所載，卽卷中第四、五、六三闋，每起羼入三字，似屬杜譔，何謂失去不成詞耶？其七闋，攷明以來詞選詞話竝未載，沈氏殆未見耳。

光緒癸巳灌佛日，玉楳詞隱校畢記。

梅詞跋

通卷詠楳，行間自無一點塵俗，是不浪費楮墨者。耆卿《塞孤》詞，《樂章》舊刻誤連爲一段，《詞律》云：『應於「裂」韻分段。』又云：『前後段歇拍字數應同，前結「漸西風緊」句，「緊」字爲「羨」。』《笛家》詞『別久』二字，舊刻誤屬前段之末，《詞律》亦力辨之。今校：和作政與萬氏說合，足資攷證。

光緒癸巳送春日校畢竝記，玉楳詞人。

燕喜詞跋

宗臣詞世鮮傳本，僅一刻于海昌蔣氏《別下齋叢書》中，印行未廣。兵燹後，版佚無存。近杭州書賈倣袖珍本石印，譌誤幾不可讀。此傳鈔本較爲精整，間有誤字，據蔣本改正，遂成完璧。卷中《和歸去來辭》一首，非長短句體，或當時可被筦弦，故坿于此，仍之，以存舊觀。癸巳七月，半唐屬斠。羼提生記，時移居宣武門外將軍校場頭條胡同，與半唐同衖，是月半唐擢諫垣。

秋崖詞跋

癸巳上元前夕斠畢，疏渾中有名句，不墜宋人風格。應酬率意之作，亦較它家爲少。寘之六十家中，不在石林、後邨下也。

玉梅詞人竝記。

章華詞跋

此卷迻鈔皕宋樓景宋本，詞筆清雋，有生氣。宋人傳作或有不逮者，作者姓名失攷，詞亦斷殘過半，人事顯晦，文字何莫不然。顯微闡幽，重有望於世之好事者。

光緒癸巳六夕，半唐屬斠一過，羼提生記于第一生脩楳華館。

樵菴詞跋

真摯語見性情，和平語見學養，近閱劉太保《藏春詞》，其厚處、大處亦不可及，孰謂詞敝於元耶？癸巳上巳，據《御選歷代詩餘》、《花草粹編》、《詞綜》，斠知聖道齋舊鈔本，並遵《歷代詩餘》，補《菩薩蠻》、《玉樓春》兩闋於後。

玉梅詞隱竝記。

補遺二闋，疑非劉詞，氣格不逮遠甚，《菩薩蠻》一闋尤遜。

癸巳中秋前四夕，刻成覆斠，再記。

（以上六篇，均四印齋刻《宋元三十一家詞》）

養拙堂詞跋

《養拙堂詞》一卷，南昌彭氏知聖道齋藏汲古閣鈔本。桉：管鑑字明仲，龍泉人。祖師仁，仕至樞密直學士知定州，《宋史》有傳。鑑力學好修，父澤以蔭補官，再提江西常平提幹，始家臨川。熙、淯中累官至廣東提刑，權知廣州，兼經略安撫使。子湛，字定夫，累遷至大中丞，除廣西提刑兼經略安撫使，進大理少卿，有《定齋類稾甲乙集》，鑑以養拙名堂，蓋生平從事樸學。其詞氣體沈著，風骨清遒，當與魏鶴山、李可齋輩分鑣並轡。

壬辰歲不盡六日，蕙風詞隱況周頤校畢並記。

（浙江圖書館藏紅格抄本《宋人詞話》第七冊之『管鑑』）〔一〕

【校記】

〔一〕《宋人詞話》原文題云『四印齋刻《宋元三十一家詞·養拙堂詞》況周頤跋』，核以今存四印齋刊《宋元三十一家詞》本《養拙堂詞》，不見此跋文。

皺水軒詞筌跋

又按：第四葉詞，有如張融危𠰉一則，據《御選詩餘》『詞話』，此則內引劉改之《天仙子》，曹東畝《紅窗迥》二詞，此本曹詞全刪，劉詞僅摘句。明人往往喜刪節前人書，不獨刻同時人之作爲然。

光緒戊戌莫春，冰甌館依賴古堂本付梓，玉梅詞人斠斁竝記。

（《詞話叢鈔》本，民國上海大東書局石印本）

跋涿拓

《快雪堂帖》，涿州馮氏所輯，多以真跡上石，故於明刻諸帖中允稱上乘。傳拓翻刻亦多，往往失真，不足觀也。石先置涿州，後爲黃氏移至福閩，高宗時收蓄內府，以拓耑不同，世有涿州建京拓之，稱此即涿拓，亦可稱善矣。

庚子花朝識於京師，周頤。

（鈐印：蕙風，陽文。錄自孔夫子舊書網，標作『清朝四大詞人之一況周頤小楷題跋真跡，拍品編號：七三四〇六二五』。又有釋文云：據他的女婿陳巨來說，他書法不行，晚年作品多數爲朱孝臧等人代筆。這件作品書法也不好，且寫於比較早的清朝，應該出自他的親筆。題爲編者所擬）

定巢詞集序

子大先生屬余斠酌詞集，余頗有芻蕘之獻，迺荷壤流不擇，一聲一字，斟酌靡遺，且必互商而後定稿，可謂能充謙受之量者矣。子大詞本精麗，近更沈著。收五代之華藻，入南宋之高格，周、吳可作，何以易之。庚子餞春前五日，楚望閣夜譚，記此時子大提調荊湖彊學，余分斠德俄文齋，素心晨夕，尊酒論文，致足樂也。玉楳詞人況周儀記。

余嘗謂清真詞是兩宋關鍵，子大勝處酷似清真，是不爲南北宋兩派所囿者，同夕又記。

（民國十三年刊《定巢詞集》，又見清光緒至民國間刊《寧鄉程氏全書七種》本《美人長壽盦詞》，題作『言愁閣箋譜跋』）

冰紅集序

南皮張孝達尚書論古文派別，曰不立宗派：桐城派，陽湖派。詞家亦有不立宗派：浙西派，常州派，閩派，楚派，不立宗派尚矣。閩、楚兩派最後出，孳乳未廣。大致閩派疏豪而乖尺度〔二〕，楚派尖麗而溺閨襜。按之其中無物，殊失言外意內之恉。浙西派最先出，竹垞濫觴，樊榭嗣響，訖郭頻迦、姚梅伯而敝，其獨出者曰項蓮生。常州派稍後出，以茗柯爲宗主，得止菴而大昌。閱一再傳，斠若畫一，其獨出者爲蔣鹿潭。若項若蔣，殆所謂不立宗派，非耶？鹿潭先生服膺《飲水》、《憶雲》，以水雲樓名詞，憶雲固私淑飲水者，一脈相承如驂之靳，爲本朝北宋嫡乳。頻青先生淵源家學，合白石、玉田爲一手，其綿麗之作又入溫、韋，是亦不爲派囿者。夫唯深明派別之得失，乃能出乎其外而有以自立，卽論文亦何莫不然？惜乎世道衰微，大雅不倫，數十年後，斯道將爲鳳，將爲雛，尚何派别之興？有空山無人抱琴獨彈可爾。

光緒庚子重五前三日，臨桂況周儀識於武昌杏花天劍爲琴室。

（寒冬虹《稿本〈冰紅集〉序跋輯錄》，載一九九三年二期《文獻》）

【校記】

〔一〕乖：底本作『乘』，據文意改。

梅林校藝圖跋

光緒己亥、庚子間，子大太守弟提調荊湖强學，余分斠俄德文齋，是爲吾兩人蹤跡合併之始。余於中西教術能覼舉條目，子大實左右引翼之。越歲辛丑，于役蜀東，遂主萬縣白巖學堂講席，略仿强學日程以課白巖諸子，久之，成效少著，猶吾子大之教也。癸卯冬月，返櫂武清，强學諸生經客歲奏辦畢業，各挾所長，出而爲國家效尺寸之用。子大實始終裁成，甸鑄之，心力爲之交瘁，而唯余知之甚深也。强塾舊有梅花百本，曩斠試卒業，值花盛開，而余白巖講院，亦有梅百數十本，綠萼多至三十本，約計是時亦在暗香疏影中。昔人云『隔千里兮共明月』，吾兩人隔二千里而共梅花尤奇，白巖諸子多勤樸，邁往之士聞余稱道强學成績不置，舉欣欣然有志就學鄂垣，指顧三峽春融，必有擔簦負笈，來游伊川之門者。子大試進而教之，安在不爲强學後來之秀也。歲云莫矣，余將東下訪半塘於揚州儀董學堂，子大出此冊屬題，倚懷書此，爲自强卒業諸子慰，並爲白巖來學諸子勸，快雪新霽，春芳盎然，早梅又將花矣。顧安得尊酒論文共子大素心晨夕如己庚合併時耶？

附程氏原詩如下：

題梅林校藝圖二首并敍

光緒二十七年十一月八日，考試自强學堂，諸生畢業，是日恭聞兩宫聖駕還京，講舍紅梅盛開，卽席賦詩，諸生和者數十人。越歲癸卯夏，予赴召試，黄伯薌、蔡耐庵兩君合寫《梅林校藝圖》寵行，時則畢業諸生已多赴歐美游歷，及調赴南北洋各省充教習譯員矣。頃歲尚書管學張公百熙奏稱，近年各省開辦學堂，著有成效者，以湖北自强學堂及南洋公學爲最。予薄劣，掌校最久，然非南皮宫保任之專而信之篤，烏能致是？因於金陵舟中題二詩，以質同徵諸子索和焉。

楚澤楩枏挹古芬，晴軒藻黼失鑪薰。荊襄之域疇人傳，斯邈而還異國文。五載丹鉛期絕業，並時鸞鶴有同羣。中興江漢澄清頌，攬轡欣看出岫雲。

横舍官梅絳雪天，座間桃李劇欣然。星球鼇奠同文日，豐鎬龍飛大有年。東去江流誰挽逝，西來天演可無傳。抗顏養拙慚經歲，心競還輪著祖鞭。

（《續修四庫全書》影印民國十二年刻《十髮居士全集》本程頌萬《石巢詩集》卷一）

小檀欒室彙刻閨秀詞序

桃葉晚渡，蘭成勸遊，東風忽來，春水欲皺。積餘先生以《小檀欒室彙刻閨秀詞》屬蕙風爲弁言。勼奇羣玉之府，騰歈眾香之國。有意皆內，無聲不雙。搓酥滴粉，尹、邢鬭虗縹緗；續騷抗雅，姜、張媿其幂屐。嘗攷倚聲總集導源虞山毛氏，而於國朝曾道扶王孫、聶晉人先《百名家詞》，歎觀止焉。大雅云邈，孚音未聞。曷圖闖製，迺皓閟簣。崇祚《花間》之集，采遺夫翠羽；勒山《林下》之選，闕囿於豹斑。以昔方今，瞠虖後已。緊唯女美之貽，寔勰我心之寫。江山如畫，青袍結客之場；花艸連篇，白社推襟之券。華年荏苒，錦瑟無端。陳迹頻印，玉瑺斯在。憶蕙風曻積餘傾蓋於春明，而素心晨夕則自乙未南轅始。而卽《閨秀詈》琬钃之俶落也，旹則綠字紅唫。搜余蓋匧，脂黦墨弄。付彼橦楰一瓻之耤，異書渾似荊州；什襲之珍，慧業詎輪蘭畹。端伯《雅詈》之輯，㝵自傳鈔；遵王《絕妙》之藏，未煩巧賺。辛羊曾雠，奇字逾麗。庚蝕婁易，壽塵信芳。蓋彙刻各家中，若《棲香》顧貞立、《瑤花》袁綬之富於宮闕，《聽雨》孫雲隺、《夢影》關鍈之窮極幼眇。洎夫尺縑寸璧，凡叚白蕙風而屬爲斠勘者，逾全書之半焉。竝世藏弆家，誎積餘之嘉願，而亦各出其奇相鍋遺矣。好龍龍至，香海沫虖珠塵；遏雲雲停，鬘天拒其璚籟。紅絲十二，研染嫺暇；綠衣三百，霑匄膏馥。月娥吐華，餚六瑩於霓裳；星婺奐彩，紛十色於雲錦。睿豔鱗萃，搴芳嬋嫣。環肥鸞瘦，疑覲婥態。周情柳思，各具妍恉。玹筑迭奏，非唯臺上鳳韽；莖磬龢聲，可作房中燕樂。八百珊瑚之樹，三千璹瑁之先。雖鬱蘇異薰，繡組殊緻，莫不娟畜班、謝，媵擕宋、劉。謂非鴻都麟閣，孅蔑以加。鶱鉞鳳杍，麗無遺則者哉。矧丁清旹，明弼黔敳。郛廓華秀，則柔道化其慳，桃通蒕萝，則坤霧鑰其閟。彼沈擩於樂府，容超冶其情襟。倘易安、淑真而復生，寧《漱玉》、《斷腸》之自足？則以無非無儀之訓，非所論於今日，而《閨秀詈》未可既忽眂之也。遲楳娟旹，殅雪絢夜。長千十里，人懷頌茉之筆；江南二月，家有執蘭之約。方當拭拂瑤函，循環珠字。澣薇汎其朝露，擥蕙當其昔風。青綾女師，鸊璲珩璜之度；黃絹幼媍，蒲萄芍藥之篇。彼《玉臺》孝穆，託喤引於《香籢》；《金荃》溫尉，儷聲綦於《彤管》。固當歛歌娥後，搎咲嬙冄。至迺鹵廔斷雁，魏夫人款絮緘愁；僊苑幽禽，阮逸女攀桃謚恨。胡惠齋塵楳之詠，吳淑姬岸柳之唫。天空花晚，幼卿感舊之題；日莫雨疏，美奴送別之作。雖吉光各留夫片羽，而威鳳猶閟其九苞。豈若連情發藻，不下數千萬言；清歈流徵，能工二十八調。以傾國之香名，爲淩波之獨步者虖？祕文傲中簏之儲，別有詈山曲海；綺語續東澤之債，何妨謳粵歈吳。朱鳥牕冄字，簪花而婉孌；綠贏屏裏音，比竹以纏緜。蘼蕪徑香，旹人恆聚。黃花慊捲，秋魂易銷。唯福慧之雙修，迺宮商之叶應。指冷笙寒之地，檀深鈿淺之間。迹其輕霧，每近北宋；或者穠黻，上追南唐。釵翹槩慷，亦有蘇、辛之派；玹瑟于喁，尤多趙、筦之匹。家家翠褭烏絲，處處鸞弦象琯。歈嚼花蘂，琱鎪琳瑯。金絲各奏而同清，蓉杏殊姿而共媄。衡其聲價，明月夜光之上；要於溫厚，旹風宵雅之遺。嬗芬蕤於詈苑英華，滮馨葉於美人香屮。廜塵蓮寸，猶爲駿骨之求；積餘近復編輯閨秀詈，不能成帙者，爲總集付梓。金闕玉扃，齊下蛾眉之拜。

光緒乙巳仲𦉢上浣，臨桂況周儀阮盦序於金陵四象橋北寓廬之蕙風簃。

（清光緒南陵徐氏刻本《小檀欒室彙刻閨秀詞》）

裒碧齋詩話跋

大箸沈著沖澹，一洗鉛華靡麗之習。無矜鍊之迹可尋，卻無一字不矜鍊。格高律細，充爲法乳。清真抗手，西麓唯是，可爲知者道耳。昔人云：『詩到無人愛處工。』詞境至此，雖有能愛者，尠矣。丁未十月，況周儀盥誦竟卷，屬寫官書數語誌佩。

（陳銳《裒碧齋詩話》，上海書店出版《民國詩話叢編》本）

戎仁詡夫人劉氏墓誌跋

右墓誌，標題『唐故樂安戎處士』。樂安，唐縣，屬江南道台州。謹桉《大清一統志》：樂安故城，在今浙江台州府仙居縣西。《元和志》：縣東去台州一百五里，東晉永和三年分始豐、南鄉，置樂安縣，屬臨海郡。隋開皇九年廢，唐上元元年復置於孟溪之側。戎處士本樂安人，其卜居句容，其先蓋游寓後，迺占數爲句容人矣。攷《鄞縣志》：明戎洵，宣德九年，鄉貢湖廣黄州府推官。戎深，宣德十年舉人，官學正。戎來賓：嘉靖二十二年舉人，鄞縣之域舊亦有與樂安同屬臨海郡者，晉永和三年分鄞縣，置寧海縣，屬臨海郡。則鄞縣戎卽樂安戎矣。按：唐德宗建中朝，戎昱任處州刺史，樂安戎氏疑卽昱之後，或子孫因官遂家浉東也。句容舊志：明儒士戎簡，爲太祖所賞拔，孝子戎憲刲臂療親，邑人徐欽有詩贈之詩見句容新志，則戎處士之苗裔矣。戎氏至今爲句容卲族云。

誌云『瘞牀於鵲巢所居，葬於欽賢鄉脩山東北原』，攷《乾隆句容志》卽舊志《輿地志》：鄉里一門內分十七鄉，而無欽賢之名，蓋鄉名多改其舊。有云舊曰某鄉者，亦溯至周應合《景定建康志》而止，更上則弗詳矣。脩山亦無攷，唯鳳壇鄉下里名凡十有二，其四爲鵲巢里，與墓誌合，此則唐地名，迄今未改者。邨名凡二十九，其十三曰戎墅，當卽戎氏所居遺址。宋王象之《輿地碑記目》『建康府碑記』：《唐禮部侍郎劉君神道碑》，裴度撰，今在欽賢亭，在溧水縣界。溧水與句容接壤，亭與鄉或相因而得名，地形分割靡常，此鄉此亭，或今屬溧水。而唐隸句容未可知矣。

銘云『官庾南陲』，《建康志》：下蜀鎮在句容縣北六十里，唐世置鹽鐵轉運使，在揚州。宋發運使在真州，皆於江南岸置倉轉艘，今下蜀鎮北有倉城基并鹽倉遺址，尚存倉城基，卽倉頭鎮所謂官庾，卽指鹽倉而言。

又誌稱『皇妣隴西李氏，而生夫人』。梁廷枏《金石稱例》，父亦有稱皇父者。《處士包公夫人墓誌》：『皇父諱鄰也。』取皇大之義。馮登府《金石綜例》：唐、宋人碑誌，稱其父曰皇考。李翺述其大父，題曰《皇祖實錄》，尤無忌諱。宋徽宗時始禁之，南渡後無復此稱。此云皇妣，與稱皇父、皇考例同。

又云『夫人僶俛同德』，卽黽勉，與隋姚辯墓誌『僶俛王事』、劉公幹詩『僶俛安能追』、殷仲文表『僶俛從事』竝同。

又云『祔于先塋庚首，禮也』，用青烏家言，羅經山嚮以箸葬地。《隸釋・郎中馬江碑》：『先君之庚地』，漢已來有之矣。《唐湯華墓誌》：『歸葬于明州鄮縣龍山鄉江上里庚嚮之原。』庚首，猶言庚嚮也。郭思訓墓誌：『陪葬于先塋之壬地。』亦與此例同。

此墓誌無一字剝蝕，唯五子長俅，俅字左偏泐，以儆、倰、儔、偕例之，知其爲亻旁無疑。又『滕公佳城見白日』，滕字右偏刻未竟，此用漢夏侯嬰馬匒事，非僻典，不可攷，遂無不完之字矣。各省鐵路工次石刻出土必多，安得一一護惜而表章之？

（清宣統元年石印本《陶齋臧石記》卷三十五）

彙刻傳劇序

傳劇之刻，由來廑矣。長興百種，抗皇元之風雅；息機卅卷，同晉叔之時代。玉陽仙史，一編復出，居其泰半；《盛明雜劇》，諸家裒集，未詳何人。又後汲古所網羅，略備兩朝之文物，自《六十種》開鐫，而後垂三百年，孠音未聞。蓋自康、乾之世，寖詞盛而曲衰；上究祁、錢之目祁承㸁《澹生堂》、錢曾《也是園》，率名存而書佚。間有單行之散套，殊無掍合之鴻篇。人海之同調甚稀，太和之《正音》莫續。楚園劉先生夙紬金匱，近箸玉杯。世德墨莊之貽，門業石渠之祕。凡所珍弆，一廛十架之奇觀；出其緒餘，九宮四聲之雅奏。瓊林金譜，悉勰紅牙之拍；絲闌珠字，寧同白袠之綴。迺撰栗棗，爰鋟琳瑯。

度鴛鴦之繡緘，發蘭荃於綈槧。要使錯錦爲贈，嬙施化身。冰絲之館，媿其片羽；褒永之堂，爲之俛首。請問其目，可略言焉。泝《西廂記》之作，開北宮詞之先。攷董解元，其人當金章宗之世，雖名里無徵，而才情備極。字字本色，無取乎故實；言言古意，攸關於文獻。傳讀之本，劉麗華口授者不同；搊彈之體，涵虛子評目所未及。其用則綠窗銀甲，其品如朱汗碧蹏。此樂語之濫觴，劇文之嚆矢也。金董解元《絃索西廂記》。《輟耕錄》云：金章宗時人，名里無攷。明胡應麟《少室山房筆叢》：《西廂記》雖出唐人《鶯鶯傳》，實本金董解元。董曲今尚行世，精工巧麗，備極才情，而字字本色，言言古意，當是古今傳奇鼻祖。然其曲乃優人絃索彈唱者，非般演雜劇也。施國祁《禮耕堂叢說》：此本爲海陽黃嘉惠刻，無齣名關目，行間全載宮調、引子、尾聲，率填樂府方言，不采類書故實，曲多白少，不注工尺，是流傳讀本，與妓院劉麗華口授者不同信。黃引云：時論其品，如朱汗碧蹏，神采駿逸，此涵虛子評目所未及。爰有後來之秀，同聲相應，增華而緟其事，沿流而泝其源。王郎駐篴淒涼，別酒郵亭；關卿促絃迆邐，錦衣鄉路。花間美人，比其幼眇；瓊筵醉客，方茲跌宕矣。元王實父、關漢卿《西廂》五劇。明王世貞《藝苑卮言》：《西廂》久傳爲關漢卿譔，邇來有以爲王實夫者，謂至郵亭而止。又云：至『碧雲天，黃花地』而止，此後乃漢卿所補也。初以爲好事者傳之妄，及閱《太和正音譜》，王實夫十四本，以《西廂》爲首，關漢卿六十一本，不載《西廂》，則亦可據。王國維《曲錄》：按楊維禎《元宮詞》云：『大金優諫關卿在，伊尹扶湯進劇編。』此關卿當指漢卿，則漢卿猶逮事金矣。明寧獻王權《太和正音譜》：王實父之詞如花間美人，關漢卿之詞如瓊筵醉客。在昔元和才子，蟬嫣本事之詩；厥後天水王孫，婉娩清商之曲。紀雙文之絕豔，雜錄近復重編；翽十闋之連情，戲曲幾於具體。此《會真》作記，夙所引伸；抑《侯鯖》箸錄，資其援據者也。先生重編《會真雜錄》。宋趙令時《商調·蝶戀花》詞。按：方諸生《千秋絕豔賦》爲雙文作。王國維《戲曲考原》：石曼卿作《拂霓裳轉踏》，述《開元天寶遺事》，是爲合數闋詠一事之始。今其辭不傳，傳者唯趙令時之《商調·蝶戀花》，述《會真記》事凡十闋，置原文於曲前，以一闋起一闋結之。視後世戲曲之格律，幾於具體而微，原詞具載《侯鯖錄》中。攷《西廂記》羽翼之林，有卽空觀解證之作，雖姓名不箸，印記堪徵，而發凡申二家徐士範、王伯良之說，知成書丁萬曆已還。徐士範版覆元鐫，義音具審；王伯良注校古本，去取綦精。迺至雲間批評，兼一義一字而無忽；湖上箋訂，寧傳疑傳信之兩歧。或費注腳之孶詳，或偏歌頭而點勘。凡與《會真》五劇相輔，大氏金源一脈之傳。要當麗以金箱，弢之縹帙。明淩蒙初《西廂五劇五本解證》。明徐逢吉《重刻元本西廂記釋義字音》。明王驥德《古本西廂記校注》。明雲間陳繼儒《批評西廂記釋義字音》。明湖上閔遇五《會真六幻五劇箋疑》。若迺芙蓉亭古，特稱仙呂新聲；絲竹曲終，稍涉蒲東舊事。於碧雲黃花而後，見華池洛浦之姿。與五劇而同珍，誠一辭之莫贊。元王實父《絲竹芙蓉亭》。按：《錄鬼簿》載實父譔劇十四種，有《韓彩雲絲竹芙蓉亭》目。王伯良謂其《仙呂詞》一折風流綺麗，特稱妙絕。《太和正音譜》曰：王實甫之詞如玉環出浴華池，綠珠采蓮洛浦。先生跋有云：目爲《韓彩雲絲竹芙蓉亭》，當是韓彩雲事。讀此劇《尾聲》一曲，有『則要你常準備迎風戶半開，我則等的夫人燒罷夜香來』等句，則又是《西廂》詞，殊不可解。又有《圍棋闖局》，舊題晚進王生，迹其掞藻摛華，後生不無可畏；例彼薰香掬豔，先進亦復難爲。其格調承金、元之流，卽支派亦王、關所衍。元晚進王生《圍棋闖局》。淩蒙初卽空觀本凡例，元人詠《西廂》詞《煞尾》云：『董解元古詞章，關漢卿新腔韻。參訂《西廂》的本，晚進王生多議論，把圍棋增。』別有《錢塘綺㝱》，作者天籟詞人。招倩魂於香徑紫蘭，昉豔蹟於中庭蕙草。舊本附諸簡尾，例可相沿；古香發自行間，挹之無竭。元白朴《錢塘㝱》。按《錄鬼簿》目作《蘇小小夜月錢塘㝱》。白朴著有《天籟詞》。李義山詩：『蘇小小墳今在否，紫蘭香徑與招魂。』楊巨源詩：『清潤潘郎玉不如，中庭蕙草雪消初。』徐逢吉《重刻元本西廂記》、陳繼儒《批評西廂記》、閔遇五《會真六幻》諸本後，皆附《錢塘㝱》。猶有《園林午㝱》，近於莊生寓言；儻付場屋丁歌，何讓武陵高致？據減齋之詩注，屬中麓之詞餘，載在《一笑散》之中，見於《也是園》之目。明李開先《園林午㝱》。《曲錄》：《一笑散》一卷，明李開先譔，見《也是園書目》。周亮工《賴古堂集·章丘追懷李中麓前輩詩》自注：公所箸雜劇如《園林午㝱》類，總名曰《一笑散》。

按：亮工一字減齋。至迺南詞之作，並皆吳會之英。實甫與嘉興同名，子元署清癡之號；載繹仇池之緒論，實於隴西有微辭。賞平原白受之惠心，增明珠無雙之麗製。與其殘膏賸馥，貽子玄注莊之譏；何如伯壎仲篪，昉惠班績史之筆。蓋辭必己出，語羞雷同。斷無詞苑之英華，不出前人之窠臼。明李日華《南西廂記》。陸采《南西廂記》。按譔《南西廂記》之李日華。清癡子，見陸記自序。閔遇五李記識語，梁伯龍謂：此崔時佩筆，日華特較增耳。有換韻幾調，疑李增也。崔割王腴，李攘崔有，俱堪冷齒。明梁辰魚《江東白苧》，補陸天池《無雙傳》二十折後，引云：『珪璋挺其惠心，英華秀其清氣。』又云：『隱陸姓於平原之間，藏采名於白受之下。本《無雙》而作記，藉《明珠》以聯情。』

按：辰魚，字伯龍，自號仇池外史。明呂天成《曲品》：《明珠記》，乃天池之兄給諫具草，而天池踵成之。凡此一編所勼集，咸與六幻相發明，足令鶯、紅駐顔，筠、石卻步。《西廂記》有碧筠齋、朱石津二本，皆明刻。且夫文章有神也，翰墨亦緣也，弗求何獲，所好必聚。先生舉《長拍》、《么篇》皆曲名，尺縑寸璧，莫不媚之如香蘭，繡之以文梓。用是珊網珠囊，從心所欲；琬鐫瓊斲，斷手無蘄。齊驅並駕，若飛黃之赴金臺；長價騰聲，如結綠之歸玉府。自《絃索》變爲般演，唯《琵琶》特創規彠。道在縠膜米皮見『喫糠』齣，人亦玉山櫟社。雙燭交花，柔克齋之藻采；斜行作草，頑仙廬之月旦。可謂繼體風騷，導源倫教者也。元高明《琵琶記》，陳眉公批評本。《曲錄》：明字則誠，有《柔克齋集》。《少室山房筆叢》：《西廂》主韻度風神，太白之詩也；《琵琶》主名理倫教，少陵之作也。《西廂》本金元世習，而《琵琶》特創規彠，無今無古，似尤難至。明姚福《青溪暇筆》：元末，永嘉高明避世鄞之櫟社，以詞曲自娛。《靜志居詩話》：顧仲瑛集元耆舊詩，爲《玉山雅集》，中錄高則誠作，稱其長才碩學，爲時名流。又云：聞則誠填詞，夜案燒雙燭，填至『喫糠』一齣，句云『糠和米本一處飛』，雙燭花交爲一，誠異事也。按：雲間城外陳眉公有兩精舍，一頑仙廬，一來儀堂，見《梨洲思舊錄》。有如《幽閨》作記，後堂按歌，亭留拜月之名，梁繞遏雲之響。良緣荓梗，匪溝葉之題紅；小字蘭蓮，比茗華之刻玉。矧香篋之佳語，兼綵筆之奇文。元朗之定評非謬，臧晉叔舊有同情；弇州之駁論未精，王房仲亦持異議。蓋循聲赴節，非同《琵琶》之律乖；佩實銜華，寧比《西廂》之肉勝。自七星橋鍥行而後，善本未聞；而二南里注醳之傳，解人欲索已。元施惠《拜月亭》，一名《幽閨記》。《靜志居詩話》：何元朗、臧晉叔皆精曲律。元朗評施君美《幽閨》出高則誠《琵琶記》之上，王元美目爲好奇之過。晉叔笑曰：『是烏知所謂《幽閨》者哉？』按：施惠，字君美。明何良俊，字元朗。王世貞，字元美。繆荃孫《明本拜月亭記跋》：何元朗謂勝於《琵琶》，王弇州不以爲然。然《琵琶》襲舊太多，且無一句可入絃索，《拜月》則字字穩帖。與彈搊膠黏，南曲全本可上絃索者唯此。又沈德符云：『向曾與王房仲談此曲，渠亦謂乃翁持論未確。且云不特別調佳，即如聶古、陀滿爭遷都，俱是兩人胷臆，見解絕無奏疏套子，亦非今人所解。』予深服其言。若《西廂》才華富贍，北詞大本未有能繼之者，終是肉勝於骨，所以讓《月亭》一頭地。按：毛子晉世居迎春門外七星橋，見《同治蘇州府志》。先生所刻《拜月亭》，首題二南里人羅懋登，注釋較毛刻本爲古。亦有述《荊釵》之清芬，闡梅溪之義烈，出自朱邸詞人之筆，誤於丹丘先生之題。重性迺逮於文暘，《自號》未錄於光溥宋徐光溥《自號錄》。向來璆枝之秀，罕覯金荃之芳。彼奎章學士，何來移宮換羽之名？矧雲齋臞仙，尤有綴玉編珠之錄。明寧獻王權《荊釵記》。明呂天成《曲品》題丹丘生撰黃文暘《曲海目》題作柯丹丘。蓋舊本嘗題丹丘先生，不知丹丘先生爲寧獻王道號，故遂誤丹丘以爲柯敬仲耳。《明詩綜》寧獻王小傳：王博學好古。志慕沖舉，自號臞仙。令人往廬山之顛，囊雲以歸，結小屋曰雲齋，障以簾冪，每日放雲一囊，四壁氤氳如在巖洞。《四庫提要》：寧藩書目所纂輯刊刻之書甚多，其目凡一百三十七種，詞曲院本，道家鍊度，齋醮諸儀俱附焉。至如白兔玄感，花蛇平異徵見卷上第六齣。瓜園月黑，西陽幽怪之譚見卷上第十二齣；柳營更寒，卯金側陋之蹟見卷下第四齣。嘗讀廬陵之新史，亦謂昭聖出農家。唯牧馬劫取之文，與臥牛相攸未合。由來刻羽引商之地，大有移風易俗之奇。十六年拮据，井臼所以教貞見卷下第八、第十八齣；千百里龍鍾，襁負可以勸義見卷下第九、第十齣。矧武成二三之策，盡信不如無書。而虞初九百者流，虛造尤多嚮壁。無名氏《白兔記》。《新五代史·漢家人傳》：高祖皇后李氏，晉陽人。其父爲農，高祖少爲軍卒馬，晉陽夜入其家劫取之。昔徐仲由高尚其志，辭明洪武藩省之徵。其《殺狗記》一劇，與《巢松集》並行。大婦芳褥，梁王筠《三婦豔》：『大婦留芳褥，中婦對華燭。』黃耳頓輟於傳書；外孫齏臼，《綠腰》尤工於按拍。何止清霜黃葉，詞名介張、馬之間；固宜繡口錦心，家學亦庾、鮑之匹。明徐畛《殺狗記》。《曲錄》：畛，字仲由，洪武初徵秀才，至藩省辭歸，有《巢松集》。《靜志居詩話》：葉兒樂府，仲由《滿庭芳》『清霜籬落，黃葉林丘』云云，未遜小山、東籬。自昔搴芳曲苑，有荊、劉、拜、殺之評。《靜志居詩話》：識曲者目荊、劉、拜、殺爲四大家。譬彼擢秀詩林，卽王、楊、盧、駱之傑。緊四美之既具，咸異曲而同工。儻一家之自成，亦出類而拔萃。或首蔡而拜弗與焉，猶采玉而珠或遺矣。按：明呂天成《曲品》：世稱蔡、荊、劉、殺。若夫鼓瑟必於所好，韞玉未易求沽。黯澹黑貂之裘，魁壘黃金之印。鵷鳳鍛翮，篳門伏誦之年；燕烏集闕，華屋見說之日。羸縢落寞，豪竹未足以寫哀；連騎炫熿，繁絃亦爲之流美。所以武安喟嘆，閱薄俗之炎涼；復之陶寫，遡華宗於緜邈。明蘇復之《金印合縱記》，一名《黑貂裘》。至若白衣秀才，烏巾書記。猿有四聲，麟非一角。漁陽撾鼓，遺憾能消；翠鄉警㝱，前因可證。黃河黑水，木蘭買駿之年；綠鬢藍袍，崇嘏辭凰之日。在昔雄談奮褎，睥睨王侯。亦復低唱吹簫，纏綿兒女。明徐渭《四聲猿》。按：第一折《漁陽弄》，第二折《翠鄉夢》，第三折《代父從軍》，第四折《辭凰得鳳》。渭，字文長。《列朝詩集》：胡少保宗憲督師浙江，招致幕府筦書記。督府勢嚴重，文武將吏莫敢仰視。文長戴敝烏巾，衣白布澣衣。非時直闖門入，長揖就座，奮袖縱談。幕中有急需，招之不至。夜深，開戟門以待。偵者還報：『徐秀才方泥飲大醉，叫呶不可致也。』少保聞，顧稱善。且如玉簫再世，續韋郎之緣；柳枝一曲，答韓生之贈。大槩傾心於才藻，未聞刮目於英豪。迺彼妹列蠻素之間，而所賞出驪黃之外。紅拂略同紅線，亦有輕俠之風；李花取代楊花，詎關符讖之說。則蛾眉知己，曠世遭逢。鳳翼填詞，絕倫香豔也明張鳳翼《紅拂記》。又如《霞箋》之麗詞，翠眉娘之豔史。飛來綺語，憐才別具蕙心；洗淨鉛華，矢志亦根蘭性第三齣『矢志』。極㾓寐之輾轉，以文采爲風流。廿八字之良媒，卽仌柯玉杵；十三樓之麗矚，皆膩粉犓釵矣無名氏《霞箋記》。粵若曲聖，夙推義仍。掐香檀之一痕，選玉茗之四瘼。牡丹亭畔，曾離倩女之魂；紫玉釵頭，猶沁怨娥之淚。邯鄲一覺音副詔，黃粱之炊未熟；淳于重來，大槐之國安在？嚮嘗遺其詞采，探厥性靈。發山川輝媚之容，饒烟水迷離之致。蓋離神得似，非可跡求；而斂才就範，尤爲詣極。明湯顯祖《還魂記》、《紫釵記》、《邯鄲記》、《南柯記》。《靜志居詩話》：義仍七夕答友句云：『傷心拍徧無人會，自掐檀痕教小伶。』會稽陳棟論曲云：《邯鄲》、《南柯》斂才就範，風格遒上，前無古人，後無來者。抑中山之按譜，以《還魂》爲最精。鈕少雅實是書功臣，格正本屬生平心得。竊附特書之例，願與識曲共參。蓋字斟句酌，不爽豪氂。録清徵流，聿嚴刊劂者矣國朝鈕少雅《格正還魂記》詞調。逮夫朱明末造，白下偏安。國是悉付僉壬，相公號稱曲子。《春燈》、《燕子》，銷磨虎踞龍蟠；《牟尼》、《金榜》，陸續珠歌翠舞。求其程度之精詣，在乎宮律之謹嚴。雖爲亡國之音，不愧嫥家之筆。明阮大鋮《春燈謎》、《燕子箋》。按：大鋮所譔。傳奇又有《牟尼合》、《雙金榜》，見《曲録》。昔聞石渠製曲，略同道子寫生。乃五種半屬塵薶，猶四瘼付之蠹飽。凡粲花所編輯，蕲連茹而彙歸。飫五侯之鯖而得其全，覽九苞之鳳而踰其半。銖衣驎其麗密，纅組戀其姸華。則有南國僊郎，西園美眷。譪傳芳字，似《拜月》之蘭、蓮；冥合歡悰，比《還魂》之梅、柳。夫達人持無鬼之論，至情雖死別不渝。乃以書生弱膽爲言，而於倩女香魂是偲見『譪驚』齣。則在天在地，長生何必有誓詞；隨圓隨缺，夫人於此欠商量也。又若庚郵豔蹟，辛受妙辭。紅亭寄其芳情，黃河流其雅韻。劉晨本天台仙侶，王嬙亦漢宮麗人。絃調錦瑟，何妨婢學夫人？筆灑明珠，信是天生嘉耦。矧盧龍節使，義薄雲天；馬驛枝官，品超塵壒。尤足楷模交道，矜式仕流。顧所演皆好合之私，而其事非興衰所係。嘗攷留都掌故，復社見聞。綠華自是天香，未易續《清平》之調；烏程風矜貴介，竟見拒迎送之郵。輒爲烏有亡是之辭，備極嬉笑怒罵之致。所託如尚公、五柳等輩，實影及媿菴、三蘭諸賢。雖後世是非論定，寧爲所搖；亦當時師友氣矜，有以自取。獨惜夫宜興晚節，何有於庶子？春華捉刀，殆非其本心。集矢難免於眾口，迄今歌塵未沫，管色猶妍。至洒東林之罪人，而出南畺之烈士。又復藻耀才情，棻鋪豔異。花生筆底，妙絕無倫；人在畫中，呼之欲出。蓋致曲由誠而能化，抑言情則達不如癡。推之道契，若尼父之見羹；譬彼孝思，卽丁蘭之刻木。況復補天填海，願力赴乎豪端；賺玉藏珠，古愁銷於腕底。鶬鶊療妒，獅欲吼而無聲；鸞鳳換巢，鵶終隨而未許。比黃衫之俠骨，何慚泰斗鴻名；蘄紅粉之快心，別注坤靈鴛牒。其梨孃第四齣絮影第十四齣諸齣，寫蘭情棠韻彌工。幾疑湖山無恙，元元果可再生；便如環佩歸來，真真何勞萬喚？明吳炳《西園記》、《情郵記》、《綠牡丹》、《畫中人》、《療妒羹》。《傳奇品》：吳石渠詞，如道子寫生，鬚眉畢見。顧夢鶴題小忽雷《沁園春》詞：『臨川四夢，全教蠹飽。石渠五種，半屬塵薶。』石渠五種，有粲花齋主人編次本。『隨圓』二句，用宋王昭儀詞事，文信國語。按：石渠蚤年，受人倩託，譔《綠牡丹》傳奇，後殉桂王之難，見《南畺逸史》。乾隆中賜謚忠節。烏程至自取，詳葉廷琯《鷗陂漁話》卷四，《綠牡丹》傳奇一則。緊維鴻達，有若駿公。以沈博絕麗之才，兼慨慷溫柔之筆。搔首成今古恨，臺通天而可呼；掃眉亦文武才張貴妃洗夫人，閣臨春而誰主。續文簫之佳話，寫秣陵之芳春。其間左丞醉哭數言，鬱伊善感；女將邊愁一齣，悱惻動人。乃至雲和引鳳之妍詞，曲傳玉潤乘龍之韻事。寘之詞山曲海，宜有玉價珠聲。國朝吳偉業《通天臺》、《臨春閣》、《秣陵春》。又若水溫山赭，地近苧蘿之村；翠深紅窈，人在荷花之蕩。中吳毓秀之邦，東籬拒藻之筆。蓮盟重締，稍出言情之範圍見第十六齣『重締盟』；　蓬劬半生，僅有修文之遝合見第二十三齣『冥中緣』。所謂捐別譜之蹊徑，鑿思路於幽玄見第一齣『標韻槩』。　是亦吉光呈珍，天鹿褷錦國朝馬佶人《荷花蕩》。尤有嶺南佳士，翠箏託以深情：　月下老人，赤繩重於牉合。　驤騰玉馬，合號龍媒；　鵜步金鼇，遂諧鳳侶。其賦情《江南好》單調，實弁首《粵東詞》一書。　蓋事雖奇，非盡無徵；　抑情之至，終成巧合。國朝劉方《天馬媒》。　按：《天馬媒》係演黃損事。損，廣東人。《粵東詞鈔》首卷首闋，黃損《江南好》：『平生願，願作樂中箏。得近佳人纖手指，砑羅帬上放嬌聲。便死也爲榮。』《天馬媒》『締緣』齣用作黃損擲裴玉娥詞，首句改作：『生平無所願。』不箸《江南好》調名，非是，『手指』誤『手子』。　至於天寶遺事，長生誓辭。　寂寞蓬山之玉容，宛轉稗畦之珠字。　金釵鈿合神仙，信有深情；　城火池魚文字，輒興大獄。　則香山歌詠，隱括無遺，而秋谷才華，沈淪孰恤也。國朝洪昇《長生殿》。　阮葵生《茶餘客話》：　趙秋谷以丁卯國喪，赴洪昉思寓觀劇，被黃給事疏劾落職。都人有口號詩云：『秋谷才華世絕儔，少年科第盡風流。可憐一齣《長生殿》，斷送功名到白頭。』聞黃給事家豪富，欲附名流。初入京，以土物並詩稿徧贈諸名下，至秋谷，答以柬云：『土物拜登，大稿奉璧。』黃啣之刺骨，故有是劾。　嘅古物作雲烟之散，唯嘉名恃簿錄以傳。　儻索驥而按圖，等求魚而緣木。先生真契自結，古懽婁洽。　伊忽雷之遺製，閱甘露之劫塵。　象筆鸞箋，昔綴東塘之院本；　龍頭鳳臆，今歸中壘之庋藏。　如大琴小瑟之龢鳴，與魏象宋經而並列。　徵文考獻，近復勒爲成書；　制器尚象，要亦闕其精意。　非徒擥貦芳華，摩挲清供而已。國朝顧彩、孔尚任《小忽雷》附《大忽雷》。　按：　唐製大小兩忽雷，今歸楚園，先生以雙忽雷名閣，意尤有託，並作《枕雷圖》，徵題詠，輯雙忽雷本事成冊梓行。又藏魏太和七年崔承宗造釋迦像，宋拓汴學二體石經，海內孤本。　憶昔過江名士，意氣俟嬴；　傾國佳人，才華漱玉。琵琶曲罷，迴燈辨懷寧之姦；　蘼蕪徑香，量珠卻雁門之聘。　扇芬青樓之志，軼孅白門之俠。所由鵑血夂紈，龍友不辭渲染；　烏絲黃絹，季重殊費描橅也。國朝孔尚任《桃花扇》。　有若簿名《錄鬼》，略同格號

《骷髏》。故爲駴俗之標題，抑亦好奇之流亞。鬱藍但評舊曲，太初爰及新聲。元音與風會同流，北宮實開南曲； 至理以孿尋而出，後生或過前賢。北則《廣正》一編，隴西獨探驪有得； 南則《新譜》十例，吳興尤闚豹能全。囊奇采於碎金，梅郵譽十郎之筆； 跐前塵於屬玉，竹林蜚小阮之名。固宜鼓吹騷壇，模範埶苑。爰攷玉峯之律，始變弋陽之腔。自魏良輔能轉音聲，唯王正祥綦嚴讎勘。凡茲祕笈之流傳，允屬詞林之景慶。雖非東觀，猶多未見之書； 渾似荊州，乞借移鈔之本。甄采斯及，附刊以行。元鍾嗣成《録鬼簿》。明呂天成《曲品》。國朝高奕《傳奇品》。國朝李玉《北詞廣正譜》。國朝沈自晉《南詞新譜》。國朝王正祥《新定十二律崑腔譜》。《骷髏格》，明無名氏譔，見《南詞定律》。呂天成別號鬱藍生，高奕字太初。《曲錄》云： 《曲品》、《傳奇品》皆舊鈔本。《北詞廣正譜》，明徐于室元稿。《南詞舊譜》，明蔣孝箸。李、沈二氏各參定增益之。《廣正譜》吳偉業序云： 以十郎之才調，效耆卿之填詞。《新譜》凡例十則： 遵舊式，稟先程，重原詞，參增注，嚴律韻，慎更刪，采新聲，稽作手，從詮次，俟補遺。沈自晉，爲吳江詞隱先生諱璟字伯英從子。詞隱箸《屬玉堂傳奇十七種》。《靜志居詩話》： 崑山人魏良輔能喉轉音聲，始變弋陽、海鹽爲崑腔。高詣則白雪陽春，小言亦麝塵蓮寸。數符大衍，五十絃錦瑟方調； 律翻中聲，廿八調金科斯在。彙刻及附刊最五十種。先生淵度式今，閎願傳古。毛隱湖刻屈陶集，實發軔於弱年； 王子貞覆龍門史，僅奏刀於匝月。遠叶檇李流通之約，近昉武林嘉惠之堂。其舊本影雕，則士禮之仲叔也； 《蜀志·龐統法正傳評》： 擬之魏臣統，其荀彧之仲叔，正其程、郭之儔儷耶？ 其叢書籑沓，則長塘之匹孋也。夫唯真龍之好，能見其大，宜乎雕蟲之技，薄而不爲。迺以南樓北史之雄，不遺片甲一鱗之拾。豈風雲月露，太上未能忘情，金石絲簧，賢者亦復樂此乎？ 古之傷心人，別有褱褎； 後有知音者，係之感槩矣。唱庭花於玉樹，當年金粉湖山； 記紅豆於鋃屏，何處承平歌管？

上元第三甲寅三秋九月重陽前五日，臨桂況周頤夔笙序於上海餐櫻廡。

（民國八年貴池劉氏暖紅室刊《彙刻傳劇》）

武林金石記跋

右錢唐丁敬身先生《武林金石記》如干卷，吳君瀠泉依傳鈔本付印。前有先生喆嗣魯齋傳及趙誠夫一清兩序，後有魯齋跋及識語二則、魏稼孫錫曾識語一則。據趙序，雍正庚戌、辛亥間修浙江志，制府李敏達命兼修《西湖志》，以舊志具有碑碣，而《咸淳臨安志》亡失此卷。《成化杭州志》有目無文，欲補輯，苦無底稿，于是盡發丁氏祕臧，重加詮訂。迨書成，而丁氏弗獲列名。魯齋序云鮑丈淥飲買此《記》於荒貨店中，聞店主買得於倪姓，其書有引樊榭丈詩與家大人姓氏，似箸者爲倪山友先生也。向在郁陛宣家鈔得先生《六執之一錄》凡例兩條，一記先生箸有《武林金石記》，云鈔撮《西湖志》所載而成；一記趙誠夫爲家大人序《武林金石錄》一篇，云：乃知此書果摘於《西湖志》，而《湖志》又元本於家大人之《武林金石錄》也。今據兩序攷定之，丁氏所箸名《武林金石錄》，其姓名湮沒於雍正《湖志》之成，而表章於倪氏凡例之作。倪氏所箸名《武林金石記》，其書元本於《湖志》，而實元本於丁《錄》，《錄》與《記》名異而實同也。《錄》無傳本，此傳鈔本以『記』名者，不箸譔人姓名，屬之丁氏，從倪氏表章之志也，仍以『記』名，存傳鈔本之舊也。元鈔廑存四、五、七、八、九、十卷，其卷九廑十四葉，前後皆缺；卷十廛十葉，前後亦缺。目録廛存三葉，無從覈定卷數葉數，瀟泉付印，悉依元鈔，未嘗增減一字，唯就見存者編次目録，取便幡帋而已。金石文字關係鄉邦掌固綦重，後有耆古之士從事補輯，俾成全書，以丁、倪兩先生之志爲志，則瀟泉所厚蘄也夫。

龍集柔兆執徐且月中伏日，臨桂況周頤夔笙跋於扈上賃廬之餐櫻廡。

（丁敬《武林金石記》，民國五年西泠印社活字印吴隱《遯盦金石叢書》本）

州山吴氏詞萃序

客歲夏秋間，同社瀟泉先生訪求其先世遺箸，謀導揚引翼之，余因檢舊藏《百名家詞》，迻寫《留邨》、《鳳車》、《攝閒》、《課鵡》四家，俾合爲一集，付印行世。昔歐陽炯序《花間集》：『鏤玉雕瓊，與化工而迴巧；裁花翦葉，奪春豔以爭鮮。』古所稱爲一時之盛，今乃於一家見之。假非稱先述古之勤，且至有如瀟泉其人，或亦致嘆於莫爲之後，雖盛而弗傳也。瀟泉被服儒雅，精篆籀，工檗印。吾聞倚聲家言，詞貴自然從追琢中出。今瀟泉之製印，其致力於追琢也，遠師文、何，近昉吴、趙，而其究也，託體於兩京之方正平直，則妙造自然矣。然則瀟泉之印學，與其先世四家之詞筆，所謂異事同揆，而能善繼善述者非歟！益以歎家學淵源，凡夫世家卲族之所留貽，非尋常之弓冶箕襲所可同日語矣。

歲在戊午四月幾望，臨桂況周頤夔笙序。

（民國七年西泠印社鉛印本《州山吴氏先集》，或題《州山吴氏詞萃》）

椿蔭廬詩詞存敘

龍城山水，靈閟風土清嘉。蓮華毓秀，則玉輝映發；銅井涵芬，則璿源瀜逌。故有理學之門，風月資其吟弄；閨房之彥，仌雪淨其聰明。至迺絣楨自謝，瑤蕙未渝。淵雲無多，墨妙近屬莊姝；鮑謝徒鶱，詞華難方靜孌。於左少夫人椿蔭廬稿見之焉，夫人誕組珪之卲族，式珩璜之雅度。植性醇粹，明心善窈。紗帷執經，如奇童之冠羣；纚笄成教，雖哲弟亦嚴事。可謂德穎振玉、矩芳握蘭者也。婉婉秦嬙，處淑女宗；秩秩鴻妻，出延嬪道。時則臺孫部郎任天下，若小范念江左無夷吾。慷慨治安之策，蒿目時囏；奔走君父之憂，蓱蹤客路。夫人仔肩持門，勞何止於三歲；同心憂國，歌欲和夫《五噫》。東海可蹈，曾爲憤激之言；泰山彌重，輒申黽勉之戒。凡茲卓識，易弁猶難；何必才名，《然脂》之亞？迺復《玉臺新詠》，上抗徐陵；《金荃》麗詞，下揜溫尉。彤管有煒，黃絹無慙。高門名德，左芬難爲小姑；近代華宗，楊芸庶幾弱娟。今雖瓊娥弭節，寶婺戢華。輟徐淑之素琴，感潘安之長簟。然而七襄鴛杼，錦字猶新；五色花箋，珠塵未沫。允足垂光結綠，奪彩懸黎，班香宋豔之遺；三台妙蹟，鍾禮郝法，而後一代傳人。周頤晚歲滄江，舊家湘野。元籍新寧，住零陽縣。忝枌榆之末誼，揚蘭茝之清芬。雖榮名懿鑠，詎恃詞章？而雅故修姱，彌光里乘。開茲縹帙，未盡大家良史之才；乞與青藜，爲續中壘列女之傳。

上元著雝敦牂重九日，臨桂況周頤序於天春樓。

（仿聚珍版鉛印《椿蔭廬詩詞存》）

養吾齋詩餘跋

宋劉尚友《養吾齋詩餘》一卷，彊邨朱先生依《大典·養吾齋集》本鍥行，凡二十闋。檢元鳳林書院《草堂詩餘》有劉尚友《憶舊遊》「論」字韻云：「正落花時節，顦顇東風，綠滿愁痕。悄客夢驚呼伴侶，斷鴻有約，回泊歸雲。江空共道惆悵，夜雨隔篷聞。儘世外縱橫，人間恩怨，細酌重論。　嘆他鄉異縣，渺舊雨新知，歷落情真。怱怱那忍別，料當君思我，我亦思君。人生自非麋鹿，無計久同羣。此去重消魂，黃昏細雨人閉門。」此闋《大典》本《養吾齋詩餘》未載。樊榭山民《跋元草堂詩餘》：「無名氏選至元、大德間諸人所作，皆南宋遺民也。詞多悽惻傷感，不忘故國，而於卷首冠以劉藏春、許魯齋二家，厥有深意」云云。抑余觀於劉、許之後，即以信國文公繼之，不啻爲之楬櫫諸人何如人者。劉尚友詩餘有《摸魚兒》己卯元夕、甲申客路聞鵑各一闋。己卯，宋帝昺祥興二年，是年宋亡。甲申，元世祖至元二十一年，上距宋亡五年。尚友兩詞竝情文慨慷，骨榦近蒼。《聞鵑》闋有「少日曾聽，搖落壯心」之句，蓋雖須溪之子，而身丁國變，已屆中年。按：須溪詞《摸魚兒·辛巳自壽年五十》句云：「渾未覺，恁兒子門生，前度登高弱。」兒子即尚友，辛巳前二年爲己卯，即尚友作元夕詞之年，即宋亡之年，是年須溪四十八歲，須溪亦有聞杜鵑詞調《金縷曲》句云：「十八年間來往斷，白首人間今古。」自注：「予往來秀城十七八年，自己巳夏歸，又十六年矣。」己巳後十六年恰是甲申聞杜鵑詞，當是與尚友同作，是年須溪五十三歲。須溪又有《臨江仙·將孫生日賦》云：「二十年前此日，女兒慶我生兒。」末云：「兒童看有子，白髮故應衰。」須溪賦是詞時，尚友逾弱冠，有子矣。「白髮故應衰」，猶是始衰者之言，蓋須溪得尚友早，父子年歲相差爲數二十强弱，據詞略可攷見者如右。抗志自高，得力庭訓。詩餘二十一闋，無隻字涉宦蹟，如《踏莎行·閒遊》云：『血染紅箋，淚題錦句。西湖豈憶相思苦。只應幽夢解重來，夢中不識從何去。』《八聲甘州·送春》云：『春還是多情多恨，便不教、綠滿洛陽宫。只消得，無情風雨，斷送悤悤。』樊榭所謂悽惻傷感，不忘故國，恉在斯乎？彊邨《所刻詞》成，就余商定編目，余謂《養吾齋詩餘》宜纚屬《須溪詞》後，不當下儕元人，因略抒己意，爲之跋，冀不拂昔賢之意云爾。

臨桂况周頤。

清庵先生詞跋

庚申嘉平月既望，閲《清庵先生詞》竟，皆道家言，説理圓徹，引而申之，乃至三教一源，庶幾閎恉。其於禪乘，信有悟入處。其言性言道、言中言默，所謂示衆無分彼此，不能出二氏範圍。唯如《沁園春》云：『中是儒宗，中爲道本，中是禪機。』言之鄭重，分明以殊塗同歸爲注腳，與援儒入墨、推墨附儒有間。清庵生平，其殆固所守，而觀其通者。白太素朴《天籟集·水調歌頭》序云：『丙戌夏四月八日夜，夢有人以「三元祕秋水」五言謂予，請三元之義，曰：「上中下也。」恍惚玩味，可作《水調歌頭》首句，恨「祕」字之義未詳。後從相國史公歡遊如平生，俾賦樂章，因道此句，但不知「祕」字何意。公曰：「祕卽封也。」甫一韻而寤，後三日成之，以識其異。』前調序云：『子既賦前篇，一月，舉似京口郭義山，義山曰：「此詞固佳，但詳夢中所得之句，元者應謂水府，今止詠甲子及《秋水》篇事，恐未盡也。」因請再賦。』兩闋皆以『三元祕秋水』爲起句，清庵詞《水調歌頭》有贈白蘭谷，及言道言性各一闋，亦皆以『三元祕秋水』爲起句，太素詞乃酬答清庵之作，顧必託諸夢幻，何耶？ 清庵贈蘭谷詞歇拍云：『誰爲白蘭谷，安寢感羲皇。』以太素有《水龍吟·睡詞》二闋，可知當日商榷文字，過從甚密。 太素詞作於丙戌，至元二十三年，清庵詞當亦是時作也。

臨桂況周頤識於滬寓之天春樓。

（以上二篇，均《彊邨叢書》）

蓼園詞選序

近人操觚爲詞，輒曰吾學五代，學北宋，學南宋。 近十數年，學清真、寱窗者尤多，以是自刻繩，自表襮，認筌執象，非知人之言也。 詞之爲道，貴虖有性情，有襟褱，涉世少，讀書多。 平日求詞詞外，臨時取境題外。 尺素寸心，八極萬仞，恢之彌廣，斯按之逾深。 返象外於環中，出自然於追琢，率吾性之所近，眇眾慮而爲言，乃至詣精造微，庶幾神明與古人通，奚必迹象與古人合？ 矧虖於眾古人中而齗齗蘄合一古人也。 惟是致力之始，門徑不可不知。 晚近輕佻纖巧，餖飣噭囂諸失，皆門徑之誤中之。 舍步趨古人，末繇辨識門徑。 擷羣賢之菁華，詔俫斆以津逮。 綜觀宋已前諸選本，《花間》未易遽學，《花菴》間涉標榜，弁陽翁《絕妙好詞》，泰半同時儕輩之作，往往以詞存人，或此人別有佳構，翁未及見而遂闕如。 烏在其爲黃絹幼婦也？ 唯《草堂詩餘》、《樂府雅詞》、《陽春白雪》較爲醇雅，以格調氣息言，似虖《草堂》尤勝，中間十之一二近俳近俚，爲大醇之小疵，自餘名章俊語，撰錄精審，清疏朗潤，最便初學。學之雖不能至，卽亦絕無流弊。於性情，於襟褱，不無裨益，不失其爲取法虖上也。《蓼園詞選》者，取材於《草堂》，而汰其近俳近俚諸作者也。每闋綴以小箋，意在引掖初學。

蓼園先生姓黃氏，吾姊夫籲卿比部之曾大父，姊氏名桂珊，字月芬，明慧能爲小詩，楷書昉歐陽率更，絕秀勁。嘗手寫《爾雅》，授余讀。曩歲壬申，余年十二，先未嘗知詞，偶往省姊氏，得是書案頭，叚歸雒誦，詫爲鴻寶，繇是遂學爲詞，蓋余詞之導師也。曩撰詞話，有云：『讀詞之法，取前人名句意境絕佳者，將此意境締搆於吾想望中，然後澄思眇慮，以吾身入虖其中，而涵詠玩索之，吾性靈與相浹而俱化，乃真實爲吾有，而外物不能奪。』所謂『前人名句意境絕佳』者，皆載在是編者也。晚臥滄江，學殖荒落，茲事亦復衰退。涉世雖少，而讀書不多，不能詣精造微，負吾導師，愧矣！尗雍公子微尚清遠，蚤歆香名，其於倚聲之學尤能覃精覃思，發前人所未發，非近人操觚爲詞者比。其性情襟褱，與予尤有沆瀣之合。十年已來，得漚尹同聲之雅爲吾師，得尗雍後來之秀爲吾友，斯道爲之不孤，抑又幸矣。尗雍從余叚觀是書，謀付排印，以廣其傳，以爲初學周行之示，屬序於余，爲識其崖略如此。

庚申季春月幾望，臨桂況周頤夔笙書於秀䤴。

（民國惜陰堂刊《蓼園詞選》，上海聚珍倣宋印書局印本）

夢窗詞跋

半塘老人刻《夢窗詞》凡三易板，第三次斠讐最精，甲辰五月授梓於揚城，秋初斷手，而半唐先殁於吳閶，書未印行，版及元槀亦不復可問。余從剞氏購得樣本，每葉悉綴字數，蓋半唐所未見也。以是書無第二本，絕珍弆之。朩雍仁兄邃於詞學，夙規橅夢窗，從余叚觀，謀付印行，以廣其傳，爲識厓略如此。

庚申熟食日，臨桂況周頤書於海上賃廡之天春廔。

（民國九年惜陰堂影四印齋校本《夢窗詞》）

重修內園記

昔荀卿子始言合羣，蓋言乎士，卽商亦然。《管子》謂：『處士必於閒燕，處商必就市井。』註謂：『處士閒燕，則謀議審。』夫商何嘗無謀議，自商學商戰之說興，其關繫鉅且亟矣。上海濱江帶海，爲東南奥區，史公所云綰轂。海通以還，百業鱗萃乎是，錢業實樞鑰喉襟之大合羣，而處之閒燕之區，而附屬之嚴敬之地，則情誼洽，信義立，先民之所圖始，甚盛事也。縣治北城隍廟，祀元待制秦公諱裕伯，明季以來，公之靈嘗禦災捍患，祀之，禮也。廟有東西二園，西園卽明潘恭定豫園，中更蕪廢，而玉玲瓏三峯僅存者。東園一名內園，廣袤不逮西園，而幽邃過之。乾隆間，錢業同人醵資購置爲南北市總公所，以時會集，寓羣樂之雅，事涉閎恉，輒就謀議。廟故輪奐整飭。道光壬寅、咸豐癸丑兩經兵燹，旋修復舊觀。庚申、辛酉間，髮寇披倡，外兵助勦，屯兩園逾四載，多所毁傷。東園修復，仍錢業任之，合平昔歲修縻資如干，載在縣志，班班可考。辛亥國變，復援案呈請有司，給證管業，計占地二畝一分八厘六毫，按年納税。蓋自乾隆至今，垂二百年，斯園閲世滄桑，而隸屬錢業如故。比年建議重修，因循其所舊有，而崇麗增飾之，經始庚申八月，訖工辛酉九月，鳩僝所需，乃至二萬有奇。凡庭楹臺榭，水石卉木，匪直以爲觀美，結構之與丘壑，精神之與襟抱，其所貫徹運量，要有大過乎人者。園有門，北嚮，仍以內園顔之。有堂三楹，秦公像設在焉。錢業歲時享祀，不敢忘附屬之舊也。斯堂之作，丹楹刻桷，潤色有加，則慎重其事也。嘅夫商政不修，幣制靡定，上海一隅，百業呰窳，惟錢業尚能振厲。南北兩市，操贏制餘，各有挾持，而斯園實爲集思廣益、出謀發慮之地，奚啻《管子》之言：『商羣萃而州處，相語以利，相示以時，相陳以知賈』云爾，以情誼合羣策，以信義答神庥。園之一土一石，一草一木，皆有堅固發榮之概，以謂地靈人傑，其殆庶幾！因於重修落成，樂爲之序，若夫斯園建築之精，遊覽之勝，天工人巧，城市山林，昔之人有述焉，茲不贅。

臨桂況周頤譔，歸安朱祖謀書。

（錄自郭孝先《上海的錢莊》一文，臺灣文海出版社《近代中國史料叢刊續輯》第三十九輯影印《上海市通志館期刊》第三期）

禮科掌印給事中王鵬運傳

王鵬運，號幼霞〔一〕，自號半塘老人，晚號鶩翁，臨桂人。同治九年，本省鄉試舉人。十三年〔二〕，以内閣中書分發到閣行走，旋補授内閣中書。久之，陞内閣侍讀。先後直實錄館，恭辦大婚慶典，敘勞，加三品銜，賞戴花翎。光緒十九年七月，授江西道監察御史，奉命巡視中城，轉掌江西道監察御史，陞禮科給事中，轉禮科掌印給事中。二十二年春，上奉皇太后駐蹕頤和園，鵬運上疏曰：『竊自今年入春以來，皇上恭奉皇太后駐蹕頤和園，誠以聽政之暇，皇上得以朝夕承歡。而事機之來，皇太后便於隨時訓迪，聖慈聖孝，信兩得也。況御園駐蹕，祖宗本有成憲，如臣檮昧，尚復何言？然毣毣之忱，以爲皇太后園廷駐蹕，順時頤養，以迓祥和，誠天下臣民所至願〔三〕。若皇上六飛臨駐，揣時度勢，有不得不稍從緩圖者，謹爲我皇上敬陳之。自和議既成之後，財匱民離，敵驕國辱，久在聖明洞鑒之中〔四〕，無俟微臣贅述。恭讀去年四月硃諭，我君臣當堅苦一心，力圖自强之策，至哉王言！今日非力持堅苦之操〔五〕，難策富强之效〔六〕，聖言及此，真天下之福也〔七〕。昔齊頃公敗於搴，歸而弔死問疾，七年不飲酒食肉，而洹陽之田以歸。夫飲酒食肉，何礙於政？史臣特舉人所至近易忽之處，以狀其日不暇給之忱。是以風聲所樹，不必戰勝攻取，鄰國畏沮之心自生。實效先聲，理固相因而至。夫人情不遠，援古可以知今，而環伺綦嚴，返觀能無滋懼？臣非不知我皇上宵衣旰食，在宫在園，同此勵精圖治。然宸衷之艱苦，左右知之，海内臣民不能盡悉也。在廷知之，異域旅人不能盡見也。恐或以溫凊之晨昏爲宸遊之逸豫，其何以作四方觀聽之新，杜外人覬覦之漸哉？臣又聞皇上前次還宫，乙夜始入禁門，不獨披星戴月，聖躬無乃過勞，而出警入蹕之謂何，亦非慎重乘輿之道。又今之頤和園與圓明園情形迥異，其時承平百年，各署入直之廬，百官待漏之所，規模大備，相習忘勞。今則蕪廢已逾三十年，一切辦公處所，悉皆草創，俱未繕完。大臣雖僅有憩息之區〔八〕，小臣之踘蹐宫門，露立待旦者，不知凡幾。而綴衣趣馬，先後奔走於風露泥淖之中，更無論矣。體羣臣爲九經之一，亦願皇上垂鑒及之也。又近讀邸鈔，立山奉命管理圓明園，皇上兩次還宫，皆至園少坐，外間訛傳，遂疑有修復之舉。臣愚，以爲值此時艱，斷不至以有限之金錢，興無益之土木，且借貸業已不貲〔九〕，更何從得此鉅款？此不足爲聖明慮。然臣因之竊有進者，當同治改元之始，御園甫經兵燹，興葺匪難，乃竟聽其蕪廢，豈憚勞惜費哉？蓋欲使深宫不自暇逸之心昭示於薄海内外，是以數年之内，海宇敉平〔一〇〕，武功克蕆。前事俱在，聖謨孔彰。伏願皇上念時局之艱難〔一一〕，體垂簾之德意，頤和園駐蹕，請暫緩數年，俟富强有基，經營就緒，然後長承色笑，侍養湖山。蓋能先天下之憂而憂，自能後天下之樂而樂，其所謂以天下養者，不且比隆虞帝哉！』疏入，上欲加嚴譴。王大臣陳論至再，意稍解，徐曰：『朕亦何意督過言官，重聖慈或不懌耳。』樞臣於鵬運摺内夾片附奏〔一二〕，略謂：『鵬運雖冒昧瀆奏，亦忠愛微忱，臣等公同閲看，尚無悖謬字樣，可否籲恩免究，意在聲敘寬典之邀，出自臣下乞請也。』疏留中，卽日車駕恭詣請安，面奉懿旨：『御史職司言事，余何責焉？王大臣奉諭旨，此後如再有人妄奏嘗試，卽將王鵬運一併治罪〔一三〕，著卽傳諭知悉。』鵬運直諫垣十年，疏數十上，大都關係政要，此尤犖犖大者。二十八年，得請南歸，寓揚州，時艱日亟，憤懣滋甚。三十年春，以省墓道蘇州，病卒，年五十六。鵬運内性惇篤，接物和易，能爲晉人清談，間涉東方滑稽〔一四〕，往往一言雋永，令人三日思不能置。甫通朝籍，即不諧時論，致身言路，敢於抨擊權彊，夙不慊於津要，惎之者復百計中傷之，卒坎壈於仕途。才識閎通，不獲竟其用。官内閣侍讀，兩屆京察一等，不記名。給事中試俸期滿，援例截取，奉旨以簡缺道員用，各直省道府簡缺，歸部銓或外補。故事，京曹截取，皆以繁缺用，以簡缺用者，自鵬運始。鵬運微尚蕭遠，書卷而外，嗜金石書畫，亦不爲意必。唯精孯詞學，生平悃款抑塞，一寄託乎是。其《四印齋所刻詞》，自南唐迄元如干家〔一五〕。箸有《半塘定稿》、《褎墨》〔一六〕、《蟲秋》〔一七〕、《味梨》、《蜩知》等集。

（《亞洲學術雜誌》第四期，一九二二年八月。按：此文又載於一九二四年三月《學衡》第二七期，題名《王鵬運傳》。又載於一九三六年九月《詞學季刊》第三卷第三號，題作「況周頤遺稿」，題名《半塘老人傳》）

【校記】

〔一〕幼霞：《詞學季刊》作「幼遐」。

〔二〕年：《詞學季刊》作「人」，誤。

〔三〕至願：《學衡》、《詞學季刊》作「至願者」。

〔四〕在：《學衡》、《詞學季刊》作「存」。

〔五〕堅苦：《學衡》、《詞學季刊》作「堅固」。

〔六〕策：《詞學季刊》作「求」。

〔七〕真：《學衡》、《詞學季刊》作「誠」。

〔八〕僅：《詞學季刊》無。
〔九〕貲：《學衡》、《詞學季刊》作「資」。
〔一〇〕海宇：《詞學季刊》作「海內」。
〔一一〕願：《學衡》、《詞學季刊》作「惟」。
〔一二〕鵬運：《詞學季刊》無。
〔一三〕鵬：《詞學季刊》作「詣」，誤。
〔一四〕間涉：《學衡》、《詞學季刊》無。
〔一五〕如干：《詞學季刊》作「各若干」。
〔一六〕褒：《詞學季刊》作「衷」，誤。
〔一七〕蟲秋：《學衡》作「秋蟲」，誤。

先董五樓朱公墓志銘

君諱方榦，字五樓，姓朱氏。先世占籍婺源，其後由閩遷浙，傳二十一世，迺定居歸安之荻港焉。前修之彥臨，從胡安定學服，與蘇文忠遊。理學文章，炤映譜牒。父蓉圃，母傅氏，敦懞以固，勸勉以貞，宜其有令子矣。君於晜弟次五。丹桂燕山之秀，白眉扶風之良。年甫十七，遽失所怙，心絕志悲，痛深罔極。少連三月不懈，到溉毀瘠過人，模範民彝，並世罕有。矧丁元二，目棘戈鋋；湖郡四衝，逢罹彌酷。翹翹之室，音嘵於風雨；嗷嗷之口，計拙於瓶罍。君於是有志商學，婉陳於母夫人，則亟韙而許之。繄少伯起富，實師計然； 南陽行貨，盡法孔氏。君始事貨殖，受學於所親某。君研九府之圜法，臨五郡之化居。攷制作於龍文，通精神於藻繪。紫標黃榜，富國之原斯在； 結駟連騎，分庭之禮遂殊。蓋明於積著，朱公之宗，何止言利事、析秋毫云爾。

昔漢政重商，郡設斡用富貴，設科條主領之。今商有會，會有董，其設斡之恉乎？ 允膺此職，實難其人。君方當弱齡，以盤錯砥節； 寖致高眥，以兢惕持盈。操制不與時移，聞望非其計及。滬濱繁富奧區，庚子之秋，海水橫飛，池泉幾竭，鐵爲大錯之鑄，鐘應銅山之傾。君操縱以智囊，季諾益堅其信，搘拄以實力，何樓不售其欺。以捍外侮，濟時艱，孚眾望，固宜壇坫屬之，綱領挈焉。

君肥遯自甘，敝屣蟬組。重念倚閭之望，何意好爵之縻。繪《歸去來圖》、《歸牧圖》以見志，徵詠成帙。先後納粟，由縣丞晉知縣，以薦賞花翎，再擢至道員，請三品封，固知事屬顯揚，豈曰情攖膴仕？桑海既易，服章何榮？ 人或受之若驚，君泊如也。若其出塵不染，倫敘克樂，以完美之堂構，爲眷戀之庭闈，葺舊屋而新之，北堂壽萲，南陔采蘭，胥於是乎？ 在承母志也。至迺莊生齊物，伯倫達觀。韓昶墓誌，詎倩人爲； 姚勗壽藏，不妨自作。則翠微山生壙高敞清淑，方之滕公佳城，修期永宅，曷以加茲？ 生平好善事，難悉數，如建築湖州會館，修風水墩，維持雲善米會及育嬰義家，經費皆犖犖大者。

天道悠遠，引賞罔徵，年齡就衰，氣體積弱。重以蒿目時變，摧心母喪，時和偶違，宿疾復作。己未年十一月初九日終於正寢，春秋五十有七。某年月日安葬於自卜之壙，禮也。粵稽沛國雅故博以改俗，騰頌暉以懷惠； 興歌蘄潛德之孔昭，嬗清芬於未沫。銘曰：

谿山之秀，門閥之華，茁蘭芽兮。挾平準書，握奇贏算，至巨萬兮。髮千鈞繫，厦一木支，而匡時兮。孰追驥步，爰執牛耳，績茂美兮。卜陶令宅，傚萊子衣，娱慈闈兮。義問之昭，德心之渥，被土木兮。戩穀降福，宜引遐年，趾彭籛兮。徹悟人天，寂居之兆，躬吟歔兮。鸞驂遽返，馬鬣初封，鬱蔥蔥兮。刻銘薶幽，永播芬郁，型似續兮。

（《錢業月報》一九二二年第二卷第五期『傳誌』）

歷代兩浙詞人小傳序

詞學託始唐之開、天，盛於北宋，極盛於南宋。當末之世，若閩若贛，號稱詞苑多才，顧猶不逮兩浙，何耶？蓋自南渡，首都臨安，湖山靈閟，風雅所興，高、孝右文，有宣、政流風餘韻，趙昂以賦拒霜邀眷賚，甄龍友以才華見賞，雖清狂悟俗不爲嫌。是時東南士夫嚮風競爽，浙士近光輦轂，尤宜家擅倚聲。重以開其先者，若烟波釣徒、『雲破月來花弄影』郎中，襟抱神韻之間，妙造不可一世，乃至《清真》一集，深美閎約，兼賅眾長，爲兩宋關鍵。自是厥後，覺翁崛起四明，以空靈奇幻之筆，運沈博絶麗之才，縋幽抉潛，開徑自行，凝然爲斯道高矩。又後草窗、碧山、龜谿二隱輩，薰香掬豔，異曲同工。以審定宮律言，知音如紫霞翁，亦當於詞壇別樹一幟。兩浙詞家之導源引緒，如此所繇，雅音遠姚，繇翼勿替。下逮有元，仇仁近趾美於前，其詞清麗和稚；邵復孺耀藻於後，其詞遒秀精密，蓋猶有兩宋之遺音焉。國朝詞學蔚興，幾於方駕天水，承列聖熙洽、治世安樂之貽，握荃蘭、詠韎任者，奚翅千百氏？別黑白而定一尊，吾必以金風亭長爲巨擘焉，其所爲詞繇精穩進於沈著，不失其爲格調之正也，兩浙詞人之名歸實至又如此，雖無庸以多爲貴乎？然而鐘吕既陳，八音緐會，同聲之應，不期而然，於稽其數，曷勝僂指？

烏程周夢坡先生，敏學媚古，餘事填詞，既於西谿秋雪庵後建築歷代兩浙詞人祠堂，復甄輯詞人小傳最如干家，晨書暝寫，付梓以行，其以詞傳人者，尤有合於顯微闡幽之恉，甚盛事也。抑余重有感焉，詞之極盛於南宋也，方當半壁河山，將杭將汴〔一〕，一時騷人韻士，刻羽吟商，寧止流連光景云爾。其犖犖可傳者，大率有忠憤抑塞、萬不得已之至情，寄託於其間，而非『曉風殘月』、『桂子飄香』可同日語矣。夢翁褎葨清夐，於詞境爲最宜，設令躬際承平，出其象筆鸞箋，以鳴和聲之盛，雖平揖蘇、辛，指麾姜、史，何難矣？乃丁世劇變，戢影滄洲，黍離麥秀之傷，以眂南渡羣公，殆又甚焉。開天全盛，何堪回首？韓陵片石而外，唯是古人與稽風雨一編，輒復按譜尋聲，以自陶寫其微尚所寄，方之兩浙詞人，於吳勉道、錢玉潭爲近。斯人可作，庶幾引爲同調乎？

歲在壬戌重九前五日，臨桂況周頤序於滬上賃廡之天春樓。

（民國刊《歷代兩浙詞人小傳》，夢坡室藏板）

【校記】

〔一〕將汴：疑當作『作汴』。

和小山詞序

癸亥五月，叔雍《和小山詞》成，屬爲審定，並綴數言卷端。夫陶寫之事，言塗轍則已拘，而神明所通，必身世得其似。在昔臨淄公子天才黄絹，地望烏衣。涪皤屬以人英，伊陽賞其鬼語。蓮、鴻、蘋、雲而外，孰託知音？《高唐》、《洛神》之流，庶幾合作。其瑰磊權奇如彼，椠姍勃窣如此，雖歷年垂八百，而解人無二三。豈不以神韻之間、性情之地，非鍼芥之有合，寧驂靳之可期？解道湖山晚翠，舊數斜川；消受藕葉香風，誰爲處度？叔雍瓊思内湛，瑋執旁流。得《惜香》之纏緜，方《飲水》之華貴。起雛鳳於丹穴，雝喈猶是元音；茁瑤草於閬風，沆瀣無非仙露。用能吹花嚼蘂，縫月裁雲，步詎學於邯鄲？韻或險於競病。邕《補亡》之閎指，換羽何用新聲；徵聊復之遺編，吟商尚存舊譜。綠贏屏底，寫周、柳之情褢；朱雀橋邊，識王、謝之風度。同聲相應，有自來矣。彼西麓繼周，夢弢賡范。迂公《花間》之續，坐隱《草堂》之餘。以古方今，何遽多讓。此日移情海上，見觸目之琳瑯；當年連句城南，愧在前之珠玉。曩寓都門，與張子苾、王半唐連句和《珠玉詞》，近叔雍授梓覆鍥。

蕙風詞隱況周頤書於滬濱賃廡之天春樓。

（民國刊《和小山詞》）

竹汀先生日記鈔跋

癸亥中秋後八日，況周頤觀於滬上賃廡之天春樓。時距埶風先生返真兜率晌五年矣。前塵回首，爲之憮然。

（《上海圖書館善本題跋真蹟》，上海辭書出版社二〇一三年）

半櫻詞序

己未長夏，歸安林君鐵尊介姚君勁秋訪余於餐櫻廡，適彊村先生在座，談次，多涉倚聲之學，彊公語余，鐵尊微尚清遠，填詞尤所篤好，偶一爲之，筆近騫舉，不蹈纖豔之失，誠能取法乎上，於門徑消息加之，意正其始，毋歧其趨，它日所造，寧可限量，吾里閈承學之彥也。是時鐵尊由浙右移官粤東，悤悤北上，未暇繼見。明年春，以學監駐日，嬰疾甫瘳，告歸，抵滬，出其廣詠梅詞一帙，郇和余《清平樂》舊作，以彼紅塵碧海、瀛壺花月之光陰，它人居之，宜裘馬敦槃之不暇，鐵尊所得止此。其標韻爲何如？嗣後之任甌海，過滬，寓談竟夕，凡所質疑，胥有理解，則致力寖深矣。甌海滬壖相望，尺書不三日可達，魚鱗雁足，月輒再三，錄寄所著《半櫻詞》，就余審定。

《半櫻詞》者，起癸丑，迄庚申，此數年中，泰半旅居日本，得詞如干闋，遙情深致，寄託於櫻花者爲多，斯之未信，而顧以攻錯相屬，《易》有之『君子以虚受人』，其殆庶幾乎？永嘉爲謝公舊治，西堂夢草，猶有餘韻存焉。丹霞白雲，造化之神秀，足以發抒其襟抱所藴蓄，而其詞境日進，推聲氣應求之雅，與余交亦日深，時或輶軒行邁，道出滬濱，必存問，余往往蕭齋茗話，商量邃密，一聲一字，精益求精，鍥而不舍，當是時一若簿書期會風月以外之談，舉不足以攖其心，可謂勤且摶已。抑吾聞鐵尊之言矣，明以前無所謂詞派；浙西派、常州派之目，昉自乾、嘉，别黑白而定一尊，常州派植體醇，固有合於重、拙、大之旨，光、宣之間一二作者，尤能超心鍊冶，引其緒而益詣其精，入乎常州派之中，而不爲所囿，卽令二張、周、董復作，有不翕然服膺者乎？斯言爲吾彊公發也。

鐵尊亦上彊山人也，其村名埭溪，村之人工詞者，明有茅孝若，今則朱彊村，地靈人傑，正未有艾，跐美彊公，微鐵尊，曷屬焉？異日者芳風所播，蘭茎競發，蘋洲漁笛不乏嗣音，卽謂湖州自成一派，與常州競爽可也。《半櫻》一集，其後進之前模乎？

甲子中秋臨桂况周頤譔。

（民國仿聚珍版鉛印本《半櫻詞》）

宋詞三百首序

詞學極盛於兩宋，讀宋人詞，當於體格、神致間求之，而體格尤重於神致。以渾成之一境，爲學人必赴之程境，更有進於渾成者，要非可躐而至，此關係學力者也。神致由性靈出，卽體格之至美，積發而爲清暉芳氣而不可掩者也。近世以小慧側豔爲詞，致斯道爲之不尊，往往塗抹半生，未窺宋賢門徑，何論堂奧？未聞有人焉。以神明與古會，而抉擇其至精，爲來學周行之示也。彊邨先生嘗選《宋詞三百首》爲小阮逸馨誦習之資，大要求之體格、神致，以渾成爲主旨。夫渾成，未遽詣極也，能循塗守轍於《三百首》之中，必能取精用閎於《三百首》之外，益神明變化於詞外求之，則夫體格、神致間尤有無形之訢合，自然之妙造，卽更進於渾成，要亦未爲止境。夫無止境之學，可不有以端其始基乎？則彊邨茲選，倚聲者宜人置一編矣。

中元甲子燕九日臨桂况周頤。

（民國刻本《宋詞三百首》）

蕙風叢書題識

周頤束髮已還，耽玩羣籍。闗於攷訂吟誦，一得之愚，草之擣綱，輒禍梨棗。積數十稔，卷目寖增，畸寒緜薄，不任楮墨，文慚豹喻，闕全則希。荊榛世途，弁髦風雅，文物凋敝，風會使然。矧茲重贅，俗目所嗤，桐爨薪摧，孰復省念。海寧陳乃乾先生博洽方聞，深於目錄鄦勘之學，談次，每及拙刻，廑注甚深，謂宜編爲叢書，藉資流傳，竝免散佚。竊自晚臥滄江，益復顚頷，形骸土木，敝帚詎珍？重以陳君勸勉之殷，彙次曩所譔述已鍥行者，得如干種，編目如右。謹以先祖母朱太夫人《澹如軒詩》坿焉。昔鎮洋畢纕蘅尚書刻《經訓堂叢書》，其初印本坿有其母張太夫人《培遠堂詩稿》，是前例也。唯中元甲子已後，刻於海上，諸書別行。

歲在乙丑嘉平五日，臨桂況周頤夔笙識於海上賃廡。

（清光緒刻民國十四年上海中國書店印《蕙風叢書》本）

校碑隨筆跋

自乾嘉已還，金石家有二派，一曰賞鑒家，覃谿派，原出《宋人法帖考異》、《蘭亭考》等書，凡所藏弆，斷自明拓。上溯元宋迄唐，明已下弗屑也，尤必有名家題跋及其印記，無之，其爲寶，未至也。其位置在商彝周鼎、法書名畫、古玉舊瓷之間，其書人必遠而冰斯近，而褚、薛之傳，間有箸述。大都句櫛金石文字之屬，其於拓本求精不求備。一曰攷據家，蘭泉派，原出宋人《金石錄釋》等書，媷注意小學、輿地、職官、氏族、事實之類，高者證羣經之異同，補史傳之闕略，糾志乘之舛謬，次亦盛稱曲邕，廣學者之見聞。或有甄采遺佚，則搜巖尋壑，從事氈錐而不以爲勞。雖遠在數千里外，必輾轉求索得之而後快，其所箸錄，或分時代或分地，或媷攷一器一碑。必窮源竟委，句櫛字比，縻數千百言，窮日夜之力而不稍厭倦。或一誼未研，一聞未達，則寢饋不能以自安。其引據賅博，往往後人突過前人，而猶未遽爲止境。其於拓本，求備不求精之二派者，皆見重於藝林。然而賞鑒其外焉者也，攷據其內焉者也。賞鑒而矜創獲，不如攷據之裨實用也。

（一九二六年三月三日《申報》載《餐櫻廡漫筆》，「曩余爲定海方藥雨若譔《校碑隨筆跋》代」云云）

與劉世珩二十四則

一

《江東白苧》全部，《録鬼簿》全册，《崑腔正律》前四卷，共一百七十六葉，均已校畢，祈飭紀便中來取。

《録鬼簿》新寫本，著録曲名，全然倒亂原書次第；所有小注全行刪去；又缺卷中題識兩家、卷尾長跋一首；又將原書所無曲名人名羼入，當是别據一本。此本未交來校，但各小注及題識長跋總不應刪削，可□□。譌字均已校出，即依此改正付雕亦可。

又《荊釵記》上卷曾經有人校過，稍近率俗，經頤補校，約□十之九。亮蒙鑒及此，請《出相琵琶記》伍本，《江東白苧》、《録鬼簿》即亦同新寫本交回。《紫釵記》、《白兔記》、《秣陵春》各二本，《荊釵記》一本，《九宫大成》全部均已交回。又及。

蔥石先生台安。頤敬上。

二

《江東白苧跋》擬就呈『苧』字應否缺末筆，新刻未缺教，並覆勘一過，有補校一處，並前校誤改及未改共三處，均簽黏樣本書衣，祈鑒。餘事容陸續速辦，《情郵記》已商之來青閣，渠卽函詢吳中，月杪回信。杜少陵贈斛斯六官句云：『本賣文爲活，翻令室倒懸。荊扉深蔓草，土銼冷疎烟。』乃目前之賤狀矣。請欲求惠支拾元，如可，祈飭人擲下。

聚卿先生著安。周頤頓首，十七。

有友求陶集一部，奉印資乙元，在頤支銷内核計，如可行，亦祈交下。

三

《紫釵記》下卷九十二葉校畢呈鑒，其上卷前日交貴使帶回，計查入矣。《牡丹亭》及《崑腔正律》如作跋，須晤教片刻，面聆意指，先此布達，或於一二日内午後，走詣所爲作跋事也，卽請

蕙石先生著安。周頤頓首，廿一日。

先聆意指，則作成易合尊意，免再改定。

四

楙教敬承，《紫釵跋》昨已脱稿，晡時當可呈。改館事一説，出漚尹先生雅意，刻亦尚未允洽，賤狀

只此一線生機，務求代祕勿宣，庶幾可望有成，敂懇千萬。聞垂紉佩無極，敬請

聚卿先生著安。周頤頓首，十五午刻。

五

椾教敬悉，《紫釵記跋》昨已脫稿，甚長。晡時當可送到，卽日錄奉削改。所云：『館事一說，出漚尹先生雅意，亦尚未允洽。目前賤狀只此一線生機，務求代祕勿宣，庶幾可望有成，敂懇千萬。』此函專爲此發，卽頌

聚卿先生著安。頤頓首，十五午刻。

六

代校《大戴記》十四葉，《秣陵春》全部乙百七十七葉，又六十二葉，《牡丹亭》全部乙百十三葉，《荊釵記》六十八葉，《琵琶記》眉批全部件爲十六葉，《綠牡丹》上五十葉。

已上共校書五百葉，每葉擬領潤洋弌分。前蒙惠賜十元，擬以已上校件報銷，伏候鑒核。餘書仍陸續校上。頤再敂。

七

《會真襍錄》上卷一百四葉已校畢，午後送道達里公館。汪刻《西廂記》前有明楊升庵黃夫人題雙

文小像七古一首，極佳。黃夫人詩不多作，向止流傳寄夫一律，此詩誠天鹿吉光，而《襍錄》未載，亟應補入者也。又《棗林襍俎》有黃夫人傳略，亦可綴錄。又本朝人來鴻瑨有『投至得雲路鵬程九萬里，孤負了，雪窻螢火十餘年』《西廂》第一折張生語，題制藝甚佳，似亦可取。又頤所藏《宮閨百詠》絕精刻本，有《雙文待月試帖》五言八均三首，皆名作，亦可收否。有制藝，何妨有試帖耶？

聚卿先生，頤頓首，十五日。

八

《會真襍錄》下卷卅葉，又傳奇序《西廂》目共十七葉，均校畢奉上。《襍錄》底稿不在一處，旋檢旋校，極費力費時。陳眉公《西廂音釋》、顧玄緯《會真襍錄》及《西廂》攷據題識，交去寫樣，必有底本，未蒙交下。各底本祈印交下，否則無從校也。《紫釵》、《邯鄲》兩跋如何作法，祈書節略各一示下，可即屬稿。《西廂》題制藝呈鑒，試帖容寫呈，唯皆是道、咸間人作，細思之，恐於尊輯體例未稱耳，尚有明人筆記一則關係《會真》，又《調笑令》尚有攷據，統容今夕寫呈。尊先集已勘訂廿葉，是否爲此辦法，盼示，遵並各底本兩跋節略均立盼。

蕙石先生，頤頓首，十六。

候示，祈速以便接前辦。

九

傳奇目即按照次第更定騈序者昨同《西廂》王伯良本交貴紀手回，茲又交回《西廂》總目一冊。又《琵琶記》一套四本，尚未說價，暫作傳看，容俟與議。《西廂記》一部六本，段君之六如文甚佳，字跡模黏耳，成心審定也。三種共十一本，祈查收。王伯良本《西廂記》例祈再叚下一看其中尚別有可采處，便中祈飭紀帶下，三日内卽可奉還。待孫裕寫，未卜何日也。至敂至盼。廿元奉到，謝謝。

楚園先生之禹，頤頓首。卽午。

《西廂記》有升庵夫人題雙文像詩，亦至傳閲振嵐，是否遇五，祈示。

徐子仲可啓牋甚工，□記。

一〇

《西廂》徐本因欲留校《錢唐夢》，故未交回，茲並傳奇總目敬繳。王伯良本凡例中攷論『齣』、『齣』等字一則，于祈迻寫。千萬，千萬；切盼，切盼。

擲下等用擬入筆記，字無多也。餘容郵函詳述傳奇提要，亦擬於十日內報命，能再叚二十元否？前廿元已付催租矣。冒瀆，勿爲罪也，與布卽頌

楚園先生夕安，頤頓首，卽刻。

校曲仍每葉二分，但能捄急爲佳耳。呵呵。

一一

頃又有郵片寄上，問王實甫《芙蓉亭》劇演張、崔事，而《曲目》云《韓彩雲絲竹芙蓉亭》，何也？又《錢唐夢》查出係元人白樸詳郵片作郵片誤書「璞」。《目》云《蘇小小夜月錢唐夢》，未知尊處所刻即此劇否？又《四聲猿》之「求皇得鳳」欲摘用其中字眼，如能交下更佳，勿復。

蕙石先生，頤頓首，即午。

一二

《荊釵記》之兩「介」字，再細思之，以仍之爲是。上「介」字是遞書與吏關目，下「介」字是遞書與錢關目。或於書眉加一批云：兩「介」字並應作遞書介，不言遞書省文耳。恐曲本科白中它處亦有如此令人意會者，故以不改、批出爲宜。

朱象甫之如夫人蘊香所在，及其年月日挽聯之佳者，務求轉致見示爲幸。象甫淮河路門牌是第幾號，祈示知。恐或有情節詢問，須與通信也。墓誌之作，在前途爲應有之義，刻石後可拓若干本。同《憶語》送人，亦彤管貽美之一法，而鯫生亦得霑濡潤，當爲昉小唐碑作極香豔文字，庶幾圓姿替月、媚臉呈花，不得嫥美於前矣。

商務印書館館地，於菊翁枉顧後就之，已支過兩月薪水矣。頃所面懇先生，以爲可言則言之，如以爲未便，即亦不敢勉彊。倘荷鼎言之力，得以如願而償，則伏案光陰稍稍寬裕本每月四十元，欲得加廿元，卅元

更妙。先生妥辦之事當必精益求精，速而又速也。象甫處孔方愈速愈妙。敬請

蕙石先生著安。周頤頓首，卽夕。

一三

傳奇序三首浣誦均訖。間以拙見贊訂，似乎斟酌盡善，究未審有當否？仍希卓裁爲敂。增補駢體序，當於十日内報命。月垂杪矣，催租晌屈，擬懇惠叚舒凫二十翼可否？盼復此上

枕靁先生，周頤頓首，廿九日。

一四

《劉語石詞選》題詞已擬就，唯無真碻交情可説，又無多意誼，殊無從求工。敬祈改削，尚未卜可用否矣。便中祈飭人來取爲荷。

蕙石先生，周頤頓首，九月廿三日。

一五

昨奉教，至快慰。先德詩文集請卽交下，《説文》字陸續旁注。先生陸續謄寫，不致誤事，《會真襍錄》等易斠必速，書目前引亦卽代譔。日來催租期屆，政在詠『滿城風雨近重陽』也。此頌

蕙石先生著安！周頤頓首，十月廿九日。

一六

支款隃分，歉仄之至，今日勉强能在牀起坐，將未校畢之《傳燈錄》一册校畢。此書三函，已畢一函。便中祈飭人來寓取去，此上

蕙石先生。周頤臥書。十八日。

再能稍久坐，卽校《桃花扇》。

一七

《南柯記》全部及《桃花扇》均已校畢，便中祈飭人來取。《桃花扇》校刻絶精，可爲彙刻傳奇之冠。此次更精校，校出元誤，有至佳至快處。唯所欠之葉，送樣內欠數葉。必須送校。凡加朱之處，必須照改，勿譌勿漏，如能悉依朱筆則雖一〇一，亦無舛誤。改後，必須打小樣送看，庶幾完善。頤處本月半後因家事多一用項，現值月杪將屆，催租甚急，昨託孫紀轉稟，再支二十元，祈卽惠下，至盼。前支之數已將可報銷及半矣。餘事當陸續速辦，有覥面目，必不荒唐，昧罪婁瀆，良非得已，尚祈諒之，匆布。卽頌

蕙石先生道安。頤頓首，廿四夕。

《傳燈錄》校畢七卷，已交孫手。又及。

一八

《石渠五種》，五段之前有『昔聞石渠製曲』，至襍組『總其妍華』十句，總冒此十句，與《四夢》之『粤若曲聖』，至選玉茗之《四夢》四句四聲之至，若白衣秀才至『麟非一角』四句，章法政同，其它各分各段者，無此總冒也。既有此總冒，則五段仍是一段，不過稍長耳。《春秋》於羣經中最重例，然亦有變例，有通例，此通例之説也。章法凡一人之作，均合併一段，獨至《石渠五種》忽然才思横溢，有此五段之發攄，而仍不失合併一段之章法，是政文情奇恣不可測處，所謂錯綜規矩之外，神明規矩之中，此等處史公、昌黎往往有之，即近人桐城派中亦間或一見，古文作法固可通於駢文，駢文寧非古，特句□耳，即謂《石渠五種》向來罇致，特附通例以寵異之，亦不可總而言，但與各分各段者有所不同，即於章法無害也。果真不合章法，頤亦豈肯自己出名，冒昧付梓，即性不好名，亦不如是其甚也。因尊示有云，否則須分五段，頤故勉爲其難，所謂遣將不如激將也。一笑。若合併一段事極易之，可節省若干晷刻，亦何樂而不爲耶？自餘悉依元目，無復可議。頤凡辦事，不愁費思索，只愁費光陰耳。

楚園先生，頤頓首，十一日夕。

一九

昨晤教，至佩。委件均可遵辦。陸費伯鴻處務求噓植，以速爲妙，凡所延訂均在新曆正初也。並請告知月五十元，即商務書局之蕙風賤姓名亦請告知，《東方雜誌》及《小説月報》皆有成蹟。或頤所刻各書送去一部，亦可。又曾編印《說部擷華》。曾充江楚編譯官書局總纂、會典館繪圖處纂修，除外國文外，不拘何事，均可擔任云云，此懷敬請

蕙石先生著安！周頤頓首。

二〇

昨送呈傳奇序及金石文一冊，計蒙鑒及今日來椾亦蒙提及，劉厚生處已荷賜函否？金石文如能銷售，則度歲之資，可無須奔走連日奔走不遑也籌策它處，筆墨事件亦可概從閣置，則年内所能報命者，容不止傳奇提要而已。此事盼望回音，至切也。《紫釵記跋》擬今夕屬稿，入二十元之報銷，其前支八十元之數，年内亦必呈一清單，核計尚欠若干以爲結束，決不緣此，區區之數而致荒唐，唯賤狀無一長局之事，似此零沽叫賣，何以爲懷？自維名譽，聲氣位望，酬酢皆不如人，亦無可如何，所以陸費處事，亦至爲切盼也。《南詞新譜》呈繳。

聚卿先生，頤頓首。初十。

陸費處、金石文兩事均盼示復，千萬，千萬。

二一

駢序遵示改定無譌，《石渠五種》分爲五段，此序越改越長，又竭一日之力矣。《西廂記》留用與否，祈示知，如留用，書價由頤代付亦可。因係掮客攜來，不能久閣，西園本《桃花扇》亦該客攜來，當時

未經留下，當囑其再送來，渠約三天來，聽信也。《琵琶》卽曰人之物，係借來看，未說價也。此頌

楚國先生著安。頤頓首。六月十一日。

二二

《崑腔譜跋》呈上，崑腔源流尚說得明白貫穿。伏候鑒定，今夕作《牡丹亭跋》。前支之款，便可報銷完畢，容並㮼呈。昨呈三件，㮼示碑存，而貴紀又交下，仍屬帶回，未卜當否？欲求於碑直外，多支卅元作爲開歲辦事筆資，如何辦法，敬當遵示辦理，或仍昉今年報銷，亦可廿七矣。事急矣，共五十元，愈速愈感。日前得韓履卿崇《寶鐵亝詩》有句云：『窮士易爲恩，寸苗易爲澤。』又云：『識曲誠有人，雅歌奏清瑟。』則鰤生卽印望於賢達者也。

蕙石先生執事，周頤頓首，廿七夕。

二三

㮼教敬悉，頤尚未全愈，僅能喫飯小半碗，精神疲敝異常。《西山碑》一張、《常州詞》一部、英洋拾元遵呈，祈收。生意不佳，萬分竭蹶，奈何？《竹垞小志》、《北湖小志》等書從前均係借看。張午橋先生所藏，自己並無是書，《夕陽邨》詩不但無之，並且向未見過。此次因開書店，於各書箱中檢書取售，無一不翻騰紛亂，書箱逾百，自己亦不記某書現在某箱也。《桂勝》、《桂故》，容檢出呈奉，敬請

健安。後學周頤叩復。

雲郎事見《茶餘客話》。前云《唐荆川集》可以寄售，未蒙交下，又及。

附 瓠庵跋

詞曲韻律迥然不同，詞人度曲，未必不見笑於大方之家。何況金源、蒙元多有代語，朔望、南天亦異，方言度曲者不之知，鉤輈格磔，猶能□揚校曲者，更何能不知而作耶？黄九烟《製曲枝語》謂三側更須分上去兩平，還要辨陰陽，實則由《中原音韻》以迄《中州全韻》，剖晰豪芒〔一〕，精益求精，奚止九烟所云，惟律亦然，校曲者儻不據沈詞隱、李玄玉諸家南北宫譜以分别考索，更烏知其爲訛爲正？以經證經，以史證史，以子證子者，最得校準考證之道，則亦曰以韻校韻，以律校律耳。惟詞韻非曲韻，詞律非曲律，則不可不知，否則差失豪釐，謬以千里矣。況公爲清季詞人之傑出者，而使追隨半塘《四印》、《彊邨》一編，而忝與校詞，則成業何可限量？乃從事校曲，遵至類例，串戲折拗嗓子，我人姑卑之無高論，以《九宫大成》訂律，以《韻學驪珠》訂韻，燃犀懸鏡，已能玄黄興覆，況乎金元代語，須據華夷譯語、南朔方言，須證他曲成文，更等而上之，涉及助詞語法耶？維然其獨賢於金采之妄改舊文筆，大可之錯釋助詞也。且也一畫之成，十日一山，五日一石，能事固不受敦迫也，乃修羊之薄，則二分明月，一葉秋風，而謂奶兒啼哭飦籮空者，能吮墨含豪，消磨歲月乎？則煖□寶主亦不能辭其咎矣。甲午季夏，瓠廬跋於海上愚公谷之流碧精舍。

時宿雨不晴，陰陰潤緑，濃溼撲人，予懷悒悒，回憶三十年，□與況公交契，不無悵悵，特以不忍負死友坟，自托於諍言之末，非敢爲逢蒙之殺羿也。意有不盡，輒作坿識。

（《綏中吳氏藏抄本稿本戲曲叢刊》附『暖紅室校刻傳劇資料叢輯』，學苑出版社二〇〇四年版）

代賽金花致甌隱書 一則

甌隱足下：瀛嶠判襼，弦柱眴雯。馳跂依依，興懷昔柳。伏維藎畫，筦鑰雄關。丹霞白雲，竝峙芳譽。謝巖只赤，春艸未歇；公暇舒歗，宜多遙情。猥以蒲姿，曩琢青睞；落紅身世，託護金鈴。香桃刻骨，未喻銜感。近狀乏淑，涂窮多黯。六月徂暑，嬰疢垂絕。叨蔭慈雲，廑續殘喘。蠶絲未盡，鮒轍滋甚。顧影自悼，畫眉不時。烏衣薄游，寧少王謝？王鍾綵褢，鶡爲慇懃。空谷足音，益復岑寂。有帖乞米，無人賣珠。夕薰不溫，年矢復促。蹙蹙末路，高高謻臺。百悳相煎，半籌莫展。支離病骨，誠何以堪？遙夜易淒，怨魄流照。俛卬今昔，悲從中來。卷盡蕉心，誰復知者？言念君子，文章鉅公。情生於文，自極斐亹。不揣葑菲，輒呼鞠藭。寧忘非分，所恃過愛。貽書付鴈，損惠舒鳧。鵠竢德音，若望雲霓。歇浦甌江，程不五日。孱軀牿適，甚願趨侍。幨帷菈止，彌切怍迊。清冬沍寒，伏冀珍攝。肅敂崇安，不一。沐愛賽金花百拜下。

（《詞學季刊》第二卷第二號『圖畫』，題作『況周頤爲賽金花致甌隱書，趙尊嶽題，冒鶴亭先生藏』，趙尊嶽題云：『右名伎賽金花致甌隱函一通，蓋蕙風詞人所書，以呼將伯者也。溯夫辛亥以還，海隅人文丕盛，事後咸集。賽金花六來賃廡，樊山老人且先後作《彩雲》二曲以寵之，聲價特盛，彩雲蓋其榜名，二十年來馳譽，錄酒事間，爲世所豔稱者也。□時甌隱社長羈遲南來，尤歸燕婉轉在北廔，日移花影，則綠蟻浮杯，月轉庭陰，則紅衾銷夢，酒朋詩侶，相與招邀，每就黛筵，便題妍唱。而蕙風詞人沆瀣其間，尤以重甌隱者重之，爲賦《鶯啼序》以志其事，『忽忽』句，曰不知斯世之何世也。迨甌隱以官事南征，金花倦懷倚緒，無時或適。玉軫不張，翠箏去手，而年事日促，歲晚天寒，會詞人偶往滬存將就訊甌隱之行止，金花卽屬以斯函，詞人重於甌隱之相知，卽爲灑翰，在昔蘭成開府，爲上皇以致詞，亦在集中，蓋此類也。微聞甌隱饋以皕金，遂以卒歲。世事蒼狗，瞬又廿稔，詞人墓木垂拱；甌隱亦鬢絲禪榻，非後年時；金花更白髮青衿，秋臨老去，獨此雲箋丙疊，猶在小篋中。甲戌夏日，余往謁甌隱，遂以見眎。桃花臨鏡，供畫稿之猩猩；芳物在懷，識餘情於款款。其爲珍重，曷可游言？且蕙風翁以詞宗名於流輩，尤工駢儷，而曷謂不足傳？遂無令稿，今此篇卽其手筆，更立存爲集外之文，則又寧可聽其湮沒而不彰耶？屬以裝池，並爲□記，珍重閣書。』）

與趙尊嶽六十一則

一

迎梅一節，花前暫緩宣布，恐或未易辦到。明午四五鐘間清暇，祈賁臨㕑敘，《國香慢》或已贊酌一二矣。赤雍先生。夔言。廿五夕。

二

昨奉教，至快慰。弟今午十二鐘附車赴蘇，因要事，立促前往，竝須在彼句留數日。此數日內如有它友枉顧，敬祈代爲婉謝，寒儉不欲以示人。叨荷知愚，亮蒙心照。《香南雅集圖》拙詞《西江月》無論加入與否？如目前即付前涂壓裝，則初六日務求惠椾郵示，屆時弟或已回滬，準於初七日日戲時刻之前趍府一窺全豹，是爲至禱至幸。小別，無任悵惘。此頌尗雍先生侍福。頤頓首，初三辰刻。

三

日前晤談快慰，伯愚都護志鈞姓氏，祈稟詢堂上郵椾示復，愈速愈感，專懇。即頌尗雍仁兄侍福。頤拜手，廿日。

四

尗雍仁兄吟席，兩奉惠椾，關垂至感，新事唯求代貇堂上玉之於成，則紉佩非同淺鮮。計無復之，前途即令學作新體文字，亦甚願，勉力而爲矣。稍涼，當踵候晤譚，嫥貇。敬頌侍安，暑福。頤頓首，六月十六日。

五

顧畫及新改詞，一冊，又二楠。藉使奉呈。《齊乘》一書，似記鄴架有之。此書急須用，如無，祈向商務書館代借一星期，必還，至盼至懇。再祈借小説二三種言情者不要《浙江潮》，或二三年前舊《小説月報》以備，稍暇消遣，如蒙飭人交下，尤感。此頌未雍仁兄侍福。貴上少卿。頤頓首，即刻。

前懇代求蘇堪書扇，祈催之，翊宣附敂。

六

慶先生畫扇佳妙，昌老爲我雙行精寫，翌晨即就，二難并矣。詞九首，僭酌呈鑒。《香南雅集圖》裝竟，寄去之前，務祈告我趍前一看，餘容晤談。此頌未雍仁兄侍福。頤匆上，六月杪。

七

梅祖母壽詞已成《五福降中天》，容暇晤時面交，祈飭印工少待耳。丁輔之印書似乎未易苛求。昨匆匆一閲前序，便有一二三誤字矣甚誤，奈何！奈何！《木蘭花慢》二詞亦已致高梧先生。頤拜手，廿七。

八

連日亟思踵談，並伸謝悃。適患泄瀉，委頓異常，緣誤喫豆融月餅少許，孱軀不宜寒涼之品，乃至菜豆亦不任受，甚可笑也。《香南雅集圖》付裝已竟否？ 餘容晤敘。此頌卞雍先生侍福。頤頓首，八月八日。

九

壽詩二首未卜可用否？ 趍庭時祈呈鑒定張麗人墓誌，所至盼切。如蒙前途，惠貽一本，必作長調壽詞爲報，此事仰仗執事甚深。執風堂所藏書，日來陳列于古書流通處，多有罕見之本。明日午後三句鐘前，兄來敝寓同往一看，何如？ 卽不購入，亦可增益聞見也。此函收到，祈卽示復寸椾爲荷。匆布，卽頌高梧仁兄侍福。頤頓首，五月十七夕。

馮夢華所選《唐五代詞選》只一本，丁福保所刻《詩話》前後編，便中祈叚一用，至敂。

一〇

午前缶公特遣東邁來寓，聲明不肯看戲，不拘我請或兄請，均必不到。揆其意，似欲畹請。彼殆未知梨園規則，受色銀者無支配客座之權。此如何辦得到？ 只好以不了了之。道人大背其色，對於數方面不討好可耳。此等至小不相干之事，乃至種種困難，道人甚悔冒昧，以後斷不敢矣。兄不可請，及落痕迹，彼之意見，未審何在也？ 高梧仁兄。知名不具，卽夕。

一切云云，萬不可稍令畹聞。吳佩孚、曹三衝突，不肯落痕迹，令外人見顧全北洋團體面子。

此信勿令他人見之。

一一

惠椾婁悉，壹是費心，容晤敏謝。沈府挽對，祈代求讓于兄寫，並飭送往爲荷。對文嬾於用心，真所謂不滅文也。雅詞《高陽臺》纖韻，昨漚尹先之聞之，亦極贊賞。此頌赤雍仁兄侍祺。弟頤頓首，初三。

一二

書四本，鈔件四紙，耤呈《詞匯》三本，準於十二日繳還，如能再早，當以電話奉告，屆日祈飭人來，並它件取去。《畏廬筆記》，風格未能騫舉，且略涉纖，聊可消遣睡魔耳。尚有四本，祈叚一觀，有人來時，順便帶下爲荷。赤雍仁兄。頤拜手，卽午。

一三

《清平樂》第六首『尊前玉屑』闋請勿登報涉語病，因恐它人錯會意，只錄十解可也。容廿三日後，再增二三首，至要，至要。千萬，千萬。明夕必到，請先致聲畹棣爲幸。張石銘屬譔輓屏，限期促敀，奈何。勿復。高梧公子。蕙言，卽午。

一四

《香南三集》醉飽紉佩，必有新詞。一二日內奉呈胡塗三則，燈下四時擫老倦眼，書之。可否入『梅訊』，祈酌。越夕初五夕演《獅吼記》，祈代訂座。旁座稍前，只一座卽可。歸時，祈稍照拂耳。懇懇，荷荷。此頌高梧仁兄侍安。頤拜手，初三丙夜。

此信到，祈示復，盼切，盼切。詩老赴聞，祈轉寄下，又及。蓋嬌妒云云二語，纔佳然否？

一五

示惠江刻飲箋詞，叚自彊村，璧還已久，祈函致彊公借用，當可得也。改詞明後日必有以報命，壽文昨已畢矣，匆復。卽頌尗雍仁兄侍祺。貴少卿，名心印。卽午。

一六

八徽詞呈鑒，未卜可用否？祈酌定，是亦詞中奇格，直起直落，句質而稍有勁氣，似乎尚屬可存也。收到，卽惠復爲盼。高梧仁兄。蕙風拜手，廿八夕。

一七

兩奉惠椾，壹是誦悉。日前歸家，卽病重不甚輕，以怔忡，支持頗苦，今日稍瘉。賀詞勉彊爲之，不能工也，此調甚長，未經填過，祈代懇讓兄法書，用金牋已褾者，其直準敬璧約二元數角寫成，祈飭人交下捺印，尤感，餘晤談，嫥懇。卽頌高梧仁兄侍福。頤頓首，上巳辰。

款不署姓名，擬鈐一名，卽或一二日內趍前，帶章未用，但未審何日可寫成，祈示爲幸。

一八

《漫筆》三次，祈代交詞一首。轉懇讓于兄寫文，從蒞杭前交下爲敂十九日晡到館領，緣急需所恃也，匆上。高梧仁兄。頤頓首。

一九

改定詞十八首，先呈鑒餘，必從速報命，不誤。江刻詞已代借其一本因朱已□蘇鈔《古山詞》，望便中飭人來取此函。得報示復，再前屬改詞未改者，似不止五十首，其中有無重復，祈示知爲要。匆布，卽頌尗雍仁兄侍祺。頤拜手，廿六辰刻。

《全芳備祖》詞中顧卞詠虞美人草一首，祈移寫，付郵寄下，至盼，又及。

二〇

日前失迓至歉。《清平樂》四首審定至鑒，收到，祈明片示復爲盼。此頌尗雍仁兄侍福。頤拜手，初二辰刻。

二一

赤雍仁兄賜鑒： 昨今兩日，弟又病，不能下樓矣。姜勿念處之書，至以爲念，彼所示之限期已屆三月廿日之外，又逾一來復矣。斷無消息，奈何？弟命宫磨蝎，所如輒阻，區區刻一書耳，亦復五角六張，坎壈一至於是，令人懊惱無極。其稿第四五卷，因編《祥福集》需用，務求前途挂號，仍暫寄申。如並第三卷寄回，尤感，盼切！盼切！以情形揣之，此書彼必不刻，不知何所爲而云然耳。俟四月半間，得與吾兄深談，當再别爲之計，日内敬祈試再作函催之，回信有無，不可知矣。春色將闌，扶病書此。沈悶無聊之至。順候起居。弟頤頓首。

翰怡處未便徑通電話，弟精神恍惚，一時想不到，愧愧！

二二

頃所交《證璧集》，補文三首，其爲陶淵明辨誣一首應添在卷二《申范》之前，書眉朱批，乃大誤，祈爲更正。至要至禱之外，先生處務祈再函詢之，並懇其寫刻從速。送梅府聯頗自以爲佳，想已蒙代寄矣。嘉靖本殘《草堂》買來，望示我。此頌高梧仁兄侍祺。頤拜手，廿五夕。

二三

雅詞審定十闋，即祈鑒存，餘容續奉。帆布几，祈即代詢，不欲華麗，只三方可靠三方約高尺許，中國尺，厚而輭，彈簧堅緻，卽佳，切盼示復，此懇。順頌赤雍仁兄侍福。弟頤拜手，廿五午。

杜家禮物想已代送，費心，感感。杜有訃聞，交送禮人帶回否？

二四

惠椾誦悉，晚寓亟應回候，緣道遠且生，難於尋覓，乃至遲遲。敬祈爲我婉切道達歉忱，勿忘爲佩。聽歌，所至欣願，唯𢳣來日；對病人，五中焦灼，恐無閒情，及此，徒呼負負而已。詞一首，欲求登入『自由談』亦祈勿遺忘爲叩，卽日交下，尤妥，如蒙於三日内登出，亦紉佩無量。明詞寫本有用畢者，得便當卽奉還。此頌高梧仁兄侍祺。頤拜上，初十夕。

二五

詞二首改竟呈鑒，印譜跋中聖廟爵里或作孔門弟子爵里，明黄淮《省愆集》詩詞並序，祈屬前途先鈔祁忠惠是否忠敏之誤祁彪佳謚忠敏，祁姓，《明史》有傳，只此一人，如碻是忠惠，祈檢示其名，並至切盼，愈速愈感，此懇。卽頌高梧仁兄侍祺。頤拜手，卽辰。

此信收到，祈卽明片示復，盼切！

二六

赤雍仁兄惠鑒：日前晤談甚慰，姜之外先生處，諒已蒙寄函矣。唯一二函恐彼未必爲動，須婁函疊催，或有萬一之望耳。關於弟者，雖此等事亦復五角六張，坎壈可云至極，言之惘然。別呈刻讓一紙，殊不讓於勿念翁也。《祥福集》卽日從事編定，有裨於人心世道之書也。賤恙甫悆精神，仍甚疲苶，奈何！奈何！卽候起居，弟周頤頓首，候示復。

詞話第四、五兩冊，有需用之處，或請之外先生暫仍挂號寄滬。稍遲仍由弟處寄寧，是否可行，祈致函。前途商之，真無可奈何也。

二七

尗雍仁兄賜鑒：殘寒積雨，病軀彊自支持。《和珠玉詞》覆勘無誤，可卽印書。唯尚無對面，可否鉤槧原封面用之？紅樣無庸寄往，《和小山詞》代校竟卷，唯兄尚須自勘一過，尤有數處，須檢元稿卽前審定之稿證定之。鄙意似宜檢齊元稿，通校一過，勿疏勿漏，則必精審無誤矣。《涵芬祕笈》七函均已檢齊，並《和小山詞》樣本，準於四月初三日之外，不拘何日，便中飭人來取，均可納上。弟入春已來病魔糾纏無已，精神常覺怳惚，興會日見蕭索，鍥事極重視之。雅誼至爲紉佩，唯盼書成，至切。詞話第一、二卷刻工甚佳，其第三、四卷務求專函切囑請其速印，寫樣寄申。其第四、五卷稿，準於初五日由弟處雙挂號徑寄寧垣，必不自己誤事。尊處一函催之，在弟卽爲百朋之錫，文字障未能勘破，於戒律犯一癡字，可愧亦可憐也。順候起居。弟周頤頓首，四月初二日午。

二八

壽梅詞錄呈，早韻二句及後段竝佳，辭旨亦莊雅，不得謂非好詞也。祈代購紅楠金楠更妙，懇讓于兄書之，速印寄京爲荷，楠直容敬繳。此頌高梧仁兄侍祺。頤拜手，十九辰。

陸軸奉到，費神紉佩，並致意謝讓兄。

如文鴛左顧片刻更佳，再懇者有書，欲交尊處一二日，祈飭小車夫來取，至盼。又及。

二九

壽詩二律，愧不能工，祈呈堂上斧削爲幸。陳大聲《秋碧堂集》中亦有詞二卷，須函達伯夔。此頌高梧仁兄起居。頤拜手，四月廿夕。

此信到，祈明片惠復爲盼。

三〇

畹楹言署款如後式，務求讓于先生署書款，緣眾目昭彰之地，掠美非宜。與一人一家不同，千萬至要。此函專爲此發，頃所談之別一事可竟承諾，不拘何日左顧，均可。此頌赤雍先生侍祺。頤頓首，廿二夕。

下款：『蕙風詞隱並識，鄭讓于書。』

三一

《脞語》一次，如蒙接登，至感。昨談及之徵文，又韓小宋已投卷應徵矣。介子先生處，務求電話復之，或先道歉意，千萬！千萬！非自已到朱家木橋，無從確詢也。此頌赤雍仁兄侍福。頤頓首，望夕。

三二

壽詞一楠，敬懇轉求讓于兄代寫。君木初八日午回甬，須託帶往，促迫能事，無任主臣，是所望於鼎力。明日傍晡，可否飭兒子來報館祇領，是則不敢請耳。雅詞二闋審贊呈鑒。此頌赤雍仁兄侍祺。弟周頤頓首，十五號。

三三

《脞語》三次，未卜當否？李印泉訪古記兩序，及陳先生述志，如蒙卽入『埶林』，至爲紉佩。此頌赤雍仁兄侍福。蕙頓首，七月十二。

三四

赤雍仁兄篋席：《漫筆》一次，祈提前付印，紉佩無量。姜文卿處想已發函，感感！此頌春釐。

頤拜手，上元前一日午。

三五

詞三首改定，祈鑒。和部詞，卽日搦管亦可，稍遲或較佳耳。日前回申，如自寶山來，而旅次所費稍鉅，益復支絀，政在拮据。值姜文卿來，非要鈢不可，咄咄逼人。鄙人總纂江楚官書五年，殊不料二十年後爲手民所窘至於是，甚可咲矣。祈兄設法措十元叚我付之作爲本月館潤照算，非付不可，否則板面孔可怕，我此刻實無鈢面子，不能不顧也，瑣續愧罪。此頌朱雍仁兄侍祺。頤拜手，初八午。

三六

惠椾誦悉，《漫筆》續稿一次，祈卽轉致爲荷。弟回蘇卽病目，兼小感冒，心緒惡劣，興會豪無，移申至不易，奈何！奈何！此頌朱雍仁兄侍福。頤拜言。十一月朔夕。

陽曆十一月分在申需用，館潤大、二兒手前各支十元，所存奇藞，祈交璟手爲荷。又及。

三七

《漫筆》一次，祈轉交爲荷。陸氏宋樓之數，今日已奉到，費心紉佩。蘇事稍稍布置，卽來申晤談爲快。此頌朱雍仁兄侍福。頤拜手，十月十五日。

三八

來申一星期，未獲晤敘，何如是之不朽耶？至以爲悵。明詞跋宷定，祈鑒。下月初旬，仍移回申，寓貝勒路廿七號。餘容晤談。此頌尗雍仁兄侍福。頤拜手，廿五夕。

三九

續稿兩次，如蒙接登，至佩。本月登録不多也。刻成一印小宋刻，先呈，餘容續奉，讓印，祈轉致。扇面明日得見報端否？此頌尗雍仁兄侍福。頤頓首，六月廿六日。

四〇

又來稿一次，首段壽聯係拙作，自覺甚佳，君木所至佩也。後二則尤頗費結撰。改姓奇聞，詞能達意，尤大不易。如蒙廿六號接登，至感千萬。扇面祈照今日沈晉之畫扇式，列入本埠增刊，亦以廿六號登出爲荷，餘晤談，專懇。敬頌尗雍仁兄侍福。頤頓首，廿四日。

扇面攝影畢，祈擲還爲敂。

四一

尗雍仁兄簏席：《漫筆》五次，敬祈轉交。弟月半前後有要事須來申，當得良晤。此頌侍安。頤拜言，重陽日。

四二

尗雍仁兄篹席：滬濱良晤快慰。《漫筆》一次，因勁秋先生來申之便帶來，祈即轉交，餘容續布。此頌侍祺。頤拜手，廿四夕。

四三

稿四次，祈轉交。月杪近矣，甚盼文旆賁臨。此頌尗雍仁兄侍福。頤拜手，十月五日。

堂上祈道達敬候。

四四

叔雍仁兄吟席：日前璟兒回蘇，奉到清貺百羊，紉佩無已。以『名教事功』等字部居往籍，甚爲精當。唯『學埶』二字，未審應再酌否？《花心動》、《最高樓》兩詞容即審定寄奉。蘇寓再遲，數日必可得，稍清暇，壹是當敬報命，匆布。順頌侍祺。周頤拜手，七月十七日。

堂上敬奉候鳴謝，祈爲道達。

《漫筆》一次，因就江先生之便，託其帶來，祈轉交爲幸。

前月館潤祈代支領，暫存尊處，遲日或弟自己，或小兒，須到申也。

四五

廿六日惠椾誦悉，城北公一節，維賢先生能否俯賜辦到？切盼碻復。《漫筆》一次附呈，餘容續布。此頌尗雍仁兄侍祺。周頤拜手，廿七日。

四六

叔雍仁兄箸席：前日快信計達。典籤《漫筆》二次，計蒙轉交矣。茲又寄來二次，祈卽轉交。抵蘇十日，異常忙亂。電鐙昨夕甫放光明，訂《詞準》，三日内與下次《漫筆》同寄寫扇，準五日内或與詞同寄報命不誤，匆上。敬頌侍祺。周頤拜手，七月初十日。

堂上祈致意奉候。

四七

尗雍仁兄吟席：浣誦惠椾並《鶯啼序》，容數日内卽審定寄奉。抵蘇已還，乃至酬應甚紛倍於上海，多所耽閣，殊悵悵也。館潤祈卽交璟兒順帶回蘇，《漫筆》三次祈卽轉交今日交方來得及，種費清神，紉佩無量。敬頌侍祺。周頤拜手，七月廿二夕。

堂上祈致意敬候。

第一師範校長王君飲鶴名朝陽近以詞學請業。

連日與吴癯庵談宫調，彼此皆有徹悟。貴同宗字學南新陽人刻《峭帆樓藂書》，人亦極可談，惜鰥生少與會耳。

四八

汞雍仁兄簺席：數日以來，金閶安靖如恆，並無驚恐。知關綺注，特此布聞，並祈稟達堂上垂詧，今晨接到本報，未登拙譔《漫筆》，其第十二、八十三預備初一、三日用兩次稿於火車未輟之前二日寄申，如未收到，務祈卽速示復，以便另寫再寄。兹寄來稿三次，祈卽轉交，勿再誤初三之期舊曆。是所至禱。匆布，立盼還雲。卽頌侍祺。頤拜手，九月初一日。

四九

前昨兩日病甚，支持頗苦。《漫筆》率塗一稿，請轉交爲荷。高梧兄。頤拜手，卽刻。

五〇

本擬今日來申，因有不得已之應酬，不能推卻，只得改於後日初二或初三日卽九月二十號抵申，當卽踵候詞並審定。《漫筆》二次，祈卽轉交爲敂。此頌汞雍仁兄侍祺。周頤拜手，九月十七號。

堂上祈敬致奉候。

五一

《漫筆》一次，祈轉交，當不至誤。弟月杪來申，餘面談。敬頌尗雍仁兄侍祺。周頤頓首，九月十五號。

五二

高梧仁兄執事：《清平樂》二首録就雅鑒。遲再寫，貽畹華。其佳麗也如彼，其才情也如此，逸思雕華，並《玉臺新詠序》句、『美人相竝立瓊軒』唐詩句。《秋佳軒詞》、《金陵詞鈔》，祈叚一觀，便中飭人交下，至感。順頌侍祺。頤拜手，嘉平朔。

『珍弆』『弆』字排字房所無，須增鐫，或竟用『去』字，亦可，太古雅，令人不能耳。祈勿改定字。

五三

高梧仁兄閣前：日前函稿中稍涉未安處，蒙堂上指示，感佩莫名。茲又酌改，未卜能無疵否？祈爲代呈。此事壹是擘畫布置，並懇堂上鼎力，企仰無已。清暇甚盼顧談，專懇。即頌侍祺。周頤拜手。

五四

頃朱素雲有馬褂一件，未穿去。祈卽飭人來取，並帶兩扇來。糕店在華界寶山路稍北、永興路華興里臨街門面三十四號。匆上。高梧仁兄。弟頤頓首，四月望夕。

五五

赤雍仁兄閣前：紹興、無錫兩志均閱畢，可卽奉還前途。一二日內當飭小兒送上，如蒙飭人來取，尤感。祈換借潁州、南昌、饒州、撫州四府志，未必全有，借得一二亦幸。如全有，陸續換借，尤爲佩紉無量。《寶顔堂祕笈》想已取回，祈惠借後列各種使來帶下，尤感一用，專懇。敬頌侍安！弟頤頓首，五月朔。

祈借《祕笈》各種：

《筆疇》、《林下偶談》、《願豐堂漫書》、《木几宂談》、《補筆談》、《樂郊私語》、《桂苑藂談》、《楓窻小牘》、《席上腐談》、《問奇集》、《清暑筆談》、《後山談藂》〔一〕、《後武林舊事》、《孔氏雜記》、《歸有園麈談》、《讀書雜鈔》、《王氏談錄》、《震澤長語》、《甲乙剩言》、《脈望》、《讀書筆記》、《藝圃擷餘》、《偶談》、《谿山餘話》、《東谷贅言》、《真珠船》、《南唐近事》、《耄餘雜識》、《汲古藂話》、《祐山雜記》、《談苑》、《玉堂漫筆》、《雨航雜錄》、《春雨雜述》。

【校記】

〔一〕談藂：底本作『藂談』，據書名改乙。

五六

赤雍仁兄吟席：　日前未獲晤談，悵甚歉甚。辦禮費神，枉駕同行，尤感。竟忘揖謝，闊疏愧愧！《更漏子》六闋，昨經細讀，貢愚一二，未必有當，不拘何日便中，祈飭人取去。欲付郵，恐或浮沈也，匆上。即頌侍祺。　頤拜手，初七辰刻。

如有人來，祈順帶六十家之《東浦詞》，叚下檢，盼切！　盼切！

五七

日昨聽歌之約，紉佩無已。綴玉允惠之畫幅，千祈代爲索得，萬勿遺忘，至幸！　至盼！　如蒙飭人交下，尤感，媿懇。即頌高梧仁兄侍祺。　頤拜手，十五夕。

五八

赤雍仁兄簪席：　惠椾誦悉。《洞仙歌令》佳甚，鯫生流離轉徙，興味蕭然。繼此處境，恐不能如詞境之佳，是則至以爲悵耳。星垣、樸存兩公畣拜，均未得見悟。樸存之尊翁少溪先生，談片刻許。吳維賢兄至，爲可感，不日來滬，當敬謁，祈先爲致意爲荷。《漫筆》兩次，祈即轉交暹，恐弗及。敝寓一切布置未定，電燈尚未接緣，煩悶異常，匆上。即頌侍祺。　頤拜手，雙蓮節。

五九

高梧仁兄吟席：《洞仙歌令》酌易數字，呈鑒《漫筆》二次，祈轉交大馮三兄一則，確是讀書心得，唯入報恐不合格，竊意偶一爲之，當屬無妨耳。此頌侍祺。頤拜手，七月十四日。

六〇

赤雍仁兄閣前：《摸魚子》、《霜花腴》、《山亭宴》三詞均徑審定，本擬付郵挂號寄來，因有奉還之書數種，共一色封存久矣，欲求便中飭人來取，收到並示復寸椾爲荷爲盼。再懇者拙譔詞話荷蒙雅誼付梓，紉佩莫名。正初有函致姜文卿，告以稿無副本，請其速寫速刻。業蒙惠復允諾，欲求尊處再函催促，俾得速成爲幸，此懇。順頌籑祺。周頤拜手，燕九前一日。候示復。

去年校過之寫樣二卷曾改正，寄來覆勘否？卷三已下寫樣，祈撥下自校爲荷。

六一

高梧仁兄籑席：駒馳荏苒，眴屆中春，九十韶光又過三分之一矣。月半前有函致姜文卿，並不敢催，只是軟求回信，仍復杳然，令人望眼欲穿，惆悵無已，敬求尊處即發一函催之，切詢其究竟有暇寫刻與否，請其復一確音，一得回信，祈即示知，至盼至佩。古微刻《宋詞三百首》及沈培老詩，均連寫帶刻，不踰三月竣事，未審前途何所見而爲是厚薄也。新詞三闋，三五日內必細讀。此頌台綏。弟周頤拜手，二月二日。

此信到，切盼示復。

（以上《趙鳳昌藏札》，國家圖書館出版社二〇〇九年版）

與沙孟海一則

孟海先生道席：承貺祇領爲媿酒敬璧，紉佩無已，容晤謝。頃飭琦兒來，求書聯，乃紅色者，無誤否？蔡閏秀字祈示知寫扇精美，容報端稱頌也。此請箸安！周頤頓首，卽刻。

敬使六角。

（鄭煒明、陳玉瑩編《況周頤年譜》附手札書影，齊魯書社二〇一五年版）

集外文輯錄卷四　雜纂

辛巳春燈百謎

序：　蓋聞廋辭起於晉朝，隱書標於《漢志》。東方共舍人之語，特擅詼諧；中郎留『幼婦』之題，允推工巧。溯夫秦有『卯金』之讖，越有『庚米』之辭。河魚詳左氏之文，井龜仿南朝之制。大抵前人之隱語，卽爲今日之迷言。『謎』之字收於《玉篇》，『讔』之名見於《呂覽》。攷其緣始，各有異同，要不過回互其詞，變通其義。孔文舉詩成離合，實開拆字之先；王荊公句隱姓名，已用諧音之格。墨斗吟於蘇子，體物尤工；金鐘賞自孝文，解人可索。至若集編文戲，詩紀唱酬，蓋亦樂此忘疲，言之有味矣。夫雕蟲之技，才士不爲；而燈虎之嬉，近時所尚。莫妙於包藏經句，運用陳言，趣必天然，語皆風雅。苟命意不傷於蕪雜，卽搜詞何害於稗官？所可惜者，用心或突過前賢，立格則殊乖先正。蟬能脫殼，尚從一字以推求；龍可點睛，猶本六書之假借。雖云變格，不失大方。他如脫太白之靴，誰爲力士？落孟嘉之帽，不必龍山。故美其割裂之名，以就彼心思之絀。鶴原有膝，蜂豈無腰？觚應率爾而操，觴竟若斯之濫。第舍難而取易，儼然斧以斫之；因門靡而誇多，否則瓶之罄矣。是豈謂文章之末。而遂忘體制之嚴乎？僕也，生小善愁，蹉跎失意。黃山谷之好悶，門裏挑心；陶宗儀之獨眠，壁間書字。倦燈倚處，淚枕醒時。消一晌之煩憂，耐片時之思索。藉得暫忘恨事，因之稍遣病魔。時則楊柳初春，海棠深夜，清風明月，無可奈何；勝友高朋，不期而至。照將紅燭，籠倩碧紗。奪比錦標，射同雕覆。不惜會心之遠，一鳴或竟驚人；共爭捷足之先，三復居然有得。客既興高而采烈，主尤色舞而眉飛。不亦樂乎？是之取耳。而或謂構十日之巧思，供一宵之暫聚。爲勞已甚，擇術何疎？嗟乎哉！縱俄頃之歡娱，在愁人豈能多得；儻從俗之嗜好，又吾輩所不肯爲。與其枯守而無聊，孰若閒尋之有味也？惟是愁痕滿紙，醉墨連編。格僅避夫紛紜，語難期於深穩。較賀從善千文之虎，殊愧疎浮；比金章宗百斛之珠，自慚固陋。然而蛩鳴鴉語，得每自矜；蠟淚蠶絲，棄之可惜。百條粗擇，一冊僅成。必有可觀者焉，爲之猶賢乎已。

悔道人夔笙自識於牡丹巢。

牙　《四書》一句　半塗而廢

三十登庸　《四書》一句　舜南面而立

乃蓮花似六郎耳　《四書》一句　君子哉若人

僕人以告公遽見之　《四書》一句（繫鈴格）　不藏怒焉

張柬之等自舉兵討武氏之亂　《四書》一句　則天子不召師

幾曾見寄書的顛倒瞞著魚鴈　《四書》一句　無有封而不告

燕子樓中擁豔，良宵無奈聲催　《四書》一句　抱關擊柝

諸君功狗耳，酇侯乃發縱指示者　《四書》一句　何人也
小春天氣參差是，草色凋零帶夕陽　《四書》一句　朝
曰沐則心覆，心覆則圖反，宜吾不得見也　《四書》一句　故就湯而説之
光弼登城望之曰：　賊兵多而不整，不足畏也　《四書》一句　視思明
沛公至咸陽，諸將皆爭走金帛財物之府分之　《四書》一句　何獨不然
鬢如反猬皮，眉如紫石棱，自是孫仲謀、司馬宣王一流人　《四書》一句　相桓公
歡娛之言難工　《易經》二句（繫鈴格）　作《易》者，其有憂患乎？
四靈惟翁趙不至　《易經》一句　來徐徐
睿宗始意不傳位於隆基　《易經》一句　立成器
溫泉　《書經》一句　自成湯
前明　《書經》一句　往哉生生
用柳屯田譜　《書經》一句　聲依永
白衣致意向陶潛　《書經》一句　王命予來
郄鑒使門生求壻　《書經》一句　至於王屋
蠅觸琴弦第一聲　《書經》一句　營於桐宮
琪珪玘瓘，器盡璠璵　《書經》一句（卷簾格）　肆嗣王
郤伯見公曰：　子之力也夫　《書經》一句　其克有勳

帝答留侯所憎誰甚之問　《書經》一句　言乃雍

君苗欲焚筆硯，果何故耶　《書經》一句　大陸既作

詔賈人毋得衣錦繡、綺縠、絺紵罽[一]　《書經》一句　以布命於下

十年未遇原非計，虎榜何期竟有名　《書經》一句（解鈴兼繫鈴格）　厥賦錯上中

案頭閒取金錢問，近日荒疏亦大佳　《書經》一句　卜不習吉

威加海内兮歸故鄉，安得猛士兮守四方　《書經》一句　邦之榮懷

斜曳湘裙　《詩經》一句（解鈴格）　邪幅在下

臣已早有此心　《詩經》一句　先君之思

《宋史》朱勝非傳　《詩經》一句（解鈴格）　在浚之下

《舜典》無訓儉之文　《詩經》一句（卷簾格）　用戒不虞

儂詞多半寫歡娛　《詩經》一句（解鈴格）　哀我填寡

傳經猶憶焦延壽　《詩經》一句　念彼京師

杯酒清談王子敬　《詩經》一句　酌言獻之

面比韓郎桃杏色　《詩經》一句　顔如渥丹

識途推老驥，學步盡驊騮　《詩經》一句　率由羣匹

其醉也傀俄，若玉山之將崩　《詩經》一句　酌彼康爵

爲謝標榜諸義，數百語皆有佳致　《詩經》一句（解鈴格）　中軍作好

漫云未得其中趣，此事桓公卻勝人　《詩經》一句　飲酒溫克
沛公說項羽解鴻門之厄，代爲達意者，誰耶　《詩經》一句　因以其伯
自孫興公、劉阿士出，阮思曠不能獨擅其名矣　《詩經》一句　綽綽有裕
功臣皆曰：酇侯未嘗有汗馬之勞，徒持文墨議論，顧居臣等上，無乃過歟　《詩經》一句　不平謂何
玉刻雙璋，錦挑對褓　《春秋》一句　予同生
公孫丁　《左傳》一句　穆叔未對
遂謝徹，徹因去，佯狂爲巫　《左傳》一句　信不叛君
以小弁爲小人之詩　《春秋》人名一　高固
帝怒罵敬曰：齊虜以口舌得官，今乃妄言沮吾軍　《春秋》地名一　訾婁
比翼禽　《禮記》一句（解鈴格）　不離飛鳥
長吉奚奴　《禮記》一句　詩負之
美人得耦　《禮記》一句　聘名士
曲終江上青　《禮記》一句　止聲色
太真春浴初罷　《禮記》一句　溫潤而澤
玉人何處教吹簫　《禮記》一句　聲必揚
賦到秋聲悵棄捐　《禮記》一句　乃修闔扇

清新詩句藏金屋　《禮記》一句　開府庫
有周昭定承王業，輝映何妨競後先　《禮記》二句　瑕不掩瑜，瑜不掩瑕
安排小樹宜庭院，珍重折枝當畫圖　《禮記》二句　盛於盆，尊於瓶
夜坐談玄　唐詩一句　燈下白頭人
琴遇鍾期　唐詩一句　對棋陪謝傅
神女高唐縈夢想　唐詩一句　總是玉關情
被酒徒行，脱帽露頂　唐詩一句　紅顔棄軒冕
不掩蘼蕪徑，秋聲答暮蟬　唐詩一句　露草覆寒蟲
一從窺見金蓮小，摇漾春情聽不聞　唐詩一句　自足蕩心耳
霍王小女，紫釵曾寄相思；楊氏阿環，鈿盒不忘舊物　唐詩一句　總是玉關情
上場詩　漢詩目一　白頭吟
金蓮蹴損牡丹芽　唐詩目一　洛陽女兒行
試問捲簾人，卻道海棠依舊　詩品一（卷簾格）　落花無言
上重華之號　詞目一（卷簾格）　虞美人
花前彩索貪春戲，堂上金尊敞賀筵　詞目一（卷簾格）　慶千秋
春一去，雨連綿，賸郎君扶頭更懶。望瀟湘奈何不見？靜看著山光漸隱，妙佳人落在誰邊？
詞目一　天淨沙

北闈額數　字一　革
長安客路各分離　字一　踶
斜陽西落，鴈字蕭疎　字一　匙
枝葉扶疎，獨説數十餘萬言　字一　芫
下邊是檀口點櫻桃，上邊是粉鼻倚瓊瑶　字一　仲
小立花前，人在誰邊？　王孫去也，抛撇堪憐　字一　乙
秦淮一望，春意飄零。小佳人早又别離，有心人更須尋覓　字一　添
昧死再拜　漢人名一　冒頓
東坡　《三字經》一句（卷簾格）　父之過
漸改少年佻達　《三字經》一句　及老莊
聘貲　時憲書三句（卷簾格）　金、女、定
樗櫟庸材　《西廂記》一句　樹兒下等
東吴定議詔親　《西廂記》一句　准備來雲雨會巫峽
玄都觀裏桃千樹　《西廂記》二句　將一座梵王宫，化作武陵源
香腮紅映白，午後已輕勻　《西廂記》一句　脂粉未曾施
登徒子非好色也，實有淫行耳　《西廂記》一句　無宋玉般情
補闕連車載，拾遺平斗量　《紅樓夢》人名一　多官

妾心古井，漫牽汲水之絲；　神女陽臺，誰話行雲之夢　《紅樓夢》人名一　琥珀

宋時不重主戰之議　《聊齋志異》目一（卷簾格）　金和尚

晉師逐齊師於華不注　《聊齋志異》目一（卷簾格）　周三

士龍往東頭，士衡往西頭　《聊齋志異》目一（卷簾格）　陸判

海棠正好東風惡，狼藉殘紅衬馬蹄　《聊齋志異》目二　杜翁、小謝

長途各自去漫漫，付鴈傳鱗語未安。如線淚珠流不得，似曾相識話偏難　《聊齋志異》目一　促織

一品黼黻冠飾　物名一　鶴頂紅

芰荷疎處見銀塘　物名一　花露水

楊柳攀時横黯澹，海棠垂處帶朦朧　食物名一　條絲烟

鄴侯，余故人也，其藏書三萬軸，余曾一一識之。今假手於肉食者流，則名同而實異矣。緣此輩徒事咀嚼，未能融其渣滓，空洞中時復有物。得余批郤導窾，去其窒礙，便少惡札。由是視余爲骨肉親，饔飧與共，雖黄白物，爲余故亦不惜。然余所需亦不多也。間嘗溷迹闤闠，伴侶尤多，余亦不復記憶。余偶不在，則此輩隨處有香火緣，雖灰燼之餘，亦可代余職事，但旋卽棄之，不若於余之時時佩服耳。

物一　牙簽

（據人民日報出版社一九九三年出版《中華謎書集成》錄入）

【校記】

〔一〕絺紵罽：　底本作『榴硫鎦』，據《漢書·高帝紀》改。

射覆一則

逋仙隱處湘人別，月到中秋水不波。射唐詩一句（卷）　平明送客楚山孤　蕙風

（《紅雜誌》第九期『中秋文虎』，題目爲編者所擬）

香海棠館詞話

一卷

《香海棠館詞話》，最早刊於上海《大陸報》清光緒三十年（一九〇四）六月二十日第六號至九月二十日第九號，署名況夔笙，後《第一生修梅花館詞》七種本、六種本以及《蕙風叢書》均收録。此詞話又易名《玉梅詞話》，清光緒三十四年（一九〇八）刊登於《國粹學報》第四十一、四十七、四十八凡三期中，署名況周儀。中國國家圖書館藏有敦盧朱絲欄抄本《玉梅詞語》（書名下題云『從蓺蘅館詞選本鈔出』），與《蕙風詞話續編》、《詞學講義》合抄一册。此據《第一生修梅花館詞》六種本録入，校以《國粹學報》本和敦盧抄本。

香海棠館詞話

蜀語可入詞者：四月寒名『桐花凍』；七夕漬緑豆，令芽生，名『巧芽』。

梁汾營救漢槎一事，詞家記載綦詳。惟《梁溪詩鈔》小傳注：『兆騫既入關，過納蘭成德所，見齋壁大書「顧梁汾爲吴漢槎屈膝處」，不禁大慟』云云，此説它書未載。昔人交誼之重如此。又《宜興志·僑寓傳》：『梁汾嘗訪陳其年於邑中，泊舟蛟橋下，吟詞至得意處，狂喜，失足墮河，一時傳爲佳話。』説亦僅見，亟坿箸之。

《後庭花破子》，李後主、馮延巳相率爲之。『玉樹後庭前，瑤草妝鏡邊。去年花不老，今年月又圓。莫教偏。和月和花，天教長少年。』單調，三十二字，見《古今詞話·詞辨》卷上引陳氏《樂書》，王惲、邵亨貞、趙孟頫竝有此詞，萬氏《詞律》不收。謂是北曲，不知南唐已刱此調也。

賀方回《小梅花·城下路》一闋前段，《詞綜》作金人高憲詞，調名《貧也樂於家》，均分段，半塘云：『或沿明人選本之譌也。』

宋諺：『饞如鷂子，嬾如猴子。』稼軒《玉樓春》：『心如溪上釣磯閒，身似道旁官堠嬾。』又云：『謝三娘不識「四」字罪字頭。』吕聖求《河傳》：『常把那「目」字横書，謝三娘全不識。』

楊娃亦稱楊妹子，宋寧宗恭聖皇后妹，以藝文供奉内廷。題馬遠《松院鳴琴》小幅《訴衷情》云：

『閒中一弄七弦琴。此曲少知音。多因澹然無味，不比鄭聲淫。　松院靜，竹樓深。夜沈沈。清風拂軫，明月當軒，誰會幽心。』〔一〕桉：楊娃詞，各選本未箸錄，此闋見《韻石齋筆談》。

【校記】

〔一〕本詞《全宋詞》屬張掄。

黄子由尚書夫人胡氏與可，號惠齋，元功尚書之女也。有文章，兼通書畫。嘗因几上凝塵，戲畫梅一枝，題《百字令》云：『小齋幽僻，久無人到此，滿地狼藉。几案塵生多少憾〔一〕，把玉指親傳蹤跡。元注：此句誤『多』一字。畫出南枝，正開側面，花蘂俱端的。可憐風韻，故人難寄消息。　非共雪月交光，者般造化，豈費東君力？只欠清香來撲鼻，亦有天然標格。不上寒牕，不隨流水，應不鈿宮額。不愁三弄，只愁羅袖輕拂。』桉：夫人有《滿江紅·燈花》詞，見《花草粹編》及《詞綜》。此闋見董史《皇宋書錄》。

【校記】

〔一〕少：《國粹學報》作『小』。

作詞有三要：重、拙、大。政南宋人不可及處〔一〕。

【校記】

〔一〕政：抄本作『正』，意通。

重者，沈著之謂，在氣格，不在字句。

半塘云：『宋人拙處不可及，國初諸老拙處亦不可及。』

詞中轉折宜圓，筆圓，下乘也；意圓，中乘也；神圓，上乘也。

詞不嫌方，能圓，見學力；能方，見天分。但須一落筆圓，通首皆圓；一落筆方，通首皆方。圓中不見方易，方中不見圓難。

明以後詞纖庸少骨，二三作者亦間有精到處，但初學抉擇未精，切忌看之，一中其病，便不可醫也。東坡、稼軒，其秀在骨，其厚在神，初學看之，但得其麤率而已。其實二公不經意處是真率，非麤率也。余至今未敢學蘇、辛也。

詞人愁而愈工，真正作手，不愁亦工，不俗故也。不俗之道，第一不纖。

詞太做，嫌琢；太不做，嫌率。欲求恰如分際，此中消息正復難言，但看夢窗何嘗琢，稼軒何嘗率，可以悟矣。

詞中對偶，實字不求甚工，草木對禽蚕也，服用可對歙饔也〔一〕。實勿對虛，生勿對熟，平舉字勿對仄串字。深淺濃澹、大小重輕之間，務要侔色揣稱。昔賢未有不如是精整也。

【校記】

〔一〕歙饔：抄本作『飲食』。

學填詞，先學讀詞〔二〕，抑揚頓挫，心領神會，日久胷次鬱勃，信手拈來，自然丰神諧鬯矣。

【校記】

〔一〕學：抄本作『要』。

歐陽永叔《生查子·元夕》詞，誤入《朱淑真集》，升菴引之，謂非良家婦所宜，《欽定四庫全書提要》辨之詳矣〔一〕。魏端禮《斷腸集》序云：『蚤歲父母失宷，嫁爲市井民妻，一生抑鬱不得志。』升菴之說實原於此，今據集中詩，余藏《斷腸集》鮑淥飲手斠本，巴陵方氏碧琳瑯館景元鈔本，又從《宋元百家詩》、《後邨千家詩》、《名媛詩歸》暨各撰本輯補遺一卷。及它書攷之，淑真自號幽栖居士，錢塘人，《四庫提要》。或曰海寧人，文公姪女，《古今女史》。居寶康巷。《西湖遊覽志》：『在湧金門内如意橋北。』或曰錢塘下里人，世居桃邨。《全浙詩話》。幼警慧，善讀書，《游覽志》。文章幽豔，《女史》。工繪事，杜東原集有《朱淑真梅竹圖題跋》，沈石田集有《題淑真畫竹詩》。曉音律。本詩《答求譜》云：『春醲釅處多傷感，那得心情事筦弦。』父官淛西，紹定三年二月，淑真作《璿璣圖記》有云：『家君宦游淛西，好拾清玩，凡可人意者，雖重購不惜也。』《池北偶談》。其家有東園、西園、西樓、水閣、桂堂、依綠亭諸勝。本詩《晚春會東園》云：『紅點苔痕綠滿枝，舉杯和淚送春歸。倉庚有意留殘景，杜宇無情戀晚暉。蝶趁落花盤地舞〔二〕，燕隨柳絮入簾飛。醉中曾記題詩處，臨水人家半掩扉。』《春游西園》云：『閒步西園裏，春風明媚天。蝶疑莊叟夢，絮憶謝孃聯。蹋草翠茵輭，看花紅錦鮮。裴裒林影下，欲去又依然。』《西樓納涼》云：『小閣對芙蕖，飈塵一點無。水風涼枕簟，雪葛爽肌膚。』《夏日遊水閣》云：『澹紅衫子透肌膚，夏日初長板閣虚。獨自凭闌無箇事，水風涼處讀殘書。』《納涼桂堂》云：『微涼待月畫樓西〔三〕，風遞荷香拂面吹。先自桂堂無暑氣，那堪人唱雪堂詞。』《夜留依綠亭》云：『水鳥栖烟夜不喧，風傳宫漏到湖邊。三更好月十分魄，萬里無雲一樣天。』案：各詩所云，如長日讀書，夜留待月，碻是家園遊賞情景。淑真它作多思親念遠之意，此獨不然。《依綠亭》云『風傳宮漏到湖邊』，當是寓錢塘作，不在于歸後也。夫家姓氏失攷，似初應禮部試，本詩《賀人移學東軒》云：『一軒瀟灑正東偏，屏棄躧塵聚簡篇。美璞莫辭雕作器，涓流終見積成淵。謝班難繼予慚甚，顏孟堪希子勉旃。鴻鵠羽儀當養就，飛騰早晚看沖天。』《送人赴禮部試》云：『春闈報罷已三年，又向西風促去鞭。屢皷莫嫌非作氣，一飛當自卜沖天〔四〕。賈生少達終何遇，馬援才高老更堅。大抵功名無早晚，平津今見起菑川。』案：二詩似贈外之作。其後宦江南者。本詩《春日書懷》云：『從宦東西不自由，親幃千里淚長流。』《寒食詠懷》云：『江南寒食更風流，絲筦紛紛逐勝遊。春色眼前無限好，思親懷土自多愁。』案：二詩言親幃千里，思親懷土，當是于歸後作。淑真從宦，常往來吳越荊楚間，本詩《舟行即事》其六云：『歲莫天涯客異鄉，扁舟今又渡瀟湘。』《題斗野亭》云：『地分吳楚界，人在斗牛中。』案：《舟行即事》其二云『白雲遙望有親廬』，其四云『目斷親幃瞻不到』，其七云『庭闈獻壽阻傳盃』，又《秋日得書》云『已有歸寧約』，足爲于歸後遠離之確證。與曾布妻魏氏爲詞友，《御選歷代詩餘·詞人姓氏》。嘗會魏席上，賦小鬟妙舞，以『飛雪滿羣山』爲韻，作五絕句，又宴謝夫人堂有詩，今竝載集中。淑真生平大略如此。舊説悠謬，其證有三：其父既曰宦游，又嘗留意清玩，東園諸作，可想見其家世，何至下嫁庸夫？一證也；市井民妻，何得有從宦東西之事？二證也；案：本詩《江上阻風》云：『撥悶喜陪尊有酒，供廚不慮食無錢。』《酒醒》云：『夢回酒醒嚼盂冰，侍女貪瞑喚不譍。』《睡起》云：『侍兒全不知人意，猶把梅花插一枝。』淑真詩凡言起居服御，絕類大家口吻，不同市井民妻。若近日《西青散記》所載賀雙卿詩詞，則誠郙僻小家語矣。魏、謝，大家，豈友駔媍，三證也。淑真之詩，其詞婉而意苦，委曲而難明。當時事跡，別無記載可攷，以意揣之，或者其夫遠宦，淑真未必皆從，容有竇滔陽臺之事，未可知也。本詩《恨春》云：『春光正好多風雨，恩愛方深柰別離。』《初夏》云：『待封一掬傷心淚，寄與南樓薄倖人。』《梅窗書事》云：『清香未寄江南夢，偏惱幽閨獨睡人。』《惜春》云：『願教青帝長爲主，莫遣紛紛點翠落。』《愁懷》云：『鷗鷺鴛鴦作一池，須知羽翼不相宜。東君是與花爲主，一任多生連理枝。』案：《愁懷》一首大似諷夫納姬之作。近有才婦諷夫納姬詩云：『荷葉與荷花，紅綠兩相配。鴛鴦自有羣，鷗鷺莫入隊。』政與此詩闇合。《游覽志餘》改後二句作『東君不與花爲主，何似休生連理枝』，以爲淑真厭薄其夫之左證，何樂爲此，其心地殆不可知。它如思親感舊諸什，意各有指，以證斷腸之名，案：淑真歿後，端禮輯其詩詞，名曰《斷腸集》，非淑真自名也。尤爲非是。《生查子》詞今載《廬陵集》第一百三十一卷《四庫提要》，宋曾慥《樂府雅詞》、明陳耀文《花草粹編》竝作永叔。慥錄歐詞特慎，《雅詞》序云：『當時或作豔曲，謬爲公詞，今悉刪除。』此闋適在選中，其爲歐詞明甚。余昔斠刻汲古閣未刻本《斷腸詞》，跋語中詳記之，茲復箸於篇。〔五〕

【校記】

〔一〕欽定：《國粹學報》和抄本無。

〔二〕趁：《國粹學報》和抄本作『起』。

〔三〕微涼：《國粹學報》作『微月』。

〔四〕當：《國粹學報》和抄本作『常』。

〔五〕此則，亦錄于《香豔叢書》第七集卷三，題作『宋詞媛朱淑真事略』。

東坡詞『春事闌珊芳草歇』，升菴《詞品》引唐劉瑤詩『瑤草歇芳心耿耿』、傳奇女郎玉真詩『燕折鶯離芳草歇』，謂是坡詞出處。不知謝靈運有『芳草亦未歇』句也，此條見古虞朱亦棟《羣書札記》。又坡詞：『遊人都上十三樓。』《詞品》云：用杜牧詩『婷婷嫋嫋十三餘』句也。案：《咸淳臨安志》：十三間樓在錢塘門外大佛頭纜船石山後，東坡守杭時多遊處其上，今爲相嚴院。又見《武林舊事》、《夢粱錄》，郭祥正、陳默竝有詩，見《西湖志》。升菴豈未攷耶？

升菴又云：李後主《搗練子》二闋，常見一舊本，俱係《鷓鴣天》，其『雲鬟亂』一闋前段云：『節候雖佳景漸闌，吳綾已煖越羅寒。朱扉日莫隨風掩，一樹藤花獨自看。』『深院靜』前段云：『塘水初澄似玉容，所思還在別離中。誰知九月初三夜，露似珍珠月似弓。』其詞姑勿具論，試問《擣練子》平側與《鷓鴣天》後半同耶？異耶？升菴大儒，填詞小道，何必自欺欺人？

詞貴意多，一句之中，意亦忌複。如七字一句，上四是形容月，下三勿再說月。或另作推宕，或旁面襯托，或轉進一層，皆可。若帶寫它景，僅免犯複，尤爲易易。

佳詞作成，便不可改。但可改，便是未佳。改詞之法，如一句之中有兩字未愜，試改兩字，仍不愜意，便須換意，通改全句，牽連上下，常有改至四五句者，不可守住元來句意，愈改愈滯也。

改詞須知挪移法，常有一兩句語意未愜，或嫌淺率，試將上下互易，便有韻致。或兩意縮成一意，再添一意，更顯厚。此等倚聲淺訣，若名手意筆兼到，愈平易，愈渾成，無庸臨時掉弄也。

真字是詞骨，情真，景真，所作必佳，且易脫稾。

性情少，勿學稼軒，非絕頂聰明，勿學夢牕。

東山詞：『歸臥文園猶帶酒，柳花飛度畫堂陰，只憑雙燕話春心。』『柳花』句融景入情，丰神獨絕。近來纖佻一派誤認輕靈，此等處何曾夢見？

梅溪詞：『幾曾湖上不經過，看花南陌醉，駐馬翠樓歌。』下二語人人能道，上七字妙絕，似乎不甚經意，所謂得來容易卻艱辛也。

邵復孺詞：『魚吹翠浪柳花行。』小而不纖，最有生氣。

《江湖載酒集》有《點絳脣》一闋《題虞夫人玉映樓詞集》，後坿元詞。虞名兆淑，字蓉城，海鹽人。

案《鶴徵録》：李秋錦，元名虞兆潢，海鹽籍，或蓉城舅弟行也。

孫愷似布衣奉使朝鮮，所進書有朴闇填詞二卷，名《擷秀集》，封達御前。見蔣京少《瑤華集》。述海邦殊俗亦擅音闋，足徵本朝文教之盛。庚寅，余客滬上，借得越南阮緜審《皷枻詞》一卷，短調清麗可誦，長調亦有氣格。《歸自遙》云：『溪畔路。去歲停橈溪上渡。攀花共繞溪前樹。重來風景全非故。傷心處。緑波春草黄昏雨。』《望江南》十首録二，云：『堪憶處，曉日聽嘌鶯。百襇細帬偎草坐，半裝高屧蹋花行。風景近清明。』『堪憶處，蘭槳泛湖船。荷葉羅帬秋一色，月華粉靨夜雙圓。清唱想夫憐。』《沁園春·過故宫主廢宅》云：『好箇名園，轉眼荒凉，不似前年。憶瑚甍繡闥，夫容江上，金尊檀板，翡翠簾前。歌扇連雲，舞衣如雪，歷亂春花飛半天。曾無幾、卻平蕪牧篴，頹岸漁船。悠悠往事堪憐。況日莫經過倍黯然。但夕陽欲落，照殘芳樹，昏鴉已滿，嘌斷寒烟。暫駐筇枝，淺斟梧酒，暗祝輕澆廢址邊。微風裏，恍玉簫仿佛，月下遙傳。』《玉漏遲·阻雨夜泊》云：『長江波浪急，蘭舟叵耐，雨昏烟溼。突兀愁城，總爲百憂皆集。歷亂燈光不定，紙窗隙、東風潛入。寒氣襲。鐙殘酒渴，詩懷荒澀。　料想碧玉樓中，也背著闌干，有人悄立。彤管鸞楠，一任侍兒收拾。誰忍相思相望，解甚處、山川都邑。休話及。此宵鵑嘌花泣。』緜審，字仲淵，公爵。

寒酸語不可作，即愁苦之音，亦以華貴出之，飲水詞人所以爲重光後身也。

初學作詞，只能道第一義，後漸深入。意不晦，語不琢，始倆合作。至不求深而自深，信手拈來，令人神味俱厚，槼橅兩宋，庶乎近焉。

『僵臥碎璚呼不起，看繁星、歷亂如碁走』，趙億孫舍懷懷玉題張仲治雪中狂飲圖《金縷曲》句也，情景逼真，非老於醉鄉不能道。

淮海詞：『怎奈向、歡娛漸隨流水。』今本『向』改『何』，非是。『怎奈向』，宋時方言，它宋人詞亦有用者。

《文選樓藁書》未刻稾本待購書目二冊，有《女詞綜》，此書未之前聞。

曩與筱珊、半唐約爲詞社，月祝一詞，人爲一集。嗣筱珊有湖北之行，因而中止。攷出詞人生日，錄記於此，它日克踐斯約，尚當補所未備。正月初四日，黃仲則景仁生見年譜；十一日，李分虎符生見本集；三月十二日，蔣京少景祁生見《罨畫溪詞》題；二十五日，王西樵士祿生見《名人年譜》；五月初二日，厲樊榭鶚生見本集；初四日，彭羨門孫遹生見《延露詞》題；二十二日，項蓮生鴻祚生見汪遠孫《清尊集》；六月二十九日，李武曾良年生見本集；七月初七日，周稚圭之琦生見年譜；八月二十一日，朱竹垞彝尊生見年譜；閏八月二十八日，王阮亭士正生見年譜；十月二十八日，蔣苕生士銓生見《名人年譜》；十一月二十二日，王德甫昶生見年譜；十二月十二日，納蘭容若成德生見高士奇《蔬香詞》題。

餐櫻廡詞話

十卷

《餐櫻廡詞話》，民國九年（一九二〇）於《小說月報》第十一卷第五至第十二號『雜載』欄中連載，此據以錄入。按：是書原分八期連載，最後一期之篇幅相當於前七期篇幅的總合。本編錄入時，前七期每期爲一卷，第八期酌情釐爲三卷，全書共分十卷。

餐櫻廡詞話卷一

詞境以深靜爲至，韓持國《胡擣練令》過拍云：『燕子漸歸春悄。簾幙垂清曉。』境至靜矣。而此中有人，如隔蓬山，思之，思之，遂由靜而見深，蓋寫景與言情非二事也。善言情者，但寫景而情在其中，此等境界，唯北宋人詞往往有之。持國此二句，尤妙在一『漸』字。

清真詞《望江南》云：『惺忪言語勝聞歌。』謝希深《夜行船》云：『尊前和笑不成歌。』皆熨帖入微之筆。

李方叔《虞美人》過拍云：『好風如扇雨如簾。時見岸花汀草漲痕添。』春夏之交，近水樓臺，碻有此景。『好風』句絕新，似乎未經人道。歇拍云：『碧蕪千里思悠悠。唯有霎時涼夢到南州。』尤極淡遠清疏之致。

姚令威《憶王孫》云：『毵毵楊柳綠初低。淡淡梨花開未齊。樓上情人聽馬嘶。憶郎歸。細雨春風濕酒旗。』與溫飛卿『送君聞馬嘶』各有其妙，正可參看。

『詩酒尚堪驅使在，未須料理白頭人』，少陵句也。梅溪詞《喜遷鶯》云：『自憐詩酒瘦，難應接、許多春色。』蓋反用其意。

盧申之《江城子》後段云：『年華空自感飄零。擁春酲。對誰醒。天闊雲閒，無處覓簫聲。載酒買花年少事，渾不似，舊心情。』與劉龍洲詞：『欲買桂花重載酒，終不似，少年游。』可稱異曲同工，然終不如少陵之『詩酒尚堪驅使在，未須料理白頭人』爲倔彊可憙。其《清平樂》歇拍云：『何處一春游蕩，夢中猶恨楊花。』是加倍寫法。

黄幾仲《竹齋詩餘·西江月》題云：『垂絲海棠，一名醉美人。』『撚翠低垂嫩萼，匀紅倒簇繁英。穠纖消得比佳人。酒入香肌成暈。　簾幕陰陰窗牖，闌干曲曲池亭。枝頭不起夢春酲。莫遣流鶯唤醒。』此花唯吾鄉有之，太半櫻桃花接本，江南、薊北未之見也。紫豔沈酣，信足當『醉美人』品目。

毛子晉《跋哄堂詞》謂其喜用僻字，如袢溽、皴皵、褑子之類。按《詩·鄘風》是紲袢也，傳是當暑袢延之服也。《類篇》：『袢，延衣熱也。』鄒浩詩：『清標藐冰壺，一見滌袢暑。』范成大詩：『袢暑驕鼯雜瘴氛。』袢溽，即袢暑也。皴皵，音逡鵲，皮皺也。鄒浩《四柏賦》：『皮皴皵以龍驚。』《爾雅·釋木》：『大而皵楸，小而皵榎。』疏：樊光云：『皵，豬皮也，謂樹皮粗也。』褑，於眷切，音瑗。《玉篇》：『佩衿也。』《爾雅·釋器》：『佩衿謂之褑。』注：『佩玉之帶上屬。』此類字未爲甚僻。

牟端明《金縷曲》云：『撲面胡塵渾未掃，强歡謳、還肯軒昂否？』蓋寓黍離之感。昔史遷稱項王悲歌慷慨，此則歡歌而不能激昂，曰『强』、曰『還肯』，其中若有甚不得已者，意愈婉，悲愈深矣。

元人製曲，幾於每句皆有襯字，取其能達句中之意，而付之歌喉，又抑揚頓挫，悦人聽聞，所謂遲其聲以媚之也。兩宋人詞，間亦有用襯字者，王晉卿云：『燭影搖紅向夜闌，乍酒醒，心情嬾。』『向』字、『乍』字是襯字。據《詞譜》，《燭影搖紅》第二句七字應仄平仄仄平平仄，周美成云：『黛眉巧畫宮妝淺。』不用襯字，與換頭第二句同。

草窗《少年游・宮詞》云：『一様春風，燕梁鶯戶，那處得春多？』即『梨花雪，桃花雨，畢竟春誰主』之意，俱從義山『鶯啼花又笑，畢竟是誰春』脫出。其《朝中措・茉莉擬夢窗》云：『尚有第三花在，不妨留待涼生。』庶幾得夢窗之神似。

竹山詞《絳都春》換頭云：『姹婭。嚬青泫白，恨玉佩罷舞，芳塵凝榭。』『婣婭』之『婭』，從無作活用者，字無，亦無別解，唯《字彙補注》云：『婭，娢態也。婭音鴉，幺加切。』蔣詞又叶作去聲。按《廣韻》作亞宊，注：『恣態貌。』

竹山詞《虞美人・詠梳樓》云：『樓兒忒小不藏愁。幾度和雲飛去覓歸舟。』較『天際識歸舟』更進一層。

寄閒翁《風入松》云：『舊巢未著新來燕，任珠簾不上瓊鉤。』用『待燕歸來始下簾』句意，翻新入妙。《戀繡衾》云：『自不怨東風老，怨東風輕信杜鵑。』是未經人道語。

元人沈伯時作《樂府指迷》，於清真詞推許甚至，唯以『天便教人，霎時廝見何妨』、『夢魂凝想鴛侶』等句，爲不可學，則非真能知詞者也。清真又有句云『多少暗愁密意，唯有天知』、『最苦夢魂，今宵不到伊行』、『拚今生、對花對酒，爲伊淚落』，此等語，愈樸愈厚，愈厚愈雅。至真之情，由性靈肺腑中流出，不妨說盡而愈無盡。南宋人詞如姜白石云：『酒醒波遠，政凝想明璫素韈。』庶幾近似，然已微嫌刷色，誠如清真等句唯有學之不能到耳。如曰不可學也，詎必顰眉搔首，作態幾許，然後出之，乃爲可學耶？明已來詞纖豔少骨，致斯道爲之不尊，未始非伯時之言階之厲矣。竊嘗以刻印比之，自六代作者以縈紆拗折爲工，而兩漢方正平直之風蕩然無復存者，救敝起衰，欲求一丁敬身、黃大易而未易遽得，乃至倚聲小道，卽亦將成絶學，良可嘅夫。

《竹友詞》留董之南過七夕《蝶戀花》後段云：『君似庾郎愁幾許。萬斛愁生，更作征人去。留定征鞍君且住。人間豈有無愁處？』循環無端，含意無盡，小謝可謂善言愁矣。

填詞第一要襟袍，唯此事不可彊，並非學力所能到。向伯恭《酒邊詞·虞美人》過拍云：『人憐貧病不堪憂。誰識此心如月正涵秋。』此等語卽宋人詞中，亦未易多覯。

宋周端臣《木蘭花慢》句云：『料今朝别後，它時有夢，應夢今朝。』呂居仁《減字木蘭花》云：『來歲花前，又是今年憶昔年。』命意政同，而遣詞各極其妙。

《小山詞·阮郎歸》云：『天邊金掌露成霜。雲隨雁字長。綠杯紅袖趁重陽。人情似故鄉。蘭佩紫，菊簪黄。殷勤理舊狂。欲將沈醉換悲涼。清歌莫斷腸。』『綠杯』二句，意已厚矣。『殷勤理舊狂』五字三層意：狂者，所謂一肚皮不合時宜，發見於外者也；狂已舊矣，而理之，而殷勤理之，其狂若有甚不得已者。『欲將沈醉換悲涼』，是上句注腳。『清歌莫斷腸』，仍含不盡之意。此詞沈著厚重，得此結句，便覺竟體空靈。小晏，神仙中人，重以名父之貽，賢師友相與沆瀣，其獨造處，豈凡夫肉眼所能見及？『夢魂慣得無拘管，又逐楊花過謝橋』，以是爲至，烏足與論小山詞耶？

東坡詞《青玉案·用賀方回韻送伯固歸吳中》歇拍云：『作箇歸期天已許。春衫猶是，小蠻鍼線，曾濕西湖雨。』上三句未爲甚豔。『曾濕西湖雨』是清語，非豔語，與上三句相連屬，遂成奇豔、絶豔，令人愛不忍釋。坡公，天仙化人，此等詞猶爲非其至者，後學已未易橅昉其萬一。

曹元寵《品令》歇拍云：『促織兒聲響雖不大，敢教賢睡不著。』『賢』字作『人』字用，蓋宋時方言，至今不嫌其俗，轉覺其雅。

《香海棠館詞話》云：『宋詞有三要：重，拙，大。』又云：『重者，沈著之謂，在氣格不在字句。』於《夢窗詞》庶幾見之，卽其芬悱鏗麗之作，中間雋句豔字莫不有沈摯之思、灝瀚之氣，挾之以流轉，令人翫索而不能盡，則其中之所存者厚。沈著者，厚之發見乎外者也，欲學夢窗之緻密，先學夢窗之沈著，卽緻密，卽沈著，非出乎緻密之外、超乎緻密之上，別有沈著之一境也。夢窗之詞與東坡、稼軒諸公實殊流而同源，其見爲不同者，則夢窗緻密其外耳。其至高至精處，雖欲擬議形容之，猶苦不得其神似。潁惠之士束髮操觚，勿輕言學夢窗也。

廖世美《燭影搖紅》過拍云：『寒鴻難問，岸柳何窮，別愁紛絮。』神來之筆，卽已佳矣。換頭云：『催促年光，舊來流水知何處。斷腸何必更殘陽，極目傷平楚。晚霽波聲帶雨。悄無人、舟横古渡。』語淡而情深，令子野、太虛輩爲之，容或未必能到。此等詞一再吟誦，輒沁人心脾，畢生不能忘。《花菴絕妙詞選》中，真能不愧『絕妙』二字，如世美之作，殊不多覯也。

于湖詞《菩薩蠻》云：『東風約略吹羅幕。一檐細雨春陰薄。試把杏花看。濕紅嬌暮寒。佳人雙玉枕。烘醉鴛鴦錦。折得最繁枝。暖香生翠幃。』此詞緜麗蕃豔，直逼《花間》，求之北宋人集中，未易多覯。

稼軒詞席上送張仲固帥興元《木蘭花慢》句云：『追亡事，今不見，但山川滿目淚沾衣。』蓋用酇侯追韓信事，時本誤『追亡』作『興亡』，遂失本恉。王氏四印齋所刻大德廣信本作『追亡』，此舊本所以可貴也。

《歸潛志》之韓玉，字溫甫。《四朝聞見錄》之韓玉，字未詳。作《東浦詞》者非《歸潛志》之韓玉，毛子晉跋首稱韓溫甫，誤也。

侯彥周《嬾窟詞·念奴嬌·探梅》換頭云：『休恨雪小雲嬌，出羣風韻，已覺桃花俗。』頗能爲早梅傳神，『雪小雲嬌』四字連用，甚新。又《西江月·贈蔡仲常侍兒初嬌》云：『荳蔻梢頭年紀，芙蓉水上精神。幼雲嬌玉兩眉春。京洛當時風韻。』『芙蓉』句亦妙於傳神。『幼雲嬌玉』四字亦新。

仲彌性《浪淘沙》過拍云：『看盡風光花不語，卻是多情。』語淡而深。《憶秦娥·詠木犀》後段云：『佳人斂笑貪先折。重新爲翦斜斜葉。釵頭常帶，一秋風月。』末二句賦物上乘，可藥纖滯之失。

《梅磵詩話》：金人犯闕，武陽令蔣興祖死之，其父被擄至雄州驛，題詞於壁，調《減字木蘭花》云：『朝雲橫度。轆轆車聲如水去。白草黃沙。月照孤邨三兩家。飛鴻過也。百結愁腸無晝夜。漸近燕山。回首鄉關歸路難。』蔣乃靖康間浙西人，詞寥寥數十字，寫出步步留戀，步步悽惻，當戎馬流離之際，不難於慷慨而難於從容，偶然攬景興懷，非平日學養醇至不辨。興祖以一官一邑成仁取義，得力於義方之訓深矣。雄州，宋隸河北東路，金屬中都路，今甘肅寧夏府靈州西南。

餐櫻廡詞話卷二

石屏詞往往作豪放語，緜麗是其本色。《滿江紅・赤壁懷古》云：『赤壁磯頭，一番過、一番懷古。想當時，周郎年少，氣吞區宇。萬騎臨江貔虎噪，千艘烈炬魚龍怒。捲長波、一鼓困曹瞞，今如許。江上渡，江邊路。形勝地，興亡處。覽遺蹤，勝讀詩書言語。幾度東風吹世換，千年往事隨潮去。問道旁、楊柳爲誰春，搖金縷。』歇拍云云，是本色流露處。

毛子晉《跋石屏詞》云：『式之以詩名東南，南渡後天下所稱江湖四靈之一也。』按：宋詩人徐照、徐璣、翁卷、趙紫芝，傳唐賢宗法，號稱四靈。據子晉云云，則又別有四靈之目矣。

《四庫提要》云：『宋代曲譜今不可見，白石詞皆記拍於句旁，莫辨其似波似磔，宛轉欹斜，如西域旁行字者，節奏安在？』攷《四庫存目》箸錄宋張炎《樂府指迷》一卷，提要云：『其書分詞源、製曲、句法、字面、虛字、清空、意趣、用事、詠物、節序、賦情、令曲、雜論十四篇』，卽《詞源》下卷，不知何所本而以沈伯時《樂府指迷》之名名之？而其上卷則當時並未經見，故於白石譜字竟不能辨識也。宋燕樂譜字流傳至今者絕尠，日本貞亨初（當中國康熙初），所刻《增類羣書類要事林廣記》（吾國西穎陳元靚編輯）卷八『音樂舉要』有管色、指法、譜字，與白石所記政同。卷九『樂星圖譜』所列《律呂隔八相生圖》及四宮清聲律生八十四調，於諸譜字之陰陽配合剖析尤詳。卷二『文藝類』有黃鐘宮散套曲爲願成雙令、願成雙慢、已上係宮拍。獅子序、本宮破子、賺、雙勝子急、三句兒等名，首尾完具，節拍分明，讀白石詞者，得此可資印證。

曩余譔詞話辨朱淑真《生查子》之誣，多據集中詩比勘事實。沈匏廬先生《瑟榭叢談》云淑真《菊花》詩『寧可抱香枝上老，不隨黃葉舞秋風』，實鄭所南自題畫菊『寧可枝頭抱香死，何曾吹落北風中』二語所本，志節皦然，即此可見。其論亦據本詩，足補余所未備，亟記之。

大卿榮諲詠梅《南鄉子》云：『江上野梅芳。粉色盈盈照路旁。閒折一枝和雪嗅，思量。似箇人人玉體香。　特地起愁腸。此恨誰人與寄將。山館寂寥天欲暮，淒涼。人轉迢迢路轉長。』見《梅苑》。『似箇』句，豔而質，猶是宋初風格，《花間》之遺。諲字仲思，《宋史》有傳。

《吹劍錄》云：『古今詩人間出，極有佳句，無人收拾，盡成遺珠。陳秋塘詩：「不知筋力衰多少，但覺新來嬾上樓。」』按此二句乃稼軒詞《鷓鴣天》歇拍。稼軒，倚聲大家，行輩在秋塘稍前，何至取材秋塘詩句？秋塘平昔以才氣自豪，亦豈肯沿襲近人所作？或者俞文蔚氏誤記辛詞爲陳詩耶？此二句入詞則佳，入詩便稍覺未合，詞與詩體格不同處，其消息即此可參。

詞有淡遠取神，只描取景物而神致自在言外，此爲高手。然不善學之，最易落套，亦如詩中之假王、孟也。劉招山《一翦梅》過拍云：『杏花時節雨紛紛。山繞孤邨，水繞孤邨。』頗能景中寓情，昔人但稱其歇拍三句『一般離思』云云，未足盡此詞佳勝。

宋詞名句多尚渾成，亦有以刻畫見長者。沈約之《謁金門》云：『獨倚危闌清晝寂。草長流翠碧。』又云：『寒色著人無意緒。竹鳴風似雨。』《如夢令》云：『忺睡，忺睡。窗在芭蕉葉底。』《念奴嬌》刻本無題，當是詠海棠之作。云：『醉態天真，半羞微斂，未肯都開了。』雖刻畫而不涉纖，所以爲佳。

羅子遠《清平樂》『兩槳能吳語』五字甚新，『楊柳渡頭，荷花蕩口，暖風十里，翦水咿啞』，聲愈柔而景愈深。嘗讀《飲水詞·望江南》云：『江南好，虎阜晚秋天。山水總歸詩格秀，笙簫恰稱語音圓。人在木蘭船。』『笙簫』句，與此『兩槳』句，同一妙於領會。

詞亦文之一體，昔人名作，亦有理脈可尋，所謂蛇灰蚓線之妙。如范石湖《眼兒媚·萍鄉道中》云：『酣酣日腳紫烟浮。妍暖試輕裘。困人天氣，醉人花底，午夢扶頭。春慵恰似春塘水，一片縠紋愁。溶溶洩洩，東風無力，欲皺還休。』『春慵』緊接『困』字、『醉』字來，細極。

陳夢弢和石湖《鷓鴣天》云：『指剝春蔥去採蘋。衣絲秋藕不沾塵。眼波明處偏宜笑，眉黛愁來也解顰。巫峽路，憶行雲。幾番曾夢曲江春。相逢細把銀釭照，猶恐今宵夢似真。』歇拍用晏叔原『今宵賸把銀釭照，猶恐相逢是夢中』句，恐夢似真，翻新入妙，不特不嫌沿襲，幾於青勝於藍。

梅溪詞尋春服感念《壽樓春》云：『裁春衫尋芳。記金刀素手，同在晴窗。幾度因風飛絮，照花斜陽。誰念我，今無暢。自少年消磨疏狂。但聽雨挑燈，欹牀病酒，多夢睡時妝。飛花去，良宵長。有絲闌舊曲，金譜新腔。最恨湘雲人散，楚蘭魂傷。身是客，愁爲鄉。算玉簫猶逢韋郎。近寒食人家，相思未忘蘋藻香。』此自度曲也，前段『因風飛絮，照花斜陽』，後段『湘雲人散，楚蘭魂傷』句，風飛、花斜、雲人、蘭魂，並用雙聲疊韻字，是聲律極細處。

潘紫巖詞，余最喜其《南鄉子》一闋，《後邨詩話》題云鐔津懷舊，《花菴絕妙詞選》題云題南劍州妓館。小令中能轉折，便有尺幅千里之勢。詞云：『生怕倚闌干。閣下溪聲閣外山。空有舊時山共水，依然。暮雨朝雲去不還。相見躡飛鸞。月下時時認佩環。月又漸低霜又下，更闌。折得梅花獨自看。』歇拍尤意境幽瑟。

芸窗詞《瑞鶴仙・次韻陸景思喜雪》云：『農麥年來管好，禾黍離離，詎忘關洛？』《賀新郎・送劉澄齋歸京口》云：『西風亂葉長安樹。嘆離離荒宮廢苑，幾番禾黍。』神州陸沈之感，不圖於半閒堂寮吏見之，自來識時達節之士，功名而外無容心，偶有甚非由衷之言，流露於楮墨之表，詎故爲是，自文飾耶？抑亦天良發見於不自知也？

詞筆麗與豔不同，豔如芍藥、牡丹，慵春媚景；麗若海棠、文杏，映燭窺簾。薛梯飆詞工於刷色，當得一麗字。《醉落魄》云：『單衣乍著。滯寒更傍東風作。珠簾壓定銀鉤索。雨弄初晴，輕旋玉塵落。花唇巧借妝梅約。嬌羞纔放三分萼。尊前不用多評泊。春淺春深，都向杏梢覺。』

空同詞如秋卉娟妍，春蘅鮮翠。

空同詞喜鍊字。《菩薩蠻》云：『繫馬短亭西。丹楓明酒旗。』《南柯子》云：『碧天如水印新蟾。』《阮郎歸》云：『綠情紅意兩逢迎。扶春來遠林。』又云：『羅衣金縷明。』兩『明』字、『印』字、『扶』字，並從追琢中出。又《鷓鴣天》云：『瑩然初日照芙蕖』，能寫出美人之精神。《浪淘沙・別意》云：『花霧漲冥冥，欲雨還晴。』能融景入情，得迷離惝恍之妙，皆佳句也，『漲』字亦練。《行香子》云：『十年心事，兩字眉婚。』『眉婚』二字，新奇，殆卽目成之意，未詳所本。

張武子《西江月》過拍云：『殷雲度雨井桐凋。雁雁無書又到。』昔人句云：『江頭數盡南來雁，不寄西風一幅書。』此詞括以六字，彌覺沈頓。

馬古洲《海棠春》云：『護取一庭春，莫彈花間鵲。』用徐幹臣『悶來彈鵲』。又『攪碎一簾花影』，可謂善變。又馬古洲《月華清》云：『怕裏又悲來，老卻蘭臺公子。』『怕裏』，宋人方言，草窗詞中屢見，猶言恰提防間，大致如此詮釋，尚須就句意活動用之。

後邨《玉樓春》云：『男兒西北有神州，莫滴水西橋畔淚。』楊升菴謂其壯語足以立懦，此類是已。

韓子畊《高陽臺·除夕》云：『頻聽銀籤，重然絳蠟，年華衮衮驚心。餞舊迎新，能消幾刻光陰。老來可慣通宵飲，待不眠、還怕寒侵。掩清尊。多謝梅花，伴我微吟。鄰娃已試春妝了，更蜂枝簇翠，燕股橫金。句引春風，也知芳意難禁。朱顏那有年年好，逞豔遊、贏取如今。恣登臨。殘雪樓臺，遲日園林。』此等詞語淺情深，妙在字句之表，便覺刻意求工，是無端多費氣力。又詞家鍊字法，斷不可少。韓子畊《浪淘沙》云：『試花霏雨溼春晴。三十六梯人不到，獨喚瑤箏。』妙在『溼』字、『喚』字。

韓子畊詞妙處在一『鬆』字，非功力甚深不辦。

高彥先，吾廣右宦賢也。《東溪詞·行香子》云：『瘴氣如雲。暑氣如焚。病輕時、也是十分。沈疴惱客，罪罟縈人。嘆檻中猿，籠中鳥，轍中鱗。休負文章，休說經綸，得生還、早已因循。菱花照影，笻竹隨身。奈沈郎尫，潘郎老，阮郎貧。』蓋編管容州時作，極寫流離困瘁狀態，足令數百年後讀者爲之酸鼻。曩余自題《菊夢詞》句云：『雪虐霜欺須拚得，鬢邊絲。』彥先先生可謂飽經霜雪矣。

馮深居《喜遷鶯》云：『涼生遙渚。正綠芰擎霜，黃花招雨。鴈外漁燈，蛩邊蟹舍，絳葉表秋來路。世事不離雙鬢，遠夢偏欺孤旅。送望眼，但凭舷微笑，書空無語。慵看清鏡裏，十載征塵，長把朱顏污。借箸青油，揮毫紫塞，舊事不堪重舉。間闊故山猿鶴，冷落同盟鷗鷺。倦游也、便檣雲柂月，浩歌歸去。』此詞多矜鍊之句，尤合疏密相間之法，可爲初學楷模。

曾宏父《浣溪沙》云：『紫禁正須紅藥句，清江莫與白鷗盟。』尋常稱美語，出以雅令之筆，閱之便不生厭，此酬贈詞之別開生面者。

餐櫻廡詞話卷三

黄東浦《柳梢青》云：『天涯翠巘層層。是多少、長亭短亭。』《眼兒媚》云：『當時不道春無價，幽夢費重尋。』此等語，非深於詞不能道，所謂詞心也。又《柳梢青》云：『花驚寒食，柳認清明。』『驚』字、『認』字，屬對絶工，昔人用字不苟如是，所謂詞眼也。納蘭容若《浣溪沙》云：『被酒莫驚春睡重，賭書消得潑茶香。當時只道是尋常。』即東浦《眼兒媚》句意，酒中茶半，前事伶俜，皆夢痕耳。

翁五峯《摸魚兒》歇拍云：『沙津少駐。舉目送飛鴻，幅巾老子，樓上正凝佇。』東坡送子由詩『時見烏帽出復沒』，是由送客者望見行人，極寫臨歧眷戀之狀。五峯詞乃由行人望見送者，客子消魂，故人惜別，用筆兩面俱到。

曾蒼山原一曾游吾粤，攷《粤西金石略》，臨桂雉山、隱山水月洞，並有淳祐十二年與趙希囿同游題名。《梅磵詩話》云：蒼山年七歲，賦《楊妃韈》云：『萬騎西行駐馬嵬。淩波曾此墮塵埃。誰知一掬香羅小，踏轉開元宇宙來。』蓋穎慧絶人者。其詞如《謁金門》云：『梅粉褪。點點雨聲春恨。半吐桃花芳意嫩。草痕青寸寸。　把酒花邊低問。莫解寒深紅損。等待春風晴得穩。琵琶重整頓。』亦以天事勝也。

《覆瓿詞・沁園春・歸田作》云：『何怨何尤，自歌自笑，天要吾儕更讀書。』真率語，似未經前人道過。

宋王沂公之言曰：『平生志不在溫飽。』以梅詩謁呂文穆云：『雪中未問調羹事，先向百花頭上開。』吳莊敏詞《沁園春·詠梅》云：『雖虛林幽壑，數枝偏瘦，已存鼎鼐，一點微酸。松竹交盟，雪霜心事，斷是平生不肯寒。』二公襟抱政復相同。『一點微酸』，卽調羹心事，不志溫飽，爲有不肯寒者在耳。又莊敏《滿江紅》詞有『晚風牛笛』句，絕雅鍊可意。

《履齋詞·滿江紅·九日郊行》云『數本菊香能勁』。『勁』韻絕雋峭，非菊之香不足以當此。《二郎神》云：『凝竚久，驀聽棋邊落子，一聲聲靜。』《千秋歲》云：『荷遞香能細。』此『靜』與『細』，亦非雅人深致，未易領略。

余少作《蘇武慢·寒夜聞角》云：『憑作去聲出、百緒淒涼，淒涼惟有，花冷月閒庭院。珠簾繡幕，可有人聽，聽也可曾腸斷。』半塘翁最爲擊節。比閱《方壺詞·點絳脣》云：『曉角霜天，畫簾卻是春天氣。』意與余詞略同，唯余詞特婉至耳。

《方壺詞·滿江紅·賦感梅》云：『洞府瑤池，多見是、桃紅滿地。君試問、江梅清絕，因何拋棄？仙境常如二三月，此花不受春風醉。』此意絕新，梅花身分絕高，嚮來未經人道。

方壺居士詞，其獨到處，能淡而瘦。

得趣居士詞，喁喁呢呢，緻繡細薰。

黃雪舟詞，清麗芊緜，頗似北宋名作。唯傳作無多，殊爲憾事。其《水龍吟》云：『柔腸一寸，七分是恨，三分是淚。』蓋仿東坡『春色三分，二分塵土，一分流水』之句，所不逮者，以刻鏤稍著痕迹耳。其歐拍云：『待問春、怎把千紅，換得一池緑水？』亦從『一分流水』句引伸而出。

張翥《蛻巖詞·最高樓·爲山邨仇先生壽》云：『方寸地，七十四年春。世事幾浮雲。躬行齋内蒲團穩，耆英社裏酒杯頻。日追遊，時嘯詠，任天真。喜女嫁、男婚今已畢。便束帛、安車那肯出？無一事，挂閒身。西湖鷗鷺長爲侶，北山猿鶴莫移文。願年年，湯餅會，樂情親。』山邨仕元，非其本意，乃部使者强迫之，卽碧山亦當如是。

《竹齋詞》句云『桂樹深邨狹巷通』，頗能憮寫邨居幽邃之趣。若換用它樹，則意境便遜。

余近作《浣溪沙》句云：『莫向天涯輕小别，幾回小别動經年。』比閲柴望《秋堂詩餘·滿江紅》云：『别後三年重會面，人生幾度三年别。』意與余詞略同，爲黯然者久之。

兩宋鉅公大僚，能詞者多，往往不脱簪紱氣。魏文節杞《虞美人·詠梅》云：『只應明月最相思。曾見幽香一點未開時。』輕清婉麗，詞人之詞，專對抗節之臣，顧亦能此。宋廣平鐵石心腸，不辭爲梅花作賦也。

李嬪洲《抛球樂》云：『綺窗幽夢亂如柳，羅袖淚痕凝似餳。』《謁金門》云：『可奈薄情如此黠，寄書渾不答。』『餳』、『黠』叶韻，雖新，卻不墜宋人風格。然如『餳』韻二句，所爭亦止絫黍間矣。其不失之尖纖者，以其尚近質拙也，學詞者不可不知。

《龜峯詞·沁園春·詠西湖酒樓》云：『南北戰爭，唯的西湖，長如太平。』此三句含有無限感慨。宋人詩云『西湖歌舞幾時休』，下云『直把杭州作汴州』，婉而多諷，恉與剛父略同。

吳樂庵《水龍吟·詠雪次韻》云：『興來欲唤，羸童瘦馬，尋梅隴首。有客遮留，左援蘇二，右招歐九。問聚星堂上，當年白戰，還更許、追蹤否？』此詞略昉劉龍洲《沁園春》『斗酒彘肩，醉渡浙江，豈不快哉！被香山居士，約林和靖，與坡公等，駕勒吾回』云云，而吴詞意較静。

作詞最忌一『矜』字，矜之在迹者，吾庶幾免矣。其在神者，容猶在所難免，兹事未遽自足也。

填詞先求凝重，凝重中有神韻，去成就不遠矣。所謂神韻，卽事外遠致也。卽神韻未佳而過存之，其足爲疵病者，亦僅，蓋氣格較勝矣。若從輕倩入手，至於有神韻，亦自成就，特降於出自凝重者一格。若並無神韻而過存之，則不爲疵病者，亦僅矣。或中年以後，讀書多，學力日進，所作漸近凝重，猶不免時露輕倩本色。則凡輕倩處，卽是傷格處，卽爲疵病矣。天分聰明人，最宜學凝重一路，卻最易趨輕倩一路，苦於不自知，又無師友指導之耳。

填詞之難，造句要自然，又要未經前人說過。自唐五代已還，名作如林，那有天然好語留待我輩驅遣？必欲得之，其道有二：曰性靈流露，曰書卷醞釀。性靈關天分，書卷關學力。學力果充，雖天分少遜，必有資深逢源之一日，書卷不負人也。中年以後，天分便不可恃，苟無學力，日見其衰退而已，江淹才盡，豈真夢中人索還囊錦耶？

入聲字於填詞最爲適用，付之歌喉，上去不可通作。唯入聲可融入上去聲，凡句中去聲字，能遵用去聲固佳，若誤用上聲，不如用入聲之爲得也。上聲字亦然。入聲字用得好，尤覺峭勁娟雋。

畏守律之難，輒自放於律外，或託前人不專家未盡善之作以自解，此詞家大病也。守律誠至苦，然亦有至樂之一境。常有一詞作成，自己亦既愜心，似乎不必再改，唯據律細勘，僅有某某數字於四聲未合，卽姑置而過存之，亦孰爲責備求全者？乃精益求精，不肯放鬆一字，循聲以求，忽然得至雋之字，或因一字改一句，因此句改彼句，忽然得絕警之句。此時曼聲微吟，拍案而起，其樂何如？雖剝珉出璞、撰薏得珠不逮也。彼窮於一字者，皆苟完苟美之一念誤之耳。

詞衰於元，當時名人詞論，卽亦未臻上乘。如陸輔之《詞旨》所謂警句，往往抉擇不精，適足啓晚近纖妍之習。宋宗室名汝茪者，詞筆清麗，格調本不甚高，《詞旨》取其《戀繡衾》句：『怪別來、臙脂慵傅，被東風、偷在杏梢。』此等句不過新巧而已。余喜其《漢宮春》云：『故人老大，好襟懷消減全無。漫贏得、秋聲兩耳，冷泉亭下騎驢。』以清麗之筆作淡語，便似冰壺濯魄，玉骨横秋，綺紈粉黛，迴眸無色。但此等佳處，猶爲自詞中出者，未爲其至，如欲超軼王碧山、周草窗，伯仲姜白石、吳夢窗，而上企蘇、辛，其必由性情學問中出乎！

餐櫻廡詞話卷四

劉伯寵生平宦轍在吾廣右，惜其姓名僅見省志《金石略》，而事行無傳焉。《水調歌頭·中秋》云：『破匣菱花飛動，跨海清光無際，草露滴明璣。』『跨海』云云，是何意境？下乃忽作小言，子雲《解嘲》所云：『大者含元氣，細者入無間。』略可喻詞筆之變化。

方秋崖《沁園春》詞檃括《蘭亭序》有小序：『汪彊仲大卿禊飲水西，令妓歌《蘭亭》，皆不能，乃爲以平仄度此曲，俾歌之』云云。大抵循聲按拍，宋人最爲擅長，不徒長短句皆可歌，即前人佳妙文字，亦皆可歌。水西羣妓，殆非妙選工歌者。如其工者，則必能歌《蘭亭序》矣。它如庾子山《春賦》，梁元帝《蕩婦思秋賦》、《采蓮賦》，李太白《惜餘春賦》、《愁陽春賦》，儻付珠喉，未知若何流美？又如江文通《別賦》、謝希逸《月賦》、鮑明遠《蕪城賦》、李遐叔《弔古戰場文》、歐陽文忠《秋聲賦》、蘇文忠前後《赤壁賦》，皆可撰摘某篇某段而歌之。此類可歌之文，尤不勝僂指。紅簫鐵板，異曲同工已。

莫子山《水龍吟》換頭云：『也擬與愁排遣。奈江山、遮攔不斷。嬌訛夢語，濕熒啼袖，迷心醉眼。』此等句便開明已後詞派，風格稍稍遜矣。其過拍云：『但年光暗換。人生易感，西歸水，南飛雁。』《玉樓春》換頭云：『憑君莫問情多少。門外江流羅帶繞。』如此等句便佳，渾成而意味厚也。

程文簡大昌《臨江仙·和正卿弟生日》詞云：『紫荊同本但殊枝。直須投老日，常似有親時。』

《感皇恩·淑人生日》詞云：『人人戴白，獨我青青常保。只將平易處，爲蓬島。』此等句非性情厚，閱歷深，未易道得。元劉靜脩《樵庵詞·王利夫壽》云：『吾鄉先友今誰健。西鄰王老時相見。每見憶先公。音容在眼中。今朝故人子。爲壽無多事。唯願歲長豐。年年社酒同。』此詞余極意誦之，與文簡詞庶幾近似。

近人論詞，或以須溪詞爲別調，非知人之言也。須溪詞多真率語，滿心而發，不假追琢，有掉臂游行之樂。其詞筆多用中鋒，風格遒上，略與稼軒旗鼓相當。世俗之論，容或以稼軒爲別調，宜其以別調目須溪也。所可異者，須溪詞中間有輕靈婉麗之作，似乎元、明已後詞派，導源乎此，詎時代已入元初，風會所趨，不期然而然者耶？如《浣溪沙·感別》云：『點點疏林欲雪天。竹籬斜閉自清妍。爲伊顦顇得人憐。欲與那人攜素手，粉香和淚落君前。相逢恨恨總無言。』前調《春日即事》云：『遠遠遊蜂不記家。數行新柳自啼鴉。尋思舊事即天涯。睡起有情和畫卷，燕歸無語傍人斜。晚風吹落小瓶花。』《山花子》後段云：『早宿半程芳草路，猶寒欲雨暮春天。小小桃花三兩處，得人憐。』此等小詞，乃至略似清初顧梁汾、納蘭容若輩之作，以謂須溪詞中之別調可耳。又須溪詞《促拍醜奴兒》過拍云：『百年已是中年後，西州垂淚，東山攜手，幾箇斜暉。』語極平淡，令人黯然銷魂，不堪回首。此等句求之蘇、辛集中，亦未易多得。

王易簡謝周草窗惠詞卷《慶宮春》歇拍云：『因君凝竚，依約吳山，半痕蛾綠。』易簡《樂府補題》諸作，頗膾炙人口，余謂此十二字絕佳，能融景入情，秀極成韻，凝而不佻。

葛郯《信齋詞·水調歌頭·舟回平望過烏戍值雨向晚復晴》云：『應是陽侯薄相，催我胷中錦繡，清唱和鳴鷗。』『薄相』猶言游戲，吳閶里語曰『白相』，『白』蓋『薄』之聲轉；一作孛相，烏程張鑑《冬青館詩・山塘感舊》云：『東風西月燈船散，愁煞空江孛相人。』

《明秀集・滿江紅》句：『雲破春陰花玉立。』清姒極憙之，暇輒吟諷不已。余憙其《千秋歲・對菊小酌》云：『秋光秀色明霜曉。』意境不在『雲破』句下。

蕭閒《小重山》云：『得君如對好江山。幽棲約，湖海玉孱顔。』比余詠梅《清平樂》云：『玉容依舊，便抵江山秀。』略與昔賢闇合，特言外情感不同耳。

上去聲字，近人往往誤讀，如『動靜』之『靜』，上聲，誤讀去聲；『瞑色』之『瞑』，去聲，誤讀上聲。作詞既守四聲，則於宋人用『靜』字者用上聲，用『瞑』字者用去聲，斯爲不誤矣。顧審之聲調，或反蹈聱牙盩喉之失意者，宋人亦誤讀誤用耶？遇此等處，唯有檢本人它詞及它人詞證之，庶幾決定所從。特非精擘宮律者之作，不足爲據耳。

宋人名作於字之應用入聲者，間用上聲，用去聲者絶少，檢《夢窗詞》知之。

閨人時妝，鬟髮覆額，如黝髹可鑑。以梳之小而絶精者，約正中片髮入其齒中，闊與梳相若，梳齒向上，局曲而旋覆之，令齒仍向上，髮密而厚，梳齒藏不見，則鬅起爲美觀。《花間集》毛熙震《浣溪沙》云：『象梳欹鬢月生雲。』清姒嘗改爲『象梳扶鬢雲藏月』，蓋賦此也。

近人稱壽五十一歲曰開六，六十一日開七。程大昌《韻令》按：宋人稱詞曰『韻令』，此以爲調名，僅見。碩人生日云：『壽開八秩，兩鬢全青，顔紅步武輕。』自注：白樂天《開六秩詩》自注云：『年五十歲即曰開第六秩矣。』言自五十一即爲六十紀數之始也，五十即曰開六，與今小異。

又《折丹桂》按：此調名亦僅見。小序云：通奉嘗欲爲先碩人篆帔，命爲詩語，某獻語曰：『詩禮爲家慶，貂蟬七葉餘。庭闈稱壽處，童稚亦金魚。』通奉喜，自爲小篆，綴珠其上，帔詩珠字，事韻而新，它書未之見也。

易祓《喜遷鶯》云：『記得年時，膽瓶兒畔，曾把牡丹同嗅。』語小而不纖，極不經意之事，信手拈來，便覺旖旎纏緜，令人低徊不盡。納蘭成德《浣溪沙》云：『被酒莫驚春睡重，賭書消得潑茶香。當時祇道是尋常。』亦復工於寫情，視此微嫌詞費矣。《喜遷鶯》歇拍云：『强消遣、把閒愁推入花前杯酒。』由舉杯消愁意翻變而出，亦前人所未有。

《歸潛志》載王南雲《夢梅》詩：『嬰香枕簟黄昏月，樧棣東風笑谷春。』曩余譔《蕙風簃隨筆》有云：嬰香，香名，燒之。香嬰，嬰也，見《真誥》。余嘗覺嬰兒體中別具一種香氣，沖微而妮，非世界衆香所及，殆即所謂嬰香耶？但不能凡嬰皆然耳。《神仙傳》：『老君妹名嬰香。』南雲詩中僻典奇字，決非嚮壁虚造，其下句『樧棣』字亦必有本，大約非釋典即道書。南雲輒曰出天上何書，蓋不樂衒博，又欲振奇，謬託詼詭之談，駭世俗聽聞耳。

元遺山以絲竹中年遭遇國變，崔立采望，勒授要職，非其意指，卒以抗節不仕，顦顇南冠二十餘稔。神州陸沈之痛，銅駝荊棘之傷，往往寄託於詞。《鷓鴣天》三十七闋，泰半晚年手筆。其《賦隆德故宮》及《宮體》八首、《薄命妾辭》諸作，蕃豔其外，醇至其內，極往復低徊、掩抑零亂之致，而其苦衷之萬不得已，大都流露於不自知。此等詞，宋名家如稼軒，固嘗有之，而猶不能若是其多也。遺山之詞亦渾雅，亦博大，有骨榦，有氣象，以比坡公，得其厚矣，而雄不逮焉者，豪而後能雄，遺山所處不能豪，尤不忍豪。牟端明《金縷曲》云：『撲面胡塵渾未掃，强歡謳、還肯軒昂否？』知此，可與論遺山矣。設遺山雖坎坷，猶得與坡公同，則其詞之所造，容或尚不止此。其《水調歌頭》『黄河九天上』云云，何嘗不崎崛排奡？坡公之所不可及者，尤能於此等處不露筋骨耳。《水調歌頭·賦三門津》當是遺山少作，晚歲鼎鑊餘生，栖遲薹落，興會何能飆舉？知人論世，以謂遺山卽金之坡公，何遽有愧色耶？充類言之，坡公不過逐臣，遺山則遺臣、孤臣也。其《賦隆德故宫》云：『人間更有傷心處，奈得劉伶醉後何？』《宫體》八首其二云：『春風殢殺官橋柳，吹盡香緜不放休。』其四云：『月明不放寒枝穩，夜夜烏啼徹五更。』其七云：『花爛錦，柳烘烟。韶華滿意與歡緣。不應寂寞求凰意，長對秋風泣斷絃。』《薄命妾辭》云：『桃花一簇開無主，儘著風吹雨打休。』其它如《無題》云：『墓頭不要征西字，元是中原一布衣。』又云：『幾時忘得分攜處，黄葉疏雲渭水寒。』又云：『籬邊老卻陶潛菊，一夜西風一夜寒。』又云：『殷勤未數《閒情賦》，不願將身作枕囊。』又云：『只緣攜手成歸計，不恨藴頭屈壯圖。』又云：『旁人錯比揚雄宅，笑殺韓家晝錦堂。』又云：『鹿裘孤坐千峯雪，耐與青松老歲寒。』又云：『諸葛菜，邵平瓜。白頭孤影一長嗟。南園睡足松陰轉，無數蜂兒趁晚衙。』又《與欽叔京甫市飲》云：『醒來門外三竿日，卧聽春泥過馬蹄。』句各有指，知者可意會而得。其詞纏緜而婉曲，若有難言之隱，而又不得已於言，可以悲其志而原其心矣。

唐張祜《贈内人》詩：『斜拔玉釵燈影畔，剔開紅燄救飛蛾。』後人評此，以謂慧心仁術。金景覃詞《天香》句云：『閒階土花碧潤，緩芒鞋、恐傷蝸蚓。』略與祜詩意同。填詞以厚爲要恉，此則小中見厚也。又《鳳棲梧》歇拍云：『別有溪山容杖屨。等閒不許人知處。』意境清絕、高絕。憶余少作《鷓鴣天》歇拍云：『茜窗愁對清無語，除卻秋燈不許知。』以視景詞，意略同而境遠遜，風骨亦未能騫舉。

餐櫻廡詞話卷五

遺山詞佳句夥矣，燈窗雒誦，率臆撰摘，而慢詞弗與焉，不無遺珠之惜也。《江城子·太原寄劉濟川》云：『斷嶺不遮南望眼，時爲我，一凭闌。』前調《觀別》云：『萬古垂楊，都是折殘枝。』又云：『爲問世間離別淚，何日是，滴休時？』《感皇恩·秋蓮曲》云：『微雨岸花，斜陽汀樹。自惜風流怨遲暮。』《定風波·楊叔能贈詞留別因用其意答之》云：『至竟交情何處好？向道。不如行路本無情。』《臨江仙·西山同欽叔送辛敬之歸女儿》云：『回首對牀燈火處，萬山深裏孤邨。』前調《內鄉北山》云：『三年間爲一官忙。簿書愁裏過，筍蕨夢中香。』《南鄉子》云：『爲向河陽桃李道。休休。青鬢能堪幾度愁。』《鷓鴣天》云：『醉來知被旁人笑，無奈風情未減何。』前調云：『殷勤昨夜三更雨，賸醉東城一日春。』前調云：『長安西望腸堪斷，霧閣雲窗又幾重。』《南柯子》云：『畫簾雙燕舊家春。曾是玉簫聲裏斷腸人。』凡余撰錄前人詞，以渾成沖淡爲宗指，余所謂佳，容或以爲未是，安能起遺山而質之？

遺山《水龍吟·衍陳希夷睡歌》云：『百年同是行人，酒鄉獨有歸休地。此心安處，良辰美景，般般稱遂。力士鐺頭，舒山杓畔，不妨游戲。算爲狂爲隱，非狂非隱，人誰解、先生意。 莫笑糊塗老眼，幾回看、紅輪西墜。一杯到手，人間萬事，俱然少味。范蠡張良，儘他驚怪，陳摶貪睡。且陶陶、兀兀今朝，醉了更明朝醉。』《天籟集》有睡詞，亦用此調，云：『遺山先生有醉鄉一詞，僕飲量素慳，不知其趣，獨閒居嗜睡有味，因爲賦此：醉鄉千古人行，看來直到亡何地。如何物外，華胥境界，昇平夢寐。鸞馭翩翩，蝶魂栩栩，俯觀羣蟻。恨周公不見，莊生一去，誰真解、黑甜味。　聞道希夷高臥，占三峯華山重翠。尋常羨殺，清風嶺上，白雲堆裏。不負平生，算來惟有，日高春睡。有林間、剝啄忘機，幽鳥喚先生起。』又用前韻《答曹光輔教授》云：『倚闌千里風烟，下臨吳楚知無地。有人高枕，樓居長夏，晝眠夕寐。驚覺游仙，紫毫吐鳳，玉觴呑蟻。更誰人、似得淵明、太白，詩中趣、酒中味。　慙愧東溪處士，待他年好山分翠。人生何苦，紅塵陌上，白頭浪裏。四壁窗明，兩盂粥罷，暫時打睡。儘聞雞祖逖，中宵狂舞，蹴劉琨起。』半唐老人王鵬運和天籟詞韻云：『輭紅十丈塵飛，人間何許薶愁地。穨然一笑，玉山自倒，春生夢寐。我已忘情，蕉邊覆鹿，槐根封蟻。問無情世故，倉皇逐熱，誰能解、於中味。　漫說朝來拄笏，最宜人、西山晴翠。何如一枕，忘機息影，黑甜鄉裏。萬事悠悠，百年鼎鼎，付之酣睡。待黃鸝、三請窺園，乘興倩花扶起。』三先生睡詞，六百年來，沆瀣一氣，蓋坦夷寧靜，時世異而襟袍同矣。余則舊有句云：『蚤是從來少睡人，何堪聽雨更愁春。』是不知睡味者，烏在從三先生後？其與半唐不同而同，唯吾半唐能言之。疇昔文字訂交，情喻昆季，春明薄宦，晨夕過從，猶憶睡詞脫稿，一燈商榷，如在目前。其過拍『無情世故』句，歇拍『倩花扶起』句，並余爲之酌定，詎今山河邈若，陵谷婁遷，何止夢中真成隔世？俛俯陳迹，能無悁悁以悲耶？

劉無黨《烏夜啼》歇拍云：『離愁分付殘春雨，花外泣黃昏。』此等句雖名家之作，亦不可學，嫌近纖，近衰颯。其過拍云：『宿酲人困屏山夢，烟樹小江邨。』庶幾運實入虛，巧不傷格。曩半唐老人《南鄉子》云：『畫裏屏山多少路，青青。一片烟蕪是去程。』意境與劉詞略同，劉清勁，王緜邈。

金李用章《莊靖先生樂府・謁金門》序云：『西齋得梅數枝，色香可愛。一日爲澤倅崔仲明竊去，感嘆不已，因賦此調十二章，以寫悵望之懷。』直書竊梅人之官位姓字，此序奇絕，亦韻絕。其十二章之目，曰寄梅、探梅、賦梅、嘆梅、慰梅、賞梅、畫梅、戴梅、別梅、望梅、憶梅、夢梅。細審一一，卻無言外寄託，只是爲梅花作，抑何纏緜鄭重乃爾？其《寄梅》歇拍云：『爲問花間能賦客。如何心似鐵。』亦悱惻，亦藴藉，直使竊梅人無辭自解免。其後有《太常引・同知崔仲明生日》云：『太行千里政聲揚。問何處、是黄堂。遺愛幾時忘。試聽取、人歌召棠。　錦衣年少，插花躍馬，休負好風光。三萬六千場。但暮暮、朝朝醉鄉。』召棠遺愛，於插花年少得之，竊花人幸復不惡，不失其爲花間能賦，賴此闋爲之解嘲。

李莊靖《謁金門》云：『萬里無雲天紺滑。一輪光皎潔。』『紺滑』二字，未經前人用過，較『雨過天青雲破處』，尤爲妙於形容。

《天籟詞・永遇樂・同李景安游西湖》云：『青衫儘付，濛濛雨濕，更著小蠻鍼線。』用坡公《青玉案》句：『青衫猶是，小蠻鍼線，曾濕西湖雨。』而太素語特傷心，其言外之意，雖形骸可土木，何有於『小蠻鍼線』之青衫？以坡公之『瓊樓玉宇，高處不勝寒』比之，猶死別之與生離也。

須溪詞風格遒上似稼軒，情辭跌宕似遺山，有時筆意俱化，純任天倪，乃能略似坡公，往往獨到之處，能以中鋒達意，以中聲赴節，世或目爲別調，非知人之言也。《促拍醜奴兒》云：『百年已是中年後，西州垂淚，東山攜手，幾箇斜暉。』《踏莎行・九日牛山作》云：『向來吹帽插花人，盡隨殘照西風去。』《永遇樂》云：『香塵暗陌，華燈明晝，長是嬾攜手去。』《摸魚兒・海棠一夕如雪無飲余者賦恨》云：『無人舉酒。但照影隄流，圖它紅淚，飄灑到襟袖。』前調《守歲》云：『古今守歲無言說，長是酒闌情緒。』《金縷曲・五日》云：『欸乃漁歌斜陽外，幾書生、能辦投湘賦。』余所摘警句視此。其《江城子・海棠花下燒燭詞》云：『欲睡心情，一似夢驚殘。』《山花子・春暮》云：『更欲徘徊春尚肯，已無花。』若斯之類，是其次矣。如衡論全體，大段以骨榦、氣息爲主，則必舉全首而言其中卽無如右等句，可也。由是推之全卷，乃至口占漫與之作，而其骨榦氣息具在，此須溪之所以不可及乎！

近人作詞，起處多用景語虛引，往往第二韻方約略到題，此非法也。起處不宜泛寫景，宜實不宜虛，便當籠罩全闋，它題便挪移不得。唐李程作《日五色賦》，首云：『德動天鑒，祥開日華。』雖篇幅較長於詞，亦以二句櫽括之，尤有弁冕端凝氣象，此恉可通於詞矣。

名手作詞，題中應有之義，不妨三數語說盡，自餘悉以發抒襟抱，所寄託往往委曲而難明。長言之不足，至乃零亂拉雜，胡天胡帝，其言中之意，讀者不能知，作者亦不蘄其知，以謂流於跌宕怪神，怨懟激發，而不可以爲訓，則亦左徒之騷些云爾。夫使其所作大都眾所共知，無甚關係之言，寧非浪費楮墨耶？

『春山淡冶而如笑，夏山蒼翠而如滴，秋山明淨而如妝，冬山慘淡而如睡。』宋畫院郭熙語也。金許古詞《行香子》過拍云：『夜山低，晴山近，曉山高。』郭能寫山之貌，許尤傳山之神，非入山甚深、知山之真者，未易道得。許道真《眼兒媚》云：『持杯笑道，鵝黃似酒，酒似鵝黃。』此等句看似有風趣，其實絕空淺，卽俗所謂打油腔，最不可學。

得舊鈔本明季二陸詞，其人其詞皆可傳，欲授梓，未能也。各節具傳略，并詞數闋如左：

陸鈺，字真如，萬曆戊午舉人，改名藎誼，字忠夫，晚號退菴。九上春官不第，鍵户箸書，足不入城市。甲申遭變，隱居貢師泰之小桃源，曰：『吾乃不及祝開美乎？』未幾，絶食十二日，卒。有集十卷，其《射山詩餘·曲游春·和查伊璜客珠江元韻》云：『問牡丹開未。正乳燕身輕，雛鶯聲細。共聽《霓裳》，看爲雨爲雲，胡天胡帝，與君行樂處，經回首、依稀都記。攜來絲竹東山，幾度尊前杖底。鼙鼓東南動地。見下瀨樓船，旌旗無際。未免關情，對楚嶺春風，吴江秋水。暗灑英雄淚。更莫問、年來心事。又是午夢驚殘，歌聲乍起。』前調再疊韻云：『渌酒曾篘未。羨肉脆絲清，宫浮商細。塞耳休聽，任佗雄南楚越，秦稱西帝。青史興衰處，儘箇閲、紛綸難記。不如倚杖臨風，一任醉□花底〔一〕。芳草斜陽藉地。看遠樹天邊，歸丹雲際。曲裏新聲，怨羌笛關山，隴西流水。又濕青衫淚。那更惜、闌珊春事。卻看楊柳梢頭，一輪月起。』前調三疊韻云：『曉日還升未。正虬箭猶傳，獸烟初細。嗚鳥間關，痛精衞炎姬，子規川帝。千載人何處，笑符讖、何勞懸記。欣然更拓雲藍，自寫新詞窗底。窗外光陰遍地。纔畫角飄殘，一聲天際。豎子成名，念英雄難問，夕陽流水。獨下新亭淚。儘寂寞、閒居無事。誰論江左夷吾，關西伯起。』《浪淘沙》云：『松徑挂斜暉。閒叩禪扉。故人蹤跡久離違。握手夕陽西下路，未忍言歸。　此地是耶非。千載依依。采香徑外越來溪。碧纈緗絇今尚在，歌舞全稀。』前調云：『高閣俯行雲。我一相聞。主人几榻迥無塵。世外興亡彈指劫，一著輸君。　回首太湖濆。斷藹紛紛。扁舟應笑館娃人。比擬子陽西蜀事，話到殘曛。』元注：『子陽，雙白語也，蓋有所指。』按：雙白，義未解。

【校記】

〔一〕闕字，似當作『眠』字。

餐櫻廡詞話卷六

陸弘定，字紫度，號綸山，別字蓬叟，鈺次子。九歲能文，工詩，與兄辛齋齊名，有冰輪二陸之目。弘定一生高潔，有《一草堂》、《爰始樓》、《寧遠堂》諸集，其《凭西閣長短句》首署『東濱陸弘定箸，孫式熊鈔存』。按：當無刻本。《滿路花・花朝輯葡萄繁蔓圖悼亡姬》云：『刀尺好誰貽，又是中和節。眾芳何處也，催鶗鴂。春遲候冷，別院梅花發。撫景堪愁絕。自入春來，風風雨雨纔歇。　小庭枯蔓，逗的春消息。新條還護取，穿蘿薜。當年記道，纖手親移植。共倚藤蔭月。斷人腸是，花期轉眼狼藉。』《望湘人》云：『記歸程過半，家住天南，吳烟越岫飄渺。轉眼秋冬，幾回新月，偏向離人燎皎。急管宵殘，疏鐘夢斷，客衣寒悄。憶臨歧、淚染湘羅，怕助風霜易老。　是爾翠黛慵描，正懨懨顛頷，向予低道。念此去、誰憐冷煖，關山路杳。纔攜手、教款語丁寧，眼底征雲繚繞。悔不翦、春雨蘼蕪，牽惹愁懷多少。』《虞美人》云：『花原藥塢茫鋤去。會底天工意。卻移雙槳傍漁磯。剛被一輪新月照前谿。　來霜往露須臾換。都是牽愁案。漸添華髮入中年。悔把高山流水者回彈。』弘定娶周氏，名鑒，字西鑫，郡文學明輔女。事舅姑至孝，撫側室子女以慈。好作詩及小詞，《別母渡錢塘》云：『未成死別魂先斷，欲計生還路恐難。』《詠杏》云：『萱草北堂迴晝錦，荊花叢地妒嬌姿。』送外入燕《減字木蘭花》云：『莫便忘家莫憶家。』惜全闋已佚。

《凭西閣詞》，篇幅增於射山，而風格差遜。射山間涉側豔，洎乎晚節敻然，河嶽日星，烏可以詞定人耶？其《小桃紅》歇拍云：『終躊躇，生怕有人猜，且尋常相看。』因憶國初人詞有云：『丁寧切莫露輕狂。真箇相憐儂自解，妒眼須防。』此不可與陸詞並論。詞忌做，尤忌做得太過，巧不如拙，尖不如禿。陸無巧與尖之失。

《射山詞·虞美人》云：『可憐舊事莫輕忘。且令三年無夢到高唐。』余甚喜其質拙。又《一斛珠》云：『挑燈且殢同君坐。好向燈前，舊誓重盟過。』《醉春風》云：『淚如鉛水傍誰收，記記記。卻正煩君，盈盈翠袖，拭英雄淚。』《一絡索》云：『一尊銜淚向人傾，拚醉謝，尊前客。』皆佳句也。

凡人學詞，功候有淺深，即淺亦非疵，功力未到而已。不安於淺而致飾焉，不恤顰眉齲齒，楚楚作態，乃是大疵，最宜切忌。

詞筆固不宜直率，尤切忌刻意爲曲折。以曲折藥直率，即已落下乘。昔賢樸厚醇至之作，由性情學養中出，何至蹈直率之失？若錯認真率爲直率，則尤大不可耳。

《眉匠詞》，竹垞少作，豐潤丁氏持靜齋藏。

詞學程序，先求妥帖停勻，再求和雅深此『深』字只是不淺之謂秀，乃至精穩沈著，精穩則能品矣，沈著更進於能品矣。精穩之穩，與妥帖迥乎不同，沈著尤難於精穩。平昔求詞詞外，於性情得所養，於書卷觀其通，優而游之，饜而飫之，積而流焉。所謂滿心而發，肆口而成，擲地作金石聲矣。情真理足，筆力能包舉之，純任自然，不假錘鍊，則沈著二字之詮釋也。

《遯庵樂府·大江東去》：『不如聞早，付它妻子耕織。』《江城子》云：『明日新年，聞早健還家。』《漁家傲》云：『住山活計宜聞早。身世滄溟一漚小。』『聞早』，當是北人方言，《菊軒樂府》中亦兩見。

段復之《滿江紅》序云：『遯庵主人植菊階下，秋雨既盛，草萊蕪沒，殆不可見。江空歲晚，霜餘草腐，而吾菊始發數花，生意悽然，似訴余以不遇，感而賦之。因李生湛然歸，寄菊軒弟。』詞後段云：『堂上客，頭空白。都無語，懷疇昔。恨因循過了，重陽佳節。颯颯涼風吹汝急，汝身孤特應難立。漫臨風三嗅繞芳叢，歌還泣。』『節』韻已下，情深一往，不辨是花是人，讀之令人增孔懷之重。

馮子駿《玉樓春》句『花觸飛丸紅雨亂』，按：花蕊夫人《宮詞》：『侍女爭揮玉彈弓，金丸飛入亂花中。』馮詞殆即用此。《續夷堅志》『京娘墓』一則，有『它日寒食，元老爲友，招擊丸於園西隙地』云云，蓋當時春日有擊丸之戲，若蹴鞠飛堶故事矣。馮名延登，金末刑部尚書，殉汴都之難。

填詞景中有情，此難以言傳也。元遺山《木蘭花慢》云：『黃星幾年飛去，澹春陰、平野草青青。』平野春青，祇是幽靜芳倩，欲有難狀之情，令人低徊欲絕，善讀者約略身入景中，便知其妙。

趙愚軒《行香子》云：『綠陰何處，旋旋移牀。』昔人詩句『月移花影上闌干』，此言移牀就綠陰，意趣尤生動可喜，卽此是詞與詩不同處，可悟用筆之法。

鄭谷《貧女吟》『笑翦燈花學畫眉』，潘元質詞『旋翦燈花，兩點翠眉誰畫』，蓋以燈煤研細代眉黛。王元老《菩薩蠻》云：『留取麝煤殘。臨鸞學遠山。』此用香煤，更韻。

《拙軒詞・南鄉子》序：『大定甲辰，馳驛過通州，賢守開東閣，出樂府縹渺人，作累累駐雲新聲。青其姓，小字梅兒』云云。縹渺人，所本俟考。

自六朝已還，文章有南北派之分，乃至書法亦然。姑以詞論，金源之於南宋，時代政同，疆域之不同，人事爲之耳，風會曷與焉？如辛幼安先在北，何嘗不可南？如吴彦高先在南，何嘗不可北？顧細審其詞，南與北確乎有辨，其故何耶？或謂《中州樂府》選政操之遺山，皆取其近己者。然如王拙軒、李莊靖、段氏遯庵、菊軒，其詞不入元選，而其格調氣息，以視元選諸詞，亦復如驂之靳，則又何説？南宋佳詞能渾至，金源佳詞近剛方。宋詞深緻能入骨，如清真、夢窗是。金詞清勁能樹骨，如蕭閒、遯庵是。南人得江山之秀，北人以冰霜爲清。南或失之綺靡，近於雕文刻鏤之技；北或失之荒率，無解深裘大馬之譏。善讀者抉擇其精華，能知其並皆佳妙，而其佳妙之所以然，不難於合勘而難於分觀，往往能知之而難於明言之。然而宋、金之詞之不同，固顯而易見者也。

辛、党二家，并有骨榦，辛凝勁，党疏秀。

党承旨《青玉案》云：『痛飲休辭今夕永。與君洗盡，滿襟煩暑，别作高寒境。』以鬆秀之筆，達清勁之氣，倚聲家精詣也。『鬆』字最不易做到。

又《月上海棠》用前人韻，後段云：『斷霞魚尾明秋水，帶三兩飛鴻點烟際。疏林颯秋聲，似知人、倦游無味。家何處，落日西山紫翠。』融情景中，旨淡而遠。迂倪畫筆，庶幾似之。

又《鷓鴣天》云：『開簾放入窺窗月，且盡新涼睡美休。』瀟灑疏俊極矣，尤妙在上句『窺窗』二字，窺窗之月，先已有情，用此二字，便曲折而意多。意之曲折，由字裏生出，不同矯揉鉤致，不墮尖纖之失。

詞用虚字叶韻最難，稍欠斟酌，非近滑，卽近佻。憶二十歲時作《綺羅香》過拍云：『東風吹盡柳繇矣。』端木子疇前輩採見之，甚不謂然，申誡至再，余詞至今不復敢叶虛字。又如『賺』字、『偷』字之類，亦宜慎用，並易涉纖。『兒』字尤難用之至，如船兒、葉兒、風兒、月兒云云。此字天然近俚，用之得如閨人口吻。卽『亦』、『何』、『當』，風格乃至郎夫子口吻，不尤不可嚮邇耶？若於此等難用之字，筆健能扶之使豎，意精能鍊之使穩，庶極專家能事矣。斯境未易臻，仍以不用爲是。

曩作《七夕》詞，涉尋常兒女語，疇丈尤切誡之，余自此不作七夕詞，承丈教也。《碧瀣詞》刻入《薇省同聲集》《齊天樂》序云：『前人有言牽牛象農事，織女象婦功，七月田功粗畢，女工正殷，天象亦寓民事也。六朝以來，多寫作兒女情態，慢神甚矣。丁亥七夕，偶與瑟軒論此事，倚此糾之。』『一從豳雅陳民事，天工也垂星彩。稼始牽牛，衣成織女，光照銀河兩界。秋新候改。正嘉穀初登，授衣將屆。春耜秋梭，歲功於此隱交代。　神靈焉有配偶，藉唐宮夜語，誣衊真宰。附會星期，描摹月夕，比作人間懽愛。機窗淚灑。又十萬天錢，要償婚債。綺語文人，懺除休更待。』卽誡余之恉也。

《明秀集·樂善堂賞荷》詞：『胭脂膚瘦薰沈水，翡翠盤高走夜光。』《滹南老人詩話》云：『蓮體實肥，不宜言瘦，似易「膩」字差勝。』龍壁山人云：『蓮本清豔，「膩」得其貌，未得其神也。』余嘗細審之，此字至難穩稱，尤須與下云『薰沈水』相貫穿，擬易『潤』字、『媚』字、『薄』字，彼勝於此，似乎『薄』字較佳，對下句『高』字亦稱。

段誠之《菊軒樂府·江城子》云：『月邊漁，水邊鉏。花底風來，吹亂讀殘書。』前調《東園牡丹花下酒酣卽席賦之》云：『歸去不妨簪一朵，人也道、看花來。』騷雅俊逸，令人想望風采。《月上海棠》云：『喚醒夢中身，鵯鳩數聲春曉。』前調云：『頹然醉臥，印蒼苔半袖。』於情中入深靜，於疏處運追琢，尤能得詞家三昧。

菊軒《臨江仙》云：『浮生擾擾笑何樓。試看雙鬢上，衰颯不禁秋。』按《劉貢父詩話》：『世語「虛僞」爲「何樓」，蓋國初宋初也京師有何家樓，其下賣物多虛僞，故以名之。』菊軒詞蓋用此。

李齊賢，字仲思，遼時高麗國人。有《益齋長短句·鷓鴣天》云：『飲中妙訣人如問，會得吹笙便可工。』宋諺謂『吹笙』爲『竊嘗』。《蘆川詞·浣溪沙》序云：『范才元自釀，色香玉如，直與綠萼梅同調，宛然京洛風味也，因名曰萼綠春，且作一首，諺以「竊嘗」爲「吹笙」云。』詞後段：『竹葉傳杯驚老眼，松醪題賦倒綸巾。須防銀字暖朱脣。』竊嘗，嘗酒也，故末句云云。仲思居中國久，詞用當時諺語，略與張仲宗意同，資諧笑云爾。《織餘瑣述》云：『樂器竹製者，唯笙用吸氣，吸之恆輕，故以喻「竊嘗」。』

《益齋詞·太常引·暮行》云：『燈火小於螢，人不見、苔扉半扃。』《人月圓·馬嵬效吳彥高》云：『小顰中有，漁陽胡馬，驚破《霓裳》。』《菩薩蠻·舟次青神》云：『夜深篷底宿。暗浪鳴琴筑。』《巫山一段雲·山市晴嵐》云：『隔溪何處鷓鴣鳴。雲日翳還明。』前調《黃橋晚照》云：『夕陽行路卻回頭。紅樹五陵秋。』此等句寘之兩宋名家詞中，亦庶幾無愧色。

蘇文忠《前赤壁賦》：『桂櫂兮蘭槳，擊空明兮泝流光。渺渺兮予懷句，望美人兮天一方。』幼年塾誦如此斷句。比閱劉尚友《養吾齋詞·沁園春·檃括前赤壁賦》起調云：『壬戌之秋，七月既望，蘇子泛舟。』『七月』句下自注：『望，效公子懷望，平讀。』始知宋人讀此二句，乃於『望』字斷句，叶韻，句各六字。亟記之，以正幼讀之誤。尚友名將孫，入元抗節不仕，須溪之肖子也。

曩賦日本櫻花詞夥矣，頗搜羅彼都雅故。清姒譔《織餘瑣述》，間亦助余甄采。偶閲《甘雨亭叢書目》有山崎敬義《櫻之辨》、松岡元達《櫻品》各一卷，吾二人未經見及，可知挂漏尚多矣。亟存其名，糇異日訪求焉。

《須溪詞·百字令》『少微星』小閡自注：『佛以四月八生，見明星悟道，曰奇哉，即《左傳》「星隕如雨」之夕也。』此說絕新，須溪賅博，未審於何書得之。

餐櫻廡詞話卷七

劉將孫《養吾齋詩餘》，《彊邨所刻詞》第一次印本列入元人。余議改編《須溪詞》後，爲之跋曰：『宋劉尚友《養吾齋詩餘》一卷，彊邨朱先生依《大典·養吾齋集》本鍥行，凡二十闋。檢元鳳林書院《草堂詩餘》，有劉尚友《憶舊游》論字韻云：「政落花時節，顦顇東風，綠滿愁痕。悄客夢、驚呼伴侶，斷鴻有約，回泊歸雲。江空共道惆悵，夜雨隔篷聞。儘世外縱橫，人間恩怨，細酌重論。　嘆他鄉異縣，渺舊雨新知，歷落情真。匆匆那忍別，料當君思我，我亦思君。人生自非麋鹿，無計久同羣。此去重消魂，黃昏細雨人閉門。」此闋《大典》本《養吾齋詩餘》未載，樊榭山民跋「元《草堂詩餘》，亡名氏選，至元、大德間諸人所作，皆南宋遺民也。詞多悽惻傷感，不忘故國，而於卷首冠以劉臧春、許魯齋二家，厥有深意」云云。抑余觀於劉、許之後，即以信國文公繼之，不啻爲之揭櫫諸人何如人者。劉尚友詩餘有《摸魚兒·己卯元夕》、《甲申客路》、《聞鵑》各一闋。己卯，宋帝昺祥興二年，是年宋亡。甲申，元世祖至元二十一年，上距宋亡五年。尚友兩詞並情文慷慨，骨榦近蒼。《聞鵑》闋有「少日曾聽，搖落壯心」之句，蓋雖須溪之子，而身丁國變，已屆中年。按：《須溪詞·摸魚兒·辛巳自壽年五十》句云：『渾未覺、恁兒子門生，前度登高弱。』兒子即尚友。辛巳前二年爲己卯，即尚友作元夕詞之年，即宋亡之年，是年須溪四十八歲。須溪亦有《聞杜鵑》詞，調《金縷曲》，句云：『十八年間來往斷，白首人間今古。』自注：『予往來秀城十七八年，自己巳夏歸，又十六年矣。』己巳後十六年，恰是甲申，《聞杜鵑》詞當是與尚友同作，是年須溪五十三歲。須溪又有《臨江仙・將孫生日賦》云：『二十年前此日，女兒慶我生兒。』末云：『兒童看有子，白髮故應衰。』須溪賦是詞時，尚友逾弱冠，有子矣。『白髮故應衰』，猶是始衰者之言。蓋須溪得尚友早，父子年歲相差爲數二十强弱。據詞，略可考見者如右。抗志自高，得力庭訓。詩餘二十一闋，無隻字涉宦蹟。如《踏莎行・閒游》云：「血染紅牋，淚題錦句。西湖豈憶相思苦？只應幽夢解重來，夢中不識從何去。」《八聲甘州・送春》云：「春還是、多情多恨，便不教綠滿洛陽宮。只消得、無情風雨，斷送悤悤。」樊榭所謂悽惻傷感，不忘故國，惛在斯乎？《彊邨所刻詞》成，就余商定編目，余謂《養吾齋詩餘》宜纚屬《須溪詞》後，不當下儕元人。因略抒己意，爲之跋，冀不拂昔賢之意云爾。』養吾詩餘撫時感事，淒豔在骨，當時名不甚顯，何耶？自昔名父之子，擅才藻者，往往恃父以傳，必其父官位高，若養吾，則爲父所掩者。

仁和勞氏丹鉛精舍校《遺山樂府》，叓引《中州元氣集》。錢竹汀先生《補元史藝文志》有《中州元氣》十册在詞曲類，是書勞猶及見，當非久佚。唯曰十册，疑是寫本，未刻，故未分卷，則訪求尤不易矣。晚近弁髦風雅，古書時復流通，容猶有得見之望，未可知耳。

明綏安廖用賢《尚友錄》，至尋常之書也，間亦可資考訂，信開卷有益矣。《陽春白雪》卷四有雷北湖《好事近》『梅片作團飛』云云，外集有雷春伯《沁園春》『官滿作問訊故園』云云。錢唐瞿氏刻本《陽春白雪》卷端詞人姓氏爵里，遂誤分雷北湖、雷春伯爲二人，無論爵里，並其名弗詳也。雷應春，字春伯，郴人。以詩擅名，累官監察御史。首疏時相，繼忤權貴，出知全州，弗就，歸隱北湖。後知臨江軍，安靜不擾。嘗欲城新塗以備不虞，當路阻之，及己未之亂，臨江倉卒無備，人始服其先見。所箸有《洞庭》、《玉虹》、《日邊》、《盟鶴》、《清江》諸集。偶檢《尚友錄》得之，可以訂瞿刻《陽春白雪》之誤。

《遺山樂府·促拍醜奴兒·學閒閒公體》云：『朝鏡惜蹉跎。一年年、來日無多。無情六合乾坤裏，顛鸞倒鳳，撐霆裂月，直被消磨。世事飽經過。算都輸、暢飲高歌。天公不禁人間酒，良辰美景，賞心樂事，不醉如何。』附閒閒公所賦云：『風雨替花愁。風雨罷、花也應休。勸君莫惜花前醉，今年花謝，明年花謝，白了人頭。乘興兩三甌。揀溪山、好處追遊。但教有酒身無事，有花也好，無花也好，選甚春秋。』《中州樂府》作《青杏兒》遺山，誠閒閒高足。第觀此詞，微特難期出藍，幾於未信入室。蓋天人之趣判然，閒閒之作，無復筆墨痕迹可尋矣。

趙閒閒《梅花引·過天門關作》云：『石頭路滑馬蹏蹶。昂頭貪看山奇絶。』余曩歲入蜀，巫夔道中，層巒際天，引領維勞，愈高愈奇，愈看愈貪，不自知帽之落也。與閒閒所云情景恰合，唯船脣較適於馬足耳。

又《缺月挂疏桐·擬東坡作》云：『珠貝横空冷不收，半溼秋河影。』『珠貝』字奇麗，而意境益清絶。

段拂之，字去塵，米元章之壻。世傳元章潔癖特甚，方擇壻間，或舉以段之名與字，元章曰：『既拂矣，又去塵，真吾壻也。』遂以女妻之。吴彦高亦元章壻，其父名拭，與『拂』義同，容或元章有取乎是，是則前人所未發者。

金古齊僕散汝弼，字良弼，官近侍副使。《風流子·過華清作》云：『三郎年少客，風流夢、繡嶺蠱瑤環。看浴酒發春，海棠睡暖。笑波生媚，荔子漿寒。況此際、曲江人不見，偃月事無端。羯鼓數聲，打開蜀道，《霓裳》一曲，舞破潼關。馬嵬西去路，愁來無會處，但淚滿關山。賴有紫囊來進，錦韤傳看。嘆玉笛聲沈，樓頭月下，金釵信杳，天上人間。幾度秋風渭水，落葉長安。』正大三年刻石臨潼縣，今存。詞筆藻耀高翔，極慨慷低徊之致。其『浴酒發春』、『笑波生媚』，句法矜鍊，雅近專家。唯起調云『三郎年少客』，則誤甚。案：唐玄宗生於光宅二年乙酉，而楊妃以天寶四年乙酉入宮，玄宗年已六十一，何得謂三郎年少耶？後段『但淚滿關山』，『但』字襯。

唐人詞三首，永觀堂爲余書扇頭。《望江南》云：『天上月，遥望似一團銀。夜久更闌風漸緊，以元注：爲。奴吹卻月邊雲。照見附元注：負。心人。』前調云：『五梁臺上月，一片玉無暇。元注：瑕。以里元注：迤邐。看歸西□去，横雲出來不敢遮，靉靆繞天涯。』《菩薩蠻》云：『自從宇宙光戈戟。狼烟處處獯天黑。早晚竪金雞。休磨戰馬蹄。　淼淼三江小。元注：水。半是□元注：不易辨，似「儒」字。生類元注：淚。老。尚逐今財問，龍門何日開。』並識云：『詞三闋，書於唐本《春秋後語》紙背，今藏上虞羅氏。《樂府雜錄》云：「《望江南》始自朱崖李太尉鎮浙西日，爲亡伎謝秋娘所譔。」《杜陽雜編》亦云《菩薩蠻》乃宣宗大中初所製。明胡元瑞《筆叢》據之，㡿太白集中《菩薩蠻》四詞爲僞作。然崔令欽《教坊記》末所載教坊曲名三百六十五，中已有此二調。崔令欽，見《唐書・宰相世系表》，乃隋恒農太守宣度之五世孫，是其人當在睿、玄二宗之世。其書紀事訖於開元，亦足略推其時代。據此，則《望江南》、《菩薩蠻》皆開元教坊舊曲。此詞寫於咸通間，距李贊皇鎮浙西時二十餘年，距大中末不過數年，而敦煌邊地，已行此二調，益知段安節與蘇鶚之説非實録也。蕙風詞隱曰：胡元瑞㡿太白《菩薩蠻》四詞爲僞作，姑勿與辯，試問此僞詞孰能作、孰敢作者？未必兩宋名家克辦。元瑞好駁升菴，此等冒昧之談，乃與升菴如驂之靳，何耶？』

餐櫻廡詞話卷八

曾同季《雲莊詞·點絳脣·賦芍藥》云：『君知否。晝闌幽處。留得韶光住。』尋常意中之言，恰似未經人道。《浣溪沙》前題云『濃雲遮日惜紅妝』，所謂仁者見之謂之仁。《雲莊詞·酹江月》云：『一年好處，是霜輕塵斂，山川如洗。』較『橘綠橙黃』句有意境。

姚成一《雪坡詞·霜天曉角·湖上泛月歸》換頭云：『烟抹山態活。雨晴波面滑。』五字對句，上句讀作上二下三，『抹』字叶韻，不唯不勉彊，尤饒有韻致，詞筆靈活可憙。

《雪坡詞·沁園春·壽同年陳探花》云：『憶昔東坡，秀奪眉山，生丙子年。』蓋丙離子坎，四方中氣，直當此歲，間出英賢。詞句用『蓋』字領起，絕奇。子平家言入詞，亦僅見。

宋人多壽詞，佳句卻罕覯。《雪坡詞·沁園春·壽婺州陳可齋》云：『元祐諸賢，紛紛臺省，惟有景仁招不來。』命意高絕。前調《壽陳中書》云：『著身已是瀛洲。問更有、長生別藥不。』極雅切，極自然。又《壽陶守》云：『春雨慳時，千金斗粟，民仰使君爲食天。』『民以食爲天』，尋常語耳。按：見《通鑑》賈潤甫謂李密語，下句『而有司曾無愛惜屑越』。『爲食天』，更雋而新。

吴人呼女曰囡，讀若奴頑切。虞山王東溆應奎《柳南續筆》：『吾友吴友篁箸《太湖漁風》，載「漁家日住湖中，自無不肌粗面黑，間有生女瑩白者，名曰白囡，以誌其異，漁人戶口冊中兩見之」云云。』吴叔永泳《鶴林詞·賀新郎·宣城壽季永弟》云：『爺作嘉興新太守。囡拜謁書天府。況哥共、白頭相聚。』則宋人已用之入韻語矣。叔永，蜀人，亦作吳語，何耶？『囡』字，偏檢字書，並未之載。《鶴林詞·清平樂·壽吳毅夫》云：『荔子纔丹梔子白。擡貼誕彌嘉月。』『擡貼』字亦方言，於此僅見。

《鶴林詞·祝英臺近·春日感懷》云：『有時低按銀箏。高歌《水調》，落花外、紛紛人境。』末七字余極喜之，其妙處難以言說，但覺芥子須彌，猶涉執象。

『算一生、繞偏瑤階玉樹，如君樣，人間少。』吳叔永《水龍吟·壽李長孺》句，壽詞能爲此等語，視尋常歌誦功德，何止仙塵糟玉之別？

宋江致和《五福降中天》句：『秋水嬌横俊眼，膩雪輕鋪素胷。』以『鋪』字形容膩雪，有詞筆、畫筆所難傳之佳處，無一字可以易之。

《韓子通解》：『伯夷哀天下之偷且以彊，則服食其葛薇，逃山而死。』元安敬仲熙《默菴樂府·石州慢·寄題龍首峯》云：『擬將書劍西山，采蕨食薇，自應不屬春風管。』采蕨食薇，改服食葛薇，較典雅。

詞能直，固大佳；顧所謂直，誠至不易，不能直，分也。當於無字處爲曲折，切忌有字處爲曲折。

金李仁卿治詞五首，見《遺山樂府》附録。《摸魚兒·和遺山賦鴈丘》過拍云：『詩翁感遇。把江北江南，風嘹月淚，并付一丘土。』託恉甚大，遺山元唱，殆未曾有。李詞後段云：『霜魂苦。算猶勝、王嬙青冢真娘墓。』亦嘅乎言之。按：治，字仁卿，欒城人。正大七年收世科登詞賦進士第，調高陵簿，未上。從大臣辟，權知鈞州。壬辰北渡，流落忻崞間，藩府交辟，皆不就。至元二年，再以翰林學士召，就職朞月，以老病辭歸。買田元氏封龍山，隱居講學十六年，卒，年八十有八。仁卿晚節與遺山略同，其遇可悲，其心可原，不以下儕元人，援遺山例也。其與翰苑諸公書云：『諸公以英材駿足絕世之學，高躡紫清，黼黻元化，固自其所。而某也孱資瑣質，誤恩偶及，亦復與吹竽之部，律以廉恥，爲歲不韙耶！諸公愍我耄昏，教我不逮，肯容我竄名玉堂之署，日夕相與刺經講古，訂辨文字，不卽叱出，覆露之德，寧敢少忘哉？但翰林非病叟所處，寵祿非庸夫所食，官謗可畏。幸而得請，投跡故山，木石與居，麋鹿與游，斯亦老朽無用者之所便也。』其辭若有大不得已，其本意從可知。故拜命僅朞月，卽託疾引去矣。遺山《鴈丘》詞、《雙蕖怨》詞，楊正卿果亦並有和作。明弘治壬子，高麗刊本《遺山樂府》，爲是書最舊善本。附治詞，不附果詞。果，金末進士，縣令，入元，官至參知政事。按：李治《元史》有傳，作『李治』，後人遂多沿其誤。元遺山爲治父遹譔《寄庵先生墓碑》：『子男三人：長澈，次治，次滋。』遺山與仁卿同時唱和，斷不至誤書其名，自較史傳尤爲可據。蘇天爵《元名臣事略》亦作『治』，不作『治』。《金少中大夫程震碑》欒城李治題額，曩余曾見拓本，皆可證史傳之誤者也。

劉改之詞格，本與辛幼安不同，其《龍洲詞》中如《賀新郎·贈張彥功》云：『誰念天涯牢落，況輕負暖烟濃雨。記酒醒、香銷時語。客裏歸韉須早發，怕天寒、風急相思苦。』前調云：『衣袂京塵曾染處，空有香紅尚輭。料彼此魂銷腸斷。』又云：『但託意、焦琴紈扇。莫鼓琵琶江上曲，怕荻花楓葉俱淒怨。』《祝英臺近·游東園》云：『晚來約住青驄，踏花歸去，亂紅碎、一庭風月。』《唐多令·八月五日安遠樓小集》云：『柳下繫船猶未穩，能幾日、又中秋。』《醉太平》云：『翠綃香暖雲屏。更那堪酒醒。』此等句是其當行本色，蔣竹山伯仲間耳。其激昂慨慷諸作，乃刻意橅擬幼安，至如《沁園春》『斗酒彘肩』云云，則尤橅擬而失之太過者矣。《詞苑叢談》云：『劉改之一妾，愛甚。淳熙甲午赴省試，在道賦《天仙子》詞，至建昌，游麻姑山，使小童歌之，至於墮淚。二更後有美人執拍板來，願唱曲勸酒，卽賡前韻『別酒未斟心已醉』云云，劉喜，與之偕東。其後臨江道士熊若水爲劉作法，則並枕人乃一琴耳，攜至麻姑山焚之。』改之，忍乎哉！是可忍也，孰不可忍也？此物良不俗，雖曰靈怪，卽亦何負於改之？世間萬事萬物，形形色色，孰爲非幻？改之得唱曲美人，輒忘甚愛之妾，則其所賦之詞，所墮之淚，舉不得謂真。非真卽幻，於琴何責焉？焚琴鬻鶴，傖父所爲，不圖出之改之，吾爲斯琴悲遇人之不淑，何物臨江道士，尤當深惡痛絕者也。《龍洲詞》變易體格，迎合稼軒，與琴精幻形求合何以異？吾謂改之宜先自焚其稿。

元詹天游玉送童甕天兵後歸杭《齊天樂》云：『相逢喚醒京華夢，吳塵暗斑吟鬢。倚擔評花，認旗沽酒，歷歷行歌奇跡。吹香弄碧。有坡柳風情，逋梅月色。畫鼓紅船，滿湖春水斷橋客。 當時何限俊侶，甚花天月地，人被雲隔。卻載蒼烟，更招白鷺，一醉修江又別。今回記得。更折柳穿魚，賞梅催雪。如此湖山，忍教人更說。』升菴《詞品》謂：『此伯顏破杭州之後，其詞絕無黍離之感，桑梓之悲，止以游樂爲言，宋季士習一至於此。』升菴斯言，微特論世少疏，卽論詞亦殊未允當。元世祖威棱震疊，文字之獄，在所不免，第載籍弗詳耳。鳳林書院《草堂詩餘》，無名氏選至元、大德間諸人所作天游詞錄九首，並皆南宋遺民。詞多悽惻傷感，不忘故國，而於卷首冠以劉藏春、許魯齋二家，以文丞相、鄧中齋、劉須溪三公繼之，若故爲之畦町，當時顧忌甚深，是書於有所不敢之中，僅能存其微恉，度亦幾經審愼而後出之。天游詞歇拍云『如此湖山，忍教人更說』，看似平淡，卻含有無限悲涼。以此二句結束全詞，可知弄碧吹香，無非傷心慘目，游樂云乎哉！曲終奏雅，吾謂天游猶爲敢言。升菴高明通脫，其於昔賢言中之意，不耐沈思體會，遽爾肆口譏評，是亦文人相輕，充類至義之盡矣。天游它詞如《滿江紅・詠牡丹》云：『何須怪、年華都謝，更爲誰容。銜盡吳花成鹿苑，人間不恨雨和風。便一枝流落到人家，清淚紅。』《一萼紅》云：『閒著江湖儘寬，誰肯漁蓑。』忠憤至情，流溢行間句裏。《三姝媚》云：『如此江山，應悔卻、西湖歌舞。』則尤慨乎言之。升菴涉獵羣籍，大都一目十行，或並天游《齊天樂》詞未嘗看到歇拍，它詞無論已，其言烏足爲定評也？

沈約《宋書》曰：『吳歌雜曲，始皆徒歌，既而被之絃管，又有因絃管金石作歌以被之。』按：前一法，卽虞廷依永之遺。後一法，當起於周末宋玉對楚王問，首言客有歌於郢中者，下云其爲《陽阿》、《薤露》，其爲《陽春》、《白雪》，皆曲名，是先有曲而後有歌也。填詞家自度曲，率意爲長短句而後協之以律，此前一法也。前人本有此調，後人按腔填詞，此後一法也。沿流溯源，與休文之說相應。歌曲之作，若枝葉始旉，乃至於詞，則芳華益楙，詞之爲道，智者之事，酌劑乎陰陽，陶寫乎性情，自有元音，上通雅樂，別黑白而定一尊[一]，亙古今而不敝矣。唐、宋已還，大雅鴻達，篤好而嫥精之，謂之詞學。獨造之詣，非有所附麗，若爲駢枝也。曲士以『詩餘』名詞，豈通論哉？

【校記】

[一]黑：底本脫，據《蕙風詞話》卷一補。

陳藏一《話腴》：『趙昂總管始肄業臨安府學，困躓無聊賴，遂脱儒冠，從禁弁升御前應對。一日侍阜陵蹕之德壽宮，高廟宴席間，問今應制之臣張掄之後爲誰，阜陵以昂對，高廟俯睞久之，知其嘗爲諸生，命賦拒霜詞。昂奏所用腔，令綴《婆羅門引》，又奏所用意，詔自述其梗概，即賦就進呈云：「暮霞照水，水邊無數木芙蓉。曉來露溼輕紅。十里錦絲步障，日轉影重重。向楚天空迥，人立西風。夕陽道中。嘆秋色，與愁濃。寂寞三秋粉黛，臨鑑妝慵。施朱太赤，空惆悵、教妾若爲容。花易老，烟水無窮。」高廟喜之，錫銀絹加等，仍俾阜陵與之轉官。我朝之獎勵文人也如此。』此事它書未載。淳熙間太學生俞國寶以題斷橋酒肆屏風上《風入松》詞『一春常費買花錢』云云，爲高宗所稱賞，即日予釋褐，此則婁經記載，稍涉倚聲者知之。其實趙詞近沈著，俞第流美而已。以體格論，俞殊不逮趙，顧當時盛傳，以其句麗可喜，又諧適便口誦，故稱述者多。文字以投時爲宜，詞雖小道，可以闚顯晦之故，古今同揆，感嘅係之矣。

後晉高祖天福二年，契丹太宗改元會同，國號遼。公卿庶官皆倣中國，參用中國人，自是已還，密邇文化。當是時中原多故，而詞學寖昌。其先後唐莊宗、其後南唐中宗以知音提倡於上，和成績《紅葉稿》、馮正中《陽春集》揚葩振藻於下。徵諸載記，金海陵閱柳永詞有『三秋桂子，十里荷花』句，遂起吳山立馬之思。遼之於五季，猶金之於北宋也，雅聲遠姚，宜非疆域所能限。其後遼穆宗應曆十年，當宋太祖建隆元年；天祚帝天慶五年，當金太祖收國元年；西遼之亡於宋，爲寧宗嘉泰元年，得二百四十二年。於金爲章宗泰和元年，得八十七年。當此如千年間，宋固詞學極盛，金亦詞人輩出，遼獨闃如。欲求殘闋斷句，亦不可得。海寧周芚兮春輯《遼詩話》，竟無一語涉詞，絲簧輟響，蘭荃不芳，風雅道衰，抑何至是？唯是一以當百，有懿德皇后《回心院》詞，其詞旣屬長短句，十闋一律，以氣格言，尤必不可謂詩。音節入古，香豔入骨，自是《花間》之遺，北宋人未易克辦。南渡無論，金源更何論焉？姜堯章言：『凡自度腔，率以意爲長短句，而後協之以律。』懿德是詞，固已被之管絃，名之曰《回心院》，後人自可按腔填詞。吳江徐電發釚錄入《詞苑叢談》，德清徐誠菴本立收入《詞律拾遺》，庶幾洒林牙之陋，彌香膽之疏。史稱后工詩，善談論，自制歌詞，尤善琵琶。其於長短句所作容不止此，北俗簡質，罕見稱述，當時卽已失傳矣。

明屈翁山大均落葉詞《道援堂詞》，余卅年前卽憙誦之，不知其所以然也。『悲落葉，葉落絕歸期。縱使歸時花滿樹，新枝不是舊時枝。且逐水流遲。』末五字含有無限悽惋，令人不忍尋味，卻又不容已於尋味。又：『清淚好，點點似珠勻。蛺蝶情多元鳳子，鴛鴦恩重如花神。恁得不相親。』又：『紅茉莉，穿作一花梳。金縷抽殘蝴蝶繭，釵頭立盡鳳凰雛。肯憶故人姝。』哀感頑豔，亦復可泣可歌。

《蛻巖詞·摸魚兒·王季境湖亭蓮花中雙頭一枝，邀予同賞，而爲人折去。季境悵然，請賦》云：『吳娃小艇應偷采，一道綠萍猶碎。』《掃花游·落紅》云：『一簾晝永。綠陰陰、尚有綘趺痕凝。』並是眞實情景，寓於忘言之頃。至靜之中，非胷中無一點塵，未易領會得到。蛻翁筆能達出，新而不纖，雖淺語卻有深致。倚聲家於小處規橅古人，此等句卽金鍼之度矣。

《蛻巖詞·江神子·惜花》云：『縱使專春春有幾，花到此，已堪哀。』《鷓鴣天·爲妓繡蓮賦》云：『一痕頭導分雲綰，兩點眉山入翠顰。』『專春』、『頭導』字並絕新。《百字令·眉間雁》云：『鬓彈雲低，眉顰山遠，去翼宜相映。』又云：『一點風流應解妒，翡翠雙鈿相並。』『眉間雁』，當是花鈿之屬，於此僅見。《瑞龍吟・癸丑歲冬用清真詞韻賦別》云：『斷腸歲晚，客衣誰絮。』『絮』字活用，猶言裝緜，亦僅見。

『離恨做成春夜雨。添得春江，剗地東流去。弱柳繫船都不住。爲君愁絶聽鳴艣。』楊濟翁《蝶戀花》前段也，婉曲而近沈著，新穎而不穿鑿，於詞爲正宗中之上乘。

何搢之《小重山》『玉船風動酒鱗紅』之句，見稱於時，此特麗句云爾。臨邛高恥菴云見《詞品》：『譬如雲錦月鉤，造化之巧，非人琢也。此等句在天壤間有限。』似乎獎許太過。余喜其換頭『車馬去悤悤，路隨芳草遠』十字，其淡入情，其麗在神。

《東浦詞・且坐令》云：『但寃家、何處貪歡樂。引得我心兒惡。』毛子晉刻入《六十名家詞》，以『寃家』字涉俚，跋語譏之。按：宋蔣津《葦航紀談》：『作詞者流，多用「寃家」爲事，初未知何等語，亦不知所出，後因閲《烟花説》，有云「寃家」之説有六：情深意濃，彼此牽繫，寧有死耳，不懷異心，此所謂寃家者一也；兩情相繫，阻隔萬端，心相魂飛，寢食俱廢，此所謂寃家者二也；長亭短亭，臨歧分袂，黯然銷魂，悲泣良苦，此所謂寃家者三也；山遙水遠，魚雁無憑，夢寐相思，柔腸寸斷，此所謂寃家者四也；憐新棄舊，孤恩負義，恨切惆悵，怨深刻骨，此所謂寃家者五也；一生一死，觸景悲傷，抱恨成疾，迨與俱逝，此所謂寃家者六也。此語雖鄙俚，亦余之樂聞耳』云云。樸質爲宋詞之一格，此等字不足爲疵病，唯是宋人可用，吾人斷不敢用，若用之，而亦不足爲疵病，則駸駸乎入宋人之室矣。

朱淑真詞，自來選家列之南宋，謂是文公姪女，或且以爲元人，其誤甚矣。淑真與曾布妻魏氏爲詞友，曾布貴盛，丁元祐以後、崇寧以前，以大觀元年卒。淑真爲布妻之友，則是北宋人無疑。李易安時代，猶稍後於淑真，卽以詞格論，淑真清空婉約，純乎北宋，易安筆情近濃至，意境較沈博，下開南宋風氣。非所詣不相若，則時會爲之也。《池北偶談》謂淑真《璿璣圖記》作於紹定三年，『紹定』當是『紹聖』之誤。紹定理宗改元，已近南宋末季，浙地隸輦轂久矣，記云『家君宦遊浙西』，臨安亦浙西，詎容有此稱耶？

明《楊升菴外集》：『世傳西施隨范蠡去，不見所出，只因杜牧「西子下姑蘇，一舸逐鴟夷」之句而附會也。予竊疑之，未有可證以折其是非。一日讀《墨子》，曰：「吳起之裂，其功也；西施之沈，其美也。」喜曰：此吳亡之後，西施亦死於水，不從范蠡去之一證。墨子去吳、越之世甚近，所書得其真。然猶恐牧之別有見，後檢《修文御覽》，見引《吳越春秋·逸篇》云：「吳王亡後，越浮西施于江，令隨鴟夷以終。」乃笑曰：此事正與墨子合，杜牧未精審，一時趁筆之過也。蓋吳既滅，卽沈西施於江。浮，沈也，反言耳。隨鴟夷者，子胥之譖死，西施有力焉。胥死，盛以鴟夷，今沈西施，所以報子胥之忠，故曰隨鴟夷以終。范蠡去越，亦號鴟夷子，杜牧遂以子胥鴟夷，爲范蠡之鴟夷，乃影譔此事，以墜後人於疑網也』云云。曩余輯《祥福集》，嘗據以辯西施隨范蠡游五湖之誣，比閱董仲達穎《薄媚·西子詞》見《樂府雅詞》，其第六歇拍云：『哀忱屢吐，甬東分賜。垂暮日，置荒隅，心知愧。寶鍔紅委。鸞存鳳去，孤負恩憐情，不似虞姬。尚望論功，榮還故里。降令曰、吳亡赦汝，越與吳何異？吳正怨，越方疑。從公論，合去妖類。蛾眉竟殞，鮫綃香骨委塵泥。渺渺姑蘇，荒蕪鹿戲。』此詞亦謂吳亡，越殺西施，其曰『鮫綃香骨委塵泥』，又曰『渺渺姑蘇』，似亦含有沈之於江之意，與升菴所引《墨子》及《吳越春秋·逸篇》之言政合。仲達，宋人，如此云云，必有所本。則爲西子辨誣，又益一證，當補入《祥福》說。

葉夢得《避暑録話》：『歐陽文忠公在揚州作平山堂，每暑時，輒淩晨攜客往遊，遣人走邵伯，取荷花千餘朶，以畫盆分插百許盆，與客相間。遇酒行，即遣妓取花一枝傳客，以次摘其葉盡處，則飲酒，往往侵夜載月而歸。』郭遯齋《卜算子》序云：『客有惠牡丹者，其六深紅，其六淺紅，貯以銅瓶，置之席間，約五客以賞之，仍呼侑尊者六輩，酒半，人簪其一，恰恰無欠餘，因賦』：『誰把洛陽花，翦送河陽縣。魏紫姚黄此地無，隨分紅深淺。　小插向銅瓶，一段真堪羨。十二人簪十二枝，面面交相看。』遯齋詞事與歐公風趣略同，玉谿生以送鉤射覆入詩，得毋愧此雅故？

《青泥蓮花記》：『李之問解長安幕，詣京師改秩。都下聶勝瓊，名倡也，質性慧黠，李見而喜之。將行，勝瓊送別，餞飲於蓮花樓，唱一詞，末句曰：「無計留春住，奈何無計隨君去。」因復留經月，爲細君督歸甚切，遂飲別。不旬日，聶作一詞寄李云：「玉慘花愁出鳳城。蓮花樓下柳青青。尊前一唱《陽關》曲，別個人人第幾程。　尋好夢，夢難成。有誰知我此時情。枕前淚共階前雨，隔箇窗兒滴到明。」蓋寓調《鷓鴣天》也。之問在中路得之，藏於篋底，抵家，爲其妻所得，問之，具以實告。妻喜其語句清麗，遂出妝奩資夫取歸。瓊至，即棄冠櫛，損妝飾，委曲事主母，終身和悅，未嘗少有間隙焉。』勝瓊《鷓鴣天》詞，純是至情語，自然妙造，不假追琢，愈渾成，愈穠粹，於北宋名家中，頗近六一、東山，方之閨幃之彦，雖幽棲、漱玉，未遑多讓，誠坤靈間氣矣。之問之妻，能賞會勝瓊詞句，既無見嫉之虞，尤有知音之雅。委曲以事，和悅終身，吾爲勝瓊慶得所焉。　又：『朱端朝，字廷之，南渡後，肄業上庠，與妓馬瓊瓊者往來久之。及省試優等，授南昌尉，輾轉脫瓊瓊籍，挈之歸家。因闢二閣，東閣正室居之，瓊瓊居四閣。廷之之任南昌，倏經半載，西閣以梅雪扇寄之，後寫一詞，調《減字木蘭花》云：「雪梅妒色。雪把梅花相抑勒。梅性溫柔。雪壓梅花怎起頭？　芳心欲訴。全仗東君來作主。傳語東君。早與梅花作主人。」廷之詳味詞意，知爲東閣所抑，自是坐臥不安，竟託疾解綬。既抵家，置酒，會二閣，賦《浣溪沙》一闋云：「梅正開時雪正狂。兩般幽韻孰優長。且宜持酒細端相。　梅比雪花多一出，雪如梅蕊少些香。天公非是不思量。」自是二閣歡好如初。』茲事亦韻甚，唯是瓊瓊所遭，視勝瓊稍不逮，勝瓊誠勝瓊矣。

丁酉暮春，余客維揚，甘泉徐歠竹布衣穆，時年八十，晤於榕園，傾蓋如故。越日錄示舊作數闋，及王西御《論詞絶句》如干首，意甚鄭重。西御名僧保，真州人，殉髮逆之難，有《秋蓮子詞稿》。其《論詞絶句》未經梓行。歠翁云：『清新俊雄，雖元遺山、王漁洋論詩，未或過之。』『消息直從樂府傳，六朝風氣已開先。審聲定律心能會，字字宮商總自然。』『倚聲宋代始嫥家，情致唐賢小小詩。劉白溫韋工令曲，謫仙誰與並才華？』『落花流水寄嗟欷，如此才情絶世稀。誰遺斯人作天子，江山滿目淚沾衣。』『縹渺孤雲漾太清，定知冰雪淨聰明。淒涼一曲長亭怨，擅絶千秋白石名。』『易安才調美無倫，百代才人拜後塵。比似禪宗參實意，文殊女子定中身。』『前輩風流玉照堂，翩翩公子妙詞章。千金散盡身飄泊，對酒當歌不是狂。』『慷慨黄州一夢中，銅弦鐵板唱坡公。何人創立蘇辛派，兩字麤豪恐未工。』『短衣匹馬氣偏豪，淚灑英雄壯志消。最是野棠花落後，新詞傳唱《念奴嬌》。』『功業文章不朽傳，閒情偶爾到吟邊。平山楊柳今依舊，太守風流五百年。』『深情繾綣怨湘春，芳草天涯妙入神。名士無雙堪伯仲，卻鄰空谷有佳人。』元注：穆按：黄雪舟《湘春夜月》：『近清明，翠禽枝上銷魂。』李琳《六幺令》：『依約天涯芳草，染得春風碧。』『精心音律有清真，往復低徊獨愴神。若與梅溪評格調，略嫌脂粉污佳人。』『須知妙諦在清空，金碧檀欒語太工。豈有樓臺能拆碎，賞心蕉葉雨聲中。』『唾壺擊碎劍光寒，一座欷歔墨未乾。別有心胷殊歷落，不同花月寄悲歡。』元注：穆桉：張于湖在建康留守席上賦《六州歌頭》，感慨淋漓，主人爲之罷席。『功名福澤及來茲，賸有閒愁寫別離。愧煞男兒真薄倖，平生原不解相思。』『惜花恨柳太無聊，幽思沈吟裂洞簫。峭折秋山斂一角，賞心到此亦寥寥。』『紅近闌干韻最嬌，泥人香豔易魂銷。春風詞筆渾無賴，獨抱孤芳耐寂寥。』元注：穆桉：蔣竹山詞極穠麗，其人則衰節終身，有足多者。《虞美人》云：『海棠紅近綠闌干。』『韻事吟梅宋廣平，當歌此老亦多情。夢魂又踏楊花去，不愧風流濟美名。』『淮海詞人思斐然，春風熨帖上吟箋。輸君坐領湖山長，消受鶯花几席前。』『波翻太液名虛負，祇博當筵買笑錢。不是「曉風殘月」句，未應一代有屯田。』『絕無雅韻黃山谷，尚有豪情陸放翁。游戲何關心性事，爲君吟詠《望江東》。』元注：穆桉：山谷《望江東》詞『江水西頭隔烟樹』云云，清麗芊緜，卓然作者。『自有吟懷妙合宜，空山月破況清奇。蘇詞誤入誠何據，才弱聲流或可疑。』元注：穆桉：程垓《書舟詞·瑤階草》云：『空山子規叫，月破黃昏，冷意難忘。』《一翦梅》諸闋，毛晉刻《六十家詞》定爲蘇長公作，不知何據。『眼前有景賦愁思，信手拈來意自怡。詞客競傳佳話說，須知妙悟熟梅時。』『詞人多半善言愁，月露連篇欲語羞。夢覺銀屏春太瘦，垂楊應不減風流。』元注：穆桉：『銀屏夢覺』，陳西麓《垂楊》詞句也。『笛聲吹徹想風情，酒館青旂別緒縈。最著尚書春意鬧，一枝紅杏最知名。』元注：穆桉：陳簡齋《臨江仙》云：『杏花疏影裏，吹笛到天明。』謝無逸《江神子》云：『杏花邨館酒旂風。』宋祁詞：『紅杏枝頭春意鬧。』從古詠杏花者，未有若此三人也。『東堂觴詠自風流，語欠清新浪墨浮。孤負坡公相賞識，一官忍向蔡京求。』『竹坡何事亦工愁，海野悲涼汴水流。須識文章關氣節，才名終與穢名留。』『遺編鉅集富搜羅，審擇精詳信不譌。自訂新詞誰媲美，親嘗甘苦竟如何。』『身世悲涼閱盛衰，關山夢裏涕淋漓。蒼茫獨立誰今古，屈子《離騷》變雅遺。』元注：穆按：張蛻巖以一身閱元之盛衰，憫亂憂時，故其詞慷慨悲涼，獨有千古。《陌上花》云：『關山夢裏歸來還，又歲華催晚。』『風流相尚溯當年，不少名家簡牘傳。論斷若無心得處，依人作計亦徒然。』『殘葩賸粉亦堪珍，或恐飄零委劫塵。字字打從心坎上，此中自有賞心人。』『南北諸賢既渺然，寥寥同調最堪憐。瓣香未墜從人乞，吟斷回腸悟祕詮。』『人人弄筆彊知音，孤負霜豪莫浪吟。千載春花與秋月，一經寄託便遙深。』『兒女恩情感易深，更兼怨別思沈沈。美人芳草多香澤，不是《離騷》意亦淫。』『沈思渺慮窈通神，一片清光結撰成。豈許人間輕薄子，柔弦曼管寫私情。』『裁紅翦綠亦尋常，字字珍珠欲斷腸。別有心情人不識，春穠秋豔要思量。』『百徧尋思總未安，真源自在語知難。高山流水無人處，幽咽秋絃獨自彈。』歗翁贈余絕句：『當年吟社已沈消，淮海詞人半寂寥。今日粵西媚初祖，令人想像海棠橋。』附記。

餐櫻廡詞話卷九

趙忠簡詞，王氏四印齋刻入《南宋四名臣詞》，清剛沈至，卓然名家。故君故國之思，流溢行間句裏，如《鷓鴣天·建康上元作》云：『客路那知歲序移。忽驚春到小桃枝。天涯海角悲涼地，記得當年全盛時。　花弄影，月流輝。水精宮殿五雲飛。分明一覺華胥夢，回首東風淚滿衣。』《洞仙歌》後段云：『可憐窗外竹，不怕西風，一夜瀟瀟弄疏響。奈此九回腸，萬斛清愁，人何處、邈如天樣。縱隴水秦雲阻歸音，便不許時閒，夢中尋訪。』其它斷句尤多促節哀音，不堪卒讀。而卷端《蝶戀花》乃有句云：『年少淒涼天付與。更堪春思縈離緒。』閒情綺語，安在爲盛德之累耶？

李蕭遠《點絳脣》後段云：『碧水黃沙，夢到尋梅處。花無數。問花無語。明月隨人去。』意境不求甚深，讀者悅其輕倩。竹垞《詞綜》首錄此闋，此等詞固浙西派之初祖也。其《鵲橋仙》云：『小舟誰在落梅邨，正夢繞、清溪烟雨。』《西江月》云：『瓊瑽珠珥下秋空，一笑滿天鸞鳳。』皆警句可誦。

宋人詞開元曲蹊徑者，蔣竹山《霜天曉角·折花》云：『人影窗紗。是誰來折花。折則從他折去，知折去、向誰家。　檐牙。枝最佳。折時高折些。說與折花人道，須插向、鬢邊斜。』此詞如畫如話，亦復可喜。開國朝詞門徑者，高竹屋《齊天樂·中秋夜懷梅溪》云：『古驛烟寒，幽垣夢冷，應念秦樓十二。』此等句鉤勒太露，便失之薄。

兩宋人填詞，往往用唐人詩句；金元人製曲，往往用宋人詞句，尤多排演詞事爲曲。關漢卿、王實甫《西廂記》出於趙德麟《商調・蝶戀花》。其尤著者，檢《曲錄・雜劇部》，有《陶秀實醉寫風光好》、《晏叔原風月鷓鴣天》、《張于湖誤宿女貞觀》、《蔡蕭閒醉寫石州慢》、《蕭淑蘭情寄菩薩蠻》各等齣，皆詞事也。就一齣一事而審諦之，填詞者之用筆用字何若，製曲者又何若，曲繇詞出，其淵源在是。曲與詞分，其徑塗亦在是。曲與詞體格迥殊，而能得其並皆佳妙之故，則於用筆用字之法，思過半矣。

詞，《說文》：『意内而言外也。』《韻會》引作『音内言外』。疑《說文》宋本『意』作『音』，以訓『詩詞』之『詞』，於誼殊優。凡物在内者恆先，在外者恆後。詞必先有調，而後以詞填之，調卽音也。亦有自度腔者，先隨意爲長短句，後總以律，然律不外正宫、側商等名，則亦先有而在内者也。凡人聞歌詞接於耳，卽知其言，至其調或宫或商，則必審辨而始知，是其在内之徵也。唯其在内而難知，故古云知音者希也。

國初錫山侯氏刻《十名家詞》，有顧梁汾序一首，論詞見地絕高。江陰金淮生武祥粟香室重刻本，佚去此序；曩移鈔史館本顧集，亦未之載。亟錄於此。序云：『異時長短句，自《花間》、《草堂》而外，行世者蓋不多見。明末海虞毛氏始取《花庵》、《尊前》諸集，及宋人詞稿，盡付剞劂。其中字句之譌，姓名之混，間不免焉。雖然，讀書而必欲避譌與混之失，卽披閱吟諷，且不能以終卷，又安望其暢然拔去抑塞、任爲流通也？亦園主人，高情逸韻，擺落一切，顧於長短句，獨有玄賞。其所刻詩不一，而先之以詞；其所刻詞不一，而先之以十家之詞。皆藏弆善本，集中之爲譌且混者絕少，真可補毛氏所未及，抑余更有取焉。今人之論詞，大概如昔人之論詩，主格者，其歷下之摹古乎？主趣者，其公安之寫意乎？邇者，競起而宗晚宋四家，何異牧齋之主香山、眉山、渭南、遺山，要其得失，久而自定。余則以南唐二主當蘇、李，以晏氏父子當三曹，而虛少陵一席，竊比於鍾記室、獨孤常州之云，總讓亦園之不執己，不徇人，不强分時代，令一切矜新立異者之廢然返也。』

曩譔詞話有云：『真字是詞骨，情真景真，所作必佳。』金章宗《詠聚骨扇》云：『忽聽傳宣須急奏，輕輕褪入香羅袖。』此詠物兼賦事，寫出廷臣入對時情景，確是詠聚骨扇，確是章宗詠聚骨扇，它題它人，挪移不得，所以爲佳。

張信甫詞，傳者祇《驀山溪》一闋：『山河百二，自古關中好。壯歲喜功名，擁征鞍、彫裘繡帽。時移事改，萍梗落江湖，聽楚語，壓蠻歌，往事知多少。　蒼顔白髮，故里欣重到。老馬省曾行，也頻嘶，冷烟殘照。終南山色，不改舊時青，長安道，一回來、須信一回老。』以清遒之筆，寫慨慷之懷，冷烟殘照，老馬頻嘶，何其情之一往而深也？昔人評詩有云：『剛健含婀娜。』余以此詞亦云。張信甫，名中孚，《中州樂府》有小傳，陶鳧薌《詞綜補遺》誤以此詞爲張行信作，行信亦字信甫。

蕭吟所《浪淘沙·中秋雨》云：『貧得今年無月看，留滯江城。』『貧』字入詞夥矣，未有更新於此者。無月非貧者所獨，卽亦何加於貧？所謂愈無理愈佳，詞中固有此一境。唯此等句，以肆口而成爲佳，若有意爲之，則纖矣。《菩薩蠻·春雨》云：『烟雨溼闌干。杏花驚蟄寒。』『驚蟄』入詞僅見，而句乃特韻。

密國公璹詞，《中州樂府》著錄七首，姜史、辛劉兩派，兼而有之。《春草碧》云：『舊夢回首何堪，故苑春光又陳迹。落盡後庭花，春草碧。』《青玉案》云：『夢裏疏香風似度。覺來唯見，一窗涼月，瘦影無尋處。』並皆幽秀可誦。《臨江仙》云：『薰風樓閣夕陽多。倚闌凝思久，漁笛起烟波。』淡淡著筆，言外卻有無限感愴。

納蘭容若，爲國初第一詞人，其《飲水詩集·填詞古體》一章云：『詩亡詞乃盛，比興此焉託。往往歡娛工，不如憂患作。冬郎一生極顛頷，判與三閭共醒醉。美人香草可憐春，鳳蠟紅巾無限淚。芒鞋心事杜陵知，祇今惟賞杜陵詩。古人且失風人旨，何怪俗眼輕填詞。詞源遠過詩律近，擬古樂府特加潤。不見句讀參差《三百篇》，已自換頭兼轉韻。』容若，承平少年，烏衣公子，天分絕高。適承元、明詞敝，甚欲推尊斯道，一洗雕蟲篆刻之譏。獨惜享年不永，力量未充，未能勝起衰之任。其所爲詞，純任性靈，纖塵不染，甘受和，白受采，進於沈著渾至，何難矣？嘅自容若而後，數十年間，詞格愈趨愈下，東南操觚之士，往往高語清空，而所得者薄；力求新豔，而其病也尖。微特距兩宋若霄壤，甚且爲元、明之罪人，箏琶競其繁響，蘭荃爲之不芳，豈容若所及料者哉？

容若與顧梁汾交誼甚深，詞亦齊名，而梁汾稍不逮容若，論者曰失之脆。

容若《夢江南》云：『新來好，唱得虎頭詞。一片冷香惟有夢，十分清瘦更無詩。標格早梅知。』即以梁汾詠梅句，喻梁汾詞，賞會若斯，豈易得之並世！

《飲水詞》有云：『吹花嚼蕊弄冰絃。』又云：『烏絲闌紙嬌紅篆。』容若短調，輕清婉麗，誠如其自道所云。其慢詞如《風流子·秋郊卽事》云：『平原草枯矣，重陽後、黄葉樹騷騷。記玉勒青絲，落花時節，曾逢拾翠，忽聽吹簫。今來是、燒痕殘碧盡，霜影亂紅凋。秋水映空，寒烟如織，皁雕飛處，天慘雲高。人生須行樂，君知否、容易兩鬢蕭蕭。自與東君作別，剗地無聊。算功名何許，此身博得，短衣射虎，沽酒西郊。便向夕陽影裏，倚馬揮毫。』意境雖不甚深，風骨漸能騫舉，視短調爲有進，更進其庶幾沈著矣。其歇拍『便向夕陽』云云，嫌平易無遠致。

周稺圭先生《心日齋詞錄》凡十六家，各系一詩。溫飛卿云：『方山憔悴彼何人，《蘭畹》、《金荃》託興新。絕代風流《乾𦠆子》，前生合是楚靈均。』李後主云：『玉樓瑤殿枉回頭，天上人間恨未休。不用流珠詢舊譜，一江春水足千秋。』韋端己云：『浣花集寫浣花箋，消得孤篷聽雨眠。顧曲臨川還草草，負他春水碧於天。』李德潤云：『雜傳紛紛定幾人，秀才高節抗峨岷。扣舷自唱《南鄉子》，翻是波斯有逸民。』孫孟文云：『一庭疏雨善言愁，傭筆荊臺耐薄游。最苦相思留不得，春衫如雪去揚州。』晏叔原云：『宣華宮本少人知，珠玉傳家有此兒。道得紅羅亭上語，後來惟有小山詞。』秦少游云：『淮海風流舊有名，紅梅香韻本天生。癡人不解陳無己，黃九如何得抗衡。』賀方回云：『雕瓊鏤玉出新裁，屈宋嬙施眾妙該。他日四明工琢句，瓣香應自慶湖來。』周美成云：『宮調精研字字珠，開山妙手詎容誣。後生學語矜南渡，牙慧能知協律無。』姜白石云：『洞天山水寫清音，千古詞壇合鑄金。怪底纖兒誚生硬，野雲無跡本難尋。』史梅溪云：『長安索米漫欷歔，祕省申呈不負渠。泉底纖綃塵去眼，當時侍從較何如。』吳夢窗云：『月斧吳剛最上層，天機獨繭自繅冰。世人耳食張春水，七寶樓臺見未曾。』王聖與云：『碧山才調劇翩翩，風格鄱陽好並肩。姜史姜張饒品目，人間別有藐姑仙。』蔣竹山云：『陽羨鵞籠涕淚多，清辭一卷黍離歌。紅牙綵扇開元句，故國淒涼喚奈何。』張玉田云：『但說清空恐未堪，靈機畢竟雅音涵。故家人物滄桑錄，老淚禁他鄭所南。』張蛻巖云：『誰把傳燈接宋賢，長街掉臂故超然。雨淋一鶴沖霄去，寂寞騷辭五百年。』按：張詩舲《偶憶編》云：周稺圭中丞錄二十家詞，各系一詩，吾鄉蘇虛谷汝謙《雪波詞》自敘亦謂稡圭選古詞二十家，今刻本只十六家。

臨桂布衣朱小岑先生依真《九芝草堂詩存·論詞絶句》二十八首，宋人於周清真，國朝於朱錫鬯，並有微詞，頗不爲盛名所懾，惟推許樊榭甚至。觀其所爲詞，固不落浙西派也。小岑所著紀年詞及《緑窗》、《人間世》雜劇久佚，檢邑志，得《絳都春》、《念奴嬌》兩調，錄入《國朝詞綜續補》。其論同時人詞，意在以詩傳人，不得以論古之作例之。其詩云：『南國君臣豔綺羅，夢回雞塞欲如何。不緣鄰國風聞得，璧月瓊枝未詎多。』『天風海雨駭心神，白石清空謁後塵。誰見東坡真面目，紛紛耳食說蘇辛。』『柳綿吹少我傷春，杜宇聲聲不忍聞。十八女郎紅拍板，解人應只有朝雲。』『貧家好女自嬌妍，彤管譏評豈漫然。若向詞家角優劣，風流終勝柳屯田。』『詞場誰爲斬荊榛，隻手難扶大雅輪。不獨俳諧纏令體，鋪張我亦厭清真。』『合是詩中杜少陵，詞場牛耳讓先登。暗香疏影精神在，夜月清寒照馬塍。』元注：白石墓在西馬塍。『香泥壘燕盧申之，淡月疏簾綺語詞。何似山陰高竹屋，獨標新意寫烏絲。』『質實何須誚夢窗，自來才士慣雌黃。幾人真悟清空旨，錯采填金也不妨。』『雕梁軟語足形容，柳暝花昏意態中。項羽不知兵法誚，也應還著賀黃公。』賀裳，字黃公，著《皺水軒詞筌》，謂：『史邦卿咏燕詞，白石不取其「軟語商量」，而取其「柳昏花暝」，不免項羽不知兵法之譏。』『半湖春色少人窺，夜月蘆洲漁笛吹。深悔鈍根聞道晚，廿年始讀草窗詞。』『蓮子結成花自落，清虛從此悟宗門。西湖山水生清響，鼓吹堯章豈妄言？』『兒女癡情迴不侔，風雲氣概屬辛劉。遺山合有出藍譽，寂寞橫汾賦雁丘。』『蛻巖樂府脫浮囂，又見梅溪譜《六幺》。莫笑凋零草窗後，宋人風格未全消。』『已是金元曲子遺，風流全失《草堂》詞。端須忘盡崑崙手，更向樓前拜段師。』論明代『燕語新詞舊所推，中興力挽古風頹。如何拈出清空語，强半吳郎七寶臺。』詞至前明，音響殆絶，竹垞始復古焉，第嫌其體物集不免疊垛耳。『陳髯懷抱亦堪悲，寫入青衫悵悵詞。記得《中州樂府》體，豈知肖子屬吳兒？』『樊榭仙音未易參，追蹤姜史復誰堪。一時甘下先生拜，合與詞家作指南。』『侯鯖都不解療飢，癖嗜瘡痂笑亦宜。一夜梨花驚夢破，何如春草謝家詩？』吾鄉謝良琦《醉白堂詞》一卷，首二句括其自序語『昨夜梨花驚夢破，而今芳草傷必碧』，其詞中佳句也。『十載無能讀父書，摩挲遺譜每唏噓。詞人競美遺山好，蘊藉風流那不如？』先大夫有《補閒詞》二卷。『嶺西宗派頗紛拏，誰倚新聲仿竹垞。獨有春山冷居士，閉門窗下詠枇杷。』吾友冷春山昭有詞一卷，詠枇杷詞最工。『紅杏梢頭宋尚書，較量閨閣韻全輸。無端葉打風窗響，腸斷人間詞女夫。』閨秀唐氏，吾友黃南溪元配也，自號月中逋客，早卒。有詩詞集若干卷，其《杏花天》詞爲時所稱，予最喜其『試聽飄墮，聲聲風際，吹來打窗葉』，颯然有鬼氣。『零膏賸粉可能多，嘖嘖才名梁月波。叵耐斷腸天不管，香銷簾影捲銀河。』梁月波，宦門女，有才思，早卒。『香燼，香燼，簾捲銀河波影』，其《如夢令》中語也。又六首題云：『僕少有《論詞絶句》，迄今二十年，燈下讀諸家詞，有老此數家之意，復綴六章，於前論無所出入也。』『剛道《霓裳》指下聲，天風海雨倏然生。不逢郢匠揮斤手，楮葉三年刻未成。』『范陸詩名自一時，江南江北鬢成絲。遺聲莫訝多騷屑，不任空城曉角吹。』『妙手拈來意匠多，雲中真有鳳銜梭。讀書未敢因人廢，奈爾天南小吏何。』『雜擬江淹筆有花，傚顰不辨作東家。等閒渲出西湖色，卻倩旁人寫蜡華。』『欲起瑯琊仔細論，機鋒拈出付兒孫。禾中選體荊溪律，一代能扶大雅輪。』阮亭云：『「無可奈何花落去，似曾相識燕歸來」，必不是香奩詩；「良辰美景奈何天，賞心樂事誰家院」，必不是《草堂》詞。』確論也。『琴趣言情尚汴音，獨將騷雅寫秋林。當年姜史皆迴席，辛苦無從覓繡鍼。』《秋林琴雅》，樊榭詞。

金匱孫平叔爾準《秦雲堂詩集》絶句二十二首，專論國朝詞人。『風會何須判古今，含商嚼徵有知音。美人香草源流在，猶是當時屈宋心。』『草窗絕妙賸遺編，碎玉風琴韻半天。一曲水仙瀛海闊，刺船何處覓成連。』『鳳林書院紀新收，最愛書棚讀畫樓。猶識金元盛風雅，不知誰洗《草堂》羞。』『詞場青兕說髯陳，千載辛劉有替人。羅帕舊家閒話在，更兼蔣捷是鄉親。』『姑山句好尚書稱，一代詞家盡服膺。人籟定輸天籟好，長蘆終是遜迦陵。』『七寶樓臺隸事駢，雪獅兒句詠銜蟬。清空婉約詞家旨，未必新聲近玉田。』『笛家南渡慢詞工，靜志題評語最公。不分梁汾誇小令，一生周柳擅家風。』『弔雨花臺萬口傳，平安季子語纏綿。東風野火鴛鴦瓦，纔是平生第一篇。』『嚴顧同熏北宋香，清詞前輩數吾鄉。珠簾細雨今猶昔，賀老江南總斷腸。』『新來豔說六家詞，秋錦差能步釣師。雲月西崑撏撦遍，防他笑齒冷伶兒。』『作者誰能按譜填，樂章琴趣調三千。誰知萬首連城璧，眼底無人說畹仙。』『史筆梅村語太莊，雕華不解定山堂。要從遺老求佳製，一曲觀潮最擅場。』『炊聞玉友二鄉亭，山左才人未逕庭。只有曹家珂雪句，白楊涼雨耐人聽。』『麗農延露衍波牋，一世才名祗浪傳。「妾是桐花郎是鳳」，倚聲誰鬭野狐禪。』『問訊楓江舊釣磯，當時未解盛名歸。叢譚他日傳詞苑，一片殘陽在客衣。』『錢郎一曲託湘靈，錦瑟聲聲也愛聽。二十五絃清怨極，楚天如水數峯青。』『流傳遮莫笑吳兒，蓉渡真憑讕語爲。若向蘭陵論風雅，解嘲賴有栩園詞。』『德也清才卻執殳，棠村未許便齊驅。風流側帽天然好，莫向銅街擬獨孤。』『浪將左柳說淫哇，學步姜張便道佳。雪竹冰絲誰解賞，改蟲齋與小眠齋。』『紅友宮商上去嚴，偷聲減字盡排籤。石亭暢好韓歐筆，一字何妨直一縑。』『定甌練果試新茶，樊榭清吟漱齒牙。付與小紅歌一闋，鬢雲顫落玉簪花。』『馬趙陳吳記合并，響山四壁變秦聲。便如宛委山房裏，尊玉蟬絃字字清。』

宋毛幵自宛陵易倅東陽，留別諸同寮《滿庭芳》云：『回頭笑，渾家數口，又泛五湖舟。』俚語稱

『妻』曰『渾家』，屢見坊肆間小說，毛詞則舉一切眷屬言之。

周必大《近體樂府》有《點絳脣·七夜趙富文出家姬小瓊再賦》，『七夕』作『七夜』，甚新。小瓊，卽范石湖所謂與韓無咎、晁伯如家姬稱爲三傑者，見《本事詞》注。

《遺山樂府》張家鼒校本，末附訂誤。其《鷓鴣天》云：『拍浮多負酒家錢。』訂誤云：『「錢」元誤「船」，今正。』按：遺山有《浣溪沙》云：『拍浮爭赴酒船中。』可證《鷓鴣天》句『船』字非誤，張校臆改，誤也。《晉書》畢卓云：『拍浮酒船中，便足了一生。』

《漢書·黃霸傳》：霸曰：『許丞廉吏，雖老，尚能拜起送迎。正頗重聽，何傷？』重，傳容切。元劉敏中《中菴詩餘·南鄉子·老病自戲》云：『耳重眼花多，行則攲危語則訛。』『耳重』卽重聽，讀若『輕重』之『重』，僅見。

《中菴詩餘·鵲橋仙·觀接牡丹》云：『栽時白露，開時穀雨。培養工夫良苦。閒園消息阿誰傳，算只是、司花說與。　寒梢一拂，芳心寸許。點破凡根宿土。不知魏紫是姚黃，到來歲、春風看取。』曩見查悔餘《得樹樓雜鈔》引《黃伐檀集·妒芽說》『客有語予，人有以桃爲杏者，名曰接。其法：斷桃之本而易以杏，春陽既作，其枝葉與花皆杏也。桃之萌亦出於其本，翁然若與杏爭盛者。主人命去之，此妒芽也』云云。接花入題詠，於劉詞僅見。吾廣右花傭最擅此技，如以桃接杏，則先植桃於盆，其本必蟠倔有姿致，僅留一二枝條。壯約指許，屆清明前，則就杏擇其枝氣王者，壯相若者，與桃之本姿致宜稱者，審定長短距離，削去其半，約寸許，同時於桃枝近本處，亦削去其半，亦寸許，速就兩枝受削處，密切黏合，以苧皮緊束之，外用杏根畔土，調融塗護，勿露削口，若所接杏枝。距地較高，則植木爲架，揞桃盆，務令兩花高下相若，無稍拗屈彊附。迨至夏初，兩枝必合而爲一，苧皮暫不必解，於杏枝削口稍下徐徐鋸斷，俾兩花脱離，卽將削口稍上之桃枝鋸棄，則本桃而花葉皆杏矣。它花接法並同，唯所接皆木本，接時必清明前。如劉詞所云，牡丹係草本，白露已深秋，能於深秋接草木花，其技精於今人遠甚，唯詞歇拍云：『不知魏紫是姚黃，到來歲、春風看取。』當接花時，不能預定其色品，詎昔之接異於今之接耶？惜其法不可得而攷矣。

又《木蘭花慢·贈貴游摘阮時得名妾故戲及之》云：『松間。玄鶴舞翩翩。山鬼下蒼烟。正閉戶焚香，捩商泛角，非指非絃。』曩見宋人所繪《九歌圖》山鬼像，綽娟倩，所謂『既含睇兮又宜笑，子慕余兮善窈窕』，彼雲屏妙姬，能當之無愧色耶？

唐人《雲謠集雜曲子》三十首〔一〕，嗚沙石室祕籍也，有目無詞者十二首，有詞者只三首。《鳳歸雲》云：『征夫數歲，萍寄他邦。去便無消息，累換星霜。愁聽砧杵，疑塞鴈、□□□此三□增行。孤眠鸞帳裏，枉勞魂夢，夜夜飛颺。想君薄行，更不思量。誰爲傳書，與妾表衷腸。倚牖無言，垂血淚、闇祝三光。萬般無那處，一爐香盡，又更添香。』又云：『怨綠窗獨坐，修得爲君書。前闋起調二句，句四字，此二句，句五字，疑「怨」字、「爲」字是襯字。征衣裁縫了，遠寄邊塞。此字應平應叶，「塞」疑傳寫之譌。想得爲君，貪苦戰、不憚崎嶇。中朝沙里□此□增，□馮三尺，勇戰姦愚。豈知紅□此□增，□淚如珠。枉把金釵，卜卦□皆虛。魂夢天涯，無暫歇、枕上□此□增虛。待公卿迴日，容顔憔悴，彼此何如。』兩詞譌奪已甚，幾不能句讀，尤不成片段，頃稍加整比，增□六，疑襯字二，疑失叶譌字一，便兩闋皆可分段，前後段句法字數並同，唯後闋起調多二襯字耳。又。又並闕。《天仙子》云：『鶯語啼時疑鶯啼之譌三月半。烟蘸柳條金綫亂。五陵原上有仙娥，攜歌扇。香爛漫。留住九華雲一片。犀玉滿頭花滿面。負妾一雙偷淚眼。淚珠若得似真珠，拈不散。知何限。串向紅絲應百萬。』又已下詞並闕。《竹枝子》、《洞仙歌》、《破陣子》、《換沙溪》、《柳青娘》、《傾盃樂》。《浣溪沙》作《換沙溪》，僅見。

【校記】

〔一〕雲：底本作『玄』，據集名改。

王文簡《倚聲集序》：『唐詩號稱極備，樂府所載，自七朝五十五曲外不概見，而梨園所歌，率當時人之作。如王之渙之《涼州》，白居易之《柳枝》，王維《渭城》一曲，流傳尤盛。此外雖以李白、杜甫、李紳、張籍之流，因事創調，篇什繁富，要其音節，皆不可歌。詩之爲功既窮，而聲音之祕，勢不能無所寄。於是溫、和生而《花間》作，李、晏出而《草堂》興，此詩之餘而樂府之變也。詩餘者，古詩之苗裔也。語其正，則南唐二主爲之祖，至漱玉、淮海而極盛，高、史其嗣響也。語其變，則眉山導其源，至稼軒、放翁而盡變，陳、劉其餘波也。有詩人之詞，唐蜀五代諸人是也；有文人之詞，晏、歐、秦、李諸君子是也；有詞人之詞，柳永、周美成、康與之之屬是也；有英雄之詞，蘇、陸、辛、劉是也。至是聲音之道乃臻極致，而詩之爲功，雖百變而不窮』云云。僅二百數十言，而詞家源流派別，瞭若指掌，是書傳本絕尠，亟節記之。

甲辰四月下沐，過江訪半唐揚州，晤於東關街安定書院西頭之寓廬。握手欷歔，彼此詫爲意外幸事，蓋不相見已十年矣。半唐出示別後所得宋人詞精鈔本四鉅冊：劉辰翁《須溪詞》、謝薖《竹友詞》、嚴羽《滄浪詞》只二闋，不能成卷、張肎《夢庵詞》、陳深《寧極齋樂府》、張輯《東澤綺語債》、李祺《僑庵詞》、陳德武《白雪詞》、王達《耐軒詞》、曹寵《松隱詞》、吴潛《履齋先生詞》、廖行之《省齋詩餘》、汪元量《水雲詞》、張掄《蓮社詞》、沈瀛《竹齋詞》、王以寧《王周士詞》、陳著《本堂詞》，最十七家。《須溪》、《東澤》、《水雲》三種，曩與半唐同官京師，極意訪求不可得，《松隱》則昔只得前半本，此足本也。右一則曩譔《蘭雲菱夢樓筆記》鍥行時刊削之稿，今半唐歸道山久，四印齋中長物，悉化雲烟。此宋詞四鉅冊，不知流落何所，亟記之，以存其目。其《東澤綺語債》亦足本，爲最可惜，比以語漚尹，不信有此本也。

倚聲之作，石刻間見箸録，金文尤罕覯。宋《滿江紅》詞鏡，鏡邊飾以梅花，詞作回文書：『雪共梅花，念動是、經年離拆。重會面、玉肌真態，一般標格。誰道無情應也妒，暗香蘊沒教誰識。卻隨風、偷入傍妝臺，縈簾額。　驚醉眼，朱成碧。隨冷煖，分青白。嘆朱紘凍折，高山音息。悵望關河無驛使，剡溪興盡成陳迹。見似枝而喜對楊花，須相憶。』馮晏海雲鵬得之濟南，謂其詞類宋人，故定爲宋鏡。見張詩舲祥河《偶憶編》。又曾賓谷燠藏宣德銅盤，内刻《錦堂春》詞：『映日穠花旖旎，縈風細柳輕盈。游絲十丈重門靜，金鴨午烟清。　戲蝶渾如有意，啼鶯還似多情。游人來往知多少，歌吹散春聲。』『宣德七年正月十五日。』

義州李文石葆恂《舊學盦筆記》記所見金石書畫，有宋製賈文元玉詞牌。按：賈昌朝，字子明，獲鹿人。天禧初賜同進士出身，慶曆間拜同中書門下平章事，加左僕射，卒謚文元。有《木蘭花慢》云：『都城水渌嬉遊處，仙棹往來人笑語。紅隨遠浪泛桃花，雪散平堤飛柳絮。　東君欲共春歸去，一陣狂風和驟雨。碧油紅旆錦障泥，斜日畫橋芳草路。』黄花庵云：『公生平唯賦此一詞，未審卽玉牌所刻否？』

《炙硯瑣談》云：『納蘭容若侍中與顧梁汾交最密，嘗填《賀新涼》詞爲梁汾題照，有云：「一日心期千劫在，後身緣、恐結他生裏。然諾重，君須記。」梁汾答詞，亦有「願託結來生休悔」之語。侍中殁後，梁汾旋亦歸里。一夕夢侍中至，曰：「文章知己，念不去懷，泡影石光，願尋息壤。」是夜，其嗣君舉一子，梁汾就視之，面目一如侍中，知爲後身無疑也。心竊喜甚，彌月後，復夢侍中別去，醒後急詢之，已殤矣。先是侍中有小像留梁汾處，梁汾因隱寓其事，題詩空方，一時名流多有和作。像今存惠山忍草庵貫華閣。』《炙硯瑣談》，武進湯曾輅大奎撰，貞愍大父也。

光緒甲午，伯愚學士志鈞簡烏里雅蘇臺辦事大臣，宗室伯希祭酒盛昱賦《八聲甘州》贈行云：『驀橫吹、意外玉龍哀，烏里雅蘇臺。看黄沙毳幕，縱橫萬里，攬轡初來。莫但訪碑荒磧，自注：同人屬拓闕特勤碑。爾是勒銘才。直到烏梁海，蕃落重開。六載碧山丹闕，幾商量出處，拔我蒿萊。愴從今別後，萬卷一身薤。約明春、自專一壑，我夢君、千騎雪皚皚。君夢我、一枝榔栗，扶上巖苔。』蓋伯愚此行，雖之官，猶遷謫也。伯希詞甫脱稿，卽錄示余，小紅箋細字絶精，比幡帤故紙得之，此等詞略同杜陵詩史，關係當時朝局，非尋常投贈之作可同日語，因亟箸於編。王半唐給諫有和作云：『是男兒、萬里慣長征，臨歧漫淒然。只榆關東去，沙蟲猿鶴，莽莽烽烟。試問今誰健者，慷慨著先鞭。且袖平戎策，乘傳行邊。老去驚心鼙鼓，嘆無多憂樂，換了華顛。儘雄虺瑣瑣，呵壁問蒼天。認參差、神京喬木，願鋒車、歸及中興年。休回首、算中宵月，猶昭居延。』

半唐雜文，存者絶少，檢敝簏，得其寄番禺馮恩江永年手札舊稿。馮爲半唐之戚，有《看山樓詞》，故語多涉詞。『十年闊别，萬里相思，往在京華，得寄南園二子詩鈔，嘗置座隅，不時循誦，以當晤言。去秋與家兄會於漢南，又讀《看山樓詞》，不啻與故人烟語於匡番寒翠間，麈柄鑪香，仿佛可接。尤傾倒者，在言情令引，少游「曉風」之詞，小山「蘋雲」之唱，我朝唯納蘭公子，深入北宋堂奥，遺聲墜緒，二百年後，乃爲足下拾得，是何神術？欽佩！欽佩！姪溷跡金門，素衣緇盡，閒較倚聲之作，謬邀同輩之知。既獎藉之有人，漸踴躍以從事。私心竊比，乃在南宋諸賢，然畢力奔赴，終彳亍於絶潢斷潤間，於古人之所謂康莊亨衢者，不免有望洋向若之歎，天資人力，百不如人，奈何？奈何？萬氏持律太嚴，弊流於拘且雜，識者至訾爲癡人説夢，未免過情，然使來者之有人，綜羣言於至當，俾倚聲一道，不致流爲句讀不緝之詩，則篳路開基，紅友實爲初祖，不審高明以爲然否？往歲較刻姜、張諸詞集，計邀青睞，祈加匡訂。此外如周、辛、王、史諸家，皆世人所欲見，又絶無善本單行，本擬讎刊，並公同好。又擬輯録同人好詞爲笙磬同音之刻，自罹大故，萬事皆灰，加以病豎相纏，精力日茶，不識此志能否克遂。它日殘喘稍蘇，校刻先人遺書畢，當再鼓握鉛之氣。足下博聞强識，好學深思，其有關於諸集較切者，幸示一二，盼盼。歸來百日，日與病鄰，喪葬大事，都未盡心豪末，負疊高厚，尚復何言？飢能驅人，廏門未遂，涉淞渡湖，載入梁園。今冬明春，當返都下，壹是家兄當詳述以聞，不再覼縷。白雪曲高，青雲路阻，雙江天末，瞻企爲勞。附呈拙製，祈不吝金玉，啓誘蒙陋，風便時錫好音。諸惟爲道珍重不備。』又云：『倚聲夙昧，律吕尤疏，特以野人擊壤，孺子濯纓。天機偶觸，長謠斯發。深慚紅友之持律，有愧碧山之門風。意迫指訾，遑恤顔厚。兹録辛巳所牿得若干闋就正。嗟夫！樗散空山，大匠不眂；

桐焦爨下，中郎賞音。得失何常，真賞有在。傳曰：「子今不訂吾文，後世誰知訂吾文者。」謬附古誼，率辱雅裁，幸甚！幸甚！』半唐故後，其生平箸作與收藏均不復可問，即其奏稿存否亦不可知，此手札，亦吉光片羽矣。

餐櫻廡詞話卷十

漁洋治春紅橋，香豔千古，而《香祖筆記》云：『東坡守揚州，始至，即判革牡丹之會。自云雖煞風景，且免造孽。予少時爲揚州推官，舊例，府僚迎春瓊花觀，以妓騎而導輿，太守、節推各四人，同知以下二人，歸而宴飲，令歌以侑酒。吏因緣爲姦利。予深惡之，語太守一切罷去，與坡公事相似。』或曰：『不圖此舉，出自王桐花。』蕙風曰：『此其所以爲王桐花也。』曩余自譔《存悔詞序》，有云：『冬郎風格，不能例以《香籢》。』

『良人輕逐利名遠，不憶幽花靜院』，楊澤民《秋蘂香》句。『幽花靜院』，抵多少『盈盈秋水，淡淡春山』。『良人』句質，不俗，是澤民學清真處。

遺山句云『草際露垂蟲響偏』，寫出目前幽靜之境，小而不纖，妙在『垂』字、『響』字，此二字不可易。

《松厓詞·竹香子·詠斑竹菸管》云：『莫問吞多咽少。釣詩竿、何妨飢齩。』『釣詩竿』可作喫菸典故。

『曲有煞尾，有度尾，煞尾如戰馬收繮，度尾如水窮雲起』見《董西廂》眉評。煞尾，猶詞之歇拍也。度尾，猶詞之過拍也。如水窮雲起，帶起下意也。填詞則不然，過拍衹須結束上段，筆宜沈著，換頭另意另起，筆宜挺勁，稍涉曲法，卽嫌傷格，此詞與曲之不同也。

劉無黨《錦堂春・西湖》云：『牆角含霜樹靜，樓頭作雪雲垂。』『靜』字、『垂』字，得含霜、作雪之神，此實字呼應法，初學最宜留意。

元張埜夫《古山樂府・清平樂・春寒》云：『韶光已近春分。小桃猶揹霜痕。』揹，猶言不放也，與『餘寒猶勒一分花』之『勒』略同。『揹』字入詞，僅見。

古山詞《滿江紅》云：『七椀波濤翻白雪，一枰冰雹消長日。』《水龍吟》云：『茶甌雪捲，紋楸雹響，醉魂初醒。』以冰雹形容棋聲之清脆，頗得其似。曩余有句云『雪聲清似美人琴』，蓋《爾雅》所云『霄雪』也。

壽詞難得佳句，尤易入俗。古山詞《太常引・壽高丞相自上都分省回》云：『報國與憂時。怎瞞得、星星鬢絲？』《水龍吟・爲何相壽》云：『要年年霖雨，變爲醇酎，共蒼生醉。』此等句，渾雅而近樸厚，雖壽詞亦可存。

元張師道《養蒙先生詞・玉漏遲・壽張右丞》云：『端正嬋娟，爲我玳筵留照。』『端正嬋娟』四字，用之壽詞，莊雅而宜稱。它家詞中，未之見也。

金朝遺風，冬月頭雪，令童輩團取，比明抛親好家，主人見之，卽開宴娛賓，謂之『撇雪會』。見王秋澗詞《江神子》序。金源雅故，流傳絶少，亟記之。

宋昭容王清惠北行題壁《滿江紅》云：『願嫦娥相顧肯從容，隨圓缺。』文丞相讀至此句，嘆曰：『惜哉！夫人於此少商量矣。』趙松雪《木蘭花慢・和李篔房韻》云：『但願朱顏長在，任它花落花開。』言爲心聲，是亦隨圓缺之説矣。《麓堂詩話》載其《谿上》詩句：『錦纜牙檣非昨夢，鳳笙龍管是誰家？』則何感愴乃爾，所謂非無萌蘖之生焉。

倪雲林《踏莎行》後段云：『魯望漁邨，陶朱烟島。高風峻節如今掃。黄雞啄黍濁醪香，開門迎笑東鄰老。』舊作《錦錢詞・壽樓春・陶然亭賦》前段云：『登陶然孤亭。問垂楊、閲盡多少豪英。我輩重來攜酒，但問黄鶯。』後段云：『垂竿叟，渾無營。共閒鷗占斷，烟草前汀。一角高城殘照，有人閒凭。』蓋當時實景，託恉與雲林略同。半唐云：『愈含蓄，愈雋永。』

《雲林詞・人月圓》云：『悵然孤歗，青山故國，喬木蒼苔。當時明月，依依素影，何處飛來？』李重光《浪淘沙》云：『晚涼天淨月華開。想得玉樓瑤殿影，空照秦淮。』同一不堪回首。

雲林壽彝齋《太常引》云：『柳陰濯足水侵磯。香度野薔薇。芳草緑萋萋。問何事、王孫未歸。一壺濁酒，一聲清唱，簾幙燕雙飛。風暖試輕衣。介眉壽、遙瞻翠微。』壽詞如此著筆，脱然畦封，力雅超逸，『壽』字只於結處一點，後人可取以爲法。

海寧查悔餘慎行《得樹樓雜鈔》：『《宋史》：「紹興五年五月，神武中軍統制楊沂中，發卒輦怪石，寘太平樓。侍御史張絢，劾奏其事，沂中坐罰金。」元黄文獻公溍集，有《先居士樂府後記》云：「舊傳太平樓，秦檜所建。按：沂中罰金時，檜已去相位，則樓之建，當在檜秉政初。洎檜再相，和議成，日使士人歌詠太平中興之美，樂府《滿庭芳》所由作也。」此事《咸淳臨安志》不載』云云。按《吳興備志》：『黄溍，字晉卿，本姓丁，世居吳興。父鑄，育於義烏之黄。溍登延祐二年進士第，累官翰林學士，謚文獻。』據此知溍父名鑄。元吳師道《敬鄉録》載宋何茂恭恪《跋黄槐卿題太平樓樂府》云『予友黃槐卿，有膽略之士也。當秦氏側目磨牙，以衊忠肉義骨之際，獨不爲威惕，成長短句，以磨其須。其仇因挾爲奇貨以控之，且二十年矣。會秦檜下世，遂不及發。其脫於虎口者，幸也』云云。據此，知鑄字槐卿。兩宋詞學極盛，士流束髮受書，大都孹究宮律，顧其所作，幸而得傳。鉅公華胄而外，十之一二云爾。槐卿《滿庭芳》詞，具見平生風節，乃竟湮沒失傳，尤爲可惜。宋元已還，小說雜編之屬，未見者不少，容或記述及之，竢異日攷求焉。《絕妙好詞》卷六有黃鑄《秋蘂香令》一首，鑄字晞顏，號乙山，邵武人，官柳州守，乃別是一人，姓名偶同耳。

清真詞『最苦夢魂，今宵不到伊行』，『天便教人，霎時相見何妨』等句，愈質愈厚。趙待制《燭影搖紅》云：『莫恨藍橋路遠。有心時，終須再見。』略得其似。待制詞以婉麗勝，似此句不能有二也。

趙待制詞《蝶戀花》云：『別久嗁多音信少。應是嬌波，不似當年好。』《人月圓》云：『別時猶記，眸盈秋水，淚溼春羅。』並從秦淮海『也應似舊，盈盈秋水，淡淡春山』句出，可謂善於變化。

『僵臥碎瓊呼不起，看繁星歷亂如棊走』，武進趙億孫舍人懷玉題張仲冶雪中狂歌圖《金縷曲》句也。曩予極喜之，采入《香海棠館詞話》，比閱《蘭皋明詞彙選》，淩彥翀《蝶戀花·詠杏花》云『醉眼看花花亦舞』，只七字，與趙同工而更韻。

《花間集》歐陽炯《浣溪沙》云：『蘭麝細香聞喘息，綺羅纖縷見肌膚。此時還恨薄情無。』自有豔詞以來，殆莫豔於此矣。半唐僧鶩曰：『奚翄豔而已，直是大且重。苟無《花間》詞筆，孰敢爲斯語者？』

《審齋詞·好事近·和李清宇》云：『歸晚楚天不夜。抹牆腰橫月。』只一『抹』字，便得冷靜幽瑟之趣。

高竹屋《金人捧露盤・詠梅》二闋：『念瑤姬，翻瑤佩，下瑤池。冷香夢、吹上南枝。羅浮夢杳，憶曾清曉見仙姿。天寒翠袖，可憐是、倚竹依依。　溪痕淺，雪痕凍，月痕淡，粉痕微。江樓怨、一笛休吹。芳信待寄，玉堂烟驛雨淒遲。新愁萬斛，爲春瘦、卻怕春知。』又：『楚宮閒，金成屋，玉爲闌。斷雲夢、容易驚殘。驪歌幾疊，至今愁思怯陽關。清音恨阻，抱哀箏、知爲誰彈？　年華晚，月華冷，霜華重，鬢華斑。也須念、閒損雕鞍。斜緘小字，錦江三十六鱗寒。此情天闊，正梅信、笛裏關山。』《絶妙好詞》録前一闋，余則謂以風格論，後闋較尤遒上也。

宋人詞亦有疵病，斷不可學。高竹屋《中秋夜懷梅溪》云：『古驛烟寒，幽垣夢冷，應念秦樓十二。』此等句鉤勒太露，便失之薄。張玉田《水龍吟・寄袁竹初》云：『待相逢、說與相思，想亦在、相思裏。』尤空滑粗率，並不如高句字面稍能蘊藉。

李商隱《高陽臺・詠落梅》云：『飄粉杯寬，盛香袖小，青青半掩苔痕。竹裏遮寒，誰念減盡芳雲。幺鳳叫晚吹晴雪，料水空、烟冷西泠〔一〕。感凋零，殘縷遺鈿，池邐成塵。　東園曾趁花前約，記按箏籌酒，戲挽飛瓊。環佩無聲，草暗臺榭春深。欲倩怨笛傳清譜，怕斷霞、難返吟魂。轉銷凝、點點隨波，望極江亭。』前段『誰念』『念』字，『幺鳳』『鳳』字，後段『草暗』『暗』字、『欲倩』『倩』字、『斷霞』『斷』字，它宋人作此調，並用平聲；商隱別作《寄題蓀壁山房》闋，亦用平聲。唯此闋用去聲，以峭折爲婉美，非起調畢曲處，於宮律無關係也。其前段『水空』『水』字，似亦應用去聲，上與平可通融，與去不可通融也。商隱與弟周隱有《餘不谿二隱叢說》，惜未得見。

李周隱《小重山》云：『畫檐簪柳碧如城。一簾風雨裏、過清明。』又云：『紅塵沒馬翠蘿輪。西泠曲、歡夢紫飄零。』『簪』字、『沒』字、『蘳』字，並力求警鍊，造語亦佳。

姚進道《簫臺公餘詞・浣溪沙・青田趙宰席間作》云：『醉眼斜拖春水綠，黛眉低拂遠山濃。此情都在酒杯中。』《鷓鴣天・縣有花名日日紅高仲堅席間作》云：『夜深莫放西風入，頻遣司花護錦裀。』《瑞鷓鴣・賞海棠》云：『一抹霞紅勻醉臉，惱人情處不須香。』《如夢令・水仙用雪堂韻》云：『鈎月襯淩波，彷彿湘江烟路。』《行香子・抹利花》云：『香風輕度，翠葉柔枝。與玉郎摘，美人戴，總相宜。』《好事近・重午前三日》云：『梅子欲黃時，霖雨晚來初歇。誰在綠窗深處，把綵絲雙結。淺斟低唱笑相偎，映一團香雪。笑指牆頭榴火，倩玉郎輕折。』進道名述堯，錢唐人。南宋理學家張子韶詩云：『環顧天下間，四海唯三友。』三友者，施彥執、姚進道、葉先覺，其見重於時如此。顧亦能爲綺語情語，可知《蘭畹》、《金荃》，何損於言坊行表也？

劉潛夫《風入松・福清道中作》云：『多情唯是燈前影，伴此翁同去同來。逆旅主人相問：「今回老似前回？」』語真質可喜。

或問國初詞人當以誰氏爲冠，再三審度，舉金風亭長對：問佳構奚若，舉《擣練子》云：『思往事，渡江干。青娥低映越山看。共眠一舸聽秋雨，小枕輕衾各自寒。』

評閨秀詞，無庸以骨榦爲言。大都嚼蘂吹香、搓酥滴粉云爾。亦有濬發巧思、新穎絕倫之作。《閨秀正始集》張芬《寄懷素窗陸姊》七律一首，回文調寄《虞美人》詞。詩云：『明窗半掩小庭幽，夜靜燈殘未得留。風冷結陰寒落葉，別離長望倚高樓。遲遲月影移斜竹，疊疊詩餘賦旅愁。將欲斷腸隨斷夢，雁飛連陣幾聲秋。』詞云：『秋聲幾陣連飛雁。夢斷隨腸斷。欲將愁旅賦餘詩。疊疊竹斜，移影月遲遲。樓高倚望長離別。葉落寒陰結。冷風留得未殘燈。靜夜幽庭。小掩半窗明。』芬，字紫蘩，號月樓，江蘇吳縣人。著有《兩面樓偶存稿》。

無名氏按：當是唐人《魚游春水》云：『秦樓東風裏，燕子歸來尋舊壘。餘寒猶峭，紅日薄侵羅綺。嫩草方抽碧玉茵，媚柳輕拂黃金縷。鶯囀上林，魚游春水。』李元膺《洞仙歌》云：『雪雲散盡，放曉晴庭院。楊柳於人便青眼。更風流多處，一點梅心，相映遠。約略顰輕笑淺。』詞中此等意境，余極喜之。潘瀛選《新荷葉》云：『日麗風柔，水邊天氣鮮新。閒坐斜橋，數完幾折溪痕。酒旗戲鼓，怯餘寒、未滿前村。小紅乍乳，鶯聲一巷纔勻。節過收燈，風光尚未踰旬。粉糁疏籬，誰家香玉粼粼。雛晴嫩霽，似垂髫、好女盈盈。江南烟景，殢人猶在初春。』此詞亦韶令可誦。瀛選，順治朝宜興人。

大興李松石汝珍著《李氏音鑑》，自以三十三字母爲詞，調《行香子》云：『春滿堯天，溪水清漣。嫩紅飄，粉蝶驚眠。松巒空翠，鷗鳥盤翾。對酒陶然，便博個，醉中仙。』『春滿堯天』，卽昌茫陽○梯秧切下仿此。姪書圃調《青玉案》云：『垂楊低現紅橋路。看碧鳥，飛無數。殘照平塘人過渡。清尊把酒，迷離秀樹。南浦天街暮。』姪安圃調《謝池春》云：『細雨纔晴，便踏春泥沽酒。指人家、數條嫩柳。酩酊獨醉，把《漢書》評剖。看閒門、問奇來否？』徐聲甫鏞調《錦纏道》云：『對酒南樓，門掩春花天曉。林邊千點蒼山小。三橋騰跨波紋裊。明鏡平鋪，舟放人歸早。』許石華調《鳳凰閣》云：『喜闕巢新燕，低飛屋角。呢喃頻對清閟閣。爭把柳緜桃蘂，常時啣卻。盼將子、數來庭幕。』許月南音鵠調《醉太平》云：『春暖鶯狂。花團蝶嚷。雲嵐滋味曾嘗。勸君頻舉觴。軟飽醉鄉。黑甜睡方。懸琴端按宮商。寧知辛苦忙。』各詞調皆三十三字，並與字母雙聲恰合，無一複音。作者非必倚聲嫥家，卽亦煞費匠心矣。

《羣書類要事林廣記》，西潁陳元靚編，康熙三十九年版行於日本彼國元祿十二年。凡所記載，起自南宋，迄於元季，涉明初則續增也。中間雅故珍聞，往往新奇可憙。戊集《文藝類·圓社摸場》云：『四海齊雲社，當場蹴氣毬。作家偏著所，圓社最風流。况是青春年少，同輩朋儔。向柳巷花街翫賞，在紅塵紫陌追遊。脫履撏來憑眼活，認冥爲有。準杈兒扶住惟口鳴，識踢乃無憂。右搭右花跟，似烏龍兒擺尾，左側右虛扢，似丹鳳子搖頭。下住處全在低羙，打著人惟仗推收。使力藏力，以柔取柔。集閑中名爲一絕，決勝負分作三籌。俺也絲鞵羅袴，短帽輕裘。襟沾香汗溼，韈污軟塵浮。佩劍仙人時側目，攩梭玉女巧凝眸。粉鉗兒前後仰身，身移不浪，金蒴刀往來移步。步過頻偷，况乎奢華治世，豪富皇州。春風喧鼓吹，化日沸歌謳。歡笑對吳姬越女，繁華勝桑瓦潘樓。湖山風物，花月春秋，四望觀柳邊行樂，三天竺松下優游。樂事賞心，難并四美，勝友良朋，無非五侯。心向閒中著，人於倬裏求。凡來踢圓者，必不是方頭。』又《滿庭芳》云：『若論風流，無過圓社，拐賺蹬躡搭齊全。門庭富貴，曾到御簾前。灌口二郎爲首，趙皇上下腳流傳。人都道、齊雲一社，三錦獨爭先。花前，并月下，全身繡帶，偷側雙肩。更高而不遠，一搭打鞦韆。毬落處、圓光賺拐，雙佩劍、側躡相連。高人處，翻身佶料，天下總呼圓。』又云：『十二香皮，裁成圓錦，莫非年少堪收。綠楊深處，恣意樂追遊。低拂花梢慢下侵，雪漢月滿當秋。堪觀處、偷頭十字拐，舞袖拂銀鉤。肩尖，並拐搭，五陵公子，恣意忘憂。幾回沈醉，低築傍高樓。雖不遇文章高貴，分左右、曾對王侯。君知否、閒中第一，占斷是風流。』後有《齊雲社規》、《下腳文》、《毬門社規》、《白打社規》、《毬門齊雲入門》，《白打場戶》、《兩人場戶》、《三人場戶》、《四人場戶》（五人名小出尖）、

《五人場戶》（名皮破、落花流水、六人名大出尖、踢花心）各圖式。《遏雲要訣》云：『夫唱賺一家，古謂之道賺，腔必真，字必正，欲有墩、亢、掣、拽之殊，字有脣、喉、齒、舌之異，抑分輕清、重濁之聲，必別合口、半合口之字，更忌馬嚚轞子、俗語鄉談。如對聖案，但唱樂道山居水居清雅之詞，切不可以風情花柳豔冶之曲，如此則爲瀆聖。社條不賽，筵會、吉席、上壽、慶賀，不在此限。假如未唱之初，執拍當胷，不可高過鼻。須假鼓板村掇，三拍起引子，唱頭一句。又三拍至兩片結尾，三拍煞入序尾，三拍巾斗煞入賺頭，一字當一拍。第一片三拍，後倣此，出賺三拍，出聲巾斗。又三拍煞尾聲，總十二拍。第一句四拍，第二句五拍，第三句三拍煞，此一定不喻之法。』《遏雲致語》筵會用《鷓鴣天》云：『遇酒當歌酒滿斟，一觴一詠樂天真。三盃五盞陶情性，對月臨風自賞心。　環列處，總佳賓，歌聲繚亮遏行雲。春風滿座知音者，一曲教君側耳聽。』後有《圓社市語》、中呂宮《圓裏圓》駐雲主張《滿庭芳·集曲名》云：『共慶清朝，四時歡會，賀筵開、會集佳賓。風流鼓板，法曲獻仙音。鼓笛令、無雙多麗，十拍板、音韻宣清。文序子，雙聲疊韻，有若瑞龍吟。　當筵，聞品令。聲聲慢處，丹鳳微鳴。聽清風八韻，打拍底、更好精神。安公子、傾盃未飲，好女兒、齊隔簾聽。真無比，最高樓上，一曲稱人心。』詩曰：『鼓板清音按樂星，那堪打拍更精神。三條犀架垂絲絡，兩隻仙枝擊月輪。笛韻渾如丹鳳叫，板聲有若靜鞭鳴。幾回月下吹新曲，引得嫦娥側耳聽。』《水調歌頭》云：『八鑾朝鳳闕，四境絕狼烟。太平無事，超烘聚哨傚梨園。笛弄崑崙上品，篩根雲陽妙選，畫鼓可人憐。亂撒真珠迸，點滴雨聲喧。　韻堪聽，聲不俗，駐雲軒。諧音節奏，分明花裏遇神仙。到處朝山拜岳，長是爭籌賭賽，四海把名傳。幸遇知音聽，一曲讚堯天。』詩曰：『鼓似真珠綴玉盤，笛如鸞鳳嘯丹山。可憐一片雲陽水，遏住行雲不往還。』後有全套《鼓板棒數》余嘗謂宋人文詞雖游戲通俗諸作，亦不無高異處，蓋氣格使然。元人卽已弗逮，明已下不論也。右詞數闋，當時蹋毬唱賺之法，藉存概略，猶有風雅之遺意焉。猶賢乎已，是之取爾，詎謂今日等於牧奴騶豎所爲哉？按：《遏雲要訣》「欲有墩亢」，「欲」疑「歌」誤。「社條不賽」，「不」疑誤字。

清似學作小令，未能入格，偶幡帑《中州樂府》，得劉仲尹「柔桑葉大綠團雲」句，謂余曰：「只一『大』字，寫出桑之精神，有它字以易之否？」斯語其庶幾乎略知用字之法。

劉龍山詩《龍德宮》句云「銅闌秋歰雨留苔」，「秋歰」字奇警，入詞更佳。

馮士美《江城子》換頭云：「清歌皓齒豔明眸。錦纏頭。若爲酬。門外三更，燈影立驊騮。」「門外」句與姜石帚「籠紗未出馬先嘶」意境略同，「驊騮」字近方重，入詞不易合色。馮句云云，乃適形其俊，可知字無不可用，在乎善用之耳。其過拍云：「月下香雲嬌墮砌，花氣重，酒光浮。」亦豔絕清絕。

宋人工詞曲者稱聲家，一曰聲黨，見《碧雞漫志》。詞曲曰韻令，見《清波雜志》。唐劉賓客《董氏武陵集紀》：「兵興已還，右武尚功，公卿大夫以憂濟爲任，不暇器人於文什之間，故其風寖息。樂府協律，不能足元注：去聲新詞以度曲，夜諷之職，寂寥無紀。」「夜諷」字甚新，殆卽新詞度曲之謂，劉用入文，必有所本。

周保緒濟《止庵集・宋四家詞筏序》以近世爲詞者推南宋爲正宗，姜、張爲山斗，域於其至近者爲不然。其持論與余介同異之間，張誠不足爲山斗，得謂南宋非正宗耶？《宋四家詞筏》未見，疑卽止庵手錄之《宋四家詞選》，以周邦彥、辛棄疾、王沂孫、吳文英四家爲之冠，以類相從者各如干家。止庵又有《論調》一書，以婉、歰、高、平四品分之，其選調視紅友所載祇四之一，此書亦未見。

『恰到好處，恰够消息，毋不及，毋太過』，半唐老人論詞之言也。

歙程聖跂哲《蓉槎蠡說》： 閨秀孟淑卿，自號荊山居士，評朱淑真詩有脂粉氣，曰：『朱生故有俗病，巾幗耳。』稱淑真爲生，甚奇。

李淑昭《擣練子》云：『桃似錦，柳如烟。鶯不停梭蝶不閒。妨卻繡窗多少事，盡拋鍼黹到花前。』妹淑慧和韻云：『收曉霧，散朝烟。邃閣忙人到此閒。繡綫未拋鍼插髻，腳根早已到花前。』淑昭、淑慧，笠翁二女，其詞未經選家箸錄。

《文選樓叢書·未刻稿本待購書目》二册，有宋四黃山谷、叔暘、稼翁、竹齋詞合集，《女詞綜》二書，今無傳本。

詞過經意，其蔽也斧琢； 過不經意，其蔽也褦襶。不經意而經意易，經意而不經意難。

吾詞中之意，唯恐人不知，於是乎句勒。夫其人必待吾句勒而後能知吾詞之意，卽亦何妨任其不知矣。曩余詞成，於每句下注所用典，半唐輒曰：『無庸。』余曰：『奈人不知何？』半唐曰：『儻注矣而人仍不知，又將奈何？』矧填詞固以可解不可解，所謂烟水迷離之致爲無上乘耶！

作詞須知『暗』字訣，凡暗轉、暗接、暗提、暗頓，必須有大氣真力斡運其間，非時流小惠之筆能勝任也。駢體文亦有暗轉法，稍可通於詞，如『魚飲水，冷暖自知道』，明禪師答盧行者語，見《五燈會元》，納蘭容若詩詞命名本此。

《韻詞陽秋》云：『陶潛、謝朓詩皆平淡有思致，非後來詩人怵心劌目者所爲也。老杜云「陶謝不枝梧，風騷共推激。紫燕自超詣，翠駮誰翦剔」是也。大抵欲造平淡，當自組麗中來，落其華芬，然後可造平淡之境，如此則陶、謝不足進矣。梅聖俞《贈杜挺之》詩，有「作詩無古今，欲造平淡難」之句，李白云：「清水出芙蓉，天然去雕飾。」平淡而到天然，則甚善矣。』此論精徹，可通於詞。欲造平淡，當自組麗中來，卽倚聲家言自然從追琢中出也。

《樂府指迷》云：『古曲亦有拗者，蓋被句法中字面所拘牽，今歌者亦以爲硋，如《尾犯》「肯把金玉珠珍別並作珍珠博」耆卿句、《絳園春》「游人月下歸來」夢窗《絳都春》句，或當時一名《絳園春》，它本未見。『金』字、『遊』字當用去聲之類。』桉：《尾犯》，如虛齋『殷勤更把茱萸看』、夢窗『滿地桂陰人不惜』，『更』、『桂』字並去聲。夢窗『遠夢越來溪畔月』，『越』字可作去。《絳都春》，夢窗別作『更傳鶯入新年』、『並禽飛上金沙』、『更愁花變梨雯』、『便教移取熏籠』、『便教宴接鶯花』，上一字並用去聲。紅友極重去聲字，乃《詞律·尾犯》錄柳詞，無一旁注；《絳都春》錄吳詞，竟於『並』字旁注可平，亦疏於攷訂也。

余癖詞垂五十年，唯校詞絕少。竊嘗謂昔人填詞，大都陶寫性情、流連光景之作，行間句裏，一二字之不同，安在執是爲得失？乃若詞以人重，則意內爲先，言外爲後，尤毋庸以小疵累大醇。士生今日，載籍極博，經史古子，體大用閎，有志校勘之學，何如擇其尤要，致力一二。詞吾所好，多讀多作可耳。校律猶無容心，矧校字乎？開茲縹帙，鉛槧隨之，昔人有校讎之說，而詞以和雅溫文爲主恉，心目中有讎之見存，雖甚佳勝，非吾意所媕注，彼昔賢曷能昭余而牖之？則亦終於無所得而已。曩錫山侯氏，刻《十名家詞》，顧梁汾爲之序，有云：『讀書而必欲避譌與混之失，卽披閱吟諷，且不能以終卷，又安望其暢然拔去抑塞，任爲流通也？』斯語淺明，可資印證。蓋心爲校役，訂疑思誤，丁一確二之不暇，恐讀詞之樂不可得，卽作詞之機亦滯矣。如云校畢更讀，則掃葉之喻，校之不已，終亦紛其心而弗克相入也。

玉棲述雅

一卷

《玉棲述雅》，初刊載於《四民報》民國十年（一九二一）九月二十六日至十二月十五日。後載民國三十年（一九四一）上海之江大學文學院編印的《之江中國文學會集刊》第六期中，此據以錄入。

玉棲述雅

嘉興女史黃月輝德貞，有《擘蓮詞・調笑令》云：『織女，天星也，世人以七夕事相誣，余爲正之。』『銀河迢遞東復西。雙星應笑鵲橋低。貫月槎浮天駟外，支機石與玉繩齊。二萬逋錢年月遠。可如天帝何曾管。　紅綃香幕駕鸞車，乞巧情多容繾綣。繾綣。雙星燦。浪說烏填營室畔。人間天上情應判。祗覺徒增詆訕。潔清織女停梭怨。詞客從今須辨。』曩余作七夕詞，涉靈匹星期語，端木子疇先生採甚不謂然，申誡至再。先生所著《碧瀣詞・齊天樂》序云：『牽牛象農事，織女象婦功，七月田功粗畢，女工正殷，天象寓民事也。六朝以來多寫作兒女情態，慢神甚矣，倚此糾之。』『一從豳雅陳民事，天工也垂星彩。稼始牽牛，衣成織女，光照銀河兩界。秋新候改。正嘉穀初登，授衣將屆。春耜秋梭，歲功於此隱交代。　神靈焉有配偶，藉唐宮夜語，誣蠛真宰。附會星期，描橅月夕，比作人間歡愛。機窗淚灑。又十萬天錢，要償婚債。綺語文人，懺除休更待。』即誡余之指也。月輝女史時代在端木先生前，綺語之當懺除，已先言之，曷圖閨彥具此卓識。

秀水錢餐霞斐文《雨花盦詩餘》輕清婉約，思致絕佳。《浪淘沙・游金陀園》云：『爲愛香泥乾尚軟，偷印鞵弓。』《點絳脣・戲題自畫緋桃新柳小幅》云：『曲曲闌風，搭住垂楊線。春猶淺。纔迴青眼。便睹夭桃面。』《清平樂》云：『濃爇小鑪檀炷，負他自在荷香。』慧心人語，有碧耦玲瓏之妙。《高陽臺・戊申清明》云：『搖雨孤篷，重來不是尋春。』從張玉田句『能幾番遊，看花又是明年』脫化而出。《卜算子》云：『自悔種芭蕉，故故當窗戶。葉葉淒淒策策聲，夜夜添愁緒。隔院有梧桐，落葉紛難數。自是離人易得愁，那處無風雨。』蕙風少作落花詞云：『風雨枉教人怨，知否無風無雨，也自要飄零。』略與餐霞同恉。

錢餐霞《綺羅香・詠枕》末段云：『慣偷窺雙靨偎桃，也曾上半肩行李。甚新來愁病懨懨，日高猶倦倚。』『雙靨偎桃』，『半肩行李』，屬對工巧。歇拍作淡語，尤合疏密相間之法。蓋論閨秀詞，與論宋元人詞不同，與論明以後詞亦有間。即如此等巧對，入閨秀詞，但當賞其慧，勿容責其纖。

錢塘關秋芙瑛，自號妙妙道人，其《夢影樓詞自序》云：『余學道十年，一念之妄，墮身文海。《夢影樓詞》，豈久住五濁惡世間者？譬如鳴蜩嘒嘒，槐柳秋霜，既零遺蛻，豈惜白雪溶溶？余其去緱山笙鶴間乎？』其自負可想。《高陽臺・送沈湘佩入都》云：『淚雨飀愁，酒潮流夢，惜花人又長征。見說蘭橈，前頭已泊旗亭。垂楊元是傷心樹，怎怪他、踠地青青。向天涯，一樣纏綿，各自飄零。開筵且莫頻催酒，便一杯飲了，愁極還醒。且住春帆，聽儂細數郵程。壓船烟柳烏篷重，到江南、應近清明。怕紅窗，風雨瀟瀟，一路須聽。』情文關生，漸饒烟水迷離之致。《生查子》云：『儂家江上頭，潮到門前住。一日兩三回，不肯江南去。江南有暮潮，未識潮生處。還去問梅花，他是江南樹。』再稍加以沈摯，便涉花間藩籬。斷句如《惜餘春慢》云：『無計留春不歸，但把海棠，折來盈手。』《高陽臺・夕陽》云：『短帽西風，古今無此荒寒。』前調云：『天涯何處無芳草，到春深便覺堪憐。』《清平樂》云：『還有疏燈一點，酒醒不算明朝。』亦外孫齏臼也。《望江南》云：『一春無病瘦難醫。』似乎未經人道。

詞筆微婉深至，往往能狀難狀之情。關秋芙女弟綺字侶瓊，《清平樂》歇拍云：『卻又無愁無病，等閒過到今朝。』曩丙辰重九，蕙風《紫萸香慢》云：『最是無風無雨，費遙山眉翠，鎮日含顰。』夫無愁無病，無風無雨，豈不甚善？然而其辭若有憾焉。古之傷心人別有懷抱，翠袖天寒，青衫淚濕，其揆一也。

閨秀詞，心思緻密，往往賦物擅長，詞題尤有絕韻者。西林顧太清春《東海漁歌・定風波》序云：『古春軒老人，有《消夏集》，徵詠夜來香，鸚哥紉素馨以爲架，蓋雲林手製也。』歇拍云：『閒向綠槐陰裏挂，長夏，悄無人處一聲蟬。』此則以意境勝，無庸刻畫爲工也。

康熙間，檢討孫致彌陪使朝鮮，手編《采風録》，載王妃權氏詞三首。《謁金門》云：『真堪惜。錦帳夜長虛擲。挑盡銀燈情脈脈。描龍無氣力。　宮女聲停刀尺。百和御香撲鼻。簾捲西宮窺夜色。天青星欲滴。』《踏莎行》云：『時序頻移，韶光難駐。柳花飛盡宮前樹。朝來爲甚不鉤簾，柳花正滿簾前路。　春賞未闌，春歸何遽。問春歸向何方去。有情海燕不同歸，呢喃獨伴春愁住。』《臨江仙》云：『花影重簾初睡起，繡鞋著罷慵移。窺妝强把綠窗推。隔花雙蝶散，猶似夢初回。　玉旨傳宣呼女監，親臨太液荷池。爭將金彈打黃鸝。樓臺淩萬仞，下有白雲飛。』『天青星欲滴』句形容夜景絕佳。《踏莎行》過拍、歇拍，藻思綺合，卽吾中國元、明以還，閨秀詞中上駟之選，有過之，亦僅矣。《采風録》所載，又有公主婷婷、許景樊、李淑媛、海月四家詩，可知彼都漸被文化，金閨諸彥不乏銘椒詠絮才也。

高安蕭月樓恆貞《月樓琴語·虞美人》云：『一層紅暈一重紗。料是春前開了絳桃花。』《水調歌頭·湖上納涼》云：『有時葉絲風過，吹上藕花香。』前調《七夕》云：『攜得輕紈小扇，坐向冷螢光裏，人意澹於秋。』《蝶戀花》云：『婪尾餘春餘幾許。畫簾一桁微微雨。』《菩薩蠻》云：『蟲語恁纏綿，道他秋可憐。』《清平樂·雪夜》云：『疑有縞衣入夢，覺來枕角微馨。』疏秀輕靈，兼擅其勝，似此天分，自進於沈著，可以學北宋，未易期之閨秀耳。

輕靈爲閨秀詞本色，卽亦未易做到行間句裏，纖塵累累，失以遠矣。南海吳小荷尚熹《寫韻樓詞·南柯子·暮春》云：『荏苒餘春駐，依微嫩旭晴。繡簾人靜午風輕。一片絮花吹墜、到窗櫺。幾處雙飛燕，誰家百囀鶯。遊絲搖漾擊門庭。門外朱幡綠野、正催耕。』斷句《蝶戀花》云：『何處簫聲，暗逐歌聲轉。』《唐多令·賦瓶中白梅》云：『嫋嫋藐姑仙子影，嬌不語，送寒香。』《燭影搖紅·春柳》云：『謾道柔條無力。綰離情、江南江北。』《臨江仙·秋色》云：『星河雲影淨，何處著殘霞。』前調《秋影》云：『愛從嬋斜挂疏桐。』《南歌子·寄懷湘君四嫂》云：『東風吹夢似浮萍。且把一衾愁緒伴啼鶯。』《憶秦娥》云：『苕苕更漏，訴人離別。』皆以輕靈勝者。《踏莎行·遣懷》云：『繡幕慵開，琱闌倦倚。金釵難綰夫容髻。也知點檢怕愁來，愁來渾不由人意。身似蓬飄，人如匏繫。壯懷空有鬚眉志。羨他懵懂勝才能，從來物巧招天忌。』此闋後段漸近沈著，視輕靈有進矣。

《寫韻樓詞》屢見思親之作，吳媛蓋性情中人也。《碧桃春·己亥元旦》云：『燭消香透曉來天。東風入繡簾。一聲恭祝晝堂前。椿萱眉壽添。調鳳律，獻羔筵。斑衣學古賢。融融春色報豐年。書雲快睹先。』此詞近凝重，有精采，又非以輕靈勝者可同年語矣。《鷓鴣天·甲辰秋舟次全州寄懷李凝仙姊》云：『冷怯西風撲鬢絲。寒砧畫角鴈歸遲。試觀皎潔天邊月，又向篷窗照別離。思寄語，勸添衣。嫦娥應亦笑人癡。夢魂未隔三千里，已轉柔腸十二時。』雙調《南鄉子・永樂署寄懷湘君四嫂》云：『春暖晝添長。欲度金鍼轉自傷。記得畫堂同刺繡，端相。裁罷吳綾玉尺量。今日鴈分行。閨課琴書久已荒。獨把淚珠穿繡線，淒涼。線短珠多更斷腸。』何其情之一往而深也，惟有真性情者爲能言情，信然。

《寫韻樓詞・念奴嬌・除夕》云：『鏡裏宜春，釵髻綰、綵勝紅絨斜束。』語緻非閨人不能道。清姒甚喜之，謂可摘爲警句。

海鹽朱葆瑛璵《金粟詞》篇幅無多，筆端饒有清氣。《鬲溪梅令・柏芳閣賞梅作》換頭云：『半含半放露華鮮。月爭妍。』梅之精神如繪。《酷相思・寄外》後段云：『欲寄魚函情脈脈，擘花箋，下筆還遲。休言別恨，莫書顑頷，祇寫相思。』斯爲林下雅音，有合溫柔敦厚之旨。

《哦月樓詩餘》，滆西儲嘯凰慧譔，《一剪梅》前段云：『旭日東升上海棠。紅映琱梁。綠映瑤窗。曉妝纔罷出蘭房。羅袂生香。錦襪生涼。』《南鄉子・冬夜即事》後段云：『鑪火閣中添。坐擁金貂下繡簾。滿室春溫寒不到，紅酣。數朵盆花映鏡匳。』季數盆方盛開，蓋唐花也。麗而不俗，閨詞正宗。

《哦月樓詞・鬟雲鬆令》云：『怪底柳眉渾似皺。嬝娜花枝，也向東風瘦。』《蝶戀花・寄芝仙姑母》云：『況是重陽難聚首。寂寞黃花，也似人消瘦。』《惜分飛・憶舊》云：『玉質應非舊。連宵夢見分明瘦。』可與『毛三瘦』齊名。《搗練子》云：『鶯語急，春魂驚。風雨催春一霎行。繞偏闌干愁獨倚，傷春何必爲離情。』佳處在可解不可解之間。

先大母朱太夫人諱鎮，字靜媛，道、咸間名御史伯韓先生琦太夫人從弟也，著有《澹如軒詩》，曾經梓行。嘗集酒旗詩社第一題課酒旗，徵閨秀吟詠，當時亦彙刻成帙。詞不多作，余幼時曾見數首，贈某塾女弟子某《臨江仙》云：『家在花橋橋畔住，月牙山到門青。十三年紀掌珠擎。掃眉來問字，不櫛亦橫經。早至晚歸同一樣，學堂長揖先生。憐渠心性忒聰明。勤勤聽講義，朗朗誦書聲。』

鄉先輩朱小岑布衣依真《論詞絶句》云：『紅杏梢頭宋尚書，較量閨閣韻全輸。無端葉打風窗響，腸斷人間詞女夫。』自注：『閨秀唐氏，吾友黄南溪原配也，自號月中逋客，早卒。有詞詩集若干卷，其《杏花天》詞爲時所稱，予最喜其「試聽飄墜聲聲，風際吹來打窗葉」，颯然有鬼氣。』絶句又云：『零膏剩粉可能多，嘖嘖才名梁月波。叵耐斷腸天不管，香銷簾影捲銀河。』自注：『梁月波，宦門女，有才思，早卒。「香燼，香燼。簾捲銀河波影。」其《如夢令》中語也。兩詞全闋，今不可得，見零膏剩粉』云云。似乎梁媛之作，當日小岑先生亦僅得見斷句，唯曾見唐媛全集耳。

李易安《如夢令》：『昨夜雨疏風驟。濃睡不消殘酒。試問捲簾人，卻道海棠依舊。』晁次膺《清平樂》：『莫把珠簾垂下，妨他雙燕歸來。』並膾炙人口之句。蘭陵吕壽華《浪淘沙》云：『試問海棠知道否，昨夜東風。』《菩薩蠻》云：『莫把繡簾開。怕他雙燕來。』變化前人句意，敏妙無倫。壽華，名采芝，有《秋笳詞》，情文惋惻，詞稱其名。《菩薩蠻・輓弟婦董孺人》云：『紅粉慣飄零。傷心不獨君。』所謂既念逝者，行自念也。《高陽臺・庭有白海棠一株，花時甚芳，忽經夜雨摧殘，觸緒感懷，偶填一闋誌之》云：『芳心枉自如霜潔，怎禁他、一例摧殘。』則尤靈均《懷沙》之痛矣。

張正夫云：『李易安《聲聲慢》：「尋尋覓覓。冷冷清清，淒淒慘慘戚戚。」乃公孫大娘舞劍手。

本朝非無能詞之士，從未有一氣下十四個疊字者。後段又云：「到黃昏點點滴滴。」又使疊字，俱無斧鑿痕。婦人中有此奇筆，真間氣也。』昭文席道華佩蘭《聲聲慢·題風木圖》云：『蕭蕭瑟瑟。慘慘淒淒，嗚嗚哽哽咽咽。一片秋陰，搖弄晚天如墨。三絲兩絲細寸，更助他、白楊風急。雁過也，徧寒林儘是，斷腸聲息。　有客天涯孤立。回首望高堂，更無人一。寒食梨花，麥飯幾曾親設。空含兩行血淚，灑枯枝、點點滴滴。待反哺、學一個烏鳥不得。』易安詞只是棖觸景光，排遣愁悶；道華此作尤能綿纏悱惻，字字從肺腑中出，雖渾成稍遜，不當有所軒輊也。道華，一字韻芬，適常熟孫子瀟原湘，夫婦並耽風雅，時人以管、趙比之。

《長真閣詩餘》雖僅十七闋，就其佳構言之，在閨秀詞中卻近於上乘。評閨秀詞，固屬別用一種眼光，大略自長真詞以上，未可置格調於勿論矣。《蘇幕遮·送春寄子瀟》云：『綠陰深，深院閉。怕倚闌干，春在斜陽裏。幾片飛花纔到地。多事東風，又促花飛起。　篆絲長，簾影細。一徑無人，遮斷春歸計。人縱留春春去矣。點點楊花，還替花垂淚。』自注：『「點點楊花」二句一作「明日池塘，惟有東流水」。』兩歇拍，據格調審定之，以叶水韻者爲佳。他如《壺中天·題歸佩珊雨窗填詞圖》云：『只看雨零蕉葉上，悟出美人前世。』何嘗非聰明語，然而直可謂之疵纇，傷格故也。

長真閣詞《憶真妃·題墨梅》云：『墨痕澹到如詩。瘦橫枝。絕似孤山，風雪立多時。清如許，寒無語，少人知。惟有隔溪明月，最相思。』後段滌筆從甌，寫出衣縞標格。起句『如詩』，改『無詩』更佳。

西川楊古雪繼端《詩餘》一卷，《蝶戀花·春陰》云：『料峭春風還做冷。烟雨空濛，花睡何曾醒。幾樹綠楊深院影。濕雲如幕愁天近。　鳩婦喚晴晴未準。載酒蘇隄，遲了尋芳信。貝葉學書消晝永。小窗閒試泥金粉。』《買陂塘・西泠送春》云：『最難忘，六橋烟柳，清陰搖蕩如許。東風吹得春來蚤，怎不繫將春住。成寄旅。聽記拍，紅紅唱徹《黃金縷》。深沈院宇。漸拾翠人稀，添香夜短，獨自甚情緒。　渾無據。惆悵鶯啼燕語。韶光容易飛去。青山綠水還依舊，瞥眼頓成今古。傷別否。試問取，春歸可是春來處。摧花落絮。又並作黃昏，疏疏淅淅，幾陣打窗雨。』兩詞佳境，漸能融婉麗入清疏。《買陂塘》處韻十三字，余尤喜之。

光緒朝，蜀中詞人張子芾祥齡，成都胡長木延，蕙風四十年前舊雨也。子芾有《半篋秋詞》，夫人曾季碩彥有《桐鳳集》，皆選體詩。嘗爲蕙風書畫箑，一橅《爨寶子碑》，一橅《天發神讖》，並遒麗絕倫。畫仿惲派，韻度之勝，視上元弟子有過之。長木有《宓芻詞》，夫人字茂份，工詩詞繪事，有《浣溪沙》四首，題冷女史蕙貞秋花長卷云：『幾穗幽花颭草蟲。冷紅涼綠一叢叢。小屏風上畫豳風。　如此秋光如此豔，這般畫筆這般工。這般工有幾人同。』又：『也是當年葉小鸞。秋風横剪燭花殘。生綃八尺勝琅玕。　聞道餤摩歸去早，浮提容得此才難。寫圖留與阿娘看。』又：『樹蕙滋蘭記小名。些些年紀忒聰明。一天秋韻畫中生。　殺粉調朱真個好，吹花嚼蕊若爲情。南樓斂手惲冰鸞。』又：『好女兒花好女兒。幽花特與素秋宜。華鬘一現使人思。　儂也愛花耽畫癖，寫生也在少年時。祇慚工麗不如伊。』嘗見夫人所臨百花圖卷，亦惲派上乘。其於冷女史有沆瀣之雅，宜其惋惜甚至也。

浦合仙女史，名未詳，有《臨江仙》云：『記得纚笄侵曉起，畫眉初試螺丸。春痕淡淡上春山。乍驚新樣窄，較似昨宵彎。　一樣敷來仙杏粉，難勻怪煞今番。傳聞郎貌玉姍姍。妝成嬌不起，偷向鏡中看。』此詞描寫初笄情景，换頭二句是真確語，亦未爲奇；　第非其人，非其時，雖百思不能道。

如皋熊商珍女史，號澹仙，亦號茹雪山人，許字同里陳遵。未幾，遵得廢疾，遵父請毁婚至再，商珍堅持不可，卒歸陳，里鄰稱其賢。有感悼詞數十首，曰《長恨篇》，皆爲金閨諸彦命薄途舛者作。自爲題詞調《金縷曲》云：『薄命千般苦。極堪哀、生生死死，情癡何補。多少幽貞人未識，蘭消蕙香荒圃。薶不了、茫茫黄土。花落鵑啼淒欲絶，剪輕綃、那是招魂處。靜裏把，芳名數。　同聲一哭三生誤。恁無端、聰明磨折，無分今古。玉貌清才憑弔裏，望斷天風海霧。未全入、江郎《恨賦》。我爲紅顔聊吐氣，拂醉毫、幾按淒涼譜。閨怨切，共誰訴。』其《澹仙詞》四卷，刻入《小檀欒室彙刻閨秀詞》第六集，而感悼詞及題詞並不見於卷中，蓋當時别本單行也。女史詞詩俱妙，出自性靈。所著《詩話》有云：『詩本性情，如松間之風、石上之泉，觸之成聲，自然天籟。古人用筆各有妙處，不可别執一見，棄此尚彼。』又云：『詩境，卽畫境也。畫宜峭，詩亦宜峭；　詩宜曲，畫亦宜曲；　詩宜遠，畫亦宜遠。風神氣骨，都從興到。故昔人謂畫中有詩、詩中有畫也。』非深於詩不能道。

熊澹仙凜冰蘖之貞操，振金荃之逸響，一洗春波紈綺，近於樸素渾堅。《百字令·題吳退庵先生詩草》云：『愁中展卷，訝傷心、字字窮途滋味。時俗爭高薪米價，紙上珠璣不貴。孤櫂空江，荒山斜日，木葉紛紛墜。艱辛客況，白頭未了塵累。　說甚弔古評今，吟風嘯月，都是才人淚。慟哭文章纔絶世，清澈一泓秋水。笑口難開，賞音有幾，只合沈沈醉。蒼茫獨詠，瑤笙吹徹鶴背。』前調《跋黄艮南先生〈金鹵志餘〉》云：『閒揮綵筆，抵一編青史，情關今古。耆舊凋殘騷雅歇，憑弔斷烟零雨。把酒興懷，挑燈感往，一一經心數。詩成月旦，搜羅不畏吟苦。　而況屐冷青山，牀空白社，錄鬼誰爲簿。

宋玉悲哉秋欲老，獨有《招魂》詞賦。風幌清哦，月樓高詠，都付雙鬟譜。亭留野史，千秋須讓韋布。』《望江南·題黄楚橋先生獨立圖》云：『斜陽館，雁斷不成行。今古人才都冷落，一腔歌哭付文章。把卷立蒼茫。』《鷓鴣天·紀夢》云：『暫避愁魔有睡鄉。宵清如水簟生涼。梧風吹遠魂疑斷，蕉雨驚回夜正長。　參幻景，惜流光。空幃明滅映銀釭。安能盡是邯鄲境，冷逗人間富貴場。』《浣溪沙·秋況》云：『冷境誰將冷筆描。愁人百感鬢先凋。夢回一縷篆烟飄。　荒砌風淒蟲語碎，海棠紅慘蝶魂消。催寒疏雨又瀟瀟。』清疏之筆，雅正之音，自是專家格調。視小慧爲詞者，何止上下樓之別。

前人詞中佳句，後人運化入己作，十九須用曲折之筆。澹仙詞《蘇幕遮》云：『澹酒三杯，能解愁多少。』由李易安『三杯兩盞淡酒，怎敵他、晚來風急』脱化而出。熊詞二句僅九字，絶無曲折，而意自足，其上二句云：『淚痕多，鮫帕小。』短氣密接，下二句疏密相間，益見其佳。

澹仙詞斷句，如《點絳脣》云：『幾個黄昏，人向愁中老。』前調云：『白了人頭，天地何曾老。』《浪淘沙·夜雨》云：『芭蕉如怨訴難休。好似琵琶江上曲，彈淚孤舟。』《沁園春·水仙花》云：『避三春穠豔，軟紅無分，一生位置，書案相宜。韻繞瑤琴，冰凝殘夜，爲伴梅花冷不知。』《菩薩蠻·小樓晝雨》云：『淡墨灑生綃。青山帶雨描。』《蝶戀花·寫懷》云：『稽首遥空先慘咽。欲訴嫦娥，花外雲遮月。』《滿江紅》云：『多病久疏青鏡照，斷炊時解春衣典。甚殘紅、銜過短牆來，雙飛燕。』《鳳凰臺上憶吹簫·病中不寐》云：『舊恨新愁，都並在五更鐘裏。』《鵲橋仙·早秋》云：『哀蛩滿壁弔黄昏，正宋玉、消魂時候。』《卜算子·對酒》云：『杯深得淚多，量窄嫌壺冷。』或以氣韻勝，或以思致勝，皆佳句也。《鳳凰臺上憶吹簫》調叶仄韻，萬氏《詞律》、徐氏《詞律拾遺》、杜氏《詞律補遺》並無此體，或澹仙以意自度耶？

吳縣戈順卿載有《翠薇花館詞》，哀然鉅帙，以備調守律爲主旨，似乎工拙所弗計也。惟所輯《詞林正韻》，則最爲善本。曩王氏四印齋覆鍥以行，倚聲家圭臬奉之。順卿夫人金婉，字玉卿，有《宜春舫詩詞》，《爲外錄〈詞林正韻〉畢，書後》云：『羅襦用帳愧非仙，寫韻何妨手一編。從此詞林增善本，四聲堪證宋名賢。』彩鸞墨妙，不能媲美於前矣。

番禺倫靈飛鸞，爲杜鹿笙先生德配，唱隨之雅，時論以昔賢趙、管，近人王惕甫、曹墨琴比之。靈飛資稟穎邁，四子經傳，弱齡畢業。楚騷、古文、唐詩、宋詞，往往背誦無遺。年甫十五，卽據講座爲人師。于歸後，爲桂林女學教習數年，授國文、輿地學、算學，生徒百餘人，咸佩仰之。比年侍養滬濱，不廢清課，不爲世俗之好所轉移，其微尚過人遠矣。夙工詩詞，肆力於駢散體文，日進而不已。精楷法，得北碑神韻。仿惲派寫生，期與南樓清於抗手。詞尤清婉可誦，氣格漸近沈著，不涉綺紈纖靡之習。《南浦・用樂笑翁韻同外作》云：『風景數楸湖，最難忘、一片鳥聲催曉。宿霧斂前山，疏林外，微露黛痕如掃。比鄰三五，水邊山下紅樓小。如此他鄉堪負戴，休論天涯芳草。　天風吹轉萍蹤，忍回頭、輕棄桃園去了。料得燕呢喃，應念我、甚日偕遊重到。山居夢渺，黯然滄海情懷悄。昧旦雞鳴仍客裏，添上襟塵多少。』《滿庭芳・暮秋遊半淞園》云：『疏柳羃烟，殘荷擎雨，樓臺近水寒侵。塵氛偶避，結伴一行吟。指點半淞颿影，天涯路、無限秋陰。斜陽外，畫船簫鼓，猶作盛時音。　幽尋。增悵惘，平蕪到海，不見遙岑。嘆星霜屢易，如此登臨。花月春江信美，爭得似、舊日園林。凭闌久，鄉關何處，回首碧雲深。』《蝶戀花・詠鸚鵡》云：『花影迴廊春暖處。丹觜如簧，調舌圓如許。身在棗花簾底住。

不同凡鳥寒依樹。 九十韶光容易去。 道不如歸，欲學紅鵑語。 歸路迢迢須記取。 玉籠得似家山否。』《青玉案·詠重臺牡丹》云：『金相玉質憐芳影。 更天與、瓊枝並。 舊約華鬘仙路迴。 人天方恨，更無重數，目斷江山暝。 低回洛水前身認，翠袖單寒問誰省。 自惜輕羅塵未肯。 寶奩托月，羽衣疊雪，雙照銀缸冷。』《南鄉子·詠雪師子》云：『蓄銳貌猙獰。 摶象精神照玉霙。 如此雄奇休入夢，夢騰。 冷處憑誰一喚醒。 皮相盡堪驚。 也似麒麟楦得成。 便作虎形應遜汝，聰明。 隨意堆鹽特地精。』如右數闋，矜持高格，濬發巧心，進而愈上，何止與琴情閣、生香館分鑣平轡而已。 靈飛詞《醉太平·桂林舟中作》云：『深閨不慣長征也，山程水程。』彊村朱先生盛稱之，謂雅近宋人風格。

靈飛詞斷句，如《蝶戀花·中秋》云：『不見盈時忘闕苦。 良宵翻恨逢三五。』《虞美人·訪菊》云：『蕪烟剗徑步遲遲。 認得疏林穿過是東籬。』《臨江仙·題曾季碩書畫便面》云：『染綴花枝長旖旎，輕搖還怕飛紅。』《高陽臺·懷古幽棲居士》云：『春在羣芳，自憐天賦清奇。』《鳳棲梧·易安居士》云：『最憶歸來堂裏事，《茶經》書帖閒情賦。』《暗香·詠蠟梅》云：『古香清絕。 近歲寒、別有癯仙風骨。 淡比黃花，卻向羣芳自矜節。』又云：『冰雪稱娟潔。 恁爛漫著花，拗枝如鐵。』《金縷曲·賞雪》云：『十分清處凭闌立。 暫徘徊、梅邊竹外，晴時月色。 冷眼大千今何世，萬象從教粉飾。 問可是、豐年消息。』《倦尋芳·春寒用王元澤韻》云：『昨夜東風驚夢覺，海棠卻道能依舊。 怯冰奩，自低徊，試衣人瘦。』並佳妙之句，卽各全闋，亦並妥帖可存也。

靈飛久客桂林，悅其地偏塵遠，風土清嘉，不啻故鄉視之。 朅來棲屑淞濱，帶山簪水，時縈離夢。《百字令·寄懷桂林諸親友和鹿笙外韻》云：『昔遊如夢，正乍寒天氣，紋窗清寂。 柳外樓臺清似水。

得似灘江風日。灘咽桃花，路遙芳草，別話長相憶。盛筵應再，浮雲世事何極。猶記詠絮簾櫳，浣花時節，勝友如雲集。異地更思山水好，何日重尋苔跡。此際江南，梅花初著，誰爲傳消息。贈言猶在，篋箋珍重收拾。』鹿笙先生元唱序云：『客歲十月望日，去桂林，生平離悰，此爲最苦。忽忽逾年，感而賦此。』詞云：『嶺梅欲綻，正林凋霜緊，繁英都寂。只赤屏山千里意。依約去年今日。舊雨鷗盟，晚風驪唱，潭水深情憶。黯然回首，醴陵別恨無極。懷想五美芳塘，浣花小築，裙屐陪歡集。如此他鄉應念否，看取畫圖陳跡。瀕行，得送別圖多幅。滿目關河，驚心烽火，鱗雁無消息。雲涯悵望，墜歡何處重拾。』靈飛有《韻聲閣稿》，詩筆亦清新，與詞稱。

靈飛賃廡樾湖，皋比坐擁，師弟間情誼款深。比年天各一方，猶復蒼雁禎鱗，時傳尺素。間有遭逢不偶，迫切無可告語，僅乃傾臆函丈之前。事或風化攸關，輒表章以賦詠，冀斯事附託以傳，蓋顯微闡幽之旨，何止憐才篤舊而已。《滿江紅序》云：『桂郡陽生播溪。宋時閨秀亦稱生，朱淑真稱朱生，見某說部。陽讀若「央」，桂林有此姓。蚤歲從余受學，貌端妍，性惠穎，擅詞章，工書法。數年已還，磋磨硯席，幾於青勝於藍，余雅愛重之。其母誤信鳩媒，以適龍州某氏。某借晉無文，性復粗獷，迫糟糠下堂，而別圖膠續，溪家不知也。龍州錯壤蠻徼，榛狉之族，爲婦實難。姑威無度，輒不免於鞭箠。溪猶委曲求全，不忍爲外人道也。溪幼失怙，無伯叔兄弟。母氏依壻以居，丁垂暮之年，離待遇之酷，溪積不能平，始稍稍爲余言之。溪于歸七年，亦既抱子。俄故婦貿然歸，姿情嘻嗃，益知夫也不良。薄倖之尤，恥與匹孋，遂齎恨自裁。遺書與余訣別，觸目酸辛，不辨是墨是淚。嗟乎！關山萬里，誰與招魂？賦此哀之。何揚州所云：「薤玉樹著土中，使人情何能已也。」』詞云：『一紙遺書，千秋恨，紅顏命薄。憐弱質、于歸萬里，投荒差若。獐肐比鄰風土異，鳳雅爲偶姻緣錯。更壻鄉鱝頟，北堂蘐傷萍泊。聞啼鳥，驚姑惡。士罔極，情難托。問去帷誰氏，覆車猶昨。紫玉成烟清自葆，黃花比瘦生何樂。莫執經、更憶筍班，聯人如琢。』『紫玉』句意最佳，清貞自葆，陽生不死矣。

仁和嚴端卿蘅，工繡，工詩詞，工音律。有《女世說》、《嫩想盦殘稿》、《紅燭詞》各一卷。《菩薩蠻》云：『白蘋花外秋空碧。夜深悄向池邊立。三十六鴦鴛。影兒都是雙。　曉來誰與共。錦被偎殘夢。零落最憐他。一堆紅蠟花。』《減字木蘭花・嫩想盦坐雨》云：『斷雲如墨。一霎秋陰天欲泣。點上疏燈。瑟瑟蕭蕭到夜分。　一聲聲咽。滴盡空階聽不得。別有淒涼。不種芭蕉已斷腸。』斷句《清平樂》云：『辛苦一枝紅燭，剪刀聲裏春寒。』《唐多令》云：『不沈吟、便是徘徊。懊惱一枝紅十八，花落後，又重開。』《買陂塘・落梅》云：『君試數，只幾個黃昏，斷送春如許。』《洞仙歌・自題小像》云：『索歸去支頤，暮寒時，向小閣疏燈，自家憐惜。』詞筆婉麗娟妍，如新月吐巖，初花媚蕤。《紅燭詞・臨江仙》換頭云：『儂似浮萍郎似水，飄零儻得纏綿。』曩譔《眉廬叢話》，載海鹽閨秀陳翠君筠《蝶戀花》過拍云：『郎似東風儂似絮。天涯辛苦相隨處。』爲吳兔牀所擊賞。《紅燭詞》意自婉深，與翠君相較，稍不逮耳。

膠州女史柯稺筠劭慧爲鳳孫劭忞女弟。鳳孫，光、宣間知名士也。稺筠有《楚水詞》、《浣溪沙》起調云：『疊疊山如繡被堆，盈盈水似畫裙圍。』思致絕佳。《虞美人》過拍云：『夕陽一線上簾衣。正是去年遊子憶家時。』則意增進，庶幾漸近渾成矣。

跋

陳運彰

右《玉棲述雅》一卷，臨桂況先生未刊遺著之一。玉棲云者，《漱玉》、《幽棲》，閨彦詞家別集存世之最先者也。今評泊閨秀詞，因刺取以爲名。先生於國變後，遯跡滬上，以文字給薪米，境嗇彌甘，不廢纂述。夙昔文字及身刊行者，毋煩贅說。遺稿藏家，幸未失墜，或俟編訂，或從刪汰，整比理董，時猶有待，懼違素志，未敢率爾。此稿成於庚申、辛酉間，隨手撰録，聊資排遣。而論詞精語，有足與《詞話》相輔翼者。殘膏剩馥，沾溉後人，政復不淺。傳録是本，藏之有年，比者《之江中國文學會集刊》徵及先生遺著，因以授之。揚潛闡幽，有煒彤管，固先生本旨也。庚辰十一月，弟子潮陽陳運彰敬跋。

珠花簃詞話

一卷

《珠花簃詞話》，今未見存本。臺灣學者林玫儀曾據浙江圖書館藏《宋人詞話》和南京圖書館藏《歷代詞人考略》輯出，見錄於臺灣『中央研究院』之漢籍電子文獻資料庫中。今檢《歷代詞人考略》引錄《珠花簃詞話》凡三十八則，《宋人詞話》引錄《珠花簃詞話》凡二十三則，互見於二書者共十一則。另外《漱玉詞箋》有《珠花簃詞話》三則，《兩宋詞人小傳》有其六則，不見於《歷代詞人考略》和《宋人詞話》。今從《歷代詞人考略》、《宋人詞話》、《漱玉詞箋》、《兩宋詞人小傳》中析出，可得五十九則，以其見存的條目尚具規模，彙編成卷，便於學者使用。

珠花簃詞話

何搢之《小重山》『玉船風動酒鱗紅』之句，見稱於時。此等句列爲麗句則可，謂在天壤間有限，似乎獎許太過。余喜其换頭『車馬去悤悤，路隨芳草遠』十字，寓情於景，其麗在神。（《歷代詞人考略》卷二十二『何大圭』）

高彦先，吾廣右宦賢也。《東溪詞·行香子》云：『瘴氣如雲，暑氣如焚。病輕時、也是十分。沈疴惱客，罪罟縈人。歎檻中猿，籠中鳥，轍中鱗。　休負文章，休説經綸。得生還、已早因循。菱花照影，筇竹隨身。奈沈郎尫，潘郎老，阮郎貧。』蓋編管容州時作，極寫流離困瘁狀態，足令數百年後讀者爲之酸鼻。曩余自題《菊夢詞》，句云：『雪虐霜欺須拚得，鬢邊絲。』彦先先生可謂飽經霜雪矣。（同前書卷二十三『高登』）

著《芸菴詩餘》之李洪，與廬陵人字子大著《花萼集》之李洪，姓名並同。古人同姓名者絕夥，而詞人中不多覯，兩李洪外尚有兩韓玉、一宋人，一金人兩張榘一字子成，一字方叔字子成者，一名龍榮而已。（同前『李洪』）

廖世美《燭影摇紅》過拍云：『塞鴻難問，岸柳何窮，别愁紛絮。』神來之筆，即已佳矣。换頭云：『催促年光，舊來流水知何處。斷腸何必更殘陽，極目傷平楚。晚霽波聲帶雨。悄無人、舟横古渡。』語淡而情深，令子野、太虛輩爲之，容或未必能到。此等詞一再吟誦，輒沁人心脾，畢生不能忘。《花菴絕妙詞選》中真能不愧『絕妙』二字，如世美之作，殊不多覯也。（同前書卷二十四『廖世美』）

《歸愚詞·西江月·詠開鑪》云：『風送丹楓卷地，霜乾枯葦鳴溪。獸爐重展向深閨。紅入麒麟方熾。　翠箔低垂銀蒜，羅幃小釘金泥。笙歌送我玉東西。誰管瑤華舞砌。』桉《夢粱錄》：『十月朔，貴家新裝暖閣，低垂繡簾，淺斟低唱，以應開爐之節。』《武林舊事》：『是日御前供進夾羅御服，臣僚服錦襖子，夾公服，授衣之意也。自此御爐日，設火，至明年二月朔止。』此詞蓋專詠暖閣繡簾中景物，亦承平盛概也。（同前書卷二十五『葛立方』）

《知稼翁詞·菩薩蠻》云：『愁緒促眉端。不隨衣帶寬。』二語未經前人道過。（同前『黃公度』）

兩宋鉅公大僚能詞者多，往往不脫簪紱氣，魏文節《虞美人》詠梅云：『只應明月最相思。曾見幽香一點未開時。』輕清婉麗，詞人之詞，專對抗節之臣顧亦能此，宋廣平鐵石心腸，不辭爲梅花作賦也。（同前書卷二十六『魏杞』）

于湖詞《菩薩蠻》云：『東風約略吹羅幕。一簷細雨春陰薄。試把杏花看。濕紅嬌暮寒。　佳人雙玉枕。烘醉鴛鴦錦。折得最繁枝。暖香生翠幃。』此詞緜麗蕃豔，直逼《花間》，求之北宋人集中，未易多覯。（同前『張孝祥』）

錢塘姚進道，南宋道學家也，其詞如《南歌子·九日次趙季益韻》云：『悠然此興未能忘。似覺庭花全勝去年黃。』又贈趙順道云：『不求名利不譚元。明月清風相對自怡然。』殊盎然有道意，然如《浣溪沙·青田趙宰席間作》云：『醉眼斜拖春水綠，黛眉低拂遠山濃。此情都在酒杯中。』《鷓鴣天·縣有花名日日紅，高仲堅席間作》云：『夜深莫放西風入，頻遣司花護錦裀。』《瑞鷓鴣·賞海棠》云：『一抹霞紅勻醉臉，惱人情處不須香。』《如夢令·水仙用雪堂韻》云：『鈎月襯淩波，仿佛湘江烟路。』《行香子·抹利花》云：『香風輕度，翠葉柔枝。與玉郎摘，美人戴，總相宜。』《好事近·重午前三日》云：『梅子欲黃時，霖雨晚來初歇。誰在綠窗深處，把綵絲雙結。淺斟低唱笑相偎，映一團香雪。笑指牆頭榴火，倩玉郎輕折。』亦復能爲綺語、情語，可知規行矩步中，政不廢《金荃》、《蘭畹》也。又《臨江仙·九日》云：『莫將烏帽任風吹。動容皆是舞，出語總成詩。』『動容』句亦有深情。（同前書卷二十七『姚述堯』）

詞亦文之一體，昔人名作亦有理脈可尋，所謂蛇灰蚓線之妙。如范石湖《眼兒媚·萍鄉道中》云：『酣酣日腳紫烟浮。妍暖試輕裘。困人天氣，醉人花底，午夢扶頭。春慵恰似春塘水，一片縠紋愁。溶溶洩洩，東風無力，欲皺還休。』『春慵』緊接『困』字、『醉』字來，細極。（同前『范成大』）

陳夢弜和石湖《鷓鴣天》云：『指剝春蔥去采蘋。衣絲秋藕不沾塵。眼波明處偏宜笑，眉黛愁來也解顰。巫峽路，憶行雲。幾番曾夢曲江春。相逢細把銀釭照，猶恐今宵夢似真。』歇拍用晏叔原『今宵賸把銀釭照，猶恐相逢是夢中』句，恐夢似真，翻新入妙，不特不嫌沿襲，幾於青勝於藍。（同前『陳三聘』）

仲彌性《浪淘沙》過拍云：『看盡風光花不語，卻是多情。』語淡而深。《憶秦娥·詠木犀》後段云：『佳人斂笑貪先折。重新爲翦斜斜葉。斜斜葉。釵頭常帶，一秋風月。』末二句賦物上乘，可藥纖滯之失。（同前書卷二十八『仲并』）

《東浦詞・且坐令》『但冤家何處貪歡樂。引得我心兒惡』之句，爲毛子晉所譏。桉：宋蔣津《葦航紀談》云：『作詞者流多用「冤家」爲事，初未知何等語，亦不知所出。後因閲《烟花説》有云冤家之説有六：情深意濃，彼此牽累，寧有死耳，不懷異心，此所謂冤家者一也；兩情相繫，阻隔萬端，心想魂飛，寢食俱廢，此所謂冤家者二也；長亭短亭，臨歧分袂，黯然銷魂，悲泣良苦，此所謂冤家者三也；山遥水遠，魚雁無憑，夢寐相思，柔腸寸斷，此所謂冤家者四也；憐新棄舊，孤恩負義，恨切惆悵，怨深刻骨，此所謂冤家者五也；一生一死，觸景悲傷，抱恨成疾，迨與俱逝，此所謂冤家者六也。此語雖鄙俚，亦余之樂聞耳。』誠如蔣氏所云，則『冤家』二字，詞流多用，何獨於東浦而譏之？（同前『韓玉』）

侯彦周《嬾窟詞・念奴嬌・探梅》换頭云：『休恨雪小雲嬌，出羣風韻，已覺桃花俗。』頗能爲早梅傳神。『雪小雲嬌』四字連用，甚新。又《西江月・贈蔡仲常侍兒初嬌》云：『荳蔻梢頭年紀，芙蓉水上精神。幼雲嬌玉兩眉春。京洛當年風韻。』『芙蓉』句亦妙於傳神，『幼雲嬌玉』四字亦新。（同前書卷二十九『侯寘』）

曾宏父《浣溪沙》云：『紫禁正須紅藥句，清江莫與白鷗盟。』尋常稱美語，出以雅令之筆，閲之便不生厭。此酬贈詞之别開生面者。（同前『曾惇』）

姚令威《憶王孫》云：『毿毿楊柳緑初低。淡淡梨花開未齊。樓上情人聽馬嘶。憶郎歸。細雨春風濕酒旗。』與溫飛卿『送君聞馬嘶』各有其妙，正可參看。（同前『姚寬』）

明胡廷佩《訂譌雜錄》云：杜少陵《水檻遣心》詩『老去詩篇渾漫與』。今本梓作『漫興』，攷舊刻劉會孟本、千家注本，皆作『漫與』。趙次公云：『「耽佳句」而「語驚人」，言其平昔如此。今老矣，所爲詩則漫與而已，無復著意於驚人也』云云。韓仲止《澗泉詩餘·鵲橋仙》云：『詩非漫與，酒非無算，都是悲秋興在。』是亦一證，下句用『興』字，上句必當作『漫與』也。（同前『韓淲』）

毛子晉《跋哄堂詞》謂其善用僻字，如袢溽、皴皵、褑子之類。桉：《詩·鄘風》：『是紲袢也。』《傳》：『是當暑袢延之服也。』《類篇》：『袢，延衣熱也。』鄒浩詩：『清標藐仌壺，一見滌袢暑。』范成大詩：『袢暑驕颸雜瘴氛。』袢溽，卽袢暑也。皴皵，音逡鵲，皮縐也。鄒浩《四柏賦》：『皮皴皵以龍驚。』《爾雅·釋木》：『大而皵楸，小而皵榎。』樊光云：『皵，豬皮也，謂樹皮粗也。』褑，于眷切，音瑗。《玉篇》：『佩衿也。』《爾雅·釋器》：『佩衿，謂之褑玉，佩玉之帶，二屬。』此類字未爲甚僻。（同前『盧炳』）

詞家僚友贈答之作，佳構絕少。德陽李無變流謙《澹齋詞·小重山·緜守白宋瑞席間作》云：『輕著單衣四月天。重來間屈指，惜流年。久閒何處有神仙。安排我，花底與尊前。　爭道使君賢。筆端驅萬馬，駐平川。長安只在日西邊。空回首，喬木淡疏烟。』此詞過拍、歇拍言情寫景，疏俊深遠，卽換頭筆端二句亦頗有氣勢，不涉庸泛俚滑之失。無變詞名不甚顯，自宋已還各家選本未經著錄，比年乃見刻本。其它所作如《虞美人·春褱》後段云：『東君又是悤悤去。我亦無多住。四年薄宦老天涯。開了故園多少好花枝。』《洞仙歌·憶別》前段云：『雲窗霧閣，塵滿題詩處。枝上流鶯解人語。道別來、知否瘦盡花枝，春不管，更遣何人管取。』並皆婉麗可誦。《滿庭芳·過黃州游雪堂次東坡韻》後段云：『松柏皆吾手種，依然□、烟蕊霜柯。君知否，人間塵事，元不到漁蓑。』則尤返虛入渾，漸近骨幹堅蒼矣。（同前『李流謙』）

張武子《西江月》過拍云：『殷雲度雨井桐凋，雁雁無書又到。』昔人句云：『江頭數盡南來雁。不寄西風一幅書。』此詞括以六字，彌覺沈頓。（同前書卷三十『張良臣』）

楊濟翁《蝶戀花》前段云：『離恨做成春夜雨。添得春江，剗地東流去。弱柳繫船都不住。爲君愁絶聽鳴艣。』亦婉曲，亦新穎，無此詞心，不能有此詞筆。（同前『楊炎正』）

《石屏詞》往往作豪放語，緜麗是其本色。《滿江紅·赤壁懷古》云：『赤壁磯頭，一番過、一番懷古。想當年、周郎年少，氣吞區宇。萬騎臨江貔虎噪，千艘烈炬魚龍怒。捲長波、一鼓困曹瞞，今如許。江上渡。江邊路。形勝地，興亡處。覽遺蹤，勝讀詩書言語。幾度東風吹世換，千年往事隨潮去。問道旁、楊柳爲誰春？搖金縷。』歇拍云云，是本色流露處。（同前書卷三十一『戴復古』）

劉伯寵生平宦轍在吾廣右，惜其姓名廑見省志《金石略》，而事行無傳焉。《水調歌頭·中秋》云：『破匣菱花飛動，跨海清光無際，草露滴明璣。』『跨海』云云，是何意境？下乃忽作小言，子雲《解嘲》所云：『大者含元氣，細者入無間。』略可喻詞筆之變化。（同前書卷三十二『劉袤』）

馬古洲《海棠春》：『護取一庭春，莫彈花間鵲。』用徐幹臣『悶來彈鵲，又攪碎、一簾花影』，可謂善變。又《月華清》云：『怕裏。又悲來老卻，蘭臺公子。』怕裏，宋人方言，草窗詞中屢見，猶言恰提、防閑，大致如此詮釋，尚須就句意活動用之。（同前『馬子嚴』）

詞有淡遠取神，只描取景物，而神致自在言外，此爲高手。然不善學之，最易落套，亦如詩中之假王、孟也。劉招山《一翦梅》過拍云：『杏花時節雨紛紛。山繞孤邨，水繞孤邨。』頗能景中寓情。昔人但稱其揭拍三句『一般離思』云云，未足盡此詞佳勝。（同前書卷三十三『劉仙倫』）

宋詞名句多尚渾成，亦有以刻畫見長者。沈約之《謁金門》云：『獨依危闌清晝寂。草長流翠碧。』又云：『寒色著人無意緒。竹鳴風似雨。』《如夢令》云：『忺睡，忺睡。窗在芭蕉葉底。』《念奴嬌》刻本無題，當是詠海棠之作云：『醉態天真，半羞微歛，未肯都開了。』雖刻畫而不涉纖，所以爲佳。（同前『沈端節』）

杜伯高《酹江月·賦石頭城》云：『人笑褚淵今齒冷，只有袁公不死。』『寧爲袁粲死，不作褚淵生』，宋時石城謠也。（同前『杜旟』）

《審齋詞·好事近·和李清宇》云：『歸晚楚天不夜。抹牆腰橫月。』只一『抹』字，便得冷靜幽瑟之趣。（同前『王千秋』）

徐山民《瑞鷓鴣》云：『雨多庭石上苔文。門外春光老幾分。爲把舊書藏寶帶，誤翻殘酒濕綃裙。風頭花片難裝綴，愁裹鶯聲怯聽聞。恰似翦刀裁破恨，半隨妾處半隨君。』《瑞鷓鴣》調與七言律詩同，山民此詞，卻必不可作七律觀，此詞與詩之別也。（同前『徐照』）

『詩酒尚堪驅使在，未須料理白頭人』，少陵句也。梅溪詞《喜遷鶯》云：『自憐詩酒瘦，難應接、許多春色。』蓋反用其意。（同前書卷三十四『史達祖』）

李蟥洲《拋毬樂》云：『綺窗幽夢亂如柳，羅袖淚痕凝似錫。』《謁金門》云：『可奈薄情如此黠。寄書渾不奮。』『錫』、『黠』叶韻雖新，卻不墜宋人風格，然如錫韻二句所爭，亦止絫黍間矣。其不失之尖纖者，以其尚近質拙也，學詞者不可不知。（同前書卷三十六『李肩吾』）

盧申之《江城子》後段云：『年華空自感飄零。擁春醒。對誰醒？天闊雲閒，無處覓簫聲。載酒買花年少事，渾不似，舊心情。』與劉龍洲詞『欲買桂花重載酒。終不似、少年游』，可稱異曲同工，然終不如少陵之『詩酒尚堪驅使在，未須料理白頭人』爲倔彊可喜。其《清平樂》歇拍云：『何處一春遊蕩，夢中猶恨楊花。』是加倍寫法。（同前『盧祖皋』）

後邨《玉樓春》云：『男兒西北有神州，莫滴水西橋畔淚。』楊升菴謂其壯語，足以立懦，此類是已。（同前『劉克莊』）

黄雪舟詞，清麗芊緜，頗似北宋名作。唯傳作無多，殊爲恨事。其《水龍吟》云：『柔腸一寸，七分是恨，三分是淚。』蓋仿東坡『春色三分，二分塵土，一分流水』之句，所不逮者，以刻鏤稍著痕跡耳，其歇拍云：『待問春、怎把千紅換得，一池緑水。』亦從『一分流水』句引伸而出。（同前『黄孝邁』）

宋王沂公之言曰：『平生志不在溫飽，以梅詩謁呂文穆，云：「雪中未問調羹事，先向百花頭上開。」』吴莊敏詞《沁園春·詠梅》云：『雖虚林幽壑，數枝偏瘦，已存鼎鼐，一點微酸。松竹交盟，雪霜心事，斷是平生不肯寒。』二公襟抱政復相同。『一點微酸』即調羹心事，不志溫飽，爲有不肯寒者在耳。又莊敏《滿江紅》詞有『晚風牛笛』句，絕雅鍊可意。（同前書卷三十七『吴淵』）

《履齋詞·滿江紅·九日郊行》云：『數本菊，香能勁。』『勁』韻絕雋峭，非菊之香不足以當此。《二郎神》云：『凝竚久，驀聽棋邊落子，一聲聲靜。』《千秋歲》云：『荷遞香能細。』此『靜』與『細』，亦非雅人深致，未易領略。（同前『吴潛』）

宋周端臣《木蘭花慢》句云：『料今朝別後，它時有夢，應夢今朝。』呂居仁《減字木蘭花》云：

『來歲花前。又是今年憶昔年。』命意政同，而遣詞各極其妙。（《宋人詞話》『呂本中』）

史直翁有《滿庭芳》立春詞，時方獄空，云：『愛日輕融，陰雲初斂，一番雪意闌珊。柳搖金縷，梅綻玉顋寒。知是東皇翠葆，飛星漢、來至人間。開新宴，笙歌逗曉，和氣滿塵寰。　風光，偏舜水，賢侯政美，棠蔭多歡。更圜扉草鞠，木索長閒。休向今朝惜醉，紅妝映、羣玉頹山。行將見，宜春帖子，清夜寫金鑾。』《詞苑叢談》：『慶曆中，開封府與棘寺同日奏獄空，仁宗於宮中宴集，晏小山叔原作《鷓鴣天》詞：「碧藕花開水殿涼。萬年枝上轉紅陽。昇平歌管隨天仗，祥瑞封章滿御牀。　金掌露，玉鑪香。歲華方共聖恩長。皇州又奏圜扉靜，十樣宮眉捧壽觴。」〔一〕大稱上意。』直翁詞可與並傳。蓋華貴之筆，宜於和聲鳴盛也。（同前『史浩』）

【校記】

〔一〕『《碧藕》』九句：《歷代詞人攷略》作『碧藕花開水殿涼云云』。

填詞檃括一體，宋賢集中往往有之，大都牽彊支離，遷就句調，微特其所檃括之作，佳處未能傳出，乃至以文害辭，以辭害志，並生趣而無之，欲求言外餘情、事外遠致，烏可得耶？《彝齋詞·花心動》序云：『外祖中司常公《春日詞》曰：「庭院深深春日遲，百花落盡蜂蝶稀。柳絮隨風不拘管，飛入洞房人不知。」「畫堂繡幕垂朱戶，玉鑪銷盡沈香炷。半褰斗帳曲屏山，盡日梁間雙燕語。」「美人睡起斂翠眉，强臨鸞鑑不勝衣。門外鞦韆一笑發，馬上行人腸斷歸。」』近日《風雅遺音》多譜前賢名作，因效顰云：『庭院深深，正花飛零亂，蝶嬾蜂稀。柳絮狂蹤，輕入房櫳，悄悄可有人知。畫堂鎮日閒晴晝，金鑪冷、繡幕低垂。梁間燕，雙雙並翅，對舞高低。蘭幌玉人睡起，情脈脈、無言暗斂雙眉。斗帳半褰，六曲屏山，憔悴似不勝衣。一聲笑語誰家女，鞦遷映、紅粉牆西。斷腸處，行人馬上醉歸。』此詞熨帖渾成，如自己出。蓋元詩既工麗，詞筆亦掉運靈活，非它人浪費楮墨者比。（同前『趙孟堅』）

岳倦翁《滿江紅》過拍云：『笑十三、楊柳女兒腰，東風舞。』歇拍云：『正黃昏時候，杏花寒，廉纖雨。』脫口輕圓，而丰神婉約，它人或極意矜鍊，不能到。（同前『岳珂』）

高竹屋有梅花詞二闋，調寄《金人捧露盤》，《絕妙好詞》錄其『念瑤姬』闋。其『楚宮閒』闋風格較尤遒上，未審公謹何以不登。此並錄二闋如左，俟知音者擇焉。『念瑤姬。翻瑤佩，下瑤池。冷香夢、吹上南枝。羅浮夢杳，憶曾清曉見仙姿。天寒翠袖，可憐是、倚竹依依。溪痕淺，雪痕凍，月痕淡，粉痕微。江樓怨、一笛休吹。芳信待寄，玉堂烟驛雨淒遲。新愁萬斛，爲春瘦、卻怕春知。』又：『楚宮閒。金成屋，玉爲闌。斷雲夢、容易驚殘。驪歌幾疊，至今愁思怯陽關。清音恨阻，抱哀箏、知爲誰彈。年華晚，月華冷，霜華重，鬢華斑。也須念、閒損雕鞍。斜緘小字，錦江三十六鱗寒。此情天闊，正梅信、笛裏關山。』〔一〕又：《竹屋詞・齊天樂・中秋夜懷梅溪》云：『古驛烟寒，幽垣夢冷，應念秦樓十二。』此等句開國朝詞門徑，鉤勒太露，便失之薄。（同前『高觀國』）

【校記】

〔一〕《金人捧露盤》二詞，《歷代詞人攷略》卷三十四引《宋人詞話》此則，只錄每詞的首句。

寄閒翁《風入松》云：『舊巢未著新來燕，任珠簾、不上瓊鉤。』用『待燕歸來始下簾』句意，翻新入妙。《戀繡衾》云：『自不怨、東風老，怨東風、輕信杜鵑。』是未經人道語。（同前『張樞』）

玉田詞，余最喜其『能幾番游，看花又是明年』，惜此詞全闋未稱。又《山中白雲詞》，余能背誦者獨少。《新鶯詞・齊天樂・秋雨》云：『一片蕭騷，細聽不是故園樹。』《鶯啼序・葦灣觀荷》云：『問併作、幾多紅怨，畫裏回首。卻又盈盈，未開剛吐。』鶯翁謂似玉田，殆偶然似之耳。（同前『張炎』）

黄幾仲《竹齋詩餘・西江月》題云『垂絲海棠，一名醉美人』：『撚翠低垂嫩萼，匀紅倒簇繁英。穠纖消得比佳人。酒入香肌成暈。　簾幕陰陰窗牖，闌干曲曲池亭。枝頭不起夢春酲。莫遣流鶯唤醒。』此花唯吾鄉有之，太半櫻桃花接本，江南、薊北未之見也。紫豔沈酣，信足當醉美人品目。（同前『黄機』）

凡流連光景詞，多以回憶舊事作開，而以本題拍合，千篇一律，頗易生厭。李周隱《浪淘沙》云：『榆火換新烟。翠柳朱簷。東風吹得落花顛。簾影翠梭懸繡帶，人倚鞦韆。　猶憶十年前。西子湖邊。斜陽催入畫樓船。歸醉夜堂歌舞月，拚卻春眠。』乃用憶舊作合筆，一氣綰落，全不照拍本題，閲者但覺其烟波縹緲，而不能責其游騎無歸，則在上下截摶合得緊，神不外散故也。此詞雖非傑作，可悟格局變換之法。（同前『李萊老』）

陳君衡詞迄國朝而始顯，其《西麓繼周集》乃至彊邨朱氏，始據何氏夢華館臧鈔本刻行，故前人詞話中論其詞者絕尠。嘉道已還，論南宋詞人者乃皆僂指及之。其詞境如草輭波平，芊緜宛委，自成家數。惜風骨未能高騫，以比王碧山、周草窗，則猶未逮，其殆玉田之仲叔乎？（同前『陳允平』）

翁五峯《摸魚兒》歇拍云：『沙津少駐。舉目送飛鴻，幅巾老子，樓上正凝佇。』東坡《送子由》

詩：『時見烏帽出復沒。』是由送客者望見行人，極寫臨歧眷戀之狀。五峯詞乃由行人望見送者，客子消魂，故人惜別，用筆兩面俱到。（同前『翁夢寅』）

王碧山《聲聲慢》云：『迎門高髻，倚扇清吭，娉婷未數西洲。淺拂朱鉛，春風二月梢頭。相逢靚妝俊語，有舊家、洛京風流。斷腸句，試重拈綵筆，與賦閒愁。猶記淩波去後，問明璫羅襪，卻爲誰留。枉夢想思，幾回南浦行舟。莫辭玉尊起舞，怕重來、燕子空樓。漫惆悵，抱琵琶閒過此秋。』得無自恨慶元之仕乎？《一萼紅》題梅花卷云：『疏萼無香，柔條獨秀，應恨流落人間。』又云：『仌骨微銷，塵衣不浣，相見還誤輕攀。』《疏影・詠梅》云：『算如今，也厭娉婷，帶了一痕殘雪。』其遇亦可悲矣。（同前『王沂孫』）

余近作《浣溪沙》句云：『莫向天涯輕小別，幾回小別動經年。』比閱柴望《秋堂詩餘・滿江紅》云：『別後三年重會面，人生幾度三年別。』意與余詞略同，爲黯然者久之。（同前『柴望』）

中山王《文木賦》：『奔電屯雲，薄霧濃雰。』易安《醉花陰》詞首句用此，俗本改『雰』作『雲』，陋甚，升菴楊氏嘗辨之。且之付之歌喉，『雲』字殊不入律，不如『雰』字起調，可爲知者道耳。稼軒詞《木蘭花慢・送張仲固帥興元》句云：『追亡事，今不見，但山川滿目淚沾衣。』『追亡』用韓信事，俗本改作『興亡』，則羌無固實矣，是亦『薄霧濃雲』之流亞也。（《漱玉詞箋》之《醉花陰》『薄霧濃雰愁永晝』附）

李易安《多麗・詠白菊》前段用貴妃、孫壽、韓掾、徐孃、屈平、陶令若干人物，後段『雪清玉瘦』、『漢皋』、『紈扇』、『明月清風』、『濃烟暗雨』許多字面，卻不嫌堆垛，賴有清氣流行耳。『縱愛惜、不知從此，留得幾多時』三句最佳，所謂傳神阿堵，一筆淩空，通篇俱活。歇拍不妨更用『澤畔東籬』字。昔

人評《花間》『鏤金錯繡，而無痕迹』，余於此闋亦云。（同前《多麗》『小樓寒』附）

此詞前段與稼軒『休去倚危闌，斜陽正在，烟柳斷腸處』，約略同意。李極輕清，辛便穠摯，南北宋之判消息可參。（同前《浣溪沙》『樓上晴天碧四垂』附）

潘紫巖詞，余最喜其《南鄉子》一闋，元注：《後邨詩話》題云《鐔津懷舊》，《花菴絕妙詞選》題云『題南劍州妓館』。小令中能轉折，便有尺幅千里之勢。詞云：『生怕倚闌干。閣下溪聲閣外山。空有舊時山共水，依然。暮雨朝雲去不還。　相見躡飛鸞。月下時時認佩環。月又漸低霜又下，更闌。折得梅花獨自看。』歇拍尤意境幽瑟。（上海圖書館藏紅方格抄本《兩宋詞人小傳》『潘牥』）

牟端明《金縷曲》云：『撲面胡塵渾未掃。强歡謳、還肯軒昂否。』蓋寓黍離之感。昔史遷稱項王『悲歌慷慨』，此則歡歌，而不能激昂。曰『强』，曰『還肯』，其中若有甚不得已者。意愈婉，悲愈深矣。（同前『牟子才』）

草窗《少年游》一宮詞云：『一樣春風，燕梁鶯戶，那處得春多。』即『梨花雪，桃花雨，畢竟春誰主』之意。俱從義山『鶯啼花又笑，畢竟是誰春』脫出。其《朝中措·茉莉擬夢窗》云：『尚有第三花在，不妨留待涼生。』庶幾得夢窗之神似。（同前『周密』）

馮深居《喜遷鶯》云：『涼生遙渚。正綠芰擎霜，黃花招雨。鴈外漁燈，蛩邊蟹舍，絳葉表秋來路。世事不離雙鬢遠，夢偏欺孤旅。送望眼，但凭舷微笑，書空無語。　慵看清鏡裏，十載征塵，長把朱顏污。借箸青油，揮毫紫塞，舊事不堪重舉。間闊故山猿鶴，冷落同盟鷗鷺。倦遊也，便檣雲柂月，浩歌歸去。』此詞多矜鍊之句，尤合疏密相間之法，可爲初學楷模。（同前『馮去非』）

趙汝茪《戀繡衾》云：『怪別來、臙脂慵傅，被東風、偷在杏梢。』翁時可《江城子》云：『愛東風，恨東風。吹落燈花，移在杏梢紅。』語尤新穎，未經人道。（同前『翁元龍』）

方秋崖《沁園春》詞，檃括《蘭亭序》。有小序：『汪彊仲大卿，禊飲水西，令妓歌《蘭亭》。皆不能，乃爲以平仄度此曲，俾歌之』云云，大抵循聲按拍，宋人最爲擅長。不徒長短句皆可歌，即前人佳妙文字，亦皆可歌。水西羣妓，殆非妙選工歌者。如其工者，則必能歌《蘭亭序》矣。它如庾子山《春賦》，梁元帝《蕩婦思秋賦》、《采蓮賦》，李太白《惜餘春賦》、《愁陽春賦》，儻付珠喉，未知若何流美。又如江文通《別賦》、謝希逸《月賦》、鮑明遠《蕪城賦》、李遐叔《弔古戰場文》、歐陽文忠《秋聲賦》、蘇文忠前後《赤壁賦》，皆可撰摘某篇某段而歌之。此類可歌之文，尤不勝僂指。紅簫鐵板，異曲同工已。（同前『方岳』）

蕙風詞話
五卷

《蕙風詞話》是在況周頤諸種詞話基礎上删並而成的。原未分卷，趙尊嶽彙編此書時，釐爲五卷，有民國十三年（一九二四）趙氏《惜陰堂叢書》刊本，此據以録入。

蕙風詞話卷一

沈約《宋書》曰：『吴歌雜曲，始皆徒歌。既而被之絃管，又有因絃管金石作歌以被之。』按：前一法即虞廷依永之遺，後一法當起於周末宋玉對楚王問。首言客有歌於郢中者，下云其爲《陽阿》、《薤露》，其爲《陽春》、《白雪》，皆曲名，是先有曲而後有歌也。填詞家自度曲，率意爲長短句，而後協之以律，此前一法也。前人本有此調，後人按腔填詞，此後一法也。沿流溯源，與休文之説相應。歌曲之作，若枝葉始荑，乃至於詞，則芳華益楙。詞之爲道，智者之事，酌劑乎陰陽，陶寫乎性情。自有元音，上通雅樂，别黑白而定一尊，亙古今而不敝矣。唐宋以還，大雅鴻達，篤好而婁精之，謂之詞學。獨造之詣，非有所附麗，若爲駢枝也。曲士以詩餘名詞，豈通論哉？

詩餘之『餘』，作贏餘之『餘』解。唐人朝成一詩，夕付管絃，往往聲希節促，則加入和聲。凡和聲皆以實字填之，遂成爲詞。詞之情文節奏，並皆有餘於詩，故曰詩餘。世俗之説，若以詞爲詩之賸義，則誤解此『餘』字矣。

作詞有三要，曰：重、拙、大。南渡諸賢不可及處在是。

重者，沈著之謂，在氣格，不在字句。

半塘云：『宋人拙處不可及，國初諸老拙處亦不可及。』

詞中求詞，不如詞外求詞。詞外求詞之道，一曰多讀書，二曰謹避俗。俗者，詞之賊也。

填詞要天資，要學力。平日之閲歷，目前之境界，亦與有關係。無詞境，卽無詞心，矯揉而彊爲之，非合作也。境之窮達，天也，無可如何者也；雅俗，人也，可擇而處者也。

詞筆固不宜直率，尤切忌刻意爲曲折。以曲折藥直率，卽已落下乘。昔賢樸厚醇至之作，由性情學養中出，何至蹈直率之失。若錯認真率爲直率，則尤大不可耳。

詞能直，固大佳。顧所謂直，誠至不易；不能直，分也。當於無字處爲曲折，切忌有字處爲曲折。

詞中轉折宜圓，筆圓，下乘也；意圓，中乘也；神圓，上乘也。

詞不嫌方，能圓，見學力；能方，見天分。但須一落筆圓，通首皆圓；一落筆方，通首皆方。圓中不見方，易；方中不見圓，難。

詞過經意，其蔽也斧琢；過不經意，其蔽也褦襶。不經意而經意，易；經意而不經意，難。

『恰到好處，恰够消息。毋不及，毋太過。』半唐老人論詞之言也。

詞太做，嫌琢；太不做，嫌率。欲求恰如分際，此中消息，正復難言。但看夢窗何嘗琢，稼軒何嘗率，可以悟矣。

真字是詞骨，情真、景真，所作爲佳，且易脱稿。

詞人愁而愈工。真正作手，不愁亦工，不俗故也。不俗之道，第一不纖。

作詞最忌一『矜』字。矜之在跡者，吾庶幾免矣；其在神者，容猶在所難免。兹事未遽自足也。

凡人學詞，功候有淺深，卽淺亦非疵，功力未到而已。不安於淺而致飾焉，不恤顰眉、齲齒，楚楚作態，乃是大疵，最宜切忌。

填詞先求凝重，凝重中有神韻，去成就不遠矣。所謂神韻，卽事外遠致也。卽神韻未佳而過存之，其足爲疵病者亦僅，蓋氣格較勝矣。若從輕倩入手，至於神韻，亦自成就，特降於出自凝重者一格。若並無神韻而過存之，則不爲疵病者亦僅矣。或中年以後讀書多，學力日進，所作漸近凝重，猶不免時露輕倩本色，則凡輕倩處，卽是傷格處，卽爲疵病矣。天分聰明人最宜學凝重一路，卻最易趨輕倩一路，苦於不自知，又無師友指導之耳。

詞學程序，先求妥帖停勻，再求和雅深此『深』字只是不淺之謂秀，乃至精穩沈著。精穩則能品矣，沈著更進於能品矣。精穩之穩，與妥帖迥乎不同，沈著尤難於精穩。平昔求詞詞外，於性情得所養，於書卷觀其通。優而遊之，饜而飫之，積而流焉，所謂滿心而發，肆口而成，擲地作金石聲矣。情真理足，筆力能包舉之，純任自然，不假鍾煉，則沈著二字之詮釋也。

初學作詞，只能道第一義。後漸深入，意不晦，語不琢，始稱合作。至不求深而自深，信手拈來，令人神味俱厚。規橅兩宋，庶乎近焉。

寒酸語不可作，卽愁苦之音亦以華貴書之，飲水詞人所以爲重光後身也。

填詞之難，造句要自然，又要未經前人說過。自唐五代已還，名作如林，那有天然好語留待我輩驅遣？必欲得之，其道有二：曰性靈流露，曰書卷醞釀。性靈關天分，書卷關學力。學力果充，雖天分少遜，必有資深逢源之一日，書卷不負人也。中年以後，天分便不可恃，苟無學力，日見其衰退而已。江淹才盡，豈真夢中人索還囊錦耶？

讀前人雅詞數百闋，令充積吾胷臆，先入而爲主。吾性情爲詞所陶冶，與無情世事日背道而馳。其蔽也，不能鰌俗，與物牾。自知受病之源，不能改也。

讀詞之法，取前人名句意境絕佳者，將此意境締構於吾想望中，然後澄思渺慮，以吾身入乎其中而涵泳玩索之。吾性靈與相浹而俱化，乃真實爲吾有，而外物不能奪。三十年前以此法爲日課，養成不入時之性情，不違恤也。

人靜簾垂，燈昏香直，窗外芙蓉殘葉颯颯作秋聲，與砌蟲相和答。據梧瞑坐，湛懷息機。每一念起，輒設理想排遣之，乃至萬緣俱寂，吾心忽瑩然開朗如滿月，肌骨清涼，不知斯世何世也，斯時若有無端哀怨，棖觸於萬不得已，卽而察之，一切境象全失，唯有小窗虛幌，筆牀硯匣，一一在吾目前，此詞境也。三十年前或月一至焉，今不可復得矣。

吾聽風雨，吾覽江山，常覺風雨江山外，有萬不得已者在。此萬不得已者，卽詞心也，而能以吾言寫吾心，卽吾詞也。此萬不得已者，由吾心醞釀而出，卽吾詞之真也，非可彊爲，亦無庸彊求，視吾心之醞釀何如耳。吾心爲主，而書卷，其輔也。書卷多，吾言尤易出耳。

吾蒼茫獨立於寂寞無人之區，忽有匪夷所思之一念自沈冥杳靄中來，吾於是乎有詞。洎吾詞成，則於頃者之一念若相屬若不相屬也。而此一念，方緜邈引演於吾詞之外，而吾詞不能殫陳，斯爲不盡之妙。非有意爲是，不盡如書家所云『無垂不縮，無往不復』也。

問：『塡詞如何乃有風度？』答：『由養出，非由學出。』問：『如何乃爲有養？』答：『自善葆吾本有之清氣始。』問：『清氣如何善葆？』答：『花中疏梅文杏亦復託根塵世，甚且斷井穨垣，乃至摧殘爲紅雨，猶香。』

作詞至於成就，良非易言，卽成就之中亦猶有辨。其或絶少襟抱，無當高格，而又自滿足，不善變，不知門徑之非，何論堂奧？然而從事於斯，歷年多，功候到，成就其所成就，不得謂非專家。凡成就者，非必較優於未成就者。若納蘭容若，未成就者也，年齡限之矣。若厲太鴻，何止成就而已，且浙派之先河矣。

吾詞中之意唯恐人不知，於是乎勾勒。夫其人必待吾勾勒，而後能知吾詞之意，卽亦何妨任其不知矣。曩余詞成，於每句下注所用典，半唐輒曰『無庸』。余曰：『奈人不知何？』半唐曰：『儻注矣，而人仍不知，又將奈何？矧填詞固以可解不可解，所謂烟水迷離之致爲無上乘耶？』

作詞須知『暗』字訣，凡暗轉、暗接、暗提、暗頓，必須有大氣真力斡運其間，非時流小惠之筆能勝任也。駢體文亦有暗轉法，稍可通於詞。

名手作詞，題中應有之義不妨三數語說盡，自餘悉以發抒襟抱，所寄託往往委曲而難明。長言之不足，至乃零亂拉雜，胡天胡帝，其言中之意，讀者不能知，作者亦不蘄其知。以謂流於跌宕怪神、怨懟激發而不可以爲訓，則亦左徒之『騷些』云爾。夫使其所作，大都眾所共知，無甚關係之言，寧非浪費楮墨耶？

畏守律之難，輒自放於律外，或託前人不專家、未盡善之作以自解，此詞家大病也。守律誠至苦，然亦有至樂之一境。常有一詞作成，自己亦旣愜心，似乎不必再改；唯據律細勘，僅有某某數字於四聲未合，卽姑置而過存之，亦孰爲責備求全者？乃精益求精，不肯放鬆一字，循聲以求，忽然得至雋之字，或因一字改一句，因此句改彼句，忽然得絕警之句。此時曼聲微吟，拍案而起，其樂何如？雖剗珉出璞、選薏得珠，不逮也。彼窮於一字者，皆苟完苟美之一念誤之耳。

上、去聲字，近人往往誤讀，如『動靜』之『靜』，上聲，誤讀去聲；『暝色』之『暝』，去聲，誤讀上聲。作詞既守四聲，則於宋人用『靜』字者用上聲，用『暝』字者用去聲，斯爲不誤矣。顧審之聲調，或反蹈聱牙螯喉之失，意者宋人亦誤讀誤用耶？遇此等處，唯有檢本人它詞及它人詞證之，庶幾決定所從，特非精擘宫律者之作不足爲據耳。

宋人名作，於字之應用入聲者間用上聲，用去聲者絕少，檢夢窗詞知之。

入聲字於填詞最爲適用，付之歌喉，上、去不可通作，唯入聲可融入上、去聲。凡句中去聲字，能遵用去聲固佳，若誤用上聲，不如用入聲之爲得也。上聲字亦然。入聲字用得好，尤覺峭勁娟雋。

初學作詞，最宜聯句和韻。始作，取辦而已，毋存藏拙嗜勝之見。久之，靈源日濬，機括日熟，名章俊語紛交，衡有進益於不自覺者矣。手生重理舊彈者亦然。離羣索居，日對古人，研精覃思，寧無心得？未若取徑乎此之捷而適也。

學填詞，先學讀詞，抑揚頓挫，心領神會。日久，胷次鬱勃，信手拈來，自然丰神諧鬯矣。

詞貴意多，一句之中，意亦忌複。如七字一句，上四是形容月，下三勿再說月。或另作推宕，或旁面襯託，或轉進一層，皆可。若帶寫它景，僅免犯複，尤爲易易。

佳詞作成，便不可改。但可改，便是未佳。改詞之法：如一句之中有兩字未愜，試改兩字；仍不愜意，便須換意，通改全句；緊連上下，常有改至四五句者。不可守住元來句意，愈改愈滯也。

改詞須知挪移法。常有一兩句語意未愜，或嫌淺率，試將上下互易，便有韻致；或兩意縮成一意，再添一意，更顯厚。此等倚聲淺訣，若名手，意筆兼到，愈平易，愈渾成，無庸臨時掉弄也。

詞中對偶，實字不求甚工，草木可對禽蟲也，服用可對飲饌也。實勿對虛，生勿對熟，平舉字勿對側串字。深淺濃澹、大小重輕之間，務要侔色揣稱。昔賢未有不如是精整也。

近人作詞，起處多用景語虛引，往往第二韻方約略到題，此非法也。起處不宜泛寫景，宜實不宜虛，便當籠罩全闋，它題便挪移不得。唐李程作《日五色賦》，首云：『德動天鑒，祥開日華。』雖篇幅較長於詞，亦以二句隱括之，尤有弁冕端凝氣象，此恉可通於詞矣。

作詞不拘說何物事，但能句中有意卽佳。意必己出，出之太易或太難，皆非妙造，難易之中，消息存焉矣。唯易之一境，由於情景真，書卷足，所謂滿心而發、肆口而成者，不在此例。

作詠物、詠事詞，須先選韻，選韻未審，雖有絕佳之意，恰合之典，欲用而不能。用其不必用、不甚合者以就韻，乃至涉尖新，近牽彊，損風格，其弊與彊和人韻者同。

詞用虛字叶韻最難，稍欠斟酌，非近滑，卽近佻。憶二十歲時作《綺羅香》，過拍云：『東風吹盡柳緜矣。』端木子疇前輩埰見之，甚不謂然，申誡至再，余詞至今不復敢叶虛字。又如『賺』字、『偷』字之類，亦宜慎用，並易涉纖。『兒』字尤難用之至。如船兒、葉兒、風兒、月兒云云。此字天然近俚，用之得如閨人口吻。卽『亦』、『何』、『當』，風格乃至郵夫子口吻，不尤不可響邇耶？若於此等難用之字，筆健能扶之使豎，意精能煉之使穩，庶極娉家能事矣。斯境未易臻，仍以不用爲是。

兩宋人詞宜多讀多看，潛心體會某家某某等處或當學，或不當學，默識吾心目中，尤必印證於良師友，庶收取精用閎之益。洎乎功力既深，漸近成就，自視所作於宋詞近誰氏，取其全帙研貫而折衷之，如臨鏡然，一肌一容，宜淡宜濃，一經侔色揣稱，灼然於彼之所長、吾之所短安在，因而知變化之所當亟。善變化者，非必墨守一家之言，思遊乎其中，精騖乎其外，得其助而不爲所囿，斯爲得之。當其致力之初，門徑誠不可誤，然必擇定一家，奉爲金科玉律，亦步亦趨，不敢稍有踰越。填詞，智者之事，而顧認筌執象若是乎？吾有吾之性情，吾有吾之襟抱，與夫聰明才力，欲得人之似，先失己之真，得其似矣，卽已落斯人後，吾詞格不稍降乎？並世操觚之士，輒詢余以倚聲初步何者當學，此余無詞以對者也。

情性少，勿學稼軒。非絶頂聰明，勿學夢窗。

唐五代詞並不易學，五代詞尤不必學，何也？五代詞人丁運會，遷流至極，燕酣成風，藻麗相尚。其所爲詞，卽能沈至，衹在詞中；豔而有骨，衹是豔骨。學之能造其域，未爲斯道增重，矧徒得其似乎？其錚錚佼佼者，如李重光之性靈，韋端己之風度，馮正中之堂廡，豈操觚之士能方其萬一？自餘風雲月露之作，本自華而不實，吾復皮相求之，則嬴秦氏所云『甚無謂』矣。晚近某詞派，其地與時並距常州派近，爲之倡者，揭櫫《花間》，自附高格，塗飾金粉，絶無内心，與評文家所云『浮烟漲墨』曷以異？雖無本之文，不足以自行，歷年垂百，衍派未廣，一編之傳，亦足貽誤初學。嘗求其故，蓋天事絀、性情少者所爲，曷如不爲之爲愈也？

余嘗謂北宋人手高眼低，其自爲詞，誠敻乎弗可及。其於它人詞，凡所盛稱，率非其至者，直是口惠，不甚愛惜云爾。後人習聞其說，奉爲金科玉律，絶無獨具隻眼，得其真正佳勝者。流弊所極，不特蘿沒昔賢精誼，抑且貽誤後人師法。北宋詞人聲華藉甚者，十九鉅公大僚。鉅公大僚之所賞識，至不足恃，詞其小焉者。

兩宋人填詞往往用唐人詩句，金元人製曲往往用宋人詞句，尤多排演詞事爲曲。關漢卿、王實甫《西廂記》出於趙德麟《商調・蝶戀花》，其尤著者。檢《曲錄》『雜劇部』，有《陶秀實醉寫風光好》、《晏叔原風月鷓鴣天》、《張于湖誤宿女貞觀》、《蔡蕭閒醉寫石州慢》、《蕭淑蘭情寄菩薩蠻》，皆詞事也。就一劇一事而審諦之，填詞者之用筆用字何若，製曲者又何若，曲繇詞出，其淵源在是；曲與詞分，其徑塗亦在是。曲與詞體格迴殊，而能得其並皆佳妙之故，則於用筆用字之法，思過半矣。

『曲有煞尾，有度尾。煞尾如戰馬收繮，度尾如水窮雲起。』見董解元《西廂記》眉評。煞尾猶詞之歇拍也；度尾猶詞之過拍也，如水窮雲起，帶起下意也。填詞則不然，過拍祇須結束上段，筆宜沈著；換頭另意另起，筆宜挺勁，稍涉曲法，卽嫌傷格。此詞與曲之不同也。

明以後詞纖庸少骨，二三作者亦間有精到處，但初學抉擇未精，切忌看之，一中其病，便不可醫也。

東坡、稼軒，其秀在骨，其厚在神。初學看之，但得其麤率而已，其實二公不經意處是真率，非麤率也。余至今未敢學蘇、辛也。

《織餘瑣述》云：『蕙風嘗讀梁元帝《蕩婦思秋賦》，至「登樓一望，唯見遠樹含烟。平原如此，不知道路幾千」，呼娛而詔之曰：「此至佳之詞境也，看似平淡無奇，卻情深而意真。求詞詞外，當於此等處得之。」』

又云：元白樸《天籟集・滿庭芳》小序：『婁欲作茶詞，未暇也。近選宋名公樂府，黃、賀、陳三集中，凡載《滿庭芳》四首，大槩相類，互有得失，復雜用元、寒、删、先韻，而語意苦不倫』云云。近人詞此四韻多通叶，昔賢不謂然也。夫詞雖慢調，韻不踰十，即如寒、删兩韻，本韻之字，即獨用，不患不敷，矧已通叶，何必再闌入元、先部乎？其爲取便，亦已甚矣。

晏同叔賦性剛峻，而詞語特婉麗。蔣竹山詞極穠麗，其人則褒節終身。何文縝少時會飲貴戚家，侍兒惠柔，慕公丰標，解帕爲贈，約牡丹時再集。何賦《虞美人》詞有『重來約在牡丹時。只恐花枝相妒故開遲』之句，後爲靖康中盡節名臣。國朝彭羨門孫遹《延露詞》，吐屬香豔，多涉閨襜，與夫人伉儷綦篤，生平無姬侍。詞固不可概人也。

余癖詞垂五十年，唯校詞絕少。竊嘗謂昔人填詞大都陶寫性情，流連光景之作，行間句裏，一二字之不同，安在執是爲得失？乃若詞以人重，則意內爲先，言外爲後，尤毋庸以小疵累大醇。士生今日，載籍極博，經史古子，體大用閎，有志校勘之學，何如擇其尤要，致力一二？詞，吾所好，多讀多作，可耳。校律猶無容心，矧校字乎？開茲縹帙，鉛槧隨之，昔人有校讎之說。而詞以和雅溫文爲主旨，心目中有讐之見存，雖甚佳勝，非吾意所嫥注，彼昔賢曷能詔余而牖之？則亦終於無所得而已。曩錫山侯氏刻《十名家詞》，顧梁汾爲之序，有云：『讀書而必欲避譌與混之失，即披閱吟諷，且不能以終卷，又安望其暢然拔去抑塞、任爲流通也？』斯語淺明，可資印證。蓋心爲校役，訂疑思誤，丁一確二之不暇，恐讀詞之樂不可得，即作詞之機亦滯矣。如云校畢更讀，則掃葉之喻，校之不已，終亦紛其心而弗克相入也。

《御選歷代詩餘》每調臚列如干首，每填一調，就諸家名作參互比勘，一聲一字務求合乎古人，毋託一二不合者以自恕。則不特聲均無誤，卽宮律之微，亦可由此研入。

《玉楳後詞·玲瓏四犯》云：『哀桃不是相思血，斷紅泣、垂楊金縷。』自注：『桃花泣柳，柳固漠然，而桃花不悔也。』斯恉可以語大，所謂盡其在我而已，千古忠臣孝子何嘗求諒於君父哉？

吴縣戈順卿載《翠薇花館詞》〔一〕，哀然鉅帙，以備調守律爲主旨，似乎工拙所弗計也。惟所輯《詞林正韻》則最爲善本。曩王氏四印齋依戈氏自刻本，刻坿《所刻詞》後，倚聲家圭臬奉之。順卿夫人金婉，字玉卿，有《宜春舫詩詞》，爲外錄《詞林正韻》畢，書後云：『羅襦甲帳愧非仙，寫韻何妨手一編。從此詞林增善本，四聲堪證宋名賢。』

【校記】

〔一〕薇：底本作『微』，據戈載原書名改。

蕙風詞話卷二

詞有穆之一境，靜而兼厚、重、大也。淡而穆不易，濃而穆更難，知此，可以讀《花間集》。

《花間》至不易學，其蔽也，襲其貌似，其中空空如也，所謂麒麟楦也。或取前人句中意境而紆折變化之，而雕琢勾勒等弊出焉。以尖爲新，以纖爲豔，詞之風格日靡，真意盡漓，反不如國初名家本色語，或猶近於沈著、濃厚也。庸詎知《花間》高絶？即或詞學甚深，頗能闚兩宋堂奥，對於《花間》，猶爲望塵卻步耶？

唐賢爲詞往往麗而不流，與其詩不甚相遠。劉夢得《憶江南》云：『春去也，多謝洛城人。弱柳從風疑舉袂，叢蘭裛露似霑巾。獨坐亦含顰。』流麗之筆，下開北宋子野、少游一派。唯其出自唐音，故能流而不靡，所謂風流高格調，其在斯乎？前調云：『猶有桃花流水上，無辭竹葉醉尊前。』《拋球樂》云：『春早見花枝，朝朝恨發遲。及看花落後，卻憶未開時。』亦皆流麗之句。

段柯古詞僅見《閒中好》，寥寥十許字，殊未饜人意。《海山記》中隋煬帝《望江南》八闋，或云柯古所託，亦無碻據。余喜其《折楊柳》詩：『公子驊騮往何處，綠陰堪繫紫游繮。』此等意境，入詞絶佳，晚唐人詩集中往往而有。蓋詞學寖昌，其機鬱勃，弗可遏矣。

李德潤《臨江仙》云：『彊整嬌姿臨寶鏡，小池一朶芙蓉。』是人？是花？一而二，二而一，句中絕無曲折，卻極形容之妙。昔人名作，此等佳處，讀者每易忽之。

《花間集》歐陽炯《浣溪沙》云：『蘭麝細香聞喘息，綺羅纖縷見肌膚。此時還恨薄情無？』自有豔詞以來，殆莫豔於此矣。半唐僧鶩曰：『奚翅豔而已，直是大且重。苟無《花間》詞筆，孰敢爲斯語者？』

徐鼎臣《夢游》詩：『繡幌銀屏杳靄間，若非魂夢到應難。』寘之詞中，是絕好意境。又云：『蘸甲遮觴纖似玉，含詞忍笑膩於檀。』則直是《花間》麗句，當時風會所趨，不期然而自致此耳。

詞境以深靜爲至，韓持國《胡搗練令》過拍云：『燕子漸歸春悄。簾幙垂清曉。』境至靜矣，而此中有人，如隔蓬山。思之，思之，遂由淺而見深，蓋寫景與言情，非二事也。善言情者，但寫景而情在其中，此等境界，唯北宋人詞往往有之，持國此二句尤妙在一『漸』字。

晏叔原詞自序曰：『始時沈十二廉叔、陳十君龍或作寵，家有蓮、鴻、蘋、雲，清謳娛客。』廉叔、君龍殆亦風雅之士，竟無篇闋流傳，並其名亦不可攷。宋興百年已還，凡箸名之詞人，十九《宋史》有傳，或坿見父若兄傳，大都黃閣鉅公、烏衣華胄，卽名位稍遜者，亦不獲二三焉。當時詞稱極盛，乃至青樓之妙姬、秋墳之靈鬼亦有名章俊語，載之曩籍，流爲美談。萬不至章甫縫掖之士，尺板斗食者流，獨無含咀宮商、規橅秦柳者，矧天子右文，羣公操雅，提倡甚非無人，而卒無補於湮沒不彰，何耶？國初顧梁汾有言：『煥涼之態，浸淫而入於風雅。』良可浩嘆。卽北宋詞人以觀，蓋此風由來舊矣。卽如叔原，其才庶幾跨寵，其名殆猶恃父以傳。夫傳不傳，亦何足重輕之有？唯是自古迄今，不知薶沒幾許好詞，而其傳者，或反不如不傳者之可傳，是則重可惜耳。

小山詞《阮郎歸》云：『天邊金掌露成霜。雲隨雁字長。綠杯紅袖趁重陽。人情似故鄉。蘭佩紫，菊簪黄。殷勤理舊狂。欲將沈醉换悲涼。清歌莫斷腸。』『綠杯』二句，意已厚矣。『殷勤理舊狂』，五字三層意：『狂』者，所謂一肚皮不合時宜，發見於外者也；狂已舊矣，而理之，而殷勤理之，其狂若有甚不得已者。『欲將沈醉换悲涼』是上句注脚，『清歌莫斷腸』仍含不盡之意。此詞沈著厚重，得此結句，便覺竟體空靈。小晏，神仙中人，重以名父之貽，賢師友相與沆瀣，其獨造處，豈凡夫肉眼所能見及？『夢魂慣得無拘管，又逐楊花過謝橋』，以是爲至，烏足與論小山詞耶？

東坡詞《青玉案·用賀方回韻送伯固歸吴中》歇拍云：『作箇歸期天已許。春衫猶是，小蠻鍼綫，曾溼西湖雨。』上三句未爲甚豔，『曾溼西湖雨』是清語，非豔語，與上三句相連屬，遂成奇豔，絶豔，令人愛不忍釋。坡公，天仙化人，此等詞猶爲非其至者，後學已未易橅昉其萬一。

有宋熙、豐間，詞學稱極盛。蘇長公提倡風雅，爲一代山斗，黄山谷、秦少游、晁無咎，皆長公之客也。山谷、無咎皆工倚聲，體格於長公爲近。唯少游自闢蹊徑，卓然名家，蓋其天分高，故能抽祕騁妍於尋常濡染之外，而其所以契合長公者獨深。張文潛贈李德載詩有云『秦文倩麗舒桃李』，彼所謂文，固指一切文字而言。若以其詞論，直是初日芙蓉，曉風楊柳；倩麗之桃李，容猶當之有愧色焉。王晦叔《碧雞漫志》云『黄、晁二家詞皆學坡公，得其七八』，而於少游獨稱其『俊逸精妙，與張子野並論』，不言其學坡公，可謂知少游者矣。

李方叔《虞美人》過拍云：『好風如扇雨如簾。時見岸花汀草漲痕添。』春夏之交，近水樓臺，碻有此景。『好風』句絶新，似乎未經人道。歇拍云：『碧蕪千里思悠悠。唯有霎時涼夢到南州。』尤極淡遠清疏之致。

東山詞：『歸臥文園猶帶酒，柳花飛度畫堂陰。只憑雙燕話春心。』『柳花』句融景入情，丰神獨絕。近來纖佻一派誤認輕靈，此等處何曾夢見？

《竹友詞》留董之南過七夕《蝶戀花》後段云：『君似庾郎愁幾許。萬斛愁生，更作征人去。留定征鞍君且住。人間豈有無愁處？』循環無端，含意無盡，小謝可謂善言愁。

元人製曲，幾於每句皆有襯字，取其能達句中之意，而付之歌喉，又抑揚頓挫，悦人聽聞，所謂遲其聲以媚之也。兩宋人詞間亦有用襯字者，王晉卿云：『燭影搖紅向夜闌。乍酒醒、心情嬾。』『向』字、『乍』字是襯字。據《詞譜》，《燭影搖紅》第二句七字，應仄平平仄仄平平仄，周美成云『黛眉巧畫宮妝淺』，不用襯字，與換頭第二句同。

元人沈伯時作《樂府指迷》，於清真詞推許甚至，唯以『天便教人，霎時廝見何妨』、『夢魂凝想鴛侶』等句爲不可學，則非真能知詞者也。清真又有句云『多少暗愁密意，唯有天知』、『最苦夢魂，今宵不到伊行』、『拚今生、對花對酒，爲伊淚落』，此等語愈樸愈厚，愈厚愈雅，至真之情由性靈肺腑中流出，不妨說盡而愈無盡。南宋人詞如姜白石云『酒醒波遠，政凝想、明璫素襪』，庶幾近似，然已微嫌刷色。誠如清真等句，唯有學之不能到耳；如曰不可學也，詎必顰眉搔首，作態幾許，然後出之，乃爲可學耶？明已來詞纖豔少骨，致斯道爲之不尊，未始非伯時之言階之厲矣。竊嘗以刻印比之，自六代作者以縈紆拗折爲工，而兩漢方正平直之風蕩然無復存者，救敝起衰，欲求一丁敬身、黃大易而未易遽得，乃至倚聲小道，卽亦將成絕學，良可慨夫。

清真詞《望江南》云『惺忪言語勝聞歌』，謝希深《夜行船》云『尊前和笑不成歌』，皆熨帖入微之筆。

李蕭遠《點絳脣》後段云：『碧水黄沙，夢到尋梅處。花無數。問花無語。明月隨人去。』意境不求甚深，讀者悦其輕倩。竹垞《詞綜》首録此闋，此等詞固浙西派之初祖也。其《鵲橋仙》云：『小舟誰在落梅邨，正夢繞、清溪烟雨。』《西江月》云：『瓊瑰珠珥下秋空，一笑滿天鸞鳳。』皆警句可誦。

廖世美《燭影搖紅》過拍云：『塞鴻難問，岸柳何窮，別愁紛絮。』神來之筆，卽已佳矣。換頭云：『催促年光，舊來流水知何處？斷腸何必更殘陽，極目傷平楚。晚霽波聲帶雨。悄無人、舟横古渡。』語淡而情深，令子野、太虚輩爲之，容或未必能到。此等詞一再吟誦，輒沁入心脾，畢生不能忘。《花庵絶妙詞選》中，真能不愧『絶妙』二字，如世美之作，殊不多覯。

何搢之《小重山》『玉船風動酒鱗紅』之句，見稱於時，此特麗句云爾。臨邛高耻庵云見《詞品》：『譬如雲錦月鉤，造化之巧，非人琢也，此等句在天壤間有限。』似乎獎許太過。余喜其換頭『車馬去悤悤，路隨芳草遠』十字，其淡入情，其麗在神。

梅宛陵詩：『不上樓來今幾日，滿城多少柳絲黄。』《晁氏客語》記歐公云：『非聖俞不能到。』宋無名氏《愛日齋叢鈔》。按，李易安詞：『幾日不來樓上望，粉紅香白已爭妍。』由此脱胎，卻自是詞筆。

趙忠簡詞，王氏四印齋刻入《南宋四名臣詞》，清剛沈至，卓然名家，故君故國之思，流溢行間句裏。如《鷓鴣天·建康上元作》云：『客路那知歲序移。忽驚春到小桃枝。天涯海角悲涼地，記得當年全盛時。花弄影，月流輝。水精宫殿五雲飛。分明一覺華胥夢，回首東風淚滿衣。』《洞仙歌》後段云：『可憐窗外竹，不怕西風，一夜瀟瀟弄疏響。奈此九回腸，萬斛清愁，人何處、邈如天樣。縱隴水秦雲阻歸音，便不許時閒，夢中尋訪。』其它斷句尤多促節哀音，不堪卒讀。而卷端《蝶戀花》乃有句云：『年少淒涼天付與。更堪春思縈離緒。』閒情綺語，安在爲盛德之累耶？

填詞第一要襟抱，唯此事不可彊，並非學力所能到。向伯恭《虞美人》過拍云：『人憐貧病不堪憂。誰識此心如月正涵秋。』宋人詞中此等語未易多覯。

竹齋詞句『桂樹深邨狹巷通』，頗能憮寫邨居幽邃之趣，若換用它樹，意境便遜。

曾紘父《浣溪沙》云〔一〕：『紫禁正須紅藥句，清江莫與白鷗盟。』尋常稱美語，出以雅令之筆，閱之，便不生厭，此酬贈詞之別開生面者。

【校記】

〔一〕紘：底本作『宏』，據曾惇其本字改。

大卿榮諲詠梅《南鄉子》云：『江上野梅芳。粉色盈盈照路旁。閒折一枝和雪嗅，思量。似箇人人玉體香。特地起愁腸。此恨誰人與寄將？山館寂寥天欲暮，淒涼。人轉迢迢路轉長。』見《梅苑》，『似箇』句豔而質，猶是宋初風格，《花間》之遺。諲，字仲思，《宋史》有傳。

《吹劍錄》云：『古今詩人間出，極有佳句，無人收拾，盡成遺珠。陳秋塘詩：「不知筋力衰多少，但覺新來嬾上樓。」』按：此二句乃稼軒詞《鷓鴣天》歇拍。稼軒，倚聲大家，行輩在秋塘稍前，何至取材秋塘詩句？秋塘平昔以才氣自豪，亦豈肯沿襲近人所作？或者俞文蔚氏誤記辛詞爲陳詩耶？此二句入詞則佳，入詩便稍覺未合。詞與詩體格不同處，其消息即此可參。

東浦詞《且坐令》云：『但冤家、何處貪歡樂。引得我心兒惡。』毛子晉刻入《六十家詞》，以『冤家』字涉俚，跋語譏之。桉，宋蔣津《葦航紀談》：『作詞者流，多用冤家爲事，初未知何等語，亦不知所出。後閱《烟花說》，有云：「冤家之說有六：情深意濃，彼此牽繫，寧有死耳，不懷異心，所謂冤家者一；兩情相繫，阻隔萬端，心想魂飛，寢食俱廢，所謂冤家者二；長亭短亭，臨歧分袂，黯然銷魂，悲泣良苦，所謂冤家者三；山遙水遠，魚雁無憑，夢寐相思，柔腸寸斷，所謂冤家者四；憐新棄舊，孤恩負義，恨切惆悵，怨深刻骨，所謂冤家者五；一生一死，觸景悲傷，抱恨成疾，迨與俱逝，所謂冤家者六。此語雖鄙俚，亦余之樂聞耳」云云。』樸質爲宋詞之一格，此等字不足爲疵病。唯是宋人可用，吾人斷不敢用；若用之而亦不足爲疵病，則駸駸乎入宋人之室矣。

詞，亦文之一體，昔人名作亦有理脈可尋，所謂蛇灰蚓線之妙。如范石湖《眼兒媚·萍鄉道中》云：『酣酣日腳紫烟浮。妍暖試輕裘。困人天氣，醉人花底，午夢扶頭。春慵恰似春塘水，一片縠紋愁。溶溶洩洩，東風無力，欲皺還休。』『春慵』緊接『困』字、『醉』字來，細極。

陳夢弼和石湖《鷓鴣天》云：『指剝春葱去採蘋。衣絲秋藕不沾塵。眼波明處偏宜笑，眉黛愁來也解顰。巫峽路，憶行雲。幾番曾夢曲江春。相逢細把銀釭照，猶恐今宵夢似真。』歇拍用晏叔原『今宵賸把銀釭照，猶恐相逢是夢中』句，恐夢似真，翻新入妙，不特不嫌沿襲，幾於青勝於藍。

韓南澗《霜天曉角》起調云：『幾聲殘角。月照梅花薄。』歇拍云：『莫把玉肌相映，愁花見，也羞落。』花羞玉肌，其海棠、芍藥之流亞乎？對於梅花，殊未易言，人世幾曾見此玉肌也？

宋王質《西江月·借江梅蠟梅爲意壽董守》云：『試將花蘂數層層，猶比長年不盡。』元李庭《水

調歌頭・史侯生朝》云：『側聽稱觴新語，一滴願增一歲，門外酒如川。』並巧語，不涉纖

王質《江城子》句云：『得到釵梁容略住，無分做、小蜻蜓。』未經人道。

仲彌性《浪淘沙》過拍云：『看盡風光花不語，卻是多情。』語淡而深。《憶秦娥・詠木犀》後段云：『佳人斂笑貪先折。重新爲翦斜斜葉。斜斜葉。釵頭常帶，一秋風月。』末二句賦物上乘，可藥纖滯之失。

程文簡大昌《臨江仙・和正卿弟生日》云：『紫荊同本但殊枝。直須投老日，常似有親時。』《感皇恩・淑人生日》：『人人戴白，獨我青青常保。只將平易處，爲蓬島。』此等句非性情厚、閲歷深，未易道得。元劉靜脩《樵庵詞・王利夫壽》云：『吾鄉先友今誰健。西鄰王老時相見。每見憶先公。音容在眼中。　今朝故人子。爲壽無多事。唯願歲長豐。年年社酒同。』余極憙誦之，與文簡詞庶幾近似。

《織餘瑣述》：宋洪文惠《盤洲詞》，余最憙其《生查子》歇拍云：『春色似行人，無意花間住。』《漁家傲引》後段云：『半夜繫船橋北岸。三杯睡著無人喚。睡覺只疑橋不見。風已變。纜繩吹斷船頭轉。』意境亦空靈可憙。蕙風云：余所憙異於是，《漁家傲引》云：『子月水寒風又烈。巨魚漏網成虛設。圉圉從它歸丙穴。謀自拙。空歸不管旁人說。　昨夜醉眠西浦月。今宵獨釣南溪雪。妻子一船衣百結。長歡悅。不知人世多離別。』委心任運，不失其爲我；知足長樂，不願乎其外。詞境有高於此者乎？是則非娱所能識矣。

宋曹冠《燕喜詞・鳳棲梧》云：『飛絮撩人花照眼。天闊風微，燕外晴絲卷。』狀春情景色絕佳。

每值香南研北，展卷微吟，便覺日麗風暄，淑氣撲人眉宇，全帙中似此佳句竟不可再得。

姚進道《簫臺公餘詞·浣溪沙·青田趙宰席間作》云：『醉眼斜拖春水緑，黛眉低拂遠山濃。此情都在酒杯中。』《鷓鴣天·縣有花名日日紅，高仲堅席間作》云：『夜深莫放西風入，頻遣司花護錦裀。』《瑞鷓鴣·賞海棠》云：『一抹霞紅匀醉臉，惱人情處不須香。』《如夢令·水仙用雪堂韻》云：『鉤月襯淩波，仿佛湘江烟路。』《行香子·抹利花》云：『香風輕度，翠葉柔枝。與玉郎摘，美人戴，總相宜。』《好事近·重午前三日》云：『梅子欲黄時，霖雨晚來初歇。誰在緑窗深處，把綵絲雙結。淺斟低唱笑相偎，映一團香雪。笑指牆頭榴花，倩玉郎輕折。』進道名述堯，錢唐人。南宋理學家張子韶詩云：『環顧天下問，四海唯三友。』三友者，施彦執、姚進道、葉先覺。其見重於時如此，顧亦能爲綺語、情語。可知《蘭畹》、《金荃》，何損於言坊行表也？

兩宋鉅公大僚能詞者多，往往不脱簪紱氣。魏文節杞《虞美人·詠梅》云：『只應明月最相思。曾見幽香一點未開時。』輕清婉麗，詞人之詞，專對抗節之臣顧亦能此。宋廣平鐵石心腸，不辭爲梅花作賦也。

劉潛夫《風入松·福清道中作》云：『多情唯是燈前影，伴此翁同去同來。逆旅主人相問，今回老似前回。』語真質可喜。

後邨《玉樓春》云：『男兒西北有神州，莫滴水西橋畔淚。』楊升菴謂其壯語足以立懦，此類是已。

陳藏一《話腴》：『趙昂總管始肄業臨安府學，困躓無聊賴，遂脱儒冠從禁弁，升御前應對。一日侍阜陵蹕之德壽宫，高廟宴席間，問：「今應制之臣，張掄之後爲誰？」阜陵以昂對。高廟俯睞久之，知其嘗爲諸生，命賦拒霜詞。昂奏所用腔，令綴《婆羅門引》；又奏所用意，詔自述其梗概。即賦就進呈，云：「暮霞照水，水邊無數木芙蓉。曉來露溼輕紅。十里錦絲步障，日轉影重重。向楚天空迥，人立西風。　夕陽道中。嘆秋色，與愁濃。寂寞三秋粉黛，臨鑑妝慵。施朱太赤，空惆悵，教妾若爲容。花易老，烟水無窮。」高廟喜之，錫銀絹加等，仍俾阜陵與之轉官。我朝之獎勵文人也如此。』此事它書未載。淳熙間，太學生俞國寶以題斷橋酒肆屏風上《風入松》詞『一春常費買花錢』云云，爲高宗所稱賞，即日予釋褐。此則屢經記載，稍涉倚聲者知之。其實趙詞近沈著，俞第流美而已。以體格論，俞殊不逮趙，顧當時盛稱，傳以其句麗可喜，又諧適便口誦，故稱述者多。文字以投時爲宜，詞雖小道，可以闞顯晦之故。古今同揆，感慨係之矣。

姜白石《鷓鴣天》云『籠紗未出馬先嘶』，七字寫出華貴氣象，卻淡雋，不涉俗。

羅子遠《清平樂》『兩槳能吳語』，五字甚新。楊柳渡頭，荷花蕩口，暖風十里，翦水咿啞，聲愈柔而景愈深。嘗讀《飲水詞·望江南》云：『江南好，虎阜晚秋天。山水總歸詩格秀，笙簫恰稱語音圓。人在木蘭船。』『笙簫』句與此『兩槳』句同一，妙於領會。

劉改之詞格本與辛幼安不同，其《龍洲詞》中如《賀新郎·贈張彥功》云：『誰念天涯牢落況，輕負暖烟濃雨。記酒醒、香銷時語。客裏歸轎須早發，怕天寒、風急相思苦。』前調云：『衣袂京塵曾染處，空有香紅尚輭。料彼此、魂銷腸斷。』又云：『但託意、焦琴紈扇。莫鼓琵琶江上曲，怕荻花楓葉俱淒怨。』《祝英臺近·游東園》云：『晚來約住青驄，踏花歸去，亂紅碎、一庭風月。』《唐多令·八月五日安遠樓小集》云：『柳下繫船猶未穩，能幾日、又中秋。』《醉太平》云：『翠綃香暖雲屏。更那堪酒醒。』此等句是其當行本色，蔣竹山伯仲間耳。其激昂慨慷諸作，乃刻意橅擬幼安。至如《沁園春》『斗酒彘肩』云云，則尤橅擬而失之太過者矣。《詞苑叢談》云：『劉改之一妾，愛甚。淳熙甲午赴省試，在道賦《天仙子》詞，到建昌游麻姑山，使小童歌之，至於墮淚。二更後，有美人執拍板來，願唱曲勸酒，即賡前韻「别酒未斟心已醉」云云。劉喜，與之偕東。其後臨江道士熊若水爲劉作法，則並枕人乃一琴耳，攜至麻姑山焚之。』改之忍乎哉！是可忍也，孰不可忍也？此物良不俗，雖曰靈怪，即亦何負於改之？世間萬事萬物，形形色色，孰爲非幻？改之得唱曲美人，輒忘甚愛之妾，則其所賦之詞，所墮之淚，舉不得謂真，非真即幻，於琴何責焉？焚琴鬻鶴，傖父所爲，不圖出之改之，吾爲斯琴悲遇人之不淑，何物臨江道士，尤當深惡痛絶者也。龍洲詞變易體格，迎合稼軒，與琴精幻形求合何以異？吾謂改之宜先自焚其稿。

『離恨做成春夜雨。添得春江，劃地東流去。弱柳繫船都不住。爲君愁絶聽鳴艣。』楊濟翁《蝶戀花》前段也，婉曲而近沈著，新穎而不穿鑿，於詞爲正宗中之上乘。

《織餘瑣述》：《花菴詞選》謝懋《杏花天》歇拍云：『餘酲未解扶頭嬾。屏裏瀟湘夢遠。』昔人盛稱之，不如其過拍云：『雙雙燕子歸來晚。零落紅香過半。』此二語不曾作態，恰妙造自然。蕙風論詞之旨如此。

黄幾仲《竹齋詩餘·西江月》題云：『垂絲海棠，一名醉美人。』『撚翠低垂嫩萼，勻紅倒簇繁英。穠纖消得比佳人。酒入香肌成暈。　簾幕陰陰窗牖，闌干曲曲池亭。枝頭不起夢春酲。莫遣流鶯喚醒。』此花唯吾鄉有之，太半櫻桃花接本，江南薊北，未之見也。紫豔沈酣，信足當醉美人品目。

《鶴林詞·祝英臺近·春日感懷》云：『有時低按銀箏，高歌《水調》，落花外、紛紛人境。』末七字余極喜之，其妙處難以言說，但覺芥子須彌，猶涉執象。

《織餘瑣述》云：『翻騰妝束鬧蘇隄。』宋馬子嚴《阮郎歸》詞句，形容麤釵膩粉，可謂妙於語言。天與娉婷，何有於『翻騰妝束』，適成其爲『鬧』而已。

又云：宋嚴仁詞《醉桃源》云：『拍隄春水蘸垂楊。水流花片香。弄花噆柳小鴛鴦。一雙隨一雙。』描寫芳春景物，極娟妍鮮翠之致，微特如畫而已，政恐刺繡妙手，未必能到。

盧申之《江城子》後段云：『年華空自感飄零。擁春酲，對誰醒？天闊雲閒，無處覓簫聲。載酒買花年少事，渾不似，舊心情。』與劉龍洲詞『欲買桂花重載酒，終不似、少年游』，可稱異曲同工，然終不如少陵之『詩酒尚堪驅使在，未須料理白頭人』爲倔彊可憙。其《清平樂》歇拍云『何處一春游蕩，夢中猶恨楊花』，是加倍寫法。

宋人詞亦有疵病，斷不可學。高竹屋《中秋夜懷梅溪》云：『古驛烟寒，幽垣夢冷，應念秦樓十二。』此等句鉤勒太露，便失之薄。張玉田《水龍吟·寄袁竹初》云：『待相逢說與相思，想亦在、相思裏。』尤空滑粗率，並不如高句字面稍能蘊藉。

梅溪詞：『幾曾湖上不經過。看花南陌醉，駐馬翠樓歌。』下二語人人能道，上七字妙絕，似乎不甚經意，所謂得來容易卻囏辛也。

《壽樓春》，梅溪自度曲，前段：『因風飛絮，照花斜陽。』後段：『湘雲人散，楚蘭魂傷。』風、飛、花、斜，雲、人，蘭、魂，並用雙聲疊韻字，是聲律極細處。

余少作《蘇武慢·寒夜聞角》云：『憑作出、百緒淒涼，淒涼唯有，花冷月閒庭院。珠簾繡幕，可有人聽，聽也可曾腸斷。』半唐翁最爲擊節。比閱《方壺詞・點絳脣》云：『曉角霜天，畫簾卻是春天氣。』意與余詞略同，余詞特婉至耳。

《方壺詞・滿江紅・感賦梅》云：『洞府瑤池，多見是、桃紅滿地。君試問、江梅清絕，因何拋棄。仙境常如二三月，此花不受春風醉。』此意絕新。梅花身分絕高，嚮來未經人道。

方壺居士詞，其獨到處能淡而瘦。

宋王沂公之言曰：『平生志不在溫飽。』以梅詩謁呂文穆云：『雪中未問調羹事，先向百花頭上開。』吳莊敏詞《沁園春・詠梅》云：『雖虛林幽壑，數枝偏瘦，已存鼎鼐，一點微酸。松竹交盟，雪霜心事，斷是平生不肯寒。』二公襟抱政復相同。『一點微酸』，即調羹心事；『不志溫飽』，爲有不肯寒者在耳。又莊敏《滿江紅》有『晚風牛笛』句，絕雅鍊可憙。

《履齋詞・滿江紅・九日郊行》云：『數本菊香能勁。』『勁』韻絕雋峭，非菊之香不足以當此。《二郎神》云：『凝竚久，驀聽棋邊落子，一聲聲靜。』《千秋歲》云：『荷遞香能細。』此『靜』與『細』，亦非雅人深致，未易領略。

吳樂庵《水龍吟・詠雪次韻》云：『興來欲喚，羸童瘦馬，尋梅隴首。有客遮留，左援蘇二，右招歐九。問聚星堂上，當年白戰，還更許、追蹤否？』此詞略昉劉龍洲《沁園春》：『斗酒彘肩，醉渡浙江，豈不快哉？被香山居士，約林和靖，與坡公等，駕勒吾回。』而吳詞意境較靜。

曾同季《點絳脣・賦芍藥》云：『君知否。畫闌幽處。留得韶光住。』尋常意中之言，恰似未經人道。《浣溪沙》前題云：『濃雲遮日惜紅妝。』所謂仁者見之謂之仁。

《雲莊詞・酹江月》云：『一年好處，是霜輕塵斂，山川如洗。』較『橘綠橙黃』句有意境。

牟端明《金縷曲》云：『撲面胡塵渾未掃，强歡謳、還肯軒昂否？』蓋寓黍離之感。昔史遷稱項王悲歌慷慨，此則歡歌而不能激昂，曰『强』，曰『還肯』，其中若有甚不得已者，意愈婉，悲愈深矣。

《龜峯詞・沁園春・詠西湖酒樓》云：『南北戰爭。唯有西湖，長如太平。』此三句含有無限感慨。宋人詩云：『西湖歌舞幾時休』，下云『直把杭州作汴州』，婉而多諷，旨與剛父略同。

翁五峯《摸魚兒》歇拍云：『沙津少駐。舉目送飛鴻，幅巾老子，樓上正凝佇。』東坡送子由詩：『時見烏帽出復沒。』是由送客者望見行人，極寫臨歧眷戀之狀。五峯詞乃由行人望見送者，客子消魂，故人惜別，用筆兩面俱到。

宋汪晫《康范詩餘・水調歌頭・次韻荷淨亭小集》云：『落日水亭靜，藕葉勝花香。』與秦湛『藕葉香風勝花氣』同意。藕葉之香，非靜中不能領略。淨而後能靜，無塵則不囂矣。只此起二句，便恰是詠荷淨亭，不能移到它處，所以爲佳。

詞衰於元，當時名人詞論，卽亦未臻上乘。如陸輔之《詞旨》所謂警句，往往抉擇不精，適足啓晚近纖妍之習。宋宗室名汝茪者，詞筆清麗，格調本不甚高。《詞旨》取其《戀繡衾》句：『怪別來、臙脂慵傅，被東風、偷在杏梢。』此等句不過新巧而已。余喜其《漢宮春》云：『故人老大，好襟懷消減全無。漫贏得、秋聲兩耳，冷泉亭下騎驢。』以清麗之筆作淡語，便似仌壺濯魄，玉骨橫秋，綺紈粉黛，迴眸無色。但此等佳處猶爲自詞中出者，未爲其至。如欲超軼王碧山、周草窗，伯仲姜白石、吳夢窗，而上企蘇、辛，其必由性情學問中出乎？

馮深居《喜遷鶯》云：『涼生遥渚。正綠芰擎霜，黄花招雨。鴈外漁燈，蛬邊蟹舍，絳葉表秋來路。世事不離雙鬢，遠夢偏欺孤旅。送望眼，但凭舷微笑，書空無語。　慵看清鏡裏，十載征塵，長把朱顔污。借箸青油，揮毫紫塞，舊事不堪重舉。間闊故山猿鶴，冷落同盟鷗鷺。倦遊也，便檣雲柂月，浩歌歸去。』此詞多矜鍊之句，尤合疏密相間之法，可爲初學楷模。

《芸窗詞·瑞鶴仙·次韻陸景思喜雪》：『農麥年來管好，禾黍離離，詎忘關洛？』《賀新郎·送劉澄齋歸京口》云：『西風亂葉長安樹。嘆離離、荒宫廢苑，幾番禾黍。』神州陸沈之感，不圖於半閒堂寮吏見之。自來識時達節之士，功名而外無容心，偶有甚非由衷之言流露於楮墨之表，詎故爲是自文飾耶，抑亦天良發見於不自知也？

《空同詞·月華清·春夜對月》云：『況是風柔夜暖。正燕子新來，海棠微綻。不似秋光，只照離人腸斷。』用蘇文忠公王夫人語意，絕佳。上三句亦勝情徐引。

空同詞，如秋卉娟妍，春蘅鮮翠。

空同詞喜鍊字，《菩薩蠻》云：『繫馬短亭西。丹楓明酒旗。』《南柯子》云：『碧天如浮水印新蟾。』《阮郎歸》云：『綠情紅意兩逢迎。扶春來遠林。』又云：『羅衣金縷明。』兩『明』字、『印』字、『扶』字，並從追琢中出。又《鷓鴣天》云：『瑩然初日照芙蕖。』能寫出美人之精神。《浪淘沙·別意》云：『花霧漲冥冥。欲雨還晴。』能融景入情，得迷離惝怳之妙，皆佳句也，『漲』字亦鍊。《行香子》云：『十年心事，兩字眉婚。』『眉婚』二字新奇，殆卽目成之意，未詳所本。

『良人輕逐利名遠。不憶幽花靜院』，楊澤民《秋蘂香》句。『幽花靜院』，抵多少『盈盈秋水，淡淡春山』，『良人』句，質不涉俗，是澤民學清真處。

尹梅津《眼兒媚·詠柳》云：『一好百般宜。』五字可作美人評語。明王彦泓詩『亂頭粗服總傾城』，所謂『一好百般宜』也。

偶閱《閩詞鈔》，宋陳以莊《菩薩蠻》云：『舉頭忽見衡陽鴈。千聲萬字情何限？叵耐薄情夫。一行書也無。泣歸香閣恨。和淚淹紅粉。待鴈卻回時。也無書寄伊。』歇拍云云，略失敦厚之恉，所謂盡其在我，何也？然而以謂至深之情，亦無不可。

宋詞名句多尚渾成，亦有以刻畫見長者。沈約之《謁金門》云：『獨倚危闌清晝寂。草長流翠碧。』前調云：『寒色著人無意緒。竹鳴風似雨。』《如夢令》云：『忺睡，忺睡。窗在芭蕉葉底。』《念奴嬌》刻本無題，當是詠海棠云：『醉態天真，半羞微斂，未肯都開了。』刻畫而不涉纖，所以爲佳。

近人學夢窗，輒從密處入手。夢窗密處，能令無數麗字一一生動飛舞，如萬花爲春，非若琱璚蹙繡，毫無生氣也。如何能運動無數麗字？恃聰明，尤恃魄力。如何能有魄力？唯厚，乃有魄力。夢窗密處易學，厚處難學。

『心事稱吳妝暈紅』，七字兼情意、妝束、容色。夢窗密處如此等句，或者後人尚能勉彊學到。重者，沈著之謂，在氣格，不在字句，於《夢窗詞》庶幾見之。即其芬菲鏗麗之作，中間雋句豔字莫不有沈摯之思、灝瀚之氣，挾之以流轉，令人玩索而不能盡，則其中之所存者厚。沈著者，厚之發見乎外者也。欲學夢窗之緻密，先學夢窗之沈著。即緻密，即沈著，非出乎緻密之外、超乎緻密之上，別有沈著之一境也。夢窗與蘇、辛二公，實殊流而同源，其見爲不同，則夢窗緻密其外耳。其至高至精處，雖擬議形容之，未易得其神似。穎惠之士，束髮操觚，勿輕言學夢窗也。

草窗《少年游・宮詞》云：『一樣春風，燕梁鶯戶，那處得春多。』即『梨花雪，桃花雨。畢竟春誰主』之意，俱從義山『鶯嗁花又笑，畢竟是誰春』脱出。其《朝中措・茉莉擬夢窗》云：『尚有第三花在，不妨留待涼生。』庶幾得夢窗之神似。

周保緒濟《止庵集・宋四家詞筏序》，以近世爲詞者，推南宋爲正宗，姜、張爲山斗，域於其至近者爲不然。其持論介余同異之間。張誠不足爲山斗，得謂南宋非正宗耶？《宋四家詞筏》未見，疑即止庵手錄之《宋四家詞選》，以周邦彦、辛棄疾、王沂孫、吳文英四家爲之冠，以類相從者各如干家。止庵又有《論調》一書，以婉、澀、高、平四品分之，其選調視紅友所載衹四之一，此書亦未見。

劉伯寵生平宦轍在吾廣右，惜其姓名廑見省志《金石略》，而事行無傳。《水調歌頭・中秋》云：『破匣菱花飛動，跨海清光無際，草露滴明璣。』『跨海』云云，是何意境？下乃忽作小言。子雲《解嘲》所云『大者含元氣，細者入無間』，略可喻詞筆之變化。

李蠙洲《抛球樂》云：『綺窗幽夢亂如柳，羅袖淚痕凝似錫。』《謁金門》云：『可奈薄情如此點，寄書渾不答。』『錫』、『點』叶韻雖新，卻不墜宋人風格。然如『錫』韻二句，所爭亦止絫黍間矣。其不失之尖纖者，以其尚近質拙也，學詞者不可不知。

韓子耕《高陽臺・除夕》：『頻聽銀籤，重然絳蠟，年華袞袞驚心。餞舊迎新，能消幾刻光陰？老來可慣通宵飲，待不眠、還怕寒侵。掩清尊。多謝梅花，伴我微吟。鄰娃已試春妝了，更蜂枝簇翠，燕股橫金。勾引春風，也知芳意難禁。朱顏那有年年好，逞豔遊、贏取如今。恣登臨。殘雪樓臺，遲日園林。』此等詞語淺情深，妙在字句之表，便覺刻意求工是無端多費氣力。又詞家鍊字法斷不可少，韓子耕《浪淘沙》云：『試花霏雨溼春晴。三十六梯人不到，獨喚瑤箏。』妙在『濕』字、『喚』字。

韓子耕詞，妙處在一『鬆』字，非功力甚深不辨。

得趣居士詞，喁喁呢呢，緻繡細薰。

黃東甫《柳梢青》云：『天涯翠巘層層。是多少長亭短亭。』《眼兒媚》云：『當時不道春無價，幽夢費重尋。』此等語非深於詞不能道，所謂詞心也。《柳梢青》又云：『花驚寒食，柳認清明。』『驚』字、『認』字，屬對絕工，昔人用字不苟如是，所謂詞眼也。納蘭容若《浣溪沙》云：『被酒莫驚春睡重，賭書消得潑茶香。當時只道是尋常。』卽東甫《眼兒媚》句意，酒中茶半，前事伶俜，皆夢痕耳。

詞筆麗與豔不同：豔如芍藥、牡丹，慵春媚景；麗若海棠、文杏，映燭窺簾。薛梯飆詞，工於刷色，當得一『麗』字。《醉落魄》云：『單衣乍著。滯寒更傍東風作。珠簾壓定銀鉤索。雨弄初晴，輕旋玉塵落。花唇巧借妝梅約。嬌羞纔放三分蕚。尊前不用多評泊。春淺春深，都向杏梢覺。』

白石詞：『少年情事老來悲。』宋朱服句：『而今樂事它年淚。』二語合參，可悟一意化兩之法。宋周端臣《木蘭花慢》云：『料今朝別後，他時有夢，應夢今朝。』與『而今』句同意。

姚成一《霜天曉角》換頭云：『烟抹山態活，雨晴波面滑。』五字對句，上句作上二下三，抹字叶。不唯不勉彊，尤饒有韻致，詞筆靈活可喜。

《雪坡詞・沁園春・壽同年陳探花》云：『憶昔東坡，秀奪眉山，生丙子年。蓋丙離子坎，四方中氣，直當此歲，間出英賢。』詞句用『蓋』字領起，絕奇，子平家言入詞，亦僅見。

莫子山《水龍吟》換頭云：『也擬與愁排遣。奈江山遮攔不斷。嬌訛夢語，溼熒嗁袖，迷心醉眼。』此等句便開明已後詞派，風格稍稍遜矣。其過拍云：『但年光暗換，人生易感，西歸水，南飛雁。』

宋江致和《五福降中天》句：『秋水嬌横俊眼，膩雪輕鋪素胷。』以『鋪』字形容膩雪，有詞筆畫筆所難傳之佳處，無一字可以易之。後蜀歐陽炯《春光好》云：『胷鋪雪，臉分蓮。』乃江句所從出。

須溪詞，風格遒上似稼軒，情辭跌宕似遺山。有時意筆俱化，純任天倪，竟能略似坡公。往往獨到之處，能以中鋒達意，以中聲赴節。世或目爲別調，非知人之言也。《促拍醜奴兒》云：『百年已是中年後，西州垂淚，東山攜手，幾箇斜暉。』《踏莎行·九日牛山作》云：『向來吹帽插花人，盡隨殘照西風去。』《永遇樂》云：『香塵暗陌，華燈明晝，長是嫞攜手去。』《摸魚兒·海棠一夕如雪無飲余者賦恨》云：『無人舉酒。但照影隄流，圖它紅淚，飄灑到襟袖。』前調《守歲》云：『古今守歲無言說，長是酒闌情緒。』《金縷曲·五日》云：『欸乃漁歌斜陽外，幾書生、能辨投湘賦。』余所摘警句視此。其《江城子·海棠花下燒燭》詞云：『欲睡心情，一似夢驚殘。』《山花子·春暮》云：『更欲徘徊春尚肯，已無花。』若斯之類，是其次矣。如衡論全體，大段以骨榦氣息爲主，則必舉全首而言。其中卽無如右等句可也。由是推之全卷，乃至口占漫與之作，而其骨榦氣息具在此，須溪之所以不可及乎？

須溪詞中，間有輕靈婉麗之作，似乎元、明已後詞派導源乎此。詎時代已入元初，風會所趨，不期然而然者耶？如《浣溪沙·感別》云：『點點疏林欲雪天。竹籬斜閉自清妍。爲伊顚頷得人憐。欲與那人攜素手，粉香和淚落君前。相逢恨恨總無言。』前調《春日卽事》云：『遠遠遊蜂不記家。

數行新柳自啼鴉。尋思舊事卽天涯。睡起有情和畫卷，燕歸無語傍人斜。晚風吹落小瓶花。』《山花子》後段云：『早宿半程芳草路，猶寒欲雨暮春天。小小桃花三兩樹，得人憐。』此等小詞，乃至略似國初顧梁汾、納蘭容若輩之作，以謂《須溪詞》中之別調可耳。

李商隱《高陽臺·詠落梅》云：『飄粉杯寬，盛香袖小，青青半掩苔痕。竹裏遮寒，誰念減盡芳雲。幺鳳叫晚吹晴雪，料水空、烟冷西泠。感凋零，殘縷遺鈿，迆邐成塵。東園曾趁花前約，記按箏篝酒，戲挽飛瓊。環佩無聲，草暗臺榭春深。欲倩怨笛傳清譜，怕斷霞，難返吟魂。轉銷凝，點點隨波，望極江亭。』前段『誰念』『念』字、『幺鳳』『鳳』字，後段『草暗』『暗』字、『欲倩』『倩』字、『斷霞』『斷』字，它宋人作此調並用平聲。商隱別作《寄題蓀壁山房》闋，亦用平聲，唯此闋用去聲，以峭折爲婉美，非起調畢曲處，於宫律無關係也。其前段『水空』『水』字，似亦應用去聲。上與平可通融，與去不可通融也。商隱與弟周隱有《餘不谿二隱叢說》，惜未見。

李周隱《小重山》云：『畫檐簪柳碧如城。一簾風雨裏，過清明。』又云：『紅塵沒，馬翠薶輪。西泠曲，歡夢絮飄零。』『簪』字、『沒』字、『薶』字，並力求警鍊，造語亦佳。

余舊作《浣溪沙》云：『莫向天涯輕小別，幾回小別動經年。』比閱柴望《秋堂詩餘·滿江紅》云：『別後三年重會面，人生幾度三年別。』意與余詞略同，爲黯然者久之。

王易簡謝草窗惠詞卷《慶宫春》歇拍云：『因君凝竚。依約吳山，半痕蛾綠。』易簡《樂府補題》諸作，頗膾炙人口。余謂此十二字絕佳，能融景入情，秀極成韻，凝而不佻。

《覆瓿詞·沁園春·歸田作》云：『何怨何尤，自歌自笑，天要吾儕更讀書。』真率語，未經人道。

蕙風詞話卷三

後晉高祖天福二年，契丹太宗改元會同，國號遼。公卿庶官皆倣中國，參用中國人。自是已還，密邇文化。當是時，中原多故，而詞學寖昌。其先後唐莊宗、其後南唐中宗以知音提倡於上，和成績《紅葉稿》、馮正中《陽春集》揚葩振藻於下。徵諸載記，金海陵閱柳永詞，有『三秋桂子，十里荷花』句，遂起吳山立馬之思。遼之於五季，猶金之於北宋也。雅聲遠祧，宜非疆域所能限。其後遼穆宗應歷十年，當宋太祖建隆元年；天祚帝天慶五年，當金太祖收國元年。西遼之亡，於宋爲寧宗嘉泰元年，得二百四十二年；於金爲章宗泰和元年，得八十七年。當此千年間，宋固詞學極盛，金亦詞人輩出，遼獨闃如，欲求殘闋斷句，亦不可得。海寧周芚兮春輯《遼詩話》，竟無一語涉詞。絲簧輟響，蘭荃不芳，風雅道衰，抑何至是？唯是一以當百，有懿德皇后《回心院》詞，其詞既屬長短句，十闋一律，以氣格言，尤必不可謂詩。音節入古，香豔入骨，自是《花間》之遺。北宋人未易克辦，南渡無論，金源更何論焉。姜堯章言：『凡自度腔，率以意爲長短句，而後協之以律。』懿德是詞，固已被之管絃，名之曰《回心院》，後人自可按腔填詞。吳江徐電發釚錄入《詞苑叢談》，德清徐誠菴本立收入《詞律拾遺》，庶幾灑林牙之陋，彌香膽之疏。史稱后工詩，善談論，自製歌詞，尤善琵琶。其於長短句，所作容不止此，北俗簡質，罕見稱述，當時即已失傳矣。

自六朝已還，文章有南北派之分，乃至書法亦然。姑以詞論，金源之於南宋，時代政同，疆域之不同，人事爲之耳，風會曷與焉？如辛幼安先在北，何嘗不可南？如吳彥高先在南，何嘗不可北？顧細審其詞，南與北確乎有辨，其故何耶？或謂《中州樂府》選政操之遺山，皆取其近己者。然如王拙軒、李莊靖、段氏遯庵、菊軒，其詞不入元選，而其格調氣息以視元選諸詞，亦復如驂之靳，則又何說？南宋佳詞能渾，至金源佳詞近剛方。宋詞深緻能入骨，如清真、夢窗是。金詞清勁能樹骨，如蕭閒、遯庵是。南人得江山之秀，北人以仌霜爲清。南或失之綺靡，近於雕文刻鏤之技；北或失之荒率，無解深裘大馬之譏。善讀者抉擇其精華，能知其並皆佳妙，而其佳妙之所以然。不難於合勘而難於分觀，往往能知之而難於明言之。然而宋、金之詞之不同，固顯而易見者也。

密國公璹詞，《中州樂府》箸錄七首，姜、史、辛、劉兩派兼而有之。《春草碧》云：『舊夢回首何堪，故苑春光又陳迹。落盡後庭花，春草碧。』《青玉案》云：『夢裏疏香風似度。覺來唯見，一窗涼月，瘦影無尋處。』並皆幽秀可誦。《臨江仙》云：『薰風樓閣夕陽多。倚闌凝思久，漁笛起烟波。』淡淡著筆，言外卻有無限感愴。

《明秀集·滿江紅》句：『雲破春陰花玉立。』清姒極憙之，暇輒吟諷不已。余憙其《千秋歲·對菊小酌》云：『秋光秀色明霜曉。』意境不在『雲破』句下。

清姒學作小令，未能入格。偶幡帑《中州樂府》，得劉仲尹『柔桑葉大綠團雲』句，謂余曰：『只一「大」字，寫出桑之精神，有它字以易之否？』斯語其庶幾乎略知用字之法。

元遺山爲劉龍山仲尹譔小傳云：『詩、樂府俱有蘊藉，參涪翁而得法者也。』蒙則以謂學涪翁而意境稍變者也。嘗以林木佳勝比之，涪翁信能鬱蒼聳秀，其不甚經意處，亦復老榦枒杈，第無醜枝，斯其所以爲涪翁耳。龍山蒼秀，庶幾近似。設令爲枒杈，必不逮遠甚。或帶烟月而益韻，託雨露而成潤，意境可以稍變，然而烏可等量齊觀也。茲選録《鷓鴣天》二闋如左，讀者細意玩索之，視『黄菊枝頭破曉寒』風度何如？『騎鶴峯前第一人。不應著意怨王孫。當時豔態題詩處，好在香痕與淚痕。 調雁柱，引蛾顰。緑窗絃索合筝纂。砌臺歌舞陽春後，明月朱扉幾斷魂。』又：『璧月池南翦木棲。六朝宫袖窄中宜。新聲蹙巧蛾顰黛，纖指移纂雁著絲。 朱戶小，畫簾低。細香輕夢隔涪溪。西風只道悲秋瘦，卻是西風未得知。』

馮士美《江城子》換頭云：『清歌皓齒豔明眸。錦纏頭。若爲酬。門外三更，鐙影立驊騮。』『門外』句與姜石帚『籠紗未出馬先嘶』意境略同。『驊騮』字近方重，入詞不易合色，馮句云云，乃適形其俊。可知字無不可用，在乎善用之耳。其過拍云：『月下香雲嬌墮砌，花氣重、酒光浮。』亦豔絕，清絕。

劉無黨《烏夜啼》歇拍云：『離愁分付殘春雨，花外泣黄昏。』此等句雖名家之作，亦不可學，嫌近纖、近衰颯。其過拍云：『宿酲人困屏山夢，烟樹小江邨。』庶幾運實入虚，巧不傷格。曩半唐老人《南鄉子》云：『畫裏屏山多少路，青青。一片烟蕪是去程。』意境與劉詞略同。劉清勁，王緜邈。

劉無黨《錦堂春·西湖》云：『牆角含霜樹靜，樓頭作雪雲垂。』『靜』字、『垂』字，得含霜作雪之神，此實字呼應法，初學最宜留意。

辛、党二家並有骨榦，辛凝勁，党疏秀。

党承旨《青玉案》云：『痛飲休辭今夕永。與君洗盡，滿襟煩暑，別作高寒境。』以鬆秀之筆達清勁之氣，倚聲家精詣也。『鬆』字最不易做到。

又《月上海棠》用前人韻，後段云：『斷霞魚尾明秋水，帶三兩飛鴻點烟際。疏林颯秋聲，似知人、倦遊無味。家何處，落日西山紫翠。』融情景中，旨淡而遠，迂倪畫筆庶幾似之。

又《鷓鴣天》云：『開簾放入窺窗月，且盡新涼睡美休。』瀟灑疏俊極矣，尤妙在上句『窺窗』二字，窺窗之月先已有情，用此二字，便曲折而意多。意之曲折由字裏生出，不同矯揉鉤致，不墮尖纖之失。

柳屯田《樂章集》爲詞家正體之一，又爲金、元已還樂語所自出。金董解元《西廂記》，搊彈體傳奇也。時論其品如朱汗碧蹏，神采駿逸。董有《哨徧》詞云：『太皞司春，春工著意，和氣生暘谷。十里芳菲，儘東風絲絲，柳搓金縷。漸次第，桃紅杏淺，水緑山青，春漲生烟渚。九十日光陰能幾，早鳴鳩呼婦，乳燕攜雛。亂燕滿地任風吹，飛絮濛空有誰主？春色三分，半入池塘，半隨塵土。滿地榆錢，算來難買春光住。初夏永、薰風池館，有藤牀尖簟紗㡡。日轉午。脱巾散髮，沈李浮瓜，寶扇搖紈素。著甚消磨永日，有掃愁竹葉，侍寢青奴。霎時微雨送新涼，些少金風退殘暑。韶華早、暗中歸去。』此詞連情發藻，妥帖易施，體格於《樂章》爲近。明胡元瑞《筆叢》稱董《西廂記》精工巧麗，備極才情。蓋筆能展拓，則推演爲如干字，何難矣。自昔詩、詞、曲之遞變，大都隨風會爲轉移，詞曲之爲體，誠迥乎不同。董爲北曲初祖，而其所爲詞，於屯田有沆瀣之合。曲繇詞出，淵源斯在。董詞僅見《花草粹編》，它書概未之載。《粹編》之所以可貴，以其多載昔賢不經見之作也。

金源人詞伉爽清疏，自成格調。唯王黄華小令間涉幽峭之筆、緜邈之音。《謁金門》後段云：『瘦雪一痕牆角。青子已妝殘萼。不道枝頭無可落。東風猶作惡。』歇拍二句似乎說盡『東風猶作惡』，就花與風之各一面言之，仍猶各有不盡之意。『瘦雪』字新。

唐張祜《贈内人》詩：『斜拔玉釵鐙影畔，剔開紅燄救飛蛾。』後人評此，以謂慧心仁術。金景覃《天香》云：『閒階土花碧潤，緩芒鞵、恐傷蝸蚓。』與祜詩意同。填詞以厚爲要旨，此則小中見厚也。又《鳳棲梧》歇拍云：『別有溪山容杖屨。等閒不許人知處。』意境清絶，高絶。憶余少作《鷓鴣天》歇拍云：『茜窗愁對清無語，除卻秋鐙不許知。』以視景，詞意略同而境遠遜，風骨亦未能騫舉。

《遺山樂府·促拍醜奴兒·學閒閒公體》云：『朝鏡惜蹉跎。一年年、來日無多。無情六合乾坤裏，顛鸞倒鳳，撐霆裂月，直被消磨。　世事飽經過。算都輸、暢飲高歌。天公不禁人間酒，良辰美景，賞心樂事，不醉如何？』附閒閒公所賦，云：『風雨替花愁。風雨罷、花也應休。勸君莫惜花前醉，今年花謝，明年花謝，白了人頭。　乘興兩三甌。揀溪山、好處追遊。但教有酒身無事，有花也好，無花也好，選甚春秋。』遺山誠閒閒高足，第觀此詞，微特難期出藍，幾於未信入室。蓋天人之趣判然，閒閒之作，無復筆墨痕迹可尋矣。

張信甫詞，傳者衹《驀山溪》一闋：『山河百二，自古關中好。壯歲喜功名，擁征鞍、雕裘繡帽。時移事改，萍梗落江湖，聽楚語，壓蠻歌〔一〕，往事知多少。　蒼顔白髮，故里欣重到。老馬省曾行，也頻嘶、冷烟殘照。終南山色，不改舊時青，長安道。一回來、須信一回老。』以清遒之筆寫慨慷之懷，冷烟殘照，老馬頻嘶，何其情之一往而深也。昔人評詩有云『剛健含婀娜』，余於此詞亦云。

【校記】

〔一〕壓：《全金元詞》作『厭』。

趙愚軒《行香子》云：『綠陰何處，旋旋移牀。』昔人詩句『月移花影上闌干』，此言移牀就綠陰，意趣尤生動可喜。卽此是詞與詩不同處，可悟用筆之法。

『春山淡冶而如笑，夏山蒼翠而如滴，秋山明淨而如妝，冬山慘淡而如睡』，宋畫院郭熙語也。金許古《行香子》過拍云：『夜山低，晴山近，曉山高。』郭能寫山之貌，許尤傳山之神，非入山甚深、知山之真者未易道得。

許道真《眼兒媚》云：『持杯笑道，鵝黃似酒，酒似鵝黃。』此等句看似有風趣，其實絕空淺，卽俗所謂打油腔，最不可學。

李欽叔獻能，劉龍山外甥也，以純孝爲士論所重。詩詞餘事，亦卓越輩流。《江梅引·賦青梅》云：『冰肌夜冷滑無粟，影轉斜廊。冉冉孤鴻，烟水渺三湘。青鳥不來天也老，斷魂些、清霜靜楚江。』『冰肌』句熨帖工緻，『冉冉』以下取神題外，設境意中。『斷魂』二句拍合，略不喫力，允推賦物聖手。《浣溪沙·環勝樓》云：『萬里中原猶北顧，十年長路卻西歸。倚樓懷抱有誰知？』尤爲意境高絕，以南北名賢擬之，辛幼安殆伯仲之間，吳彥高其望塵弗及乎？

段復之《滿江紅》序云：『遯庵主人植菊階下，秋雨既盛，草萊蕪沒，殆不可見。江空歲晚，霜餘草腐，而吾菊始發數花。生意淒然，似訴余以不遇，感而賦之。因李生湛然歸，寄菊軒弟。』詞後段云：

『堂上客，頭空白。都無語，懷疇昔。恨因循過了，重陽佳節。颯颯涼風吹汝急，汝身孤特應難立。漫臨風、三嗅繞芳叢，歌還泣。』節韻已下情深一往，不辨是花是人，讀之，令人增孔懷之重。

段誠之《菊軒樂府·江城子》云：『月邊漁。水邊鉏。花底風來，吹亂讀殘書。』前調《東園牡丹花下酒酣即席賦之》云：『歸去不妨簪一朵，人也道、看花來。』騷雅俊逸，令人想望風采。《月上海棠》云：『喚醒夢中身，鵯鵊數聲春曉。』前調云：『頹然醉臥，印蒼苔半袖。』於情中入深靜，於疏處運追琢，尤能得詞家三昧。

元遺山以絲竹中年遭遇國變，崔立采望，勒授要職，非其意指。卒以抗節不仕，顦顇南冠二十餘稔。神州陸沈之痛，銅駝荊棘之傷，往往寄託於詞。《鷓鴣天》三十七闋，泰半晚年手筆。其《賦隆德故宮》及《宮體》八首、《薄命妾辭》諸作，蕃豔其外，醇至其內，極往復低徊、掩抑零亂之致；而其苦衷之萬不得已，大都流露於不自知。此等詞，宋名家如辛稼軒固嘗有之，而猶不能若是其多也。遺山之詞亦渾雅，亦博大，有骨榦，有氣象。以比坡公，得其厚矣，而雄不逮焉者，豪而後能雄，遺山所處，不能豪，尤不忍豪。牟端明《金縷曲》云：『撲面胡塵渾未掃，强歡謳、還肯軒昂否？』知此，可與論遺山矣。設遺山雖坎坷，猶得與坡公同，則其詞之所造，容或尚不止此。其《水調歌頭·賦三門津》『黃河九天上』云云，何嘗不崎嶇排奡？坡公之所不可及者，尤能於此等處不露筋骨耳。《水調歌頭》當是遺山少作。晚歲鼎鑊餘生，棲遲薾落，興會何能飆舉？知人論世，以謂遺山即金之坡公，何遽有愧色耶？充類言之，坡公不過逐臣，遺山則遺臣、孤臣也。其《賦隆德故宮》云：『人間更有傷心處，奈得劉伶醉後何？』《宮體》八首，其二云：『春風殢殺官橋柳，吹盡香緜不放休。』其四云：『月明不放寒枝穩，夜夜烏嘑徹五更。』其七云：『花爛錦，柳烘烟。韶華滿意與歡緣。不應寂寞求凰意，長對秋風泣斷絃。』《薄命妾辭》云：『桃花一簇開無主，儘著風吹雨打休。』其它如《無題》云：『墓頭不要征西字，元是中原一布衣。』又云：『幾時忘得分攜處，黄葉疏雲渭水寒。』又云：『籬邊老卻陶潛菊，一夜西風一夜寒。』又云：『殷勤未數《閒情賦》，不願將身作枕囊。』又云：『只緣攜手成歸計，不恨薶頭屈壯圖。』又云：『旁人錯比揚雄宅，笑殺韓家晝錦堂。』又云：『鹿裘孤坐千峯雪，耐與青松老歲寒。』又云：『諸葛菜，邵平瓜。白頭孤影一長嗟。南園睡足松陰轉，無數蜂兒趁晚衙。』又《與欽叔京甫市飲》云：『醒來門外三竿日，臥聽春泥過馬蹄。』句各有指，知者可意會而得。其詞纏緜而婉曲，若有難言之隱，而又不得已於言，可以悲其志而原其心矣。

遺山詞佳句夥矣，鐙窗雒誦，率臆撰摘，不無遺珠之惜也。《江城子·太原寄劉濟川》云：『斷嶺不遮南望眼。時爲我，一凭闌。』前調《觀别》云：『萬古垂楊，都是折殘枝。』又云：『爲問世間離别淚，何日是，滴休時。』《感皇恩·秋蓮曲》云：『微雨岸花，斜陽汀樹。自惜風流怨遲暮。』《定風波·楊叔能贈詞留别因用其意答之》云：『至竟交情何處好。向道。不如行路本無情。』《臨江仙·西山同欽叔送辛敬之歸女几》云：『回首對牀鐙火處，萬山深裏孤邨。』前調《内鄉北山》云：『三年間爲一官忙。簿書愁裏過，筍蕨夢中香。』《南鄉子》云：『爲向河陽桃李道，休休。青鬢能堪幾度愁？』《鷓鴣天》云：『醉來知被旁人笑，無奈風情未減何。』前調云：『殷勤昨夜三更雨，賸醉東城一日春。』前調云：『長安西望腸堪斷，霧閣雲窗又幾重。』《南柯子》云：『畫簾雙燕舊家春。曾是玉簫聲裏斷腸人。』凡余撰錄前人詞，以渾成沖淡爲宗旨，余所謂佳，容或以爲未是，安能起遺山而質之？

填詞，景中有情，此難以言傳也。元遺山《木蘭花慢》云：『黃星幾年飛去，澹春陰、平野草青青。』平野春青，只是幽靜芳情，卻有難狀之情，令人低徊欲絕。善讀者約略身入景中，便知其妙。

《織餘瑣述》：元好問《清平樂》云：『飛去飛來雙乳燕。消息知郎近遠。』用馮延巳『雙燕來時，陌上相逢否』句意，彼未定其逢否，此則直以爲知，唯消息近遠未定耳，妙在能變化。

金李仁卿治詞五首，見《遺山樂府》附錄。《摸魚兒·和遺山賦鴈丘》過拍云：『詩翁感遇，把江北江南，風嘹月唳，並付一丘土。』託旨甚大，遺山元唱殆未曾有。李詞後段云：『霜魂苦。算猶勝、王嬙青冢真娘墓。』亦慨乎言之。按：治字仁卿，欒城人。正大七年收世科登詞賦進士第，調高陵簿，未上。從大臣辟，權知鈞州。壬辰北渡，流落忻、崞間，藩府交辟，皆不就。至元二年再以翰林學士召，就職朞月，以老病辭歸。買田元氏封龍山，隱居講學十六年，卒，年八十有八。仁卿晚節與遺山略同，其遇可悲，其心可原，不以下儕元人，援遺山例也。其《與翰苑諸公書》云：『諸公以英材駿足絕世之學，高躡紫清，黼黻元化，固自其所。而某也孱資瑣質，誤恩偶及，亦復與吹竽之部。律以廉恥，爲幾不韙耶？諸公愍我耄昏，教我不逮，肯容我竄名玉堂之署，日夕相與刺經講古、訂辨文字，不即叱出，覆露之德，寧敢少忘哉？但翰林非病叟所處，寵祿非庸夫所食，官謗可畏，幸而得請投跡故山，木石與居，麋鹿與遊，斯亦老朽無用者之所便也。』其辭若有大不得已，其本意從可知。故拜命僅朞月，卽託疾引去矣。遺山《鴈丘詞》、《雙蕖怨詞》，楊正卿果亦並有和作。明弘治壬子高麗刊本《遺山樂府》，爲是書最舊善本，附治詞，不附果詞。果，金末進士，縣令，入元，官至參知政事。

劉將孫《養吾齋詩餘》，《彊邨所刻詞》第一次印本列入元人。余議改編《須溪詞》後，爲之跋曰：

『宋劉尚友《養吾齋詩餘》一卷，彊邨朱先生依《大典·養吾齋集》本鍥行，凡二十一闋。檢元鳳林書院《草堂詩餘》有劉尚友《憶舊游·論字韻》云：『政落花時節，顦顇東風，綠滿愁痕。悄客夢驚呼伴侶，斷鴻有約，回泊歸雲。江空共道惆悵，夜雨隔篷聞。儘世外縱橫，人間恩怨，細酌重論。　嘆他鄉異縣，渺舊雨新知，歷落情真。怱怱那忍別，料當君思我，我亦思君。人生自我麋鹿，無計久同羣。此去重消魂，黄昏細雨人閉門。』此闋，《大典》本《養吾齋詩餘》未載。樊榭山民《跋元草堂詩餘》：『亡名氏選至元大德間諸人所作，皆南宋遺民也。詞多悽惻傷感，不忘故國，而於卷首冠以劉藏春、許魯齋二家，厥有深意』云云。抑余觀於劉、許之後，即以信國文公繼之，不啻爲之揭櫫諸人何如人者。劉尚友詩餘有《摸魚兒》《己卯元夕》、《甲申客路》、《聞鵑》各一闋。己卯，宋帝昺祥興二年，是年宋亡。甲申，元世祖至元二十一年，上距宋亡五年。尚友兩詞並情文慷慨，骨榦近蒼。《聞鵑》闋有『少日』、『曾聽』、『搖落狀心』之句，蓋雖須溪之子，而身丁國變，已屆中年。按：《須溪詞·摸魚兒·辛巳自壽年五十》句云：『渾未覺，恁兒子門生，前度登高弱。』兒子即尚友。辛巳前二年爲己卯，即尚友作元夕詞之年，是年須溪四十八歲。須溪亦有聞杜鵑詞調《金縷曲》，句云：『十八年間來往斷，白首人間今古。』自注：『予往來秀城十七八年，自己巳夏歸，又十六年矣。』己巳後十六年恰是甲申，聞杜鵑詞當是與尚友同作，是年須溪五十三歲。又有《臨江仙·將孫生日賦》云：『二十年前此日，女兒慶我生兒。』末云：『兒童看有子，白髮故應衰。』須溪賦是詞時，尚友逾弱冠，有子矣。『白髮故應衰』，猶是始衰者之言。蓋須溪得尚友早，父子年歲相差爲數二十强弱。據詞，略可考見者如右。抗志自高，得力庭訓。詩餘二十一闋無隻字涉宦蹟。如《踏莎行·閒遊》云：『血染紅牋，淚題錦句。西湖豈憶相思苦？只應幽夢解重來，夢中不識從何去。』《八聲甘州·送春》云：『春還是、多情多恨，便不教綠滿洛陽宮。只消得、無情風雨，斷送怱怱。』樊榭所謂

『悽惻傷感，不忘故國』，旨在斯乎？ 彊邨刻詞成，就余商定編目。余謂：『《養吾齋詩餘》，宜繼屬《須溪詞》後，不當下儕元人。』因略抒己意爲之跋，冀不拂昔賢之意云爾。養吾詩餘，撫時感事，悽豔在骨，當時名不甚顯，何耶？ 自昔名父之子擅才藻者，往往恃父以傳，必其父官位高。若養吾，則爲父所掩者。

元詹天游玉送童甕天兵後歸杭《齊天樂》云：『相逢喚醒京華夢，吳塵暗斑吟髮。倚擔評花，認旗沽酒，歷歷行歌奇跡。吹香弄碧。有坡柳風情，逋梅月色。畫鼓紅船，滿湖春水斷橋客。 當時何限俊侶，甚花天月地，人被雲隔。卻載蒼烟，更招白鷺，一醉修江又別。今回記得。更折柳穿魚，賞梅催雪。如此湖山，忍教人更說。』升菴《詞品》謂：『此伯顏破杭州之後，其詞絕無黍離之感，桑梓之悲，止以遊樂爲言，宋季士習一至於此。』升菴斯言微特論世少疏，卽論詞亦殊未允當。元世祖盛稜震疊，文字之獄在所不免，第載籍弗詳耳。鳳林書院《草堂詩餘》，無名氏選至元、大德間諸人所作，天游詞錄九首。並皆南宋遺民詞，多悽惻傷感，不忘故國，而於卷首冠以劉藏春、許魯齋二家，以文丞相、鄧中齋、劉須溪三公繼之，若故爲之畦町。當時顧忌甚深，是書於有所不敢之中，僅能存其微旨，度亦幾經審慎而後出之。天游詞歇拍云：『如此湖山，忍教人更說。』看似平淡，卻含有無限悲涼。以此二句結束全詞，可知弄碧吹香，無非傷心慘目，游樂云乎哉！ 曲終奏雅，吾謂天游猶爲敢言。升菴高明通脫，其於昔賢言中之意不耐沈思體會，遽爾肆口譏評，是亦文人相輕，充類至義之盡矣。天游它詞如《滿江紅·詠牡丹》云：『何須怪、年華都謝，更爲誰容？ 銜盡吳花成鹿苑，人間不恨雨和風。便一枝流落到人家，清淚紅。』《一萼紅》云：『閒著江湖盡寬，誰肯漁蓑？』忠憤至情流溢行間句裏。《三姝媚》

云：『如此江山，應悔卻、西湖歌舞。』則尤慨乎言之。升菴涉獵羣籍，大都一目十行，或並天游《齊天樂》詞未嘗看到歇拍，它詞無論已，其言烏足爲定評也！

耶律文正《鷓鴣天》歇拍云：『不知何限人間夢，並觸沈思到酒邊。』高渾之至，淡而近於穆矣。庶幾合蘇之清、辛之健而一之。

曩半塘老人《跋藏春樂府》云：『雄廓而不失之傖楚，醞藉而不流於側媚。』余嘗懸二語心目中，以賞會藏春詞，如《木蘭花慢》云：『桃花爲春顦顇，念劉郎、雙鬢也成秋。』《望月婆羅門引》云：『望斷碧波烟渚，蘋蓼不勝秋。但冥冥天際，難識歸舟。』《臨江仙》云：『馬頭山色翠相連。不知山下客，何日是歸年。』《南鄉子》云：『暮雨夜深猶未住，芭蕉。殘葉蕭疏不奈敲。』前調云：『醉倒不知天早晚，雲收。花影侵窗月滿樓。』前調云：『行人更在青山外，不許朝朝不上樓。』《鷓鴣天》云：『斜陽影裏山偏好，獨倚闌干嬾下樓。』《踏莎行》云：『東風吹徹滿城花，無人曾見春來處。』右所摘皆警句，以云醞藉，近是，而雄廓不與焉。《太常引》云：『無地覓松筠。看青草紅芳鬬春。』藏春佐命新朝，運籌帷帳，致位樞衡，乃復作此等感慨語，何耶？《江城子》云：『看盡好花春睡穩，紅與紫，任他開。』則是功成名立後所宜有矣。

趙晚山《桂枝香·和詹天游就訪》云：『顦顇江南，應念小窗貧女。朱樓十二春無際，倚蒼寒、清袖如故。茶香酒熟，月明風細，試教歌舞。』唐人有《貧女吟》，是此詞所本，不止少陵『天寒翠袖』也。託旨婉約，所謂『妝罷低聲問夫壻，畫眉深淺入時無』，臨淄《求自試表》、昌黎《上宰相書》，古今同慨。

趙晚山《曲遊春》云：『抖擻人間，除離情別恨，乾坤餘幾？』苦語，亦豪語。

張蜕岩《最高樓・爲山邨仇先生壽》後段云：『喜女嫁男婚。今已畢，便束帛、安車那肯出，無一事，拄閒身。西湖鷗鷺長爲侶，北山猿鶴莫移文。願年年、湯餅會，樂情親。』山邨仕元，非其本意，乃部使者强迫之，卽碧山亦當如是。

《秋澗樂府・鷓鴣天・贈馭說高秀英》云：『短短羅袿淡淡妝。拂開紅袖便當場。掩翻歌扇珠成串，吹落談霏玉有香。　由漢魏，到隋唐。誰教若輩管興亡？百年總是逢場戲，拍板門鎚未易當。』『馭說』卽說書。此詞清渾超逸，近兩宋風格。

宋昭容王清惠北行，題壁《滿江紅》云：『願嫦娥、相顧肯從容，隨圓缺。』文丞相讀至此句，嘆曰：『惜哉！夫人於此少商量矣。』趙文敏《木蘭花慢》和李筼房韻云：『但願朱顏長在，任它花落花開。』言爲心聲，是亦『隨圓缺』之說矣。《麓堂詩話》載其《谿上》詩句『錦纜牙檣非昨夢，鳳笙龍管是誰家』，則何感愴乃爾，所謂非無萌蘖之生焉。

余徧閱元人詞，最服膺劉文靖，以謂元之蘇文忠可也。文忠詞，以才情博大勝，文靖以性情樸厚勝。其《菩薩蠻・王利夫壽》云：『吾鄉先友今誰健。西鄰王老時相見。每見憶先公。『憶』，一本作『說』，細審之，似不如『憶』字與下句尤貫合。音容在眼中。　今朝故人子。爲壽無多事。惟願歲常豐。年年社酒同。』此余尤爲心折者也。自餘如前調《飲山亭感舊》云：『種花人去花應道。花枝正好人先老。一笑問花枝。花枝得幾時？　人生行樂耳。今古都如此。急欲臥莓苔。前邨酒未來。』《清平樂》云：『青天仰面。臥看浮雲卷。蒼狗白衣千萬變。都被幽人窺見。　偶然夢見華胥。覺來花影扶疏。窗下《魯論》誰誦，呼來共詠舞雩。』前調《飲山亭留宿》云：『山翁醉也。欲返黄茅舍。醉裏忽聞留我者。說道霪花未謝。　脫巾就臥松龕。覺來詩思方酣。欲借白雲爲墨，淋漓灑徧晴嵐。』前調《賀雨》云：『雨晴簫鼓。四野歡聲舉。平昔飲山今飲雨。來就老農歌舞。　半生負郭無田。寸心萬國豐年。誰識山翁樂處，野花啼鳥欣然。』前調《圍棋》云：『棋聲清美。盤礴青松底。門外行人遙指示。好箇爛柯仙子。　輸贏都付欣然。興闌依舊高眠。山鳥山花相語，翁心不在棋邊。』《人月圓》云：『自從謝病修花史，天意不容閒。今年新授，平章風月〔一〕，檢校雲山。　門前報道，麯生來謁，子墨相看。先生正爾，天張翠蓋，山擁雲鬟。』前調云：『茫茫大塊洪爐裏，何物不寒灰。古今多少，荒烟廢壘，老樹遺臺。　太山如礪，黃河如帶，等是塵埃。不須更嘆，花開花落，春去春來。』《西江月·山亭留飲》云：『看竹何須問主，尋邨遙認松蘿。小車到處是行窩。門外雲山屬我。　張叟臈醅藏久，王家紅藥開多。相留一醉意如何。老子掀髯曰可。』《玉樓春》云：『西山不似龐公傲。城府有樓山便到。欲將華髮染晴嵐，千里青青濃可掃。　人言華髮因愁早。勸我消愁唯酒好。夜來一飲盡千鍾，今日醒來依舊老。』《南鄉子·張彥通壽》云：『窗下絡車聲。窗畔兒童課六經。自種牆東新菜莢，青青。隨分盃盤老幼情。　千古董生行。雞犬昇平畫不成。應笑東家劉季子，無能。縱飲狂歌不治生。』《鵲橋仙》云：『悠悠萬古。茫茫天宇。自笑平生豪舉。元龍盡意臥牀高，渾占得、乾坤幾許。　公家租賦。私家雞黍。學種東皋烟雨。有時抱膝看青山，卻不是、高吟梁父。』《玉漏遲·汎舟東溪》云：『故園平似掌。人生何必，武陵溪上。三尺蓑衣，遮斷紅塵千丈。不學東山高臥，也不似、鹿門長往。君試望。遠山顰處，白雲無恙。　自唱。一曲漁歌，當無復當年，缺壺悲壯。老境羲皇，換盡平生豪爽。天設四時佳興，要留待、幽人清賞。花又放。滿意一篙春浪。』《念奴嬌·憶仲良》云：『中原形勢東南壯，夢裏譙城秋色。萬水千山收拾就，一片空梁落月。烟雨松楸，風塵淚眼，滴盡青青血。平生不信，人間更有離別。　舊約把臂燕然，乘槎天上，曾對河山說。前日後期今日近，悵望轉添愁絕。雙闕紅雲，三江白浪，應負肝腸鐵。舊遊新恨，一生都付長鋏。』如右各闋，寓騷雅於沖夷，足穠郁於平淡，讀之如飲醇醪，如鑒古錦。涵泳而玩索之，於性靈懷抱胥有裨益，備錄之，不覺其贅也。王半唐云：『樵庵詞，樸厚深醇中有真趣洋溢，是性情語，無道學氣。』

【校記】

〔一〕章：底本作『意』，據劉因《樵庵詞》改。

《天籟詞·永遇樂·同李景安遊西湖》云：『青衫盡付，濛濛雨溼，更著小蠻鍼線。』用坡公《青玉案》句『春衫猶是，小蠻鍼線，曾溼西湖雨』，而太素語特傷心，其言外之意，雖形骸可土木，何有於『小蠻鍼線』之青衫？以坡公之『瓊樓玉宇，高處不勝寒』比之，猶死別之與生離也。

彭巽吾《漢宮春·元夕》云：『夜來風雨，搖得楊柳黄深。』此等句便是元詞，去南渡諸賢遠矣。

羅壺秋《木蘭花慢·禁釀》云：『漢家糜粟詔，將不醉，飽生靈。』語極莊，卻極謔。《菩薩蠻慢》云：『悵別後，屏掩吳山，便樓燕月寒，鬢蟬雲委。錦字無憑，付銀燭、盡燒千紙。』十二分決絕，卻十二分纏綿，詞人之筆，如是如是。

《六么令》調情娟倩，如髫年碧玉，凝睇含顰，讀之令人悵惘。李梅溪《京中清明》云：『淡烟疏雨，香徑渺嘑鳩。新晴畫簾閒卷，燕外寒猶力。依約天涯芳草，染得春風碧。人間陳跡。斜陽今古，幾縷遊絲趁飛蜨。誰向尊前起舞，又覺春如客。翠袖折取嫣紅，笑與簪華髮。回首青山一點，檐外寒雲疊。梨花淡白，柳花飛絮，夢繞闌干一株雪。』此詞，語淡態濃，筆留神往。初春早花，方其韶令，庶幾不負此調。

『舊話不堪長』，趙青山《望海潮》句，叶『長』字雋，儻易爲『詳』，則尋常，無韻致矣。可悟用字之法。

劉起潛《菩薩蠻·和詹天游》云：『故園青草依然緑。故宮廢址空喬木。狐兔穴巖城。悠悠萬感生。胡笳吹漢月。北語南人說。紅紫鬧東風。湖山一夢中。』僅四十許字，而麥秀黍離之感，流溢行間，所謂滿心而發，頗似包舉一長調於小令中。與天游《齊天樂·贈童甕天兵後歸杭》闋，各極慷慨低徊之致。

陸子方《牆東詩餘·點絳脣·情景》四首，其一云：『玉體纖柔。照人滴滴嬌波溜。填詞未就。遲卻窗前繡。』情景之佳，殆無逾此。《牆東類稿·妾陳氏墓誌銘》略云：『妾陳氏，暨陽悟空鎮人。生而秀慧，里之豪彊委禽焉。父靳不與，曰：「吾女當擇才人事之。」父與余外氏同里閈，往來識余，遂與歸焉。余閒居八年，素不事生業，左右散去略盡。陳獨侍余無倦色，性警悟，頗涉文學。壬午春歸寧，父欲奪其志，輒誓不許，曰：「吾死陸氏矣。」趨之而歸。感微疾，臥經旬，容止不類病人。索坡集閱之，一夕而卒，年二十有七。』子方《點絳脣》詞，疑卽爲陳氏作。陳涉文學，故能填詞。子方詞其二云：『齊眉相守。願得從今後。』其四云：『白頭相守。破鏡重圓後。』略與歸寧趨歸情事相合。

姚牧庵文章郢匠，餘事填詞。《菩薩蠻·中秋夜雨》云：『素娥會把詩人調。衰顏不值圓蟾照。』

此題作者夥矣，『衰顔』句未經人道。《浪淘沙·余年七十，洪山僧相過，言別公十餘年，面頰益紅潤，賦此曉之》云：『桃花初也笑春風。及到離披將謝日，顔色逾紅。』桃花將謝更紅，經此詞道破，思之信然，體物工細乃爾。

顔吟竹，南渡遺老，與須溪翁唱酬，蓋氣類之感也。《菩薩蠻》云：『江南古佳麗。只綰年時髻。信手綰將成。從吾嬾學人。』此老倔彊，乃不肯作時世妝者。《浣溪沙》云：『天上人間花事苦，鏡中翠壓四山低。又成春過據鶯啼。』『據』字未經它人如此用過。

劉鼎玉《少年游·詠碁》句『意重子聲遲』，五字凝鍊，如聞子著楸枰聲。《蝶戀花·送春》云：『只道送春無送處。山花落得紅成路。』則尤信手拈來，自成妙諦。以鬆秀二字評之，宜。

鳳林書院《名儒草堂詩餘》雖錄於元代，猶是南宋遺民，寄託遙深，音節激楚，厲太鴻比諸清湘瑶瑟。秦惇夫所云：『標放言之致，則愴快而難懷；寄獨往之思，又鬱伊而易感也。』段弘章《洞仙歌·詠茶蘼》云：『一庭晴雪，了東風孤注。睡起濃香占窗戶。對翠蛟盤雨。白鳳迎風，知誰見，愁與飛紅流處。想飛瓊弄玉。共駕蒼烟，欲向人間挽春住。清淚滿檀心，如此江山，都付與、斜陽杜宇。是曾約梅花帶春來，又自趁梨花，送春歸去。』起調以前人『開到茶蘼花事了』詩意爲故國銅駝之感。『睡起』句言南宋湖山歌舞，皆在睡夢中，卽南唐宋虚白所謂『風雨揭卻屋，渾家醉未知』也；『翠蛟白鳳』，是留夢炎一輩；『飛瓊弄玉』，是信國文公及其以次諸賢；『清淚滿檀心』，新亭之淚也；歇拍云云，不揮返日之戈，翻落下井之石，爲新朝而推刃故國者，方自詡爲識時豪傑。哀莫大於心死，讀先生此詞，猶有天良觸發否乎？詞能爲悱惻，而不能爲激昂。蓋當是時，南宋無復中興之望。餘生薇葛，歌歔都非，我安適歸，忍與終古？安得『瓊樓玉宇』無恙高寒？又安得尺寸乾淨土，著我鐵撥銅琶，唱『大江東去』耶？

作慢詞，起處必須籠罩全闋。近人輒作景語徐引，乃至意淺筆弱，非法甚矣。元曾允元爲《草堂詩餘》之殿，其《水龍吟・春夢》起調云：『日高深院無人，楊花撲帳春雲煖。』從題前攝起題神，已下逐層意境自能迤邐入勝。其過拍云：『儘雲山烟水，柔情一縷，又暗逐、金鞍遠。』尤極迷離惝怳，非霧非花之妙。

曾鷗江《點絳脣》後段云：『來是春初，去是春將老。長亭道。一般芳草。只有歸時好。』看似豪不喫力，政恐南北宋名家未易道得，所謂自然從追琢中出也。

李齊賢，字仲思，遼時高麗國人，有《益齋長短句》。《鷓鴣天》云：『飲中妙訣人如問，會得吹笙便可工。』宋諺謂『吹笙』爲『竊嘗』。《蘆川詞・浣溪沙》序云：『范才元自釀，色香玉如，直與綠萼梅同調，宛然京洛風味也。因名曰萼綠春，且作一首。諺以「竊嘗」爲「吹笙」云。』詞後段：『竹葉傳杯驚老眼，松醪題賦倒綸巾。須防銀字暖朱脣。』『竊嘗』，嘗酒也，故末句云云。仲思居中國久，詞用當時諺語，略與張仲宗意同，資諧笑云爾。《織餘瑣述》云：『樂器竹製者唯笙，用吸氣吸之，恆輕，故以喻「竊嘗」。』

益齋詞《太常引・暮行》云：『燈火小於螢。人不見、苔扉半扃。』《人月圓・馬嵬效吳彥高》云：『小顰中有，漁陽胡馬，驚破《霓裳》。』《菩薩蠻・舟次青神》云：『夜深篷底宿。暗浪鳴琴筑。』《巫山一段雲・山市晴嵐》云：『隔溪何處鷓鴣鳴。雲日翳還明。』前調《黃橋晚照》云：『夕陽行路卻回頭。紅樹五陵秋。』此等句，寘之兩宋名家詞中，亦庶幾無愧色。

益齋詞寫景極工，《巫山一段雲·遠浦歸帆》云：『雲帆片片趁風開。遠映碧山來。』筆姿靈活，得帆隨湘轉之妙。《北山烟雨》云：『巖樹濃凝翠，溪花亂泛紅。斷虹殘照有無中。一鳥沒長空。』『濃凝』、『亂泛』，疊韻對雙聲，與史邦卿『因風飛絮，照花斜陽』句同，益齋乃無心巧合耳。

劉雲閒《虞美人·春殘念遠》云：『子規解勸春歸去。春亦無心住。』下句淡而鬆，卻未易道得，並上句『解勸』『解』字亦爲之有精神。竊謂詞學自宋迄元，乃至雲閒等輩，清妍婉潤，未墜方雅之遺，亦猶書法自六朝迄唐，至褚登善、徐季海輩，餘韻猶存，風格毋容稍降矣。設令元賢繼起者，不爲詞變爲曲，風會所轉移，俾肆力於倚聲，以語南渡名家，何遽多讓？雲閒輩所詣止此，豈曰其才限之耶？

周梅心《鷓鴣天·爲禁酒作》云：『曾唱《陽關》送客時。臨歧借酒話分離。如何酒被多情苦，卻唱《陽關》去別伊。』句中有韻，能使無情有情，且若有甚深之情，是深於情、工於言情者，由意境醞釀得來，非小慧爲詞之比。

王山樵《阮郎歸》云：『別時言語總傷心，何曾一字真。』前人或摘爲警句，余嫌其說得太盡，且『心』、『真』非韻。

蕭漢傑《菩薩蠻·春雨》云：『今夜欠添衣。那人知不知。』國朝郭麐《浪淘沙》云：『裌衣剛換又增綿。只是別來珍重意，不爲春寒。』何嘗不婉麗可喜，古今人不相及，當於此等句參之。

蕭吟所《浪淘沙·中秋雨》云：『貧得今年無月看，留滯江城。』『貧』字入詞夥矣，未有更新於此者。無月非貧者所獨，卽亦何加於貧？所謂愈無理愈佳。詞中固有此一境，唯此等句以肆口而成爲佳。若有意爲之，則纖矣。《菩薩蠻·春雨》云：『烟雨濕闌干，杏花鶯摯寒。』『鶯摯』入詞僅見，而句乃特韻。

彭會心《念奴嬌·秋日牡丹》云：『鶯燕無情庭院悄，愁滿闌干苔積。宮錦尊前，霓裳月下，夢亦無消息。』詞旨悽絶，仿佛貞元朝士，白髮重來；上陽宮人，青燈擁髻。

彭會心《拜星月慢·祠壁宮姬控絃可念》末段云：『多生不得丹青意。重來又、花鎖長門閉。到夜永、笙鶴歸時，月明天似水。』去路縹緲中，仍收束完密，神不外散，是爲斲輪手。世之以空泛寫景語爲『江上峯青』者，直未喻箇中甘苦也。

虞道園《風入松·寄柯敬仲》『畫堂紅袖倚清酣』闋，歇拍『報道先生歸也，杏花春雨江南』云云，此詞當時傳唱甚盛。宋于國寶『一春長費買花錢』闋，體格於虞詞爲近，鮮翠流麗而已，亦復膾炙人口。此文字所以貴入時也。道園別有此調《爲莆田壽》云：『頻年清夜肯相過。春碧捲紅贏。畫檐幾度徘徊月，梁園迥、無復鳴珂。門外雪深三尺，窗中翠淺雙蛾。舊家丹荔錦交柯。新玉紫峯駞。長安日近天涯遠，行雲夢、不到江波。欲度新詞爲壽，先生待教誰歌。』此詞意境較沈淡，便不如前詞悦人口耳，奈何？

宋顯夫《賀新涼·徐復聽雨軒》云：『暗度松筠時淅瀝，恍吳娃、昵枕傳私語。』昔賢聽雨詞夥矣，此意未經道過。《菩薩蠻·丹陽道中》云：『何處最多情。練湖秋水明。』視楊升庵『塘水初澄似玉容』句，微妙略同，而超逸過之。非慧心絶世，曷克領會到此？《虞美人·雨中觀梅》云：『玉人誰使似仌肌。酒罷歌闌，一晌又相思。』句亦清麗絶倫。

韓致堯詩『樹頭蜂抱花鬚落，池面魚吹柳絮行』，邵復孺詞『魚吹翠浪柳花行』，由韓詩脫化耶？抑與韓闇合耶？劉桂隱《滿庭芳·賦萍》云：『乳鴛行破，一瞬淪漪。』非胷次無一點塵，此景未易會得，靜深中生明妙矣。邵句小而不纖，最有生氣，卻稍不逮桂隱近於精詣入神。

許文忠有壬《圭塘樂府》，元詞中上駟也。《沁園春》云：『看平湖秋碧，淨隨天去，亂峯烟翠，飛入窗來。』又云：『且清尊素瑟，半庭花影，芒鞵竹杖，十里松陰。』又云：『愛朔雲邊雪，一聲寒角，平沙細草，幾點飛鴻。』以景勝也。《木蘭花慢》云：『扁舟采菱歌斷，但一泓寒碧畫橋平。』《水龍吟·過黃河》云：『鼓枻茫茫萬里。棹歌聲，響凝空碧。』《滿江紅》云：『木落霜清，水底見、金陵城郭。』《石州慢》云：『畫出斷腸時，滿斜陽烟樹。』以境勝也。《水龍吟·題賈氏白雲樓》云：『本是無心，寧知下土。有人延佇。』《鵲橋仙》云：『長安多少曉雞聲，管不到、江南春睡。』《南鄉子》云：『回首林廬千萬丈，嶙峋。不效修蛾一點顰。』《滿江紅·次李沁州韻》云：『有一官更比在家時，添幽寂。』《賀新郎·南城懷古》云：『野水芙蓉香寂寞，猶似當年怨女。』《浣溪沙》云：『閒人庭院甚宜苔。』《沁園春》云：『神仙遠，有桃花流水，便到天台。』以意勝也。《水調歌頭·卽席贈高辛甫》云：『浩蕩雲山烟水，寥落晨星霜木，如子已無多。』以度勝也。

《蛻巖詞·摸魚兒·王季境湖亭蓮花中雙頭一枝，邀予同賞，而爲人折去。季境悵然，請賦》云：『吳娃小艇應偷采，一道綠萍猶碎。』《掃花遊·落紅》云：『一簾晝永。綠陰陰尚有，絳趺痕凝。』並是真實情景，寓於忘言之頃，至靜之中，非胷中無一點塵，未易領會得到。蛻翁筆能達出，新而不纖，雖淺語，卻有深致，倚聲家於小處規橅古人，此等句卽金鍼之度矣。

袁静春《燭影搖紅》云：『鳳釵頻誤踏青期，寂寞牆陰冷。』下句略不刷色，卻境静而有韻。《臺城路》云：『但詩惱東陽，病添中散。』清姒喜其屬對穩稱。

張埜夫《古山樂府·清平樂·春寒》云：『韶光已近春分。小桃猶揹霜痕。』『揹』，猶言不放也，與『餘寒猶勒一分花』之『勒』略同。『揹』字入詞僅見。

古山《滿江紅》云：『七椀波濤翻白雪，一枰攴雹消長日。』《水龍吟》云：『茶甌雪捲，紋楸雹響，醉魂初醒。』以攴雹形容棋聲之清脆，頗得其似。曩余有句云：『雪聲清似美人琴。』蓋《爾雅》所云『霄雪』也。

壽詞難得佳句，尤易入俗。古山《太常引·壽高丞相自上都分省回》云：『報國與憂時。怎瞞得、星星鬢絲。』《水龍吟·爲何相壽》云：『要年年霖雨，變爲醇酎，共蒼生醉。』此等句渾雅而近樸厚，雖壽詞亦可存。

倪雲林《太常引·壽彝齋》云：『柳陰濯足水侵磯。香度野薔薇。芳草綠萋萋。問何事、王孫未歸。　一壺濁酒，一聲清唱，簾幙燕雙飛。風暖試輕衣。介眉壽、遥瞻翠微。』壽詞如此著筆，脱然畦封，方雅超逸。『壽』字只於結處一點，可以爲法。

顧仲瑛《青玉案》過拍云：『晴日朝來升屋角。樹頭幽鳥，對調新語，語罷雙飛卻。』眼前景物，涉筆成趣，猶在宋人範圍之中。歇拍『可恨狂風空自惡。曉來一陣，晚來一陣，難道都吹落』云云，卽墮元詞藩籬，再稍纖弱，卽成曲矣。元明人詞亦復不無可采，視抉擇何如耳。

蕭東父《齊天樂》云：『軟玉分裯，膩雲侵枕，猶憶噴蘭低語。』穠豔極矣，卻不墮惡趣。下云：

『如今最苦，甚怕見燈昏，夢遊間阻。』極合疏密相間之法。

清真詞『最苦夢魂，今宵不到伊行』、『天便教人，霎時相見何妨』等句，愈質愈厚。趙待制《燭影搖紅》云：『莫恨藍橋路遠，有心時、終須再見。』略得其似。待制詞以婉麗勝，似此句，不能有二也。

趙待制《蝶戀花》云：『別久嘶多音信少。應是嬌波，不似當年好。』《人月圓》云：『別時猶記，眸盈秋水，淚溼春羅。』並從秦淮海『也應似舊，盈盈秋水，淡淡春山』句出，可謂善於變化。

元舒道原頔，官台州學正，所箸《貞素齋詞》，《小重山·端午》云：『碧艾香蒲處處忙。誰家兒共女，慶端陽。細纏五色臂絲長。空惆悵，誰復弔沅湘。往事莫論量。千年忠義氣，日星光。《離騷》讀罷總堪傷。無人解，樹轉午陰涼。』又有詩云：『湖海半生客，乾坤一布衣。義哉周伯叔，飽食首陽薇。』其寄託如此。其弟士謙遜箸《可庵詩餘》，《木蘭花慢·壽貞素兄》云：『回頭十年如夢，看園花、灼灼幾春妍。爭似蒼蒼松柏，歲寒同保貞堅。』二舒蓋元室遺臣抗節不仕者。伏讀《四庫書目》舒頔《貞素齋集》提要：『《貞素齋集》八卷，元舒頔撰。頔字道原，績溪人。至元丁丑，江東憲使辟爲貴池教諭，秩滿，調丹徒。至正庚寅，轉台州路學正，以道梗不赴，歸隱山中。明興，屢召不出。名所居曰貞素齋，著自守之志也。所著有《古淡稿》、《華陽集》，今皆不傳。此本乃嘉靖中其曾孫旭、元孫孔昭等所輯，績溪知縣遂寧趙春所刊。其文章頗有法律，詩則縱橫排宕，不尚纖巧織組之習，七言古體尤爲擅場。卷首有頔自序及自作小傳，均以陶潛自比，而其文乃多公頌明功德。蓋元綱失馭，海水羣飛，有德者興，人歸天與，原無所容其怨尤，特遺老孤臣，義存故主，自抱其區區之志耳。頔不忘舊國之恩，爲出處之正，不掩新朝之美，亦是非之公，固未可與《劇秦美新》一例而論也』云云。竊謂《提要》之作，時代距國初未遠，以獎許舒頔之言爲嚮化輸誠者勸。其實如頔其人，對於新朝歌功誦德，殊不可必。亦如元遺山入元初，其心何嘗不可大白於天下，唯是寄書耶律，薦舉人材，亦復蛇足。凡此誠不足爲盛德累，竊意不如並此而無之。萬一後人援以自解，乃至變本加厲，詎非二公之遺憾哉？《龜巢老人詞·賀聖朝·和馬公振留別》云：『如今相見，衰顔醉酒，似經霜紅樹。』衰老亂離之感，言之藴藉乃爾，令人消魂欲絶。

丘長春《磻溪詞》十九作道家語，亦有精警清切之句。《無俗念·枰棋》云：『初似海上江邊，三三五五，亂鶴羣鴉出。打節衡關成陣勢，錯雜蛟龍蟠屈。』前調《月》云：『露結霜凝，金華玉潤，淡蕩何飄逸。』其形容棋勢，如見開匳落子時，淡蕩飄逸，尤能寫出月之神韻。向來賦此二題者，殆未曾有。

蕙風詞話卷四

意內言外，詞家之恆言也。《韻會舉要》引《說文》作『音內言外』，當是所見宋本如是，以訓詩詞之詞，於誼殊優。凡物在內者恆先，在外者恆後，詞必先有調而後以詞填之，調即音也。亦有自度腔者，先隨意爲長短句，後勰以律，然律不外正宮、側商等名，則亦先有而在內者也。凡人聞歌詞，接於耳，即知其言。至其調或宮或商，則必審辨而始知，是其在內之徵也。唯其在內而難知，故古云知音者希也。

唐人詞三首，永觀堂爲余書扇頭。《望江南》云：『天上月，遙望似一團銀。夜久更闌風漸緊，以元注「爲」奴吹散月邊雲。照見附元注「負」心人。』前調云：『五梁臺上月，一片玉無瑕元注「瑕」。以里元注「地邐」看歸西□去，橫雲出來不敢遮。霎隸繞天涯。』《菩薩蠻》云：『自從宇宙光戈戟。狼烟處處獯天黑。早晚豎金雞。休磨戰馬蹄。淼淼三江小元注「水」。半是□元注不易辨，似「儒」字生類元注「淚」。老尚逐今財。問龍門，何日開。』並識云：『詞三闋，書於唐本《春秋後語》紙背，今藏上虞羅氏。《樂府雜錄》云：「《望江南》始自朱崖李太尉鎮浙西日，爲亡伎謝秋娘所譔。」《杜陽雜編》亦云：「《菩薩蠻》乃宣宗大中初所製。」明胡元瑞《筆叢》據之，㡿太白集中《菩薩蠻》四詞爲僞作。然崔令欽《教坊記》末所載教坊曲名三百六十五中，已有此二調。崔令欽，見《唐書·宰相世系表》，乃隋恆農太守宣度之五世孫，是其人當在睿、玄二宗之世，其書紀事訖於開元，亦足略推其時代。據此，則《望江南》、《菩薩蠻》皆開元教坊舊曲；此詞寫於咸通間，距李贊皇鎮浙西時二十餘年，距大中末不過數年，而敦煌邊地已行此二調，益知段安節與蘇鶚之説非實録也。』蕙風詞隱曰：胡元瑞㡿太白《菩薩蠻》四詞爲僞作，姑勿與辨。試問此僞詞孰能作、孰敢作者？未必兩宋名家克辦。元瑞好駁升庵，此等冒昧之談，乃與升庵如驂之靳，何耶？

《全芳備祖》：『顧卞詠虞美人草調《虞美人》云：「帳前草草軍情變。月下旌旗亂。褫衣推枕惜離情。遠風吹下楚歌聲，月三更。　撫鞍欲上重相顧。豔態花無主。手中蓮萼凜秋霜。九泉歸路是仙鄉，恨茫茫。」』此詞見《碧雞漫志》字句小異，不具作者姓名；《花草粹編》署無名氏。苟無肥遯箸録，則顧卞姓名失傳矣。卞，唐人，抑北宋人，俟攷。

《逸老堂詩話》：『《花間集》詞「一方卵色楚南天」注：「以卵爲泖，非也。」』《花間集》注，未之前聞，俞子客所引作者誰氏不可攷。

中國櫻花不緐而實，日本櫻花緐而不實。薛昭藴詞《離別難》云：『搖袖立，春風急，櫻花楊柳雨淒淒。』此中國櫻花也，入詞殆自此始。此花以不緐，故益見娟倩。日本櫻花唯緑者最佳，其紅者或緐密至八重，清氣反爲所揜。唯是氣象華貴，宜彼都花王奉之。

《聞見近録》：『金城夫人得幸太祖，頗恃寵。一日，宴射後苑，上酌巨觥以勸太宗。太宗顧庭下曰：「金城夫人親折此花來，乃飲。」上遂命之。太宗引射殺之。』《鐵圍山叢談》亦載此事，譌『金城』作『花蕊』，遂蒙不白之寃矣。余嘗謂花蕊才調冠時，非尋常不櫛者流，必無降志辱身之事。被擄北行，製《采桑子》詞題葭萌驛壁云：『初離蜀道心將碎，離恨緜緜。春日如年。馬上時時聞杜鵑。』甫就前段，而爲軍騎促行，後有無賴子足成之云：『三千宮女蓮花貌，妾最嬋娟。此去朝天。只恐君王恩愛偏。』《太平清話》謂花蕊至宋，尚有『十四萬人齊解甲，更無一箇是男兒』之句，豈有隨杲行而書此敗節之語？此詞後段決非花蕊手筆，稍涉倚聲者能辨之。按《郡齋讀書志》云：『花蕊夫人俘，輸織室，以罪賜死。』烏得有宋宮寵幸事？鄉於《近錄》、《叢談》所記互異，未定孰是孰非。及證以晁氏之說，始決知誤在《叢談》，而《采桑子》後段之誣尤不辨自明，而花蕊之冤雪矣。晉王射殺花蕊夫人事，李日華《紫桃軒又綴》謂是『閩人之女，南唐李煜選入宮，煜降，宋祖嬖之』云云，此又一說。據此，則亦必非作《宮詞》之花蕊夫人也。

《陽春白雪》劉吉甫頡《滿庭芳》云：『鶯老梅黃，水寒烟淡，斷香誰與添溫。寶釭初上，花影伴芳尊。細細輕簾半捲，凭闌對、山色黃昏。人千里，小樓幽草，何處夢王孫。　十年羈旅興，舟前水驛，馬上烟郵。記小亭香墨，題恨猶存。幾夜江湖舊夢，空淒怨、多少銷魂。歸鴉被、角聲驚起，微雨暗重門。』趙立之云：『此詞宛有淮海風味，惜不名世。』陶氏《詞綜補遺》劉頡一家，卽據《陽春白雪》采錄，小傳云：『字吉甫，《宋詩紀事》：吉甫入元祐黨籍。』陶又桉：『《臨漢隱居詩話》載《楊文公談苑》言，本朝武人多能詩。劉吉甫云：「一箭不中鵠，五湖歸釣魚。」大年稱其豪。據此，則吉甫曾官武職』云云。是合作《滿庭芳》詞之劉頡、入元祐黨籍之劉吉甫、官武職而能詩之劉吉甫爲一人矣。攷《元祐黨籍碑》，餘官一百七十七人，劉吉甫次九十三；武臣二十五人，無劉吉甫名。《元祐黨人傳》：『劉吉甫，元符中累官承務郎致仕。坐元符末應詔上書，言多詆譏，降官，責遠小處監，當崇寧三年入黨籍邪上第八人。』注：據《宋史紀事本末》。入黨籍之劉吉甫，旣碻然非武職矣。其官承務郎，乃在元符中。攷

《宋史・楊億傳》，億卒於天禧四年，下距元符元年凡七十八年。彼楊文公者，安得預見劉吉甫之詩而稱之乎？可知官武職而能詩之劉吉甫，必非入元祐黨籍之劉吉甫矣。而此二人者，又皆非作《滿庭芳》詞之劉吉甫，何也？彼固名頡字吉甫，非名吉甫也。《元祐黨籍碑》斷無書字不書名之例。《楊文公談苑》『本朝武人多能詩』句下『劉吉甫云』句上有『若曹翰句「曾經國難穿金甲，不爲家貧賣寶刀」』云云，陶桉語略而弗具耳，楊於曹既稱名，詎於劉獨稱字？彼二人皆名吉甫，於名頡者奚與焉？陳藏一《話腴》云：『郴之桂陽縣東有廟曰九江王，所祀之鬼，乃英布、吳芮、共敖也。紹興間，劉頡爲守，乃謂九江王項羽所僞封，芮、敖追義帝，而布殺之。放弑之賊，豈容廟食？遂毀之。』此爲郴州守之劉頡，其即作《滿庭芳》之劉頡乎？仍未敢據以實小傳也。細審《滿庭芳》詞，風格亦於南宋爲近。

毛子晉跋《初寮詞》云：『履道由東觀入掖垣，由烏府至鼇禁，皆天下第一。或謂其受知於蔡元長，密薦於上，故恩遇如此。』又云：『或云：初爲東坡門下士，其後坿蔡叛蘇。』又《幼老春秋》云：『王安中以文章有時名，交結蔡攸。攸引入禁中，賜讌，作《雙飛玉燕詩》。』今就二說攷證之。毛跋一曰或謂，再曰或云，殆傳疑之詞，未可深信。賜讌賦詩，事誠有之，詎必蔡攸引入耶？《宋史》安中本傳：『有徐禋者，以增廣鼓鑄之說媚於蔡京，京奏遣禋措置東南九路銅事，且令搜訪寶貨。禋圖繪阬冶，增舊幾十倍，且請開洪州嚴陽山阬，迫有司承歲額數千兩，其所烹鍊，實得銖兩而已。禋術窮，乃妄請得希世珍異與古之寶器，乞歸書藝局。京主其言。安中獨論禋欺上擾下，宜令九路監司覆之，禋竟得罪。時上方鄉神仙之事，蔡京引方士王仔，昔以妖術見，朝臣戚里，夤緣關通。安中疏請自今招延山林道術之事，當責所屬保任，宣召出入，必令察視其所經由，仍申嚴臣庶往還之禁。並言京欺君僭上、蠹國害民數事，上悚然納之。已而再疏京罪，上曰：「本欲卽行卿章，以近天寧節，俟過此，當爲卿罷京。」京伺知之，大懼，其子攸旦夕侍禁中泣拜懇祈。上爲還安中翰林學士，又還承旨』云云。安中對於蔡京，屢持異議，再疏劾京，乃至京懼攸泣，而謂坿京結攸者顧如是乎？二家之說，何與史傳迴異如是？

葉少藴《避暑錄話》言：『崇寧初，大樂無徵調，蔡京徇議者請，欲補其闕。教坊大使丁仙現云：「音已久亡，不宜妄作。」京不聽，遂使他工爲之。逾旬，得數曲，卽《黄河清》之類。京喜極，召衆工試按，使仙現在旁聽之。樂闋，問何如。仙現曰：「曲甚好，只是落韻。」蓋末音寄煞他調，俗所謂落腔是也。』按《宋史·樂志》：『政和初，命大晟府改用大晟律，其聲下唐樂已兩律。然劉昺止用所謂中聲八寸七分琯爲之，又作匏、笙、塤、篪，皆入夷部。至於《徵招》、《角招》，終不得其本均，大率皆假之以見徵音。然其曲譜頗和美，故一時盛行於天下，然教坊樂工嫉之如讎。其後蔡攸復與教坊用事樂工坿會，又上唐譜徵、角二聲，遂再命教坊製曲。譜旣成，亦不克行而止』云云。今據葉少藴之言，是當時所製曲，碻有未安，故不克行，非緣教坊樂工嫉之如讐也。

明《楊升庵外集》：『世傳西施隨范蠡去，不見所出，只因杜牧「西子下姑蘇，一舸逐鴟夷」之句而附會也。予竊疑之，未有可證，以折其是非。一日，讀《墨子》，曰：「吳起之裂，其功也；西施之沈，其美也。」喜曰：「此吳亡之後，西施亦死於水，不從范蠡去之一證。」墨子去吳、越之世甚近，所書得其真，然猶恐牧之別有見。後檢《修文御覽》，見引《吳越春秋》逸篇云：「吳王亡後，越浮西施於江，令隨鴟夷以終。」乃笑曰：「此事正與墨子合，杜牧未精審，一時趁筆之過也。」蓋吳旣滅，卽沈西施於江。

浮，沈也，反言耳。隨鴟夷者，子胥之譖死，西施有力焉。胥死，盛以鴟夷。今沈西施，所以報子胥之忠，故曰隨鴟夷以終。范蠡去越，亦號鴟夷子。杜牧遂以子胥鴟夷爲范蠡之鴟夷，乃影譔此事，以墜後人於疑網也』云云。曩余輯《祥福集》，嘗據以辨西施隨范蠡遊五湖之誣。比閲董仲達穎《薄媚・西子詞》見《樂府雅詞》其第六歇拍云：『哀誠屢吐，甬東分賜。垂暮日，置荒隅，心知愧。寶鍔紅委。鸞存鳳去，孤負恩憐情，不似虞姬。尚望論功，榮還故里。降令曰、吳亡赦汝，越與吳何異？吳正怨，越方疑。從公論，合去妖類。蛾眉宛轉，竟殞鮫綃，香骨委塵泥。渺渺姑蘇，荒蕪鹿戲。』此詞亦謂吳亡，越殺西施，其曰『鮫綃香骨委塵泥』，又曰『渺渺姑蘇』，似亦含有沈之於江之意，與升庵所引《墨子》及《吳越春秋》逸篇之言政合。仲達，宋人，如此云云，必有所本。則爲西子辨誣，又益一證，當補入《祥福集》。

歐陽永叔《生查子・元夕》詞誤入朱淑真集，升庵引之，謂非良家婦所宜。《欽定四庫全書提要》辨之詳矣。魏端禮《斷腸集序》云：『蚤歲父母失審，嫁爲市井民妻，一生抑鬱不得志。』升庵之說，實原於此。今據集中詩，余藏《斷腸集》，鮑淥飲手斠本，巴陵方氏碧琳瑯館景元鈔本。又從《宋元百家詩》、《後邨千家詩》、《名媛詩歸》暨各撰本輯補遺一卷。及它書攷之，淑真自號幽棲居士，錢塘人《四庫提要》，或曰海寧人，文公姪女《古今女史》，居寶康巷，《西湖遊覽志》：在湧金門内如意橋北。或曰錢塘下里人，世居桃邨《全浙詩話》。幼警慧，善讀書《遊覽志》。文章幽豔《女史》，工繪事，杜東原集有《朱淑真〈梅竹圖〉題跋》、沈石田集有《題淑真〈畫竹詩〉》，曉音律，本詩《答求譜》云：『春醲釀處多傷感，那得心情事筦弦。』父官淛西，紹定三年二月，淑真作《璿璣圖記》，有云：『家君宦遊淛西，好拾清玩。凡可人意者，雖重購不惜也。』《池北偶談》其家有東園、西園、西樓、水閣、桂堂、依綠亭諸勝。本詩《晚春會東園》云：『紅點苔痕綠滿枝，舉杯和淚送春歸。倉庚有意留殘景，杜宇無情戀晚暉。蝶趁落花盤地舞，燕隨柳絮入簾飛。醉中曾記題詩處，臨水人家半掩扉。』《春遊西園》云：『閒步西園裏，春風明媚天。蝶疑莊叟夢，絮憶謝孃聯。蹋草翠茵輭，看花紅錦鮮。徘徊林影下，欲去又依然。』《西樓納涼》云：『小閣對芙蕖，囂塵一點無。水風涼枕簟，雪葛爽肌膚。』《夏日遊水閣》云：『澹紅衫子透肌膚，夏日初長板閣虛。獨自凭闌無箇事，水風涼處讀殘書。』《納涼桂堂》云：『微涼待月畫樓西，風遞荷香拂面吹。先自桂堂無暑氣，那堪人唱雪堂詞。』《夜留依綠亭》云：『水鳥棲烟夜不喧，風傳宮漏到湖邊。三更好月十分魄，萬里無雲一樣天。』　案：各詩所云，如長日讀書，夜留待月，碻是家園遊賞情景。淑真它作多思親念遠之意，此獨不然。《依綠亭》云『風傳宮漏到湖邊』，當是寓錢塘作，不在于歸後也。夫家姓氏失攷，似初應禮部試，本詩《賀人移學東軒》云：『一軒瀟灑正東偏，屏棄囂塵聚簡篇。美璞莫辭雕作器，涓流終見積成淵。謝班難繼予慚甚，顔孟堪希子勉旃。鴻鵠羽儀當養就，飛騰早晚看沖天。』《送人赴禮部試》云：『春闈報罷已三年，又向西風促去鞭。屢鼓莫嫌非作氣，一飛當自卜沖天。賈生少達終何遇，馬援才高老更堅。大抵功名無早晚，平津今見起菑川。』　案：二詩似贈外之作。其後官江南者。本詩《春日書懷》云：『從宦東西不自由，親幃千里淚長流。』《寒食詠懷》云：『江南寒食更風流，絲筦紛紛逐勝遊。春色眼前無限好，思親懷土自多愁。』　案：二詩言親幃千里，思親懷土，當是于歸後作。淑真從宦，常往來吳、越、荊、楚間。本詩《舟行即事》其六云：『歲暮天涯客異鄉，扁舟今又渡瀟湘。』《題斗野亭》云：『地分吳楚界，人在斗牛中。』　案：《舟行即事》其二云『白雲遙望有親廬』，其四云『目斷親幃瞻不到』，其七云『庭闈獻壽阻傳盃』，又《秋日得書》云『已有歸寧約』，足爲于歸後遠離之碻證。與曾布妻魏氏爲詞友，《御選歷代詩餘》『詞人姓氏』，嘗會魏席上，賦小鬟妙舞，以『飛雪滿羣山』爲韻作五絕句。又宴謝夫人堂，有詩。今並載集中。淑真生平大略如此。舊說悠謬，其證有三：其父既曰宦遊，又嘗留意清玩，東園諸作，可想見其家世，何至下嫁庸夫，一證也；市井民妻，何得有從宦東西之事，二證也；　案：本詩《江上阻風》云：『撥悶喜陪尊有酒，供廚不慮食無錢。』《酒醒》云：『夢回酒醒嚼盂仌，侍女貪眠喚不譍。』《睡起》云：『侍兒全不知人意，猶把梅花插一枝。』淑真詩，凡言起居服御，絕類大家口吻，不同市井民妻。若近日《西青散記》所載賀雙卿詩詞，則誠邨僻小家語矣。魏、謝，大家，豈友翢婦，三證也。淑真之詩，其詞婉而意苦，委曲而難明。當時事跡，別無記載可攷。以意揣之，或者其夫遠宦，淑真未必皆從，容有竇滔陽臺之事，未可知也。本詩《恨春》云：『春光正好多風雨，恩愛方深柰別離。』《初夏》云：『待封一掬傷心淚，寄與南樓薄倖人。』《梅窗書事》云：『清香未寄江南夢，偏惱幽閨獨睡人。』《惜春》云：『願教青帝長爲主，莫遣紛紛點翠苔。』《愁懷》云：『鷗鷺夗央作一池，須知羽翼不相宜。東君是與花爲主，一任多生連理枝。』案：《愁懷》一首，大似諷夫納姬之作。近有才婦諷夫納姬詩云：『荷葉與荷花，紅綠兩相配。鴛鴦自有羣，鷗鷺莫入隊。』政與此詩闇合。《遊覽志餘》改後二句作『東君不與花爲主，何似休生連理枝』，以爲淑真厭薄其夫之佐證。何樂爲此？其心地殆不可知。它如《思親》、《感舊》諸什，意各有指，以證《斷腸》之名，案：淑真歿後，端禮輯其詩詞，名曰《斷腸集》，非淑真自名也。尤爲非是。《生查子》詞今載《廬陵集》第一百三十一卷《四庫提要》，宋曾慥《樂府雅詞》、明陳耀文《花草粹編》並作永叔。慥錄歐詞特慎，《雅詞序》云：『當時或作豔曲，謬爲公詞，今悉刪除。』此闋適在選中，其爲歐詞明甚。余昔斠刻汲古閣未刻本《斷腸詞》，跋語中詳記之，茲復箸於篇。

曩余譔詞話，辨朱淑真《生查子》之誣，多據集中詩比勘事實。沈匏廬先生《瑟榭叢談》云：『淑真《菊花》詩「寧可抱香枝上老，不隨黃葉舞秋風」，實鄭所南《自題畫菊》「寧可枝頭抱香死，何曾吹落北風中」二語所本，志節皦然，即此可見。』其論亦據本詩，足補余所未備，亟記之。

朱淑真詞，自來選家列之南宋，謂是文公姪女，或且以爲元人，其誤甚矣。淑真與曾布妻魏氏爲詞友，曾布貴盛，丁元祐以後、崇寧以前，以大觀元年卒。淑真爲布妻之友，則是北宋人無疑。李易安時代，猶稍後於淑真。即以詞格論，淑真清空婉約，純乎北宋。易安筆情近濃至，意境較沈博，下開南宋風氣，非所詣不相若，則時會爲之也。《池北偶談》謂淑真《璿璣圖記》作於紹定三年，『紹定』當是『紹聖』之誤。紹定，理宗改元，已近南宋末季。浙地隸輦轂久矣，記云『家君宦遊浙西』，臨安亦浙西，詎容有此稱耶？

《玉臺名翰》元題《香閨秀翰》，檇李女史徐範所藏墨蹟。範爲白榆山人貞木女兄，跛足，不字，自號蹇媛。凡晉衛茂漪，唐吳采鸞、薛洪度，宋胡惠齋、張妙靜，元管仲姬，明葉瓊章、柳如是八家。舊尚有長孫后、朱淑真、沈清友、曹比玉四家，已佚；卷尾當湖沈彩跋，彩字虹屏，陸烜妾。亦殘缺；餘俱完好。向藏嘉興馮氏石經閣。道光壬辰，宜興程朗岑大令璋借勒上石。亂後逸亭金氏得之。余頃得幖本甚精；並朱淑真書殘石，別藏某氏者，亦得拓本。正書二十行，不全，字徑三分。淑真書銀鉤精楷，摘錄《世說》『賢媛』一門，涉筆成趣，無非懿行嘉言，而謂騃婦能之乎？『柳梢』、『月上』之誣，尤不辯自明矣。

易安居士三十一歲小像立軸，藏諸城某氏。諸城，古東武，明誠鄉里也。余與半唐各得橅本。易安手幽蘭一枝。半唐所藏，改畫菊花。右方政和甲午德父題辭。清麗其詞，端莊其品，歸去來兮，真堪偕隱。左方吳寬、李澄中各題七絕一首。按沈匏廬先生濤《瑟榭叢談》：『長白普次雲太守俊，出所藏元人畫李易安小照索題，余爲賦二絕句』云云，未知卽此本否？易安別有《荼蘼春去》小影。

易安照初臨本，諸城王竹吾前輩志修舊藏。竹吾又蓄一奇石，高五尺，玲瓏透豁，上有『雲巢』二字分書，下刻『辛卯九月，德父、易安同記』，見寘王氏仍園竹中。辛卯，政和改元，是年易安二十八歲。

元以詞曲取士，於載籍無徵。唯宋時詞人遭遇極盛。淳熙間，御舟過斷橋，見酒肆屏風上有《風入松》詞，高宗稱賞良久，宣問何人所作，乃太學生俞國寶也，卽日予釋褐。《中興詞話》。是真以詞取士矣。淳熙十年八月，上奉兩殿觀潮浙江亭。太上諭令侍宴官各賦《酹江月》一曲，至晚進呈，以吳琚爲第一。

《乾淳起居注》。是以詞試從臣，且評定甲乙矣。政和癸巳，大晟樂府告成，蔡元長薦晁次膺赴闕下。會禁中嘉蓮生，進並蒂芙蓉詞稱旨，充大晟協律。《能改齋漫錄》。李邴少日作《漢宮春》，膾炙人口。時王黼爲首相，忽招至東閣，開宴，延之上坐。出家姬數十人，皆絕色。酒半，羣唱是詞侑觴，大醉而歸。數日有館閣之命。不數年，遂入翰苑。《玉照新志》。是皆以詞得官矣。詞衰於元，唯曲盛行。士夫精研宮律者有之，未聞君相之提倡。詞曲取士之說，不知何據而云然也？

《詞苑叢談》卷十『辨證』有云：『王銍《默記》載歐陽公《望江南》雙調：「江南柳，葉小未成陰。人爲絲輕那忍折，鶯憐枝嫩不勝吟。留取待春深。　十四五，閒抱琵琶尋。堂上簸錢堂下走，恁時相見已留心。何況到如今。」初，歐公有盜甥之疑，上表自白云：「喪厥夫而無託，攜幼女以來歸。」張氏此時年方七歲，錢穆父素恨公，笑曰：「正是學簸錢時也。」愚桉，歐公詞出錢氏私志，蓋錢世昭因公《五代史》中多毀吳越，故詆之，此詞不足信也。』《叢談》止此。桉周淙《輦下紀事》云：『德壽宮劉妃，臨安人。入宮爲紅霞帔，後拜貴妃。又有小劉妃者，以紫霞帔轉宜春郡夫人，進婕妤，復封婉容。皆有寵，宮中號妃爲大劉孃子，婉容爲小劉孃子。婉容入宮時，年尚幼，德壽賜以詞云：「江南柳，嫩綠未成陰。攀折尚憐枝葉小，黃鸝飛上力難禁，留取待春深。」』《紀事》止此。德壽之詞與《默記》所傳歐公之作廑小異耳。錢世昭私志稱彭城王錢景臻爲先王，景臻追封，當建炎二年。世昭爲景臻之孫，愐景臻第三子之猶子，以時代攷之，亦南宋中葉矣。《四庫全書提要》於錢世昭、王銍時代並未考定詳碻。竊疑後人就德壽詞衍爲雙調，以誣歐公，世昭遂錄入私志，王銍因載之《默記》。唯錢穆父固與歐公同時，然公詞既可假託，卽自白之表，穆父之言，亦何不可造作之有。竊意歐陽文集中，未必有此表也。

《詞苑叢談》引王仲言云：『左譽，字與言，策名後藉甚宦途。錢唐幕府樂籍有張芸女穠，色藝妙天下，譽頗顧之。如「盈盈秋水，淡淡春山」、「帷雲翦水，滴粉搓酥」，皆爲穠作。後穠委身立勳大將，易姓章，封大國。紹興中，因覓官行闕，暇日訪西湖兩山間，忽逢車輿甚盛，一麗人搴簾顧譽而顰曰：「如今若把菱花照，猶恐相逢是夢中。」視之，穠也。君恍然悟入，即拂衣東渡，一意空門。』桉《中興戰功錄》：『張俊之愛妾張氏，卽杭妓張穠也，頗知書。柘皋之役，俊貽書屬以家事，張答書引霍去病、趙雲不問家事爲言，令勉報國。俊以其書進，上大喜，親書獎諭賜之。』迺知所謂立勳大將，卽俊矣。《中興戰功錄》刻入江陰繆氏《藕香簃叢書》。

楊升庵《詞品》云：『程正伯，東坡中表之戚也。』毛子晉《書舟詞跋》云：『正伯與子瞻，中表兄弟也。』二家之說，於它書未經見。據王季平《書舟詞序》，季平實與正伯同時。東坡卒於建中靖國元年辛巳，季平《書舟詞序》作於紹熙五年甲寅，上距東坡之卒凡九十三年，正伯與東坡安得爲中表兄弟乎？攷《東坡詩集·送表弟程六之楚州》一首，施元之注云：『東坡母成國太夫人程氏，眉山著姓。其姪之才，字正輔，第二；之元，字德孺，第六，卽楚州；之邵，字懿叔，第七。』正伯之字與懿叔約略近似，殆卽中表之戚之說所由來歟？子晉不攷，遂沿其譌。其不曰中表之戚，而曰中表兄弟，又未知別有所據否矣。升庵述舊之言，本屬不盡可信，此其踈盩之尤者。

程珌《洺水詞·西江月·壬辰自壽》首句『天上初秋桂子』，自注：『今歲七月，月中桂子下。』《織餘瑣述》謂：『此典絕新，惜語焉弗詳。』桉，宋舒岳祥《閬風集》有《月中桂子記》，可與程詞印證，唯歲月不同。《記》云：『余童丱時，先祖拙齋翁夜課余讀書。會中秋，月色浩然，聞瓦上聲如撒雹，甚怪之。先祖曰：「此月中桂子也，我少時嘗得之天台山中。呼童子就西廂天井燭之，得二升許。其大如豫章子，無皮，色如白玉，有紋如雀卵。其中有仁，嚼之，作脂麻氣味。余囊之，雜菊花作枕。其收拾不盡、散落磚罅甓縫者，旬日後，輒出樹。子葉柔長如荔支，其底粉青色，經冬猶在，便可尺餘。兒戲不甚愛惜，徙植盆斛，往往失其所在矣，是後未之見也。每遇中秋月明，輒憶此時事。今年五十九，對月悵然。此至清之精英也，今若有此，定汲井花水嚥下也。』元注：是歲爲丁丑，宋景炎二年，元至元十四年。此事唐亦有之，《摭言》云：『垂拱四年三月，桂子降於台州臨縣界，十餘日乃止。司馬蓋詵、安撫使狄仁傑以聞，編之史冊。』《南部新書》云：『杭州靈隱山多桂樹，僧曰：「月中桂也。」至今中秋夜，往往子墜。』《脞說》云：『張君房爲錢塘令，宿月輪山寺，僧報曰：「桂子下墖。」遽登榻望之，紛紛如烟霧。回旋成穗，散墜如牽牛子，黃白相間。』蓋婁見不一見，春夜亦有之矣。白香山《憶江南》云：『江南憶，最憶是杭州。山寺月中尋桂子，郡亭枕上看潮頭。』又《虔州天竺寺詩》云：『遙想吾師行道處，天香桂子落紛紛。』皆賦此事。

四印齋所刻《稼軒詞》，覆大德廣信本，《木蘭花慢・席上送張仲固帥興元》云：『追亡事，今不見，但山川滿目淚沾衣。』用《史記・淮陰侯傳》『臣追亡者』語。它本『追』並作『興』，直是臆改。此舊刻所以可貴也。

宋陳成父，字汝玉，寧德人。辛棄疾持憲節來閩，聞其才名，羅致賓席，妻以女。有和稼軒詞《默齋集》藏於家，見《萬姓統譜》。辛壻工詞，庶幾玉潤，惜所作無傳。

臨桂白龍洞有紫霞翁題名，《桂勝・名勝志》、謝志《金石略》並未載。象州鄭小谷先生獻甫《補學軒文集·遊白龍洞記》云：『壁間有「白龍洞」三大字，其旁又有紫霞翁題名。』則先生親見之矣。桉：宋楊纘，字繼翁，號守齋，又號紫霞翁，洞曉律呂，著有《作詞五要》，刻入張玉田《詞源》〔一〕。《浩然齋雅談》云：『纘本鄱陽洪氏，恭聖太后姪，楊石子麟孫，早夭，祝爲嗣。仕至司農卿、浙東帥。』不聞有遷謫之事，不知何因遊吾粵也。周公謹九日登高《徵招》換頭云：『腸斷紫霞深，知音遠，寂寂怨琴淒調。』歇拍云：『楚山遠，九辯難招，更晚烟殘照。』吾邑遠在楚南，周詞云云，可爲霞翁遊粵之證。

【校記】

〔一〕張玉田：底本作『姜白石』，據詞集作者實際改。

詞名《六么令》，近人寫作『幺』，一說當作『么』，作『幺』，誤。『么』是宋樂譜字。桉：白石自製曲《揚州慢》『盡薺麥青青』『薺』字，《長亭怨慢》『綠深門戶』『門』字，《淡黃柳》『明朝又寒食』『又』字，旁譜並作『么』，它詞尚多見。今『上』字也。《六么》之『么』，未知是否卽今『上』字之『么』。然作『幺』誼亦未優，不如作『么』，較近聲律家言也。

《夢窗詞·埽花遊·贈芸隱》云：『暖逼書牀，帶草春搖翠露。』《江神子·賦洛北碧沼小庵》云：『不放嘶紅，流水透宮溝。』『逼』字、『透』字，宋本並作『通』，注『去聲』。作『逼』、作『透』，皆後人臆改，不知古音故也。明楊鐵崖《東維子集·五月八日紀遊三十六天洞靈洞》詩云：『牛車望氣待箸書，螺女行廚時進供。胡麻留飯阮郎來，林屋刺船毛父通。王生石髓墮手堅，吳客求珠空耳縫。』此詩凡十六韻，皆『送』、『宋』韻，『通』字可作去聲，此亦一證。

明綏安廖用賢《尚友錄》，至尋常之書也，間亦可資考訂，信開卷有益矣。《陽春白雪》卷四有雷北湖《好事近》『梅片作團飛』云云，外集有雷春伯《沁園春・官滿作》『問訊故園』云云。錢唐瞿氏刻本《陽春白雪》，卷端詞人姓氏爵里，遂誤分雷北湖、雷春伯爲二人。無論爵里，並其名弗詳也。雷應春，字春伯，郴人。以詩擅名，累官監察御史。首疏時相，繼忤權貴，出知全州，弗就，歸隱北湖。後知臨江軍，安靜不擾。嘗欲城新塗，以備不虞，當路阻之。及己未之亂，臨江倉卒無備，人始服其先見。所著有《洞庭》、《玉虹》、《日邊》、《盟鶴》、《清江》諸集。偶檢《尚友錄》得之，可以訂瞿刻《陽春白雪》之誤。

竹垞《詞綜》錄金人韓玉詞三首，列王特起後、趙秉文前。宋有兩韓玉，其一《金史》有傳，字溫甫，北平人，明昌五年進士，官至河平軍節度副使。其一紹興初由金挈家而南，授江淮都督府計議軍事，見葉紹翁《四朝聞見錄》，箸有《東浦詞》。金韓玉字溫甫者，未聞其能詞也。宋韓玉《東甫詞》一卷，刻入汲古閣《六十家詞》。竹垞《詞綜》所錄《感皇恩・廣東與康伯可》『遠柳綠含烟』闋、《減字木蘭花・贈歌者》『香檀素手』闋、《賀新郎》『柳外鶯聲碎』闋，並在卷中，可知竹垞誤宋韓玉爲金韓玉矣。金韓玉不應有廣東之行，與康伯可唱酬，是亦一證。

蘇文忠《前赤壁賦》『桂櫂兮蘭槳，擊空明兮泝流光。渺渺兮予懷句，望美人兮天一方。』幼年塾誦，如此斷句。比閱劉尚友《養吾齋詞・沁園春・隱括前赤壁賦》起調云：『壬戌之秋，七月既望，蘇子泛舟。』『七月』句下自注：『「望」，效公「予懷望」，平讀。』始知宋人讀此二句，乃於『望』字斷句叶韻，句各六字，亟記之，以正幼讀之誤。尚友，名將孫，入元抗節不仕，須溪之肖子也。

四明陳先生著《本堂詞》，有賞鳳花《慶春澤》二首、《水龍吟》、《聲聲慢》各一首，此花近今所無。

《本堂》句云『飛紅舞翠歡迎』，又云『怕驚塵涴卻，翠羽紅翎』，略可想見花之形色。又云：『杜鵑唬，正忙時，半風半雨春慳霽。酴醾未過，櫻甜初熟，梅酸微試。』則開時在暮春矣。元任士林《松鄉先生文集》有《鳳花賦》云：『花出鶴林。』當卽鶴林寺。士林字叔寔，亦四明人。

得九峯書院刻本《中州樂府》，每葉十六行，行十六字，連序跋共九十葉。前有嘉靖十五年漢嘉彭汝寔序，稱：『《中州樂府》，金尚書令史元遺山集也，凡三十六人，一百二十四首，以其父明德翁終焉；人有小敘志之。蜀左轄儼山陸先生偶得是編，圖刻之。嘉定守貴陽高登，遂刻之九峯書院。』後有屬吏麻城毛鳳韶跋。汲古閣刻《中州集》，據明弘治刻本；刻《樂府》，卽據此本。子晉識云：『小傳已見詩集，不復贅。』殊不知鄧千江、宗室文卿、張信甫、王玄佐、折元禮五人，俱未見詩中，小敘一概刪去，未免失檢。書貴舊刻，益信。錢塘丁氏善本堂所藏《中州集》，亦弘治刻本，《樂府》亦卽此本。又一寫本，並依毛氏復刻本。弘治刻《中州集》，未刻《樂府》；嘉靖刻《樂府》，不坿屬《中州集》，毛氏復刻，乃合而爲一耳。

仁和勞氏丹鉛精舍校《遺山樂府》，叟引《中州元氣集》。錢竹汀先生《補元史藝文志》：『《中州元氣》十冊』，在詞曲類。是書勞猶及見，當非久佚。唯曰十冊，疑是寫本未刻，故未分卷，則訪求尤不易矣。晚近弁髦風雅，古書時復流通，容猶有得見之望，未可知耳。

《遺山樂府》張家鼒校本，末坿訂誤。其《鷓鴣天》云『拍浮多負酒家錢』，訂誤云：『「錢」元誤「船」，今正。』桉：遺山有《浣溪沙》云『拍浮爭赴酒船中』，可證《鷓鴣天》句『船』字非誤，張校臆改，誤也。《晉書》：畢卓云：『拍浮酒船中，便足了一生。』

金古齊僕散汝弼，字良弼，官近侍副使。《風流子·過華清作》云：『三郎年少客，風流夢、繡嶺蠱瑤環。看浴酒發春，海棠睡暖，笑波生媚，荔子漿寒。況此際，曲江人不見，偃月事無端。羯鼓數聲，打開蜀道，《霓裳》一曲，舞破潼關。　馬嵬西去路，愁來無會處，但淚滿關山。賴有紫囊來進，錦韈傳看。嘆玉笛聲沈，樓頭月下，金釵信杳，天上人間。幾度秋風渭水，落葉長安。』正大三年刻石臨潼縣。今存，詞筆藻耀高翔，極慨慷低徊之致。其『浴酒發春』、『笑波生媚』，句法矜鍊，雅近專家。唯起調云『三郎年少客』，則誤甚。案：唐玄宗生於光宅二年乙酉，而楊妃以天寶四年乙酉入宮，玄宗年已六十一，何得謂『三郎年少』耶？『但淚滿關山』，『但』字襯。

《苕溪漁隱叢話》：『「梨花一枝春帶雨」、「桃花亂落如紅雨」、「小院深沈杏花雨」〔一〕、「黃梅時節家家雨」，皆古今詩詞之警句也。予嘗欲作一亭子，四面皆植花一色，榜曰「四雨」，豈不佳哉？』《貴耳集》：『陳秋塘善與林邦翰論詩，及「四雨」句，陳謂「梨花一枝春帶雨」似茉莉花，「珠簾暮捲西山雨」似含笑花，「桃花亂落如紅雨」似薝蔔花，王荊公以爲總不如「院落深沈杏花雨」乃似闍提花。邦翰曰：「此論不獨詩評，乃花譜也。」』彭巽吾詞《蝶戀花》云：『四面亭前，面面看花坐。』《讀畫齋叢書》本《元草堂詩餘》『四面』作『四雨』，當是巽吾用胡元任或陳秋塘語，胡云：『作亭子，榜曰四雨。』尤與彭詞合。作『四面』者，誤也。

【校記】

〔一〕小院：《詩話總龜》卷六作『院落』。

《漢書・黄霸傳》：『霸曰：許丞，廉吏，雖老，尚能拜起送迎，正頗重聽，何傷？』『重』，傳容切。元劉敏中《中庵詩餘・南鄉子・老病自戲》云：『耳重眼花多，行則攲危語則訛。』『耳重』即『重聽』，讀若『輕重』之『重』，僅見。

《韓子通解》：『伯夷哀天下之偷且以彊，則服食其葛薇，逃山而死。』元安敬仲熙《默庵樂府・石州慢・寄題龍首峯》云：『擬將書劍西山，采蕨食薇，自應不屬春風管。』『采蕨食薇』改『服食葛薇』較典雅。

漁洋《倚聲集序》云：『書成，鄒子命曰《倚聲》。陸游有言：「唐自大中後，詩家日趣淺薄，會有倚聲作詞者，頗擺落故態，適與六朝跌宕意氣差近。」厥義蓋取諸此。』按《唐書・劉禹錫傳》：『禹錫斥朗州司馬，接夜郎諸夷，每祠，歌《竹枝》鼓吹，禹錫倚其聲，作《竹枝詞》十餘篇。』『倚聲』字始此。

宋人工詞曲者稱聲家，一曰聲黨，見《碧雞漫志》。詞曲曰韻令，見《清波雜志》。唐劉賓客《董氏武陵集紀》：『兵興已還，右武尚功。公卿大夫以憂濟爲任，不暇器人於文什之間，故其風寖息。樂府協律，不能足元注：去聲新詞以度曲。夜諷之職，寂寥無紀。』『夜諷』字甚新，殆卽新詞度曲之謂。劉用入文，必有所本。

古詩『眽眽不得語』，宋詞『眽』斷字作『脈』，誤。

寒食禁火，相傳因介之推事，猶端午競渡，因屈原也。洪武本《草堂詩餘》陸放翁春遊摩訶池《水龍吟》『禁烟將近』句，注云：『《周禮》：司烜氏，仲春以木鐸狥火，禁於國中。』此別一說。

明嘉靖庚寅上海顧汝所從敬所刻《草堂詩餘》，雖剞劂未精，其所據依，卻是宋刻舊本，未經明人增羼。詞後有箋者約十之三四，初學誦習最宜。

蕙風詞話卷五

世譏明詞纖靡傷格，未爲允協之論。明詞專家少，粗淺蕪率之失多，誠不足當宋、元之續。唯是纖靡傷格，若祝希哲、湯義仍、義仍工曲，詞則敝甚。施子野輩，僂指不過數家，何至爲全體詬病？洎乎晚季，夏節愍、陳忠裕、彭茗齋、王薑齋諸賢，含婀娜於剛健，有風騷之遺則，庶幾纖靡者之藥石矣。國初曾王孫、聶先輯《百名家詞》，多沈著濃厚之作，明賢之流風餘韻猶有存者。詞格纖靡，實始於康熙中，《倚聲》一集，有以啓之。集中所錄小慧側豔之詞，十居八九，王阮亭、鄒程邨同操選政，程邨實主之，引阮亭爲重云爾。而爲當代鉅公，遂足轉移風氣。世知阮亭論詩以神韻爲宗，明清之間，詩格爲之一變。而詞格之變，亦自託阮亭之名始，則罕知之，而執明人爲之任咎，詎不誣乎？

陳大聲詞，全明不能有二。《坐隱先生草堂餘意》，甲辰春，半唐假去，即付手民，蓋亦契賞之至。寫樣甫竟，半唐自揚之蘇，嬰疾遽殁，元書及樣本並失去，不復可求。其詞境約略在余心目中，兼樂章之敷腴，清真之沈著，漱玉之緜麗，南渡作者，非上駟未易方駕。明詞往往爲人指摘，一陳先生揜百瑕而有餘。是書失傳，明詞之不幸，半唐之隱恫矣。大聲名鐸，別號七一居士，下邳人，家上元，睢寧伯陳文曾孫。正德間襲濟州衛指揮。有《秋碧軒集》五卷、《香月亭集》、卷數未詳。《秋碧樂府》一卷、《梨雲寄傲詞》、《草堂餘意》各一卷，余所得鉅帙逾百葉，卷數不復記憶。並見《千頃堂書目》。大聲精擘宮律，人稱樂王。又善謔，嘗居京師，戲倣月令云云，見顧起元《客座贅語》。又有《四時曲》與徐髯仙聯句。

楊用修席芬名閥，涉筆瑰麗，自負見聞賅博，不恤杜譔肆欺。迹其忍俊不禁，信有奇思妙語，非尋常才俊所及。嘗云：『李後主《搗練子》「深院靜」、「雲鬢亂」二闋，曩見一舊本，並是《鷓鴣天》：「塘水初澄似玉容。所思猶在別離中。誰知九月初三夜，露似珍珠月似弓。　深院靜，小庭空。斷續聲隨斷續風。無奈夜長人不寐，數聲和月到簾櫳。」「節候雖佳景漸闌。吳綾已暖越羅寒。朱扉日暮無風掩，一樹藤花獨自看。　雲鬢亂，晚妝殘。帶恨眉兒遠岫攢。斜托香腮春筍嫩，爲誰和淚倚闌干。」』以『塘水初澄』比方玉容，其爲妙肖，匪夷所思。『雲鬢亂』闋，前段尤能以畫家白描法，形容一極貞靜之思婦。綾羅間之暖寒，非深閨弱質，工愁善感者，體會不到。『一樹藤花』，確是人家庭院景物。曰『獨自看』，其殆《白華》之詩無營無欲之旨乎？『扉無風而自掩』，境至清寂，無一點塵，如此云云。可知『遠岫眉攢』、『倚闌和淚』，皆是至真至正之情，有合風人之旨，即詞境、詞格亦與之俱高。雖重光復起，宜無間然。或猶譏其嚮壁虛造，寧非固歟？

宇內無情物，莫如山水，眼前循山一徑，行水片帆，乃至目極不到，即是天涯。古今別離人，何一非山水爲之間阻？明王泰際《浪淘沙》云：『多應身在翠微間。歸看雙鸞妝鏡裏，一樣春山。』由無情說到有情，語怨而婉。陳伯陽《如夢令》云：『立馬怨江山，何故將人隔限。』亦先得我心。桉《蘇州府志》：『王泰際，字內三，崇禎癸未進士。性至孝，歸省，值國變，北望號慟，與同年黃淳耀約偕隱。乙酉兵亂，淯耀兄弟並以身殉，泰際以親故遁跡故廬，構堂三楹，曰壽硯，自號硯存老人，閉戶箸書，足跡不入城市，四十年如一日，卒年七十有七。門人謚曰貞憲，箸有《仌抱集》。』內三先生固深於情者，宜其能爲情語也。

明王子衡廷相《蘇幕遮》云：『意緒幾何容易辨。說與無情，只作閒愁怨。』『閒愁怨』，皆不得已之至情，子衡未會斯旨。王蕫齋先生《江城梅花引》云：『飛霜，飛霜，夜何長。有難忘，自難忘。』『閒愁怨』，悵觸於不自知，所謂『有難忘，自難忘』也。蕫齋，蓋有難忘者。

弇州山人《臨江仙》後段云：『我笑殘花花笑我，此時顛頷休爭。來年春到便分明。五原無限綠，難染鬢千莖。』意足而筆能達，出語不涉尖。《春雲怨》歇拍云：『未舉尊前，乍停杯後，半晌盡堪白首。』極空靈沈著之妙，世俗以纖麗之筆作情語，視此何止上下牀之別。

明夏節愍完淳，年十七殉國難，詞人中未之有也。其《大哀》、《九哀》諸作，庶幾跐美《楚騷》。夫以靈均辭筆爲長短句，烏有不工者乎？謝枚如稱其所作如猿啼、如鵑嘑，略得其似，唯所舉《鵲踏枝》、《千秋歲》二闋及《一斛珠》、《憶王孫》斷句，則猶非甚至者。《魚游春水·春暮》云：『離愁心上住。捲盡重簾推不去。簾前青草，又送一番愁句。鳳樓人遠簫如夢，鴛枕詩成機不語。兩地相思，半林烟樹。　猶憶那回去路。暗浴雙鷗催晚渡。天涯幾度書回，又逢春暮。流鶯已爲嘑鵑妒。蝴蝶更禁絲雨誤。十二時中，情懷無數。』《婆羅門引·春盡夜》云：『晚鴉飛去，一枝花影送黃昏。春歸不阻重門。辭卻江南三月，何處夢堪溫。更階前新綠，空鎖芳塵。　隨風搖曳雲。不須蘭棹朱輪。只有梧桐枝上，留得三分。多情皓魄，恐明宵、還照舊釵痕。登樓望、柳外銷魂。』斷句《柳梢青·江泊懷漱廣》云：『瞑宿吳江，風燈零亂，一晌相思。』《鵲橋仙·樓夜》云：『猛然聽得杜鵑嘑，又早是、一輪殘月。』

節慜詞《燭影搖紅》云：『孤負天工，九重自有春如海。佳期一夢斷人腸，靜倚銀釭待。隔浦紅蘭堪采。上扁舟，傷心欸乃。梨花帶雨，柳絮迎風，一番愁債。　回首當年，綺樓畫閣生光彩。朝彈瑤瑟夜銀箏，歌舞人瀟灑，一自市朝更改。暗銷魂、繁華難再。金釵十二，珠履三千，淒涼千載。』聲哀以思，與《蓮社詞》『雙闕中天』闋，託旨略同。

明于儒穎句：『相守何妨日日愁。』情至語，不嫌說盡。若箇愁人，幾生修得？

明鄒貫衡樞《十美詞紀》梁昭小傳云：『昭動口簫管，稍低於肉。聽之若只知有肉，不知有簫管也者。而簫管精蘊，暗行於肉之中。偷聲換字，令聽者魂消意盡。』此數語精絕。簫管精蘊，暗行肉中，偷聲換字，即在其中。聲律之微，可由此悟入。如或問宮調之說，舉此答之，足矣。蓋至此，宮律斷無不合；非合宮律，亦斷不足語此。能知其神明變化之故，則思過半矣。今日而談宮調，已與絕學無殊。古之知音如白石、紫霞諸賢，何惜舉例陳義，明白朗暢，以詔示後人。有非言語所能形容，即言之未易詳盡，其委折難期聞者之領會，因而姑置勿論耳。後之知音不能起前賢，爲之印證，尤不敢自信自言之。彼鄒貫衡亦未必精研宮律，其談言微中，則夙昔評歌顧曲，閱歷之所得深矣。

國朝湯貞愍，名貽汾，字雨生，武進人。世襲雲騎尉，官杭州參將。咸豐初，髮逆陷逆金陵，殉難，年逾七十矣。工詩詞書畫，有《琴隱園集》。明湯胤績，字公讓，鳳陽人。初授錦衣百戶，亦世職，官延綏參將，殉難。工詩詞，有《東谷遺稿》。兩公於四百年間，後先輝映，若合符節，誠佳話也。公讓《浣溪沙》云：『燕壘雛空日正長。一川殘雨映斜陽。鸕鷀曬翅滿魚梁。　榴葉擁花當北戶，竹根抽筍出東牆。小庭孤坐嬾衣裳。』頗清潤入格。『擁』字鍊，能寫出榴花之精神。

得舊鈔本明季二陸詞，其人其詞皆可傳，欲授梓，未能也。節具傳略，並詞數闋如左。陸鈺，字真如，海寧人。萬曆戊午舉人，改名藎誼，字忠夫，晚號退庵。九上春官不第，鍵戶箸書，足不入城市。甲申遭變，隱居貢師泰之小桃源。曰：『吾乃不及祝開美乎？』未幾，絕食十二日卒，有集十卷。其《射山詩餘·曲游春·和查伊璜客珠江元韻》云：『問牡丹開未。正乳燕身輕，雛鶯聲細。共聽《霓裳》，看爲雨爲雲，胡天胡帝。與君行樂處，經回首、依稀都記。攜來絲竹東山，幾度尊前杖底。　鼙鼓東南動地。見下瀨樓船，旌旗無際。未免關情，對楚嶺春風，吳江秋水。暗灑英雄淚。更莫問、年來心事。又是午夢驚殘，歌聲乍起。』前調再疊韻云：『淥酒曾篘未。羨肉脆絲清，宮浮商細。塞耳休聽，任佗雄南越，秦稱西帝。青史興衰處，盡簡閱、紛綸難記。不如倚杖臨風，一任醉□花底。　芳草斜陽藉地。看遠樹天邊，歸舟雲際。曲裏新聲，怨羌笛關山，隴西流水。又溼青衫淚。那更惜、闌珊春事。卻看楊柳梢頭，一輪月起。』前調三疊韻云：『曉日還升未。正虬箭猶傳，獸烟初細。鳴鳥間關，痛精衛炎姬，子規川帝。千載人何處，笑符讖、何勞懸記。欣然更拓雲藍，自寫新詞窗底。　窗外光陰偏地。纔畫角飄殘，一聲天際。豎子成名，念英雄難問，夕陽流水。獨下新亭淚。盡寂寞、閒居無事。誰論江左夷吾，關西伯起。』《浪淘沙》云：『松徑挂斜暉。閒叩禪扉。故人蹤跡久離違。握手夕陽西下路，未忍言歸。　此地是耶非。千載依依。采香徑外越來溪。碧繶緗絇今尚在，歌舞全稀。』前調云：『高閣俯行雲。我一相聞，主人几榻迥無塵。世外興亡彈指劫，一著輸君。　回首太湖濆。斷靄紛紛。扁舟應笑館娃人。比擬子陽西蜀事，話到殘曛。』元注：『子陽』，雙白語也，蓋有所指。桉：雙白，義未解。

陸弘定，字紫度，號綸山，別字蓬叟，鈺次子。九歲能文工詩，與兄辛齋齊名，桉：辛齋名嘉淑，字冰修，真如長子。其遺稿未見，有《念奴嬌》、《望湘人》各一闋，見《詞匯》二編，《漢宮春》，見《明詞綜》。有『仌輪二陸』之目。弘定一生高潔，有《一草堂》、《爰始樓》、《寧遠堂》諸集。其《凭西閣長短句》，首署『東濱陸弘定箸，孫式熊鈔存。』桉：當無刻本。《滿路花・花朝輯蒲萄繁蔓圖悼亡姬》云：『刀尺好誰貽，又是中和節。衆芳何處也，催鶗鴂。春遲候冷，別院梅花發，撫景堪愁絶。自入春來，風風雨雨纔歇。小庭枯蔓，逗的春消息。新條還護取，穿蘿薜。當年記道，纖手親移植。共倚藤陰月。斷人腸，是花期，轉眼狼藉。』《望湘人》云：『記歸程過半，家住天南，吴烟越岫飄渺。轉眼秋冬，幾回新月，偏向離人燎皎。急管宵殘，疏鐘夢斷，客衣寒悄。憶臨歧、淚染湘羅，怕助風霜易老。是爾翠黛慵描，正懨懨顦頷，向予低道。念此去、誰憐冷煖，關山路杳。纔攜手、教款語丁寧，眼底征雲繚繞。悔不翦、春雨蘼蕪，牽惹愁懷多少。』《虞美人》云：『花原藥塢茫鋤去。會底天工意。卻移雙槳傍漁磯。剛被一輪新月照前谿。

來霜往露須臾換。都是牽愁案。漸添華髮入中年。悔把高山流水，者回彈。』弘定娶周氏，名鋆，字西鑫，郡文學明輔女。事舅姑至孝，撫側室子女以慈。好作詩及小詞，《別母渡錢塘》云：『未成死別魂先斷，欲計生還路恐難。』《詠杏花》云：『萱草北堂迴晝錦，荊花叢地妒嬌姿。』送外入燕《減字木蘭花》云：『莫便忘家莫憶家。』惜全闋已佚。

《凭西閣詞》篇幅增於射山，而風格差遜。射山間涉側豔，洎乎晚節，夐然河嶽日星，烏可以詞定人耶？其《小桃紅》歇拍云：『終躊躇，生怕有人猜，且尋常相看。』因憶國初人詞有云：『丁寧切莫露輕狂。真箇相憐儂自解，妒眼須防。』此不可與陸詞並論。詞忌做，尤忌做得太過。巧不如拙，尖不如禿，陸無巧與尖之失。

射山詞《虞美人》云：『可憐舊事莫輕忘。且令三年無夢到高唐。』余甚喜其質拙。《一斛珠》云：『挑燈且殢同君坐。好向燈前，舊誓重盟過。』《醉春風》云：『淚如鉛水傍誰收，記記記。卻正煩君，盈盈翠袖，拭英雄淚。』《一絡索》云：『一尊銜淚向人傾，拚醉謝，尊前客。』皆佳句。

明屈翁山大均落葉詞《道援堂詞》，余卅年前，即憙誦之：『悲落葉，葉落絕歸期。縱使歸時花滿樹，新枝不是舊時枝。且逐水流遲。』末五字，含有無限悽惋，令人不忍尋味，卻又不容已於尋味。又：『清淚好，點點似珠勻。蛺蝶情多元鳳子，鴛鴦恩重是花神。恁得不相親。』『紅茉莉，穿作一花梳。金縷抽殘蝴蝶繭，釵頭立盡鳳凰雛。肯憶故人姝？』哀感頑豔，亦復可泣可歌。

鄭如英，字無美，小字妥娘。工詩詞，與卞賽、寇湄相詡詡也。《桃花扇傳奇·眠香》、《選優》等齣，以阿丑之詼諧作無鹽之刻畫，肆筆打諢，若瓦衖匄姝，一丁不識者然，殆未深攷。虞山《金陵雜題》：『舊曲新詩壓教坊，縷衣垂白感湖湘。閒開閏集教孫女，身是前朝鄭妥娘。』《板橋雜記》謂：『頓老琵琶，妥娘詞曲，衹應天上，難得人間。』漁洋《秋柳》詩，唐葆年云爲妥娘作，風調可想。妥娘詩載《列朝詩選·閏集》，所箸《紅豆詞》，《眾香集》錄五闋。《長相思·寄期蓮生》云：『去悠悠。思悠悠。水遠山高無盡頭。相思何日休。　見春愁。對春愁。日日春江認去舟。含情空倚樓。』《楊柳枝·遊玉隱園》云：『水漲池塘春草生。喜新晴。麥苗風急紙鳶輕。過清明。　柳絲簾外飄搖起，亂芳英。戲拈紅豆打黃鶯。費幽情。』《臨江仙·芙蓉亭懷鄭奇逢》云：『夜半忽驚風雨驟，曉來寒透衾裯。蕭條景色嬾登樓。衡陽歸雁杳，幽恨上眉頭。　臺空院廢人依舊，月沈雲淡花羞。芙蓉寂寞小亭秋。黄花傷晚落，相對倍添愁。』小傳云：『無美，南曲妙姬，丰姿清麗，神采秀發，而氣度瀟灑，無脂粉態。獨處靜室，未嘗衒容諧俗。』其《詠梅》詩曰：『虚名每被詩家賣，素豔常遭俗眼嗤。開向人間非得計，倩誰移上白龍池。』得比興之旨。

漁洋冶春紅橋〔二〕，風流文采，炤映湖山。《倚聲初集》漁洋、程邨同輯錄紅橋懷古《浣溪沙》十闋，末注云：『紅橋詞，卽席賡唱，興到成篇，各采其一，以誌一時勝事，當使紅橋與蘭亭並傳耳。』當時同遊十人，漁洋遊記未詳。《倚聲集》傳本絶少，亟錄以備甄揚故者述焉：『北郭清溪一帶流。紅橋風物眼中秋。綠楊城郭是揚州。　西望雷塘何處是，香魂蘦落使人愁。澹烟芳草舊迷樓。』漁洋三闋，存一。『六月紅橋漲欲流。荷花荷葉幾時秋。誰翻《水調》唱涼州。　更欲放船何處去，平山堂上古今愁。不如歌笑十三樓。』杜濬。『清淺雷塘水不流。幾聲寒笛畫城秋。紅橋猶自倚揚州。　五夜香昏殘月夢，六宫釵落曉風愁。多情烟樹戀迷樓。』丘象隨。『郭外紅橋半酒家。柳陰之下《詞綜》作『柳陰陰下』有停車。笙歌隱隱小窗紗。　曲水已無黄篾舫，夕陽何處玉鉤斜。綠荷開遍舊時花。』袁于令。『紫陌青樓女史家。門前偷下六萌車。彄環雙臂綰紅紗。　十二闌干閒倚徧，黄鶯嚦上内人斜。隔江愁聽《後庭花》。』蔣階元評數首，當以此爲絶唱。『一曲紅橋三兩家。門前過盡卓金車。碧楊深處紡吴紗。　疏雨撩風偏細細，晴波受月故斜斜。無情有思隔溪花。』朱克生。『狹巷朱樓認妾家。捲簾初下碧油車。東風翠袖曳輕紗。　岸上鶯歌隨柳弱，水邊燕尾掠波斜。春江流落可憐花。』張養重。『綠樹陰濃露酒家。小廊迴合引停車。銀箏嬌倚杏兒紗。　《水調歌頭》聲未了，曲闌干外月光斜。聲聲渡口賣荷花。』劉梁嵩。『隱隱簫聲送畫橈。迷樓無影見平橋。不須指點已魂銷。　港口荷花紅冉冉，岸邊野草碧迢迢。遊人依舊弄新潮。』陳允衡。『鳳舸龍船泛畫橈。江都天子過紅橋。而今追憶也魂銷。繡瓦無聲春脈脈，羅幃有夢夜迢迢。漫天絲雨咽歸潮。』陳維崧。安丘曹升六貞吉《珂雪詞》亦有追和之作：『幾曲清溪泛畫橈。綠楊深處見紅橋。酒簾歌扇暗香銷。白雨跳波荷冉冉，青山擁髻水迢迢。三生如夢廣陵潮。』神韻絕佳，與諸名輩抗手。

【校記】

〔一〕紅：底本作『虹』，下文作『紅』，據改。

納蘭容若爲國初第一詞人，其《飲水詩・填詞》古體云：『詩亡詞乃盛，比興此焉託。往往歡娛工，不如憂患作。冬郎一生極顛頷，判與三閭共醒醉。美人香草可憐春，鳳蠟紅巾無限淚。芒鞋心事杜陵知，衹今惟賞杜陵詩。古人且失風人旨，何怪俗眼輕填詞。詞源遠過詩律近，擬古樂府特加潤。不見句讀參差三百篇，已自換頭兼轉韻。』容若，承平少年，烏衣公子，天分絕高，適承元、明詞敝，甚欲推尊斯道，一洗雕蟲篆刻之譏。獨惜享年不永，力量未充，未能勝起衰之任。其所爲詞，純任性靈，纖塵不染，甘受和，白受采，進於沈著渾至，何難矣？嘅自容若而後數十年間，詞格愈趨愈下。東南操觚之士，往往高語清空，而所得者薄；力求新豔，而其病也尖纖。特距兩宋若霄壤，甚且爲元、明之罪人。筝琶競其繁響，蘭荃爲之不芳，豈容若所及料者哉？

容若與顧梁汾交誼甚深，詞亦齊名，而梁汾稍不逮容若，論者曰失之脆。

《飲水詞》有云：『吹花嚼蘂弄仌絃。』又云：『烏絲闌紙嬌紅篆。』容若短調輕清婉麗，誠如其自道所云。其慢詞如《風流子・秋郊卽事》云：『平原草枯矣，重陽後、黄葉樹騷騷。記玉勒青絲，落花時節，曾逢拾翠，忽聽吹簫。今來是、燒痕殘碧盡，霜影亂紅凋。秋水映空，寒烟如織，皂雕飛處，天慘雲高。　人生須行樂，君知否？容易兩鬢蕭蕭。自與東君作別，剗地無聊。算功名何許，此身博得，短衣射虎，沽酒西郊。便向夕陽影裏，倚馬揮毫。』意境雖不甚深，風骨漸能騫舉，視短調爲有進；更進，庶幾沈著矣。歇拍『便向夕陽』云云，嫌平易無遠致。

『如魚飲水，冷暖自知』，道明禪師答盧行者語，見《五燈會元》，納蘭容若詩詞命名本此。

梁汾營救漢槎事，詞家紀載綦詳。惟《梁溪詩鈔》『小傳』注：『兆騫既入關，過納蘭成德所，見齋壁大書「顧梁汾爲吳漢槎屈膝處」，不禁大慟』云云，此說它書未載。昔人交誼之重如此。又《宜興志・僑寓傳》：『梁汾嘗訪陳其年於邑中，泊舟蛟橋下，吟詞至得意處，狂喜，失足墮河，一時傳爲佳話。』說亦僅見，亟坿箸之。

《香海棠館詞話》及《薇省詞鈔》梁汾小傳後，載顧、成交誼綦詳。閱武進湯曾輅先生大奎，貞愍之祖《炙硯瑣談》一段甚新，爲它書所未載，亟錄如左：納蘭成德侍中與顧梁汾交最密，嘗塡《賀新涼》詞爲梁汾題照，有云：『一日心期千劫在，後身緣、恐結他生裏。然諾重，君須記。』梁汾答詞亦有『託結來生休悔』之語。侍中殁後，梁汾旋亦歸里。一夕，夢侍中至，曰：『文章知己，念不去懷。泡影石光，願尋息壤。』是夜，其嗣君舉一子，梁汾就視之，面目一如侍中，知爲後身無疑也，心竊喜甚。彌月後，復夢侍中別去。醒起，急詢之，已卒矣。先是，侍中有小像留梁汾處，梁汾因隱寓其事，題詩空方，一時名流多有和作。像今存惠山草庵貫華閣。　雲自在龕藏《天香滿院圖》，容若三十二歲像也。朱邸崝嶸，紅闌彔曲，老桂十數株，柯葉作深黱色，花綻如黄雪。容若青衺絡緹，竚立如有所憶，皃清癯特甚，禹鴻臚之鼎筆。

或問國初詞人當以誰氏爲冠，再三審度，舉金風亭長對；問佳構奚若，舉《搗練子》云：『思往事，渡江干。青蛾低映越山看。共眠一舸聽秋雨，小枕輕衾各自寒。』

竹垞《静志居琴趣》詠繡鞵云：『假饒無意與人看，又何用明金壓繡。』語意刻深，令人無從置辯。羅泌《詠釣臺》詩：『一著羊裘便有心。』通於斯恉矣。

《江湖載酒集》有《點絳脣·題虞夫人〈玉映樓詞集〉》，後坿元詞。虞名兆淑，字蓉城，海鹽人。按《鶴徵録》：『李秋錦，元名虞兆潢，海鹽籍。』或蓉城昦弟行也。

孫愷似布衣奉使朝鮮，所進書有朴誾填詞二卷，名《擷秀集》，封達御前，見蔣京少《瑤華集》。述海邦殊俗，亦擅音闋，足徵本朝文教之盛。庚寅，余客滬上，借得越南阮緜審《鼓枻詞》一卷，短調清麗可誦，長調亦有氣格。《歸自謠》云：『溪畔路。去歲停橈溪上渡。攀花共繞溪前樹。重來風景全非故。傷心處。緑波春草黄昏雨。』《望江南》十首，録二云：『堪憶處，曉日聽啼鶯。百裥細帬偎草坐，半裝高屧蹋花行。風景近清明。』『堪憶處，蘭槳泛湖船。荷葉羅帬秋一色，月華粉靨夜雙圓。清唱想夫憐。』《沁園春·過故宫主廢宅》云：『好箇名園。轉眼荒凉，不似前年。憶瑀甍繡闥，夫容江上，金尊檀板，翡翠簾前。歌扇連雲，舞衣如雪，歷亂春花飛半天。曾無幾卻，平蕪牧篴，積岸漁船。悠悠往事堪憐。況日暮經過倍黯然。但夕陽欲落，照殘芳樹，昏鴉已滿，啼斷寒烟。暫駐笻枝，淺斟栖酒，暗祝輕澆廢址邊。微風裏，恍玉簫仿佛，月下遙傳。』《玉漏遲·阻雨夜泊》云：『長江波浪急。

蘭舟叵耐，雨昏烟溼。突兀愁城，總爲百憂皆集。歷亂燈光不定，紙窗隟、東風潛入，寒氣襲。鐘殘酒渴，詩懷荒澀。料想碧玉樓中，也背著闌干，有人悄立。彤管鸞牋前，一任侍兒收拾。誰忍相思相望，解甚處、山川都邑。休話及，此宵鵑嗁花泣。』緜審，字仲淵，公爵。

甘肅人詞流傳絕少，狄道吳信辰先生鎮《松厓詩錄》坿詞一卷。先生由舉人官至湖南沅州知府，主講蘭山書院。蚤歲詩學，爲牛空山入室弟子。其集多名人序跋，如袁簡齋、王西莊諸先生，並推許甚至。楊蓉裳跋其詞云：『葉脫而孤花明，雲淨而峭峯出。』余評之曰：『鏗麗沈至，是能融五代入南宋者。』《點絳脣·天台》云：『水泛胡麻，人間伉儷仙家愛。春風半載，歸去迷年代。咫尺天台，回首雲霞礙。郎如再，向時嬌態，惟有桃花在。』《玉蝴蝶·赤壁懷古》云：『扼腕炎靈末季，中原大局，盡入當塗。猶恃專場，爪距窘迫南烏。不知權、空勞知備，既生亮、可弗生瑜。快斯須。漲天烟火，百萬焦枯。　胡盧。昔年此地，虹銷霸氣，電埽雄圖。折戟沈沙，忽然攜酒到髯蘇。話三分、江山笑汝。成兩賦，風月歸吾。問樵漁。鱸肥鶴瘦，畢竟誰輸。』後段字字俊偉。《意難忘·別人》云：『纔上離筵。悵嘶風五馬，躑躅江干。孤帆天共遠，雙袖淚頻彈。別時易，見時難。儘一霎盤桓。更何時，重圍燕玉，再護湘蘭。　夕陽無限關山。有淒涼飛雁，水咽雲寒。梅花雖吐雪，楓葉尚流丹。心上事，不能寬。是舊怨新懽。且暫教，洞庭明月，兩處同看。』換頭稼軒勝處。《憶少年·題桐陰倚石圖》云：『飄飄梧葉，團團紈扇，泠泠羅袖。朱顏易凋歇，嘆涼風依舊。　石上絲羅盤左右。乍相偎，遠山卽皺。儂心鎮常熱，任蒼苔仌透。』蘇、辛卻無此娟雋。

蜀語可入詞者：四月寒名『桐花凍』；七夕漬綠豆令芽生，名『巧芽』。桐娟，浙產，生長蜀中；爲余言之，不忍忘也。曩歲庚寅，余客羊城，假方氏碧琳瑯館藏書移寫，時距桐娟殂化僅匝月耳。有《鷓鴣天》句云：『殯宮風雨如年夜，薄倖蕭郎尚校書。』半唐老人最爲擊節，謂情至語無踰此者，偶憶記之。

宋大寧夫人韓氏遊靈巖觀音道場，題紀磨崖云：『大寧夫人韓氏朝拜東嶽回遊靈巖觀音道場四絕之所，崇峯引翠，宛若屏圍。而北主峯峧然五里之聳，而肩有殿，號曰證明，謂其如來化跡，祈應如響。於是發精確志，不懼巇嶮，乘興而步其上。仰瞻紺像，欣敬不已。及觀岩麓，木怪石奇，景與世別。眺寓移時，頓忘塵慮，若□聖力所加。從心之年，焉能至此？於內自省，尤爲之幸。仍知名山勝槩，傳不誣矣。時政和改元季春念五日，孫男左侍禁曹洙、三班奉職深、右班殿直涇侍行，使女憙、奴孫倩、奴喬□、奴□□、奴張吉、奴祝美、奴楊蘂、奴朱采、奴薛珍、奴張望、奴董從行。洙奉命題紀嵓石。』使女名入石刻，於此僅見。惜十泐其二，而倩、蘂二名絕韻。余得拓本，珍弆久之，檢付裝池，爲賦《浣溪沙》云：『捧硯亭亭列十眉。雲涯暫駐絳紗帷。茗華名姓好誰題？　香豔別開金石例，纖穠如見燕環姿。僧彌團扇可無詩。』已下續話。

詞貴有寄託，所貴者流露於不自知，觸發於弗克自已。身世之感，通於性靈，卽性靈，卽寄託，非二物相比附也。橫亙一寄託於搦管之先，此物此志，千首一律，則是門面語耳，略無變化之陳言耳。於無變化中求變化，而其所謂寄託，乃益非真。昔賢論靈均，書辭或流於跌宕怪神、怨懟激發，而不可以爲訓，必非求變化者之變化矣。夫詞如唐之《金荃》、宋之《珠玉》，何嘗有寄託？何嘗不卓絕千古？何庸爲是非真之寄託耶？

誦佛經不必求甚解，多誦，可也，讀前人佳詞亦然。昔人言：『客都門者日詣廠肆，循覽插架，寓目籤題，勿庸幡帋，輒有無形之進益』，通於斯旨矣。少日讀名家詞，往往背誦如流，詢以作者誰氏，輒復誤記。蓋心目嫥注，弗遑旁及。漚尹謂余得力卽在是，其知人之言夫。求甚解，卽亦可云旁及，此旨至微，蓋其所嫥注在於甚解之外矣。

詞無不諧適之調，作詞者未能熟精斯調耳。昔人自度一腔，必有會心之處。或專家能知之，而俗耳不能悅之。不拘何調，但能塡至二三次，愈塡愈佳，則我之心與昔人會。簡淡生澀之中，至佳之音節出焉，難以言語形容者也。唯所作未佳，則領會不到。此詣力，不可彊也。

澀之中有味，有韻，有境界，雖至澀之調，有真氣貫注其間。其至者，可使疏宕，次亦不失凝重，難與貌澀者道耳。

問：『哀感頑豔』『頑』字云何詮釋？曰：拙不可及，融重與大於拙之中，鬱勃久之，有不得已者出乎其中而不自知，乃至不可解，其殆庶幾乎？猶有一言蔽之，若赤子之笑嗁然，看似至易，而實至難者也。

信是慧業詞人，其少作未能入格，卻有不可思議、不可方物之性靈語，流露於不自知。斯語也，卽使其人中年深造，晚歲成就以後，刻意爲之，不復克辦。蓋純乎天事也。苟無斯語，以謂若而人者之作，蒙竊未敢信也。

問：詠物如何始佳？答：未易言佳，先勿涉獃。一獃典故，二獃寄託，三獃刻畫、獃襯托。去斯三者，能成詞不易，矧復能佳？是真佳矣，題中之精蘊佳，題外之遠致尤佳。自性靈中出佳，從追琢中來亦佳。

以性靈語詠物，以沈著之筆達出，斯爲無上上乘。

凡題詠之作，遣詞當有分寸。譬如題某女士所畫牡丹，某女士係守貞不字者，詞中說牡丹之句，必須桉切女士身分，不可稍涉輕佻。後段說到女士，亦宜映合牡丹，卽畫卽人，融成一片。如此作來，不但並不見難，而且必有佳句。從侔色揣稱中出，它題並挪用不得。

唐秣陵崔夫人墓志，相傳卽《會真記》之鶯鶯。拓本甚舊，或作題詞，就余商定，有『箋碧凝塵』句，『凝』字未愜，屢易字，仍未安，最後得『棲』字，不禁拍案叫絕，此錬字之法也。

跋

趙尊嶽

溯自辛酉二月，尊嶽始受詞學於蕙風先生。此五年中，月必數見，見必詔以源流正變之道、風會升降之殊，於宗派家數定一尊，於體格聲調求其是。耳提面命，朝斯夕斯，未嘗薄其駑庸，而啓發爲之不復也。尊嶽默而識之，十得一二云爾。

其論詞格，曰宜重、拙、大，舉《花間》之閎麗、北宋之清疏、南宋之醇至，要於三者有合焉。輕者重之反，巧者拙之反，纖者大之反，當知所戒矣。其論詞心曰：『心游萬仞，卷之，則退藏於密。此心吾所固有，善葆之而後爲吾用，乃至並無用之之迹，斯近道矣。』其論詞徑，曰：『唐五代至不易學，天分高，不妨先學南宋，不必以南宋自畫也；學力專，不妨先學北宋，不必以北宋鳴高也。詞學以兩宋爲指歸，正其始，毋歧其趨，可矣。』又曰：『詞筆欲求矜鍊也，豔濟以雅則不俍，情生於文則不索。才氣充，勿失諸放佚；標韻美，益進於清遒。乃至間密以疏，運實於虛，融景入情，出自然於追琢，聲家之能事畢矣。』又曰：『詞境宜知漸進也。境之云者，吾於斯道，深造乎是，卽自立乎是。必先能渾成，然後有以自立，曰高，曰邃，曰靜，曰深，其造極者曰穆。要非渾成，以後未易遽言也。』尊嶽又嘗以宮律之說，請問於先生。先生曰：『余固嘗言之矣，今日而言宮調，已與絕學無殊，無庸深求高論也。吾人倚聲，小令如《浣溪沙》、《浪淘沙》，慢詞如《賀新郎》、《沁園春》，調之至習見者，無庸斤斤守律。外乃如屯田、清真、石帚、夢窗集中諸調，並宜恪守四聲，毋託不嫥家、未盡善之作以自解，往往詞中佳句因守律屢改，忽然得之，文字之樂殆無逾此。』皆樸實切近之言也。又嘗論讀詞之法：『涵泳玩索，則情景窈深；抑揚頓挫，則丰神諧鬯。昔賢一家之作，其名章俊句，意境絕佳者，幾於身入其中，而息息與古會，雖校讐字句，不以紛其心，則致力專，取徑適矣。』

先生之論詞也，常有至精之言、不刊之論，無意之頃爲尊嶽輩發之。尊嶽不敏，輒茫然少所領會，媿且歉矣。

先生舊有詞話，未分卷。比歲鬻文少暇，風雨篝鐙，輒草數則見眎，合以舊作，自釐訂爲五卷。尊嶽受而讀之，曰：詞話之作，權輿於玉田、義父。自明以降，枝駢尤多，上焉者摘掞華藻，間涉攷索；次或分門戶、競標榜，輾轉傳鈔，徒費楮墨而已。先生之詞話，皆其性靈、學問、襟抱之夐異乎人者，所積而流，自言生平得力之處，昭示學者致力之途，而證以前賢所作，補救時流之偏弊。所論不徒泥章句，不馳騖高深，甚且如宋賢語錄，按脈切理，委折鬯通，令人易曉而習焉者。

或窮年尋繹，弗克盡其緒，蓋前乎此，信未之見也。詞學不見重於世久矣！選聲訂韻者流，何嘗無才雋之士，卒以蠡測管窺，未獲奉教於大雅，致蹈纖佻、啁囂、膚廓、餖飣諸失，而末繇自拔。自吾鄉皐文、翰風兩張先生提倡詞學，起衰振靡，宇內奉爲宗派。比歲半塘老人益發揚光大之，顧校刊爲多，末見論詞之作。斯文未墜，詞客有靈，天以絕學畀先生，於文物衰敝、風雅弁髦之日，以薪火之傳貽來者，斯道剝復之機，將於此爲轉移焉。學者南鍼奉之，紉蘭荃之清芬，復《咸》、《韶》之雅奏，有樂以尊嶽爲同調者，則是編之流傳，烏可少緩耶？

甲子雙蓮節受業武進趙尊嶽。

附錄

眾香集

徐淑秀，自號昭陽遺子，前朝南渡時宮人也。甲申後流落金臺，後歸泰州邵某。爲詩多抑鬱哀憤之音，有『昭陽遺子聽漁歌，爾樂波濤我爲何』、『入畫無人知是我，倚闌看蝶認爲花』之句，所箸《一葉落》詞，《眾香集》錄四闋。女邵笠，字澹菴。《菩薩蠻》云：『亂鸎啼破流蘇夢。櫻桃露濕花梢重。小婢促梳頭，開奩滿鏡愁。　畫眉人不在。蹙損雙螺黛。淡日上紅紗。輕蟬鬢影斜。』《虞美人》後段云：『翠眉一霎愁峯鎖。挼碎芙蓉朶。問伊底事忽嬌嗔。道是采花掠亂鬢梢雲。』淑秀詞視澹菴稍遜，然『入畫』二語，卻未經人道。

尼靜照，字月上，宛平人，曹氏，良家女。泰昌時選入宮，在掖庭二十五年，作《宮詞》百首。崇禎甲申祝髮爲尼。《西江月》云：『午倦懨懨欲睡，篆烟細細還燒。鶯兒對對語花梢，平地把人驚覺。　有恨慵彈綠綺，無情懶整雲翹。難禁愁思勝春潮，消減容光多少。』體格雅近北宋。

成岫，字雲友，錢塘人。略涉書傳，手談齒句、鬬茗彈絲並皆精妙。愛雲間董宗伯書畫，刻意臨橅，每一著筆，輒能亂真。今嫵媚而失蒼勁者，皆雲友作也。戊子春宗伯留湖上，見雲友所仿書畫甚夥，自不能辨。後得徵士汪然明言其詳，卽爲蹇修，結褵於不繫園，時雲友年二十二矣。歸董後，琴瑟靜好，譜入《意中緣》傳奇。有《慧香館集》。《菩薩蠻》云：『綠楊深處黄鸝坐。蒼苔門巷無人過。簾捲接湖光。六橋車馬忙。錦塘花歷亂。雲擁雷峯暗。觸緒撫瑤琴。澄懷一寄心。』

（以上三則，唐圭璋《蕙風詞話續編》卷三，人民文學出版社一九八二年版）

纗蘭堂室詞話

一卷

《纗蘭堂室詞話》，載於《中社雜誌》一九二六年第二期之『詞話』中，題『臨桂況周頤夔笙』，凡十七則，此據以錄入。

纗蘭堂室詞話

填詞必須守律，此『律』字作『法律』之『律』解，非『律吕』之『律』。白石詞有旁譜者，最十七闋。吾人填此十七調，可無庸守四聲，有旁譜可據依也。其他無譜之調，無可據依，唯恪守四聲庶幾無誤，舍此計無復之，此四聲所以非守不可也。

漚尹得唐詞《雲謠集》，作『玄謠』者，誤也。雲作云，雲本字，云、玄，形近貽誤。曩余所見，詞僅三首，即誤題『玄謠』者。此本得十八首，漚尹刻入《叢書》，無庸具述。摘其佳句，《天仙子》云：『滿樓明月夜三更，無人語。淚如雨。正是思君腸斷處。』《洞仙歌》云：『擣衣嘹喨。嬾寄迴文先往。戰袍待穩絮〔一〕，重更薰香。殷勤憑驛使追訪。』《破陣子》云：『爲覓封侯酬壯志，攜劍彎弓沙磧邊。抛人如斷絃。』《浣沙溪》云：『早春花向臉邊芳。』又《破陣子》云：『正是越溪花捧豔。』『捧』字雋。

【校記】

〔一〕穩：饒宗頤校《雲謠集雜曲子》作『纏』。

某君單心樸學，作詞不多，論詞卻極内家。嘗言夢窗詞曾經細讀不止一次，不知其佳處安在。夢窗如此難知，豈易言學？此君是真能知夢窗者。『不知其佳處安在』，雖不知，不遠矣，佳處在其中矣。

吴夢窗云：『竹窗聽雨，坐久，隱几就睡，既覺，見水仙娟娟於燈影中。』《夜遊宫》詞題。此詞境絕清妙。宋詞句云『睡起兩眸清炯炯』，此『娟娟』從『炯炯』中來。

張文潛《風流子》：『芳草有情，夕陽無語，雁横南浦，人倚西樓。』景語亦復尋常，唯用在過拍，卽此頓住，便覺老當渾成。换頭『玉容知安否』，融景入情，力量甚大。此等句有力量，非深於詞不能知也。『香箋』至『沈浮』，微嫌近滑。幸『愁韻』四句，深婉入情，爲之補救。而『芳心』、『翠眉』又稍稍勵色。下云：『情到不堪言處，分付東流。』蓋至是不能不用質語爲結束矣。雖古人用心未必如我所云，要不失爲知人之言也。『香箋共錦字，兩地悠悠』，吾人填詞，斷不肯如此率意，勢必縮兩句爲一句，下句更添一意，由情中、景中生出皆可，情景兼到，又盡善矣。雖然，突過前人不易，或反不逮前人，視平昔之功力，臨時之杼軸何如耳。

王船山先生《薑齋詞》，沈著穠至，入南渡名賢之室。《謁金門》云：『落日黄花衰草地，有英雄殘淚。』《清平樂·詠雨》云：『誰信碧雲深處，夕陽仍在天涯。』《碧芙蓉》云：『青天如夢，倩取百囀嚦鶯喚。』《减字木蘭花》云：『月嚮桃花香處暖。』《浣溪沙》云：『極目江山無止竟，傷心日月太從容。霜楓依舊半林紅。』

夏節愍完淳殉國難，年十七，有集七卷。第八卷皆附録。其詞芬芳悱惻。湯卿謀聞國變，悲憤發疾卒，年二十五，有《湘中草》六卷，其詞清麗千眠。何明季之多仙才而又人傑也。設令卿謀所遭與節愍同，寧肯爲當仁之讓耶？卿謀詞多言情之作，語語從性靈流出。性靈者，情之本根也。《鷓鴣天》云：『碧紗深掩喁喁處，塞北江南春夢中。』《滿庭芳·月夜襃展成次韻》云：『能來否，天街清絕，烏鵲正南飛。』《桂枝香・讀史》云：『滿目新亭，啞啞笑言而已，更無一點山河淚。望蒼生，竟何人是？』《沁園春・次展成韻》云：『嘆蕙蘭生受，淒涼風月，龍蛇空老，寂寞雲雷。』又云：『寒日西流，大江東去，爲問山川何處佳。』《摸魚兒・石湖晚眺》云：『持杯欲共春風語，回首柳緜無數。愁雲誤。但芳草、多情未斷登臨路。』

錢塘項蓮生鴻祚元名廷紀《憶雲詞》冬夜聞南鄰笙歌達曙《玉漏遲》句云：『嫌漏短。漏長卻在，者邊庭院。』余十六七歲時，極喜誦之，越十年，便能知此等句絕無佳處，而詞境稍稍進矣。

半唐詠一片荷葉《綠意》句云：『微波盼斷從舒捲，早展盡秋心層疊。』蕙風云：『歸來綵筆題芳恨，也一任翠簾天遠。』半塘云：『是謂發乎情，止乎禮義。』

蕙風詞有二病，少年不能不秀，晚年不能豔。

半唐詞《唐多令》云：『缺月半朧明。涷雨晴時淚未晴。倦倚香篝溫別語，愁聽。鸚鵡催人說二更。

此恨拚今生。紅豆無根種不成。畫裏屏山多少路，青青。一片烟蕪是去程。』此詞饒有烟水迷離之致，駸駸入宋賢之室。

漚尹最近之作，乙丑除夕閏生宅守歲《高陽臺》云『藥裏關心，梅枝熨眼，年光催換天涯。綵勝迷離，忘情紅入燈花。常時風雨聯牀夢，付淺吟深坐消他。更休提，束帶鳴鷄，列炬飛鴉。驚心七十明朝是，甚兩頭老屋，舊約猶賖。醉倚屠蘇，誰知肝肺杈椏。干戈滿目悲生事，問阿連，底處吾家。卻因依，北斗闌干，凝望京華。』他韻絕佳。倚聲家言情寫景，不能分爲兩事，融景入情，卽情卽景，他韻二句，卻是緣情生情，引而愈深。昔人所云事外遠致，殆無逾此，非深於情、深於詞不知也。

元和江建霞標倜儻多才藝，曩寓都門，素心晨夕，過從甚密。乙未已還，音問斷絶，何止建霞而已。陳蒙盦持示其遺箸《紅蕉詞》一卷，錄其精整近渾成者：《菩薩蠻》云：『玉鏤飛鳳銀屏小。畫羅帳卷春雲曉。繚亂海棠絲。還移明鏡遲。　無言成獨坐。底事慵梳裹。簾外鷓鴣啼。泥金褪舞衣。』又：『天涯只合多飛絮。化萍還向天涯去。妾命不如他。終年彎兩蛾。　大隄音信絶。夢裏剛離別。雙燕入簾來。故園花正開。』又：『藕絲切斷玲瓏玉。蕉心捲破葳蕤綠。水閣已秋風。屏山幾曲紅。　湘簾三面靜。團扇相思影。晚檻月微涼。開匳吹鬢香。』又：『銀荷暈小釭花紫。黃昏已近鑪烟膩。滿地是梨花。春風狂太差。　雙鬟金鳳小。卸卻殘妝早。翠被不勝寒。熏籠夢合歡。』《醜奴兒令》云：『脂匳粉盝宣窰製，鬭茗雞釭。鬭酒犀觴。紅玉磁鑪海外香。　新收小卷湘蘭畫，水繪裝潢。東澗收藏。押尾前朝薛潤孃。』此等詞偶一爲之，不失其爲雅。

番禺陳蘭甫澧精擘宮律，手批《白石道人詞》，斜行作草，徧滿餘紙。曩年于文和式枚見貽，半唐借去未還，遂不可蹤跡矣。半唐未還之書，以明陳大聲《草堂餘意》及是書，最爲可惜。所箸《憶江南館詞》，僅二十八闋。《鳳皇臺上憶吹簫·越王臺春望》云：『芳樹啼鴂，野花團蝶，嫩晴剛引吟笻。訪故王臺榭，依約樵蹤。零落當年，黃屋都分付，蜑雨蠻風。添惆悵，望佗城一片，海氣冥濛。　青山向人似笑，笑淘盡潮聲，誰是英雄？只幾堆新壘，鳥散雲空。休說樓船下瀨，傷心見，斷鏃苔封。還依舊，攀枝亂開，萬點春紅。』自注：萬紅友《詞律》載此調李易安詞。『休休』者，回去也。謂第二『休』字用韻，非也。易安此詞已有『欲說還休』句，不當重『休』字。余此闋依易安詞填之，而『山』字不用韻，以正萬氏之誤。《八聲甘州》序云：『辛丑，張韶臺和余《盧溝詠柳》之作，自是唱酬遂多。今歲同至揚州，余往金陵，韶臺先歸，空江獨吟，追憶前事，慨然成詠。』『記盧溝，烟柳和新詞，淒斷小銀箏。正風前畫角，夢中紅袖，一樣關情。此日天涯依舊，書劍共飄零。卻恐愁邊鬢，添了星星。憔悴江南倦客，更句留十日，酒夢纔醒。賸清絃獨撫，深夜伴孤檠。只如今，怕吟楊柳，甚年年，慣作別離聲。歸來好，南園烟水，料理鷗盟。』

譚仲修評詞有云：『不作呢呢喁喁，是謂雅詞。』『呢呢喁喁』，何嘗不可雅，最雅之呢呢喁喁，先生未之聞耳。

武進趙叔雍尊嶽近擬彙刻昔人論詞絕句，就商於余，舉舊所藏弆貽之。祥符周穉圭之琦《心日齋詞錄》凡十六家，各系一詩。臨桂朱小岑依真《九芝草堂詩存》論詞絕句二十八首，金匱孫平叔爾準《泰雲堂詩集》論詞絕句二十二首，南海譚玉生瑩《樂志堂論詞絕句》一百首，真州王西御僧保論詞絕句三十六首，最二百蘦二首。長沙楊蓬海恩壽有專論清詞絕句三十二首，歸安姚勁秋洪淦自金陵寄貽〔一〕，屬轉致叔雍付之剞氏，移錄如左：『飄蕭白髮老江關，淚落檀槽斷續間。流水落花無限恨，選聲應唱《念家山》。』吳梅村『麥秀漸漸冷夕暉，白頭詞客欲沾衣。傷心豈爲飛紅雨，門巷重來萬事非。』龔芝麓。元注：『重來門巷，盡日飛紅雨』，《驀山溪》詞也，王漁洋亟賞之。『李鏡陳屏著色多，仙衣縹緲疊雲羅。何當月滿花濃夜，檀板金尊唱衍波。』王漁洋『阿誰捧硯手纖纖，迷迭香溫翠袖添。百尺樓頭湖海氣，陳髯豪邁比蘇髯。』陳其年『晚入承明兩鬢絲，姓名早達九重知。花天酒地留題徧，畫壁先歌百末詞。』尤展成『一編珍重壓歸裝，海客低頭拜菊莊。料得重洋荒島外，風濤相應識宮商。』徐電發『風氣能開浙派先，獨從南宋悟真詮。自題詞集誇心得，差喜新聲近玉田。』朱竹垞『一時聲價信無虛，秀水詞人說李朱。南渡風流未消歇，荷池桂子唱西湖。』李武曾『新詞拍手徧兒童，太守聲名滿浙中。紅豆一雙新種得，有人把酒祝東風。』吳園次『秦淮楊柳雨瀟瀟，舊夢迷離記板橋。一管春風好詞筆，閒調金粉寫南朝。』余澹心『傷心天漢遠浮槎，絕塞風沙兩鬢華。被酒夜闌愁不睡，一庭霜月聽秋笳。』吳漢槎『交情鄭重抵河梁，雪窖冰天淚兩行。季子荷戈寧古塔，何堪重聽賀新涼。』顧梁汾『塞北臙脂著色新，鶯鶯燕燕盡嬉春。豔情慣寫癡兒女，一覺紅樓夢裏人。』納蘭容若。《飲水詞》多緣情鬥靡之作，俗傳《紅樓夢》說部所謂寶玉，即侍衛也。說雖無徵，詞筆近似。『元人爨弄獨登壇，風骨重追兩宋難。穠豔漸多深厚少，春光洩盡百花殘。』孔季重、洪昉思、李笠翁、袁令昭，四君均曲高於詞。『湖上填詞白髮新，六橋楊柳綰芳春。若從西浙論宗派，朱十從今有替人。』厲太鴻『玲瓏山館可憐宵，快倚新聲酒未消。正是烟花好時節，二分明月一枝簫。』馬秋玉『持律嚴於灞上軍，任他圖譜說紛紛。詞家別有麒麟閣，第一功名合許君。』萬紅友。《香膽詞》雖近澀，《詞律》一編，足爲詞人圭臬。『六一先生石帚翁，遠從炎宋溯鄉風。填詞創立西江派，七百年來兩鉅公。』蔣茗生、樂蓮裳。《銅絃詞》瓣香北宋，《斷水詞》專學堯章。〔二〕『機雲同入洛陽來，璧月流輝寫麗才。七寶莊嚴誰拆下，更無人解造樓臺。』楊蓉裳、荔裳『立馬黃河弔汴宮，清商惻惻滿江紅。樊樓燈火金明柳，都入才人淚眼中。』張度西。《秋篷詞》雅近蘇、辛，大梁弔古《滿江紅》尤爲悲壯。『文章中禁擅才名，更聽琵琶鐵撥聲。先後填詞吳祭酒，錢塘鼓吹值昇平。』吳穀人。『白髮填詞吳祭酒』，王漁洋題《梅村詞》集句。『淪落梧桐爨下材，延津雙劍鬱風雷。朱門風月旗亭酒，傳唱江南兩秀才。』郭頻伽、蔡芷衫『蔣趙相推第一流，詩名清福自千秋。隨園缺陷從今補，更有江南捧月樓。』袁蘭村『零縑碎錦總相宜，妙手拈花偶得之。無縫天衣更誰識，唐堂詩集夢歐詞。』陳夢歐『鼎鼎才名白也傳，詩中無敵酒中仙。灞陵柳色秦樓月，更聽紅簫譜夢年。』黃仲則。《兩當詩》近青蓮。『秦樓月，年年柳色，灞陵傷別』，青蓮《憶秦娥》詞也。『後堂絲竹冷官宜，鐸語詼諧妙解頤。一任五花傳爨弄，不將綺曲累清詞。』沈萯漁『瘴鄉東去擁征騑，雛鳳都隨老鳳飛。狙婦狑男傳唱徧，一門佳句織弓衣。』汪劍潭、竹素、竹海『魚龍角觝海天秋，健筆淋漓掃柳周。肯向喁喁小窗下，也隨兒女訴閒愁。』周穉圭『雙聲寫韻入琴徽，惆悵中年事漸非。落葉聲中傳斷句，夕陽一樹待鴉歸。』項蓮生『戒律精嚴説上乘，萬先戈後此傳燈。更饒韻本流傳徧，不數當年沈去矜。』戈順卿。輯《詞林正韻》最精。

【校記】

〔一〕歸：底本作『婦』，據地名改。

〔二〕斷水詞：底本作『斷水水詞』，衍一『水』字，據書名删。

詞學講義

一卷

《詞學講義》，原載龍沐勛編《詞學季刊》『創刊號』之『遺著』中，於民國二十二年（一九三三）出版，爲況氏生前未刊稿。中國國家圖書館藏有敂盧朱絲欄鈔本，半頁十行，與《蕙風詞話續編》、《玉梅詞話》合鈔一册，其中《詞學講義》被著錄爲『詞學講蒙』，蓋誤『義』爲『蒙』。是據《詞學季刊》迻錄，校以鈔本。

詞學講義

詞於各體文字中，號稱末技。但學而至於成，亦至不易。不成何必學。必須有天分，有學力，有性情，有襟抱，始可與言詞。天分稍次，學而能之者也，及其能之，一也。古今詞學名輩，非必皆絕頂聰明也。其大要曰雅，曰厚，曰重、拙、大。厚與雅，相因而成者也，薄則俗矣。輕者，重之反；巧者，拙之反；纖者，大之反，當知所戒矣。性情與襟抱，非外鑠我，我固有之，則夫詞者，君子爲己之學也。

詞之興也，託始葩《經》、楚《騷》，而浸淫於古樂府，昔賢言之，勿庸贅述。唐人朝成一詩，夕付管絃，旗亭畫壁，是其故事。其詩七言五言皆有，往往聲希拍促，則加入和聲，務極悠揚流美之致。凡和聲皆以實字填之，詩遂變爲詞矣。後世以詩餘名詞，此『餘』字作贏餘之『餘』解。詞之情文節奏，並皆有餘於詩，非以詞爲詩之賸義也。

清虞山王東漵應奎《柳南續筆》〔一〕：『桐城方爾止文嘗登鳳凰臺，吟太白詩云：「鳳凰臺上，一個鳳凰遊。而今鳳去耶？臺空耶？江水自流。」曼聲長吟，且詠且拍。人皆隨而笑之。』按，唐人和聲之遺，殆即類此，未可以爲笑也。

【校記】

〔一〕清：底本作『明』，據人物時代改。

詞學權輿於開、天盛時，寖盛於晚唐五季，盛於宋，極盛於南宋。至元大德之世，未墜南渡風格。鳳林書院《草堂詩餘》元無名氏選皆南宋遺民之作，寄託遙深，音節激楚，厲太鴻鶚以清湘瑤瑟比之。秦惇夫恩復云：『標放言之致，則愴怏而難懷；寄獨往之思，又鬱伊而易感。』比方《中興以來絕妙詞選》，無不及，殆有過之。洎元中葉，曲學代興，詞體稍稍敝矣。明詞專家少，粗淺蕪率之失多，誠不足當宋、元之續。時則有若劉文成基、夏文愍言，風雅絕續之交，庶幾庸中佼佼。爰及末季，若陳忠裕子龍、夏節愍完淳，彭茗齋孫貽、王薑齋夫之，詞不必增重其人，亦不必以人增重，含婀娜於剛健，有《風》、《騷》之遺音。昔人謂詞絕於明，詎持平之論耶？

清初曾道扶王孫、聶晉人先輯《百名家詞》，多沈著濃厚之作，近於正始元音矣。康熙中，有所謂《倚聲集》者，集中所錄，小慧側豔之詞十居八九。王阮亭、鄒程村同操選政〔一〕，程村實主之，引阮亭爲重云爾，而爲當代鉅公，遂足轉移風氣。詞格纖靡，實始於斯。自時厥後，有若浙西六家，是其流弊所極，輕薄爲文，每況愈下。於斯時也，以謂詞學中絕可也。

【校記】

〔一〕操：鈔本作『摻』。

金風亭長《江湖載酒》一集，雖距宋賢堂奧稍遠，而氣體尚近沈著。就清初時代論詞，不得不推爲上駟。其《歷朝詞綜》一書，以輕清婉麗爲主旨，遂開浙派之先河。凡所撰錄古昔名人之作，往往非其至者。操觚之士，奉爲圭臬，初程不無歧誤，抑亦風氣使然矣。

清朝人詞斷自康熙中葉不必看，尤不宜看。看之未必獲益，一中其病，便不可醫也。且亦無暇看，吾人應讀之書，浩如烟海，卽應讀之詞，亦悉數難終，能有幾許餘力閏晷，看此浮花浪蕊、媚行烟視、葅梨禍棗之作耶？

填詞口訣，曰『自然從追琢中出』，所謂『得來容易卻艱辛』也。曰『事外遠致』，曰『烟水迷離之致』，此等佳處，神而明之，存乎其人，難以言語形容者也。李太白《惜餘春》、《愁陽春》二賦，余極喜誦之，以云烟水迷離之致，庶乎近焉。

詞與曲，截然兩事。曲不可通於詞，猶詞不可通於詩也。其意境所造，各不相侔各有分際。卽如詞貴重、拙、大，以語王實甫、湯義仍輩，寧非傎乎？乃至詞涉曲筆，其爲傷格，不待言矣。二者連綴言之，若曰詞曲學者，謬也。並世製曲專家，有兼長詞學者，其爲詞也，一字一聲，不與曲混。斯人天姿學力，逴越輩流，可遇不可求也。

王文簡《花草蒙拾》：『或問詩詞、詞曲分界。曰：「無可奈何花落去，似曾相識燕歸來」，定非《香匳詩》；「良辰美景奈何天，賞心樂事誰家院」，定非《草堂詞》。』

詞，《說文》：『意內而言外也。』意內者何？言中有寄託也。所貴乎寄託者，觸發於弗克自已，流露於不自知。吾爲詞而所寄託者出焉，非因寄託而爲是詞也。有意爲是寄託，若爲吾詞增重，則是鶩乎其外，近於門面語矣。蘇文忠『瓊樓玉宇』之句，千古絕唱也。設令似此意境，見於其他詞中，只是字句變易，別無傷心之懷抱、婉至激發之性真，貫注於其間，不亦無謂之至耶？寄託猶是也，而其達意之筆有隨時逐境之不同，以謂出於弗克自已，則亦可耳。

詞必諧宮調，始可付歌喉。凡言某宮某調，如黃鐘宮《齊天樂》、中呂宮《揚州慢》之類，當其尚未有詞，皆是虛位。填詞以實調，則用字必配聲。一法就喉、牙、舌、齒、脣，分宮、商、角、徵、羽。《韻書》云：『欲知宮，舌居中。欲知商，開口張。欲知角，舌根縮。欲知徵，舌拒齒。欲知羽，口吻聚。』大抵合口爲宮，開口爲商，捲舌爲角，齊齒爲徵，撮口爲羽。一法以平聲濁者爲宮，清者爲商，入聲爲角，上聲爲徵，去聲爲羽。而皆未爲盡善者。與宮、商、角、徵、羽相配之字，又各自有宮、商、角、徵、羽，各自有清、濁、高、下。泥一則不通，欠叶則便拗，所以爲難也。填詞之人，如宋賢屯田、白石輩，自能嘌唱，精研管色，吹律度聲，以聲協律。字之清濁高下，自審稍有未合，則抑揚重輕其聲以就之，屢就而仍未合，則循聲改字以諧之。逐字各有清濁高下，逐律皆可起宮。字句清接之間，逐處安排妥帖，審一定和，道在是矣。若只能填詞，不能吹唱，則何戡、米嘉榮輩，可作邃密之商量，不至於合律不止。惟是詞雖可唱，俗耳未必悅之，以其一字僅配一聲，不能再加和聲，觀白石旁譜可知。極悠揚之能事，亦祇能如琴曲中有詞之泛音而已。

琴曲《陽關三疊》泛音：『月下潮生紅蓼汀。柳梢風急度流螢。長亭短亭。話別丁寧。梧桐夜雨，恨不同聽。』詞極婉麗，而旁譜一字配一聲，無所爲遲其聲以媚之者。非甚知音，難與言賞會矣。

附録

詞學初步必需之書：

《校刊詞律》二十卷，清宜興萬樹紅友訂正，秀水杜文瀾筱舫校刊。附《詞律拾遺》六卷，德清徐本立誠庵纂。

《詞律補遺》，杜文瀾編，共二函十二本。

如此書未易購求，似曾見石印本。卽暫時購用萬氏《詞律》原本亦可。

《詞林正均》三卷，清吳縣戈載順卿輯，臨桂王氏四印齋刻本。有石印本。

坊間別本詞韻，部居分合多誤，斷不可用。

《草堂詩餘》四卷，宋人選宋詞，明嘉靖庚寅上海顧從敬汝所刻本最佳，未經明人增羼。

《蓼園詞選》，蓼園先生姓黃氏，名佚，臨桂人。選詞悉依《草堂》，去其涉俳涉俚之作，加以箋評，極便初學。武進趙氏惜陰堂石印本。

《宋詞三百首》，歸安朱祖謀古微選。

詞學進步，漸進成就，應備各書：

《宋六十名家詞》，明常熟毛氏汲古閣刻本。滬上石印本譌舛太甚，不如廣東覆刻本較佳。

《詞學叢書》，道光間江都秦氏享帚精舍刻本。

《樂府雅詞》三卷《拾遺》二卷，宋曾慥編。

《陽春白雪》八卷《外集》一卷，宋趙聞禮編。

《詞源》二卷，宋張炎撰。

《日湖漁唱》一卷《補遺》二卷，宋陳允平撰。

《元草堂詩餘》三卷，鳳林書院本。

《詞林韻釋》一卷，菉斐軒本。

《花庵詞選》二十卷，宋黄昇撰。

《絕妙好詞》七卷，宋周密編。

《御選歷代詩餘》一百二十卷，殿本，有覆本。

《四印齋所刻詞》，臨桂王氏輯本。

《宋元三十一家詞》，同上。

《彊邨叢書》，歸安朱氏輯本。

此外各種詞話，如《皺水軒詞筌》、《花草蒙拾》、《詞苑叢談》、《金粟詞話》之類，亦宜隨時購閱，庶幾增益見聞，略知詞林雅故。《叢談》引它家書，不著其名，是其一失。

又《宋金元詞集見存卷目》一册，雙照樓校寫本，丁未八月，滬上鴻文書局代印。此書傳本罕見，詞學津逮，至要之書。丁未距今僅二十年，亟訪求之，容或尚可得也。

附記〔一〕

龍沐勛

右《詞學講義》，爲蕙風先生未刊稿。先生舊刻《香海棠館詞話》，後又續有增訂，寫定爲《蕙風詞話》五卷，由武進趙氏惜陰堂刊行。朱彊邨先生最爲推重，謂：『自有詞話以來，無此有功詞學之作。』此稿言尤簡要，足爲後學梯航。叔雍兄出以示予，亟爲刊載，公諸並世之愛好倚聲者。二十二年二月一日，龍沐勛附記。

【校記】

〔一〕題目，底本無，爲編者新擬。